精選

# 唐詩絕句

（정선 당시절구）

● 陶硯 陳起煥 譯解

明文堂

# 李白

이백의 고향(현재 사천성 강유현에 위치)

李白(이백)

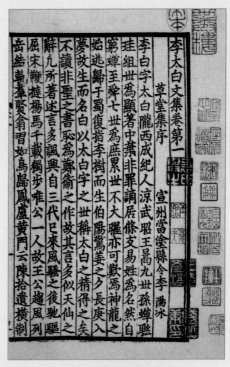

李太白文集(이태백문집)
宋刊本(송간본)

# 杜甫

杜甫(두보)의 少陵草堂(소릉초당)

杜工部集卷一
古詩五十五首 天寶未亂時
奉贈韋左丞丈二十二韻
紈袴不餓死儒冠多誤身丈人試靜聽賤子請具陳
甫昔少年日早充觀國賓讀書破萬卷下筆如
有神賦料揚雄敵詩看子建親李邕求識面王翰願
卜爲鄰自謂頗挺出立登要路津致君堯舜
上再使風俗淳此意竟蕭條行歌非隱淪騎驢三十

杜工部集(두공부집)

杜甫(두보)

白居易

九江琵琶亭(구강비파정) 白居易石像(백거이석상)

白居易(백거이)

廬山(여산) 白居易(백거이) 草堂(초당)
江西省(강서성) 九江市(구강시) 소재.

# 杜牧

樊川(번천, 杜牧) 文集(문집)

杜牧(두목)

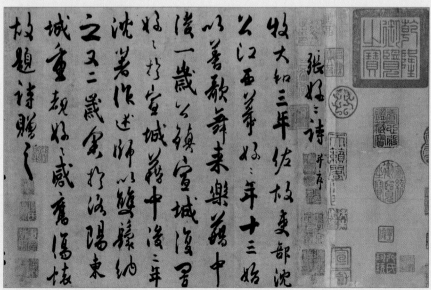

杜牧의 글씨(張好好詩)

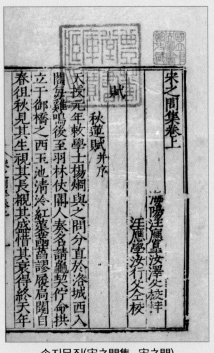

송지문집(宋之問集, 宋之問)

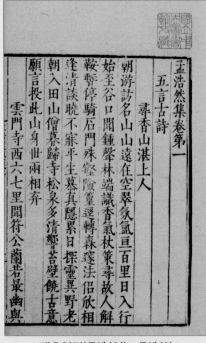

맹호연집(孟浩然集, 孟浩然)

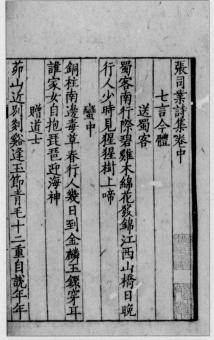

張司業詩集(장사업시집, 張籍)

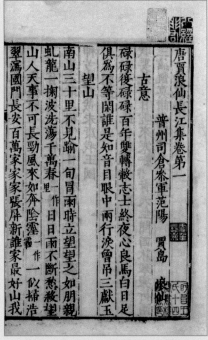

賈浪仙長江集(가낭선장강집, 賈島)

昌黎先生集(창려선생집, 韓愈)

王摩詰集(왕마힐집, 王維)

滕王閣(등왕각)
江西省(강서성) 南昌市(남창시) 소재.

王昌齡詩集(왕창령시집, 王昌齡)

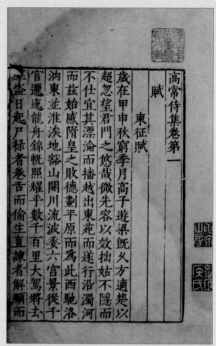

高常侍集(고상시집, 高適)

岳陽樓(악양루)

精選

唐詩絕句

(정선) 당시절구

陶硯 陳起煥 譯解

明文堂

# 머리말

중국의 詩는 문학과 역사, 예술이나 문화의 기본이라 할 수 있으며, 중국문학의 모든 장르는 시를 바탕으로 형성되고 발달하였기에 시를 모르고서는 중국문학을 이해할 수도 없다.

## 중국 詩歌의 최고봉인 唐詩 絶句

唐나라(618-907) 290년간은 중국 詩歌의 황금시기였으니 수많은 대가들이 활약하였고 人口에 膾炙되는 명편이 창작되고 애송되었다. 시는 중국문학의 여러 장르 중에서도 가장 훌륭한 성취를 이룩하였으며 특히 唐詩는 인간의 여러 정서를 완벽한 詩語로 또 가장 적절하게 표출하였기에 唐詩 그 자체가 인생에 대한 깊은 성찰이라 할 수 있다.

唐詩는 형식에서도 최고의 발전을 이룩하였으니 확실하게 완성된 近體詩는 絶句와 律詩, 排律(배율)로 그리고 다시 五言과 七言으로 대별한다.

絶句는 斷句 또는 短句, 截句(절구, 끊을 절)라고 하는데, 시가로서는 가장 짧은 형식을 갖고 있으나 格律과 句數, 用字의 平仄(평측), 押韻(압운)의 방식에 모두 엄격한 제한이 있다. 절구는 편폭이 짧아 과다한 수식을 할 수 없으며 노래로 부를 수 있기에 괴벽하거나 어색한 표현을 할 수 없고 과장이나 일부러 꾸미지 않기에 시를 읽으면 마치 景物을 실제로 보는 듯 완연하다.

絶句는 五絶 20자 또는 七絶 28자를 가지고 시인의 다양한 詩情과 詩意, 詩趣(시취)를 표현하되 言外의 뜻이 깊고 意景이 무궁하여 중국 시가에서 최고의 精髓(정수)이며 結晶(결정)이라고 할 수 있다.

## 意在言外와 起承轉結(기승전결)

南宋의 嚴羽(엄우)는 《滄浪詩話(창랑시화)》에서 "古詩보다는 율시가 짓기 어렵고, 율시보다는 절구가 짓기 어렵다."고 하였다. 청나라의 王夫之(1619-1692)는 "칠언절구를 지을 줄 모르면 시를 짓지 못한다."고 하였으며, 胡適(호적. 1891-1962)은 "어느 시인의 절구가 좋으면 그의 시도 좋다."고 말하였다.

이러한 절구의 가장 큰 특징은 '意在言外(의재언외)'에 있다. 곧 또렷하게 드러나지 않아도 많은 것을 포괄하는, 곧 적은 글자로 많은 뜻을 담아내는 含蓄(함축)을 귀히 여기니 그 情意가 완연하면서도 다함(盡)이 없다.

그리고 절구는 起承轉結의 구조가 확실한데 이를 통하여 시의의 다양한 표현이 이루어진다. 그리고 압운과 평측의 운율도 고려하여야 한다.

따라서 시인은 자신의 정서를 가장 함축적이고 高雅하면서도 일정한 틀에 맞추면서도 예술적 여운이 살아 있게 표현하여야 한다. 절구의 창작은 주제와 그에 따른 정서를 서술하기 위해 정경에 딱 맞는 청신한 시어를 고르기 위해 고심하는 과정이라 할 수 있다.

그러니 절구 한 수에 시인의 수양과 인격, 교양과 학문이 다 드러날 수밖에 없다. 이러한 창작과정을 거친 절구는 율시만큼이나 秀作(수작)이 많고 오랜 세월을 거치면서 많은 사람들이 애송하였다.

## 唐詩 絕句(당시 절구)의 精華(정화)만을 모아!

南宋의 洪邁(홍매, 1123-1202. 號 容齋)는 唐詩의 절구를 1권에 100首씩 100권을 엮어 《唐人萬首絕句》를 편찬하였고 이후 수많은 절구의 選集이 간행되었다. 우리 선조들도 공부의 기본으로 唐詩를 익혔으며 오언과 칠언의 절구를 《唐音》이라 하면서 서당에서부터 외며 배웠다.

근간에 중국과의 정치, 경제, 문화의 교류가 활발해지면서 그들의 의사표현 수단으로 활용하는 詩에 대하여 기본적 지식이 필요하다는 인식이 널리 확산되었다. 비록 실용적인 필요가 아니더라도 문학적인 감상, 곧 인문교양의 기본으로 당시 절구에 대한 이해가 매우 절실하기에 필자는《唐詩三百首》의 번역과 출간을 계기로 당시 절구만을 정선하였다.

　이 책은 중국의 漢詩라는 거대한 玉山 아래서 주워 모은 아주 적은 분량의 玉이라고 생각한다. 그리고 여기에 수록된 시인들의 또 다른 수작인 고시나 율시도 더 많이 있다는 것도 알아야 할 것이다.

　필자가 옥산에서 조금을 가져다가 다른 분들에게 보여 주는 뜻은 당시 절구의 아름다움을 인식하고 관심 속에 더 많이 탐색한다면 필자보다 훨씬 많은 寶玉(보옥)을 가질 수 있으리라 확신하기 때문이다.

　필자의 淺學鈍筆(천학둔필)로 이루어진《精選 唐詩絶句》를 諸賢과 同學에게 선보이며 叱正(질정)을 바란다.

2015년 7월

陶硯　陳起煥

1. 본 《精選 唐詩絕句》에는 唐代의 시인 116명의 五言絕句 191수, 七言絕句 243수, 六言絕句 4수 총 438수를 정선하여 번역하면서 이해와 감상에 필요한 내용을 설명하였다.

2. 시인은 당나라 초기부터 말기까지 대략적인 출생 연대순으로 수록하였다. 그러나 유명 시인일지라도 그 生卒(생졸) 연도가 자료에 따라 서로 다른 것을 감안하여야 한다. 그리고 시의 감상과 이해에 생졸 연도는 그리 중요하지 않다고 생각하지만 시에 대한 이해나 시인 상호간 관계를 파악할 수 있기에 출생 연대순으로 수록하였다.

3. 시인의 생졸과 경력, 작품이나 특성은 기본적인 것만 간략히 발췌 수록하여 시인에 대한 이해를 도왔다.

4. 작품은 다양한 영역에 걸쳐 선정하였는데 우리 독자가 쉽게 이해할 수 있으며 잘 알려진 시, 또는 시인의 특성을 파악하는데 도움이 되는 작품을 정선하였다. 시인별 오언절구와 칠언절구를 고루 선정하면서 오언절구를 먼저 수록하였다.

5. 시 본문을 이해하기 위한 字句 풀이와 함께 典故(전고)나 역사 지리적 자료 또 감상을 위한 설명을 간단히 수록하였다.

6. 律詩도 마찬가지이지만 절구에 필요 없이 들어간 글자는 없다. 五言의 경우 한 글자를 번역하지 않는다면 곧 四言詩가 된다. 한 글자를 번역 않을 수도 없지만 동시에 원작에도 없는 뜻을 넣어서 번역해도 안 된다. 율시나 절구 모두 형식이라는 틀이 있고 그 형식은 번역과정에서 변형되어서도 안 된다. 또 절구의 우리 말 번역 역시 詩가 되어야 한다. 곧 설명식 번역을 하지 않았다.

7. 필자의 경험에 의하면 漢文에서 漢字 1자는 평균적으로 우리 말 3자 정도로 번역된다. 唐詩의 번역에서 五言은 우리말 15자, 7언은 21자를 넘기지 않았다. 우리 말 번역에서도 정선된 詩語가 꼭 필요하다.

8. 唐詩는 그때 그 시인의 감정이며 情緖이다. 唐詩의 우리말 번역서가 책마다 크게 다른 것을 필자도 확인했다. 譯者의 감정이 아닌 시인의 감정에 충실하려고 노력하였다.

9. 설명 부분에서는 역자가 느끼는 정서를 鑑賞의 방편으로서 언급한 부분이 있다. 原詩 이해에 필요한 설명과 정확한 번역이 있다면 그 감상은 독자의 몫이다. 독자에 따라 감상을 달리할 수 있으며 그것은 독자의 권리이다. 이는 필자의 소신이기에 여기에 언급한다.

10. 본서에 등장하는 시인 115명 전원을 가나다순으로 정리, 책의 말미에 〈찾아보기〉를 실어 독자들이 각 시언의 시를 쉽게 찾아볼 수 있도록 하였다.

11. 이 책을 집필하면서 참고로 한 도서는 다음과 같다.

《唐詩鑑賞大辭典》; 楊旭輝 主篇, 中華書局, 2012.
《唐詩鑑賞辭典》; 傅德岷 盧晋 主編, 湖北辭書出版社. 2005.
《唐詩本事硏究》; 余才林 著, 上海古籍出版社, 2010.
《唐詩三百首》; (淸) 蘅塘退士 編, 周嘯天 註評. 南京 鳳凰出版社. 2005.
《唐詩精華註釋評》; 張國擧 主篇, 長春出版社, 2010.
《唐音評註》(上, 下); (元) 楊士弘 編選, (明) 張震 輯註, 河北大學出版社, 2006.
《唐人絶句精華》; 劉永濟 選釋, 中華書局, 2010.
《唐宋絶句鑑賞辭典》; 周嘯天 主編, 安徽文藝出版社, 2010.
《新譯 唐詩三百首》; 邱燮又 譯, 戴明坤 注音, 三民書局, 1983.
《全唐詩典故辭典》(上, 下); 范之麟, 吳庚舜 主編. 湖北辭書出版社. 2001.
《唐詩別裁集》(全 六卷); 淸 沈德潛 編, 徐盛 옮김, 소명출판. 2013.

# {차례}

**精選 唐詩絕句**
(당시절구)

# 001

# 虞世南 ● 우세남

우세남 558-638

虞世南(우세남)의 자는 伯施(백시)이고 당나라 초기 정계의 주요인물이면서 명필이었다. 우세남은 명필인 歐陽詢(구양순), 褚遂良(저수량), 薛稷(설직)과 함께 '初唐四大家'로 불린다. 우세남은 太宗을 도운 중신으로 홍문관 학사 겸 저작랑과 비서감을 역임하였고 凌煙閣(능연각) 24공신의 한 사람이다.

## 蟬<sup>선</sup>　　　매미

垂緌飮淸露　　늘어진 갓 끈에 맑은 이슬 마시며
수 유 음 청 로

流響出疎桐　　울음은 성긴 오동잎 사이서 나온다.
유 향 출 소 동

居高聲自遠　　높이 살지만 소리가 멀리 들리기는
거 고 성 자 원

非是藉秋風　　가을바람 덕분만은 아니로다.
비 시 자 추 풍

　옛사람들은 매미(蟬선)에 대한 인식이 비교적 좋았다. 우선 羽化하여 공중을 자유롭게 날 수 있는 능력을 부러워했고 이슬을 먹고 산다고 믿었으며 다른 사람에게 해를 끼치지 않고 고고하게 사는 매미의 삶이라고 생각했다. 이 시는 매미의 소리보다는 매미로 상징할 수 있는 德을 형상화하였다.

# 002

# 王績
## 왕적

왕적 590?−644

王績(왕적)은 文中子 王通의 아우로, 자는 無功이며
호는 東皐子(동고자)로 隋末唐初에 絳州(강주) 龍門
(今 山西省 龍門) 사람이다. 초당 30여 년의 시단은
여전히 남조 梁과 陳의 시풍이 유행하였는데 오직
왕적만이 陶淵明의 유풍을 따르는 시를 지었다고
알려졌다. 그의 〈野望〉은 당나라 초기의 오언율시
로 높은 평가를 받고 있다.

당이 건국된 뒤 고조 武德 연간에 왕적은 황제의
특별한 부름을 받아 門下省待詔에 임명되었다. 왕
적은 太樂署의 焦革(초혁)이라는 小吏가 술을 잘 빚
는다는 말을 듣고 太樂丞(태악승) 자리로 옮겨 줄
것을 간청하여 태악승이 되었다. 그러나 곧 초혁
부부가 연이어 죽으면서 좋은 술을 공급할 사람이
없자, 태종 貞觀(정관) 원년(627)에 그의 형 王通과
함께 고향에 은거하며 양조기술 연구에 몰두하면
서 《酒經》을 저술하였다. 初唐四傑의 한 사람인
王勃(왕발)은 왕적의 姪孫(질손)이니, 곧 왕발의 작
은할아버지이다.

## 過酒家 과주가　술집에 들리다

此日長昏飮
차 일 장 혼 음
오늘 오래 정신없이 마시기는

非關養性靈
비 관 양 성 령
본성을 바로 가지려는 뜻이 아니다.

眼看人盡醉
안 간 인 진 취
눈에 모두가 취한 게 보이는데

何忍獨爲醒
하 인 독 위 성
어찌 혼자서 깨어 있어야 하겠는가?

屈原(굴원)은 〈漁父詞〉에서 '衆人皆醉나 我獨醒(모두가 다 취했으나 나 혼자 깨어 있다.)' 이라 하여 자신의 고고한 지조를 말했다.

왕적이 수나라 말기 혼란한 세상에 혼자 깨어 있기는 정말 어려웠을 것이다. 남들이 다 취했으니 나도 취하겠다는 뜻이 나쁘다고 할 수 있는 가? 그러나 왕적이 混飮〔혼음 ; (종류가 다른 여러 가지 술을) 섞어서 마심.〕한 것이 야말로 衆人皆醉한 것을 맨 정신으로는 못 보겠다는 뜻이 아닌가? 술에 의탁하여 난세를 피해 자신을 보전하려는 뜻일 것이다.

# 秋夜喜遇王處士 <sub>추야희우왕처사</sub>
## 가을 밤에 왕처사와 기쁘게 만나다

北場耘藿罷
북 장 운 곽 파

북쪽 밭에서 콩밭을 다 매고

東皐刈黍歸
동 고 예 서 귀

동쪽 언덕서 기장을 베고 돌아왔다.

相逢秋月滿
상 봉 추 월 만

서로 만날 때 가을 달이 둥글고

更值夜螢飛
갱 치 야 형 비

또 반딧불이 나는 밤이다.

왕적의 시는 소박하고 자연스러우며 남조의 화려한 색채가 없어 도연
명과 비슷한 느낌을 준다. 전원생활의 정취와 質朴(질박；자연 그대로 꾸밈이
없고 순박함.), 平淡(평담；온화하고 담백(淡白)함.)하고 醇厚(순후；순박하고 인정이
두터움.)한 맛을 느낄 수 있다.

# 003

# 王梵志 · 왕범지

왕범지 590?-660?

王梵志(왕범지)의 생졸년은 확실하지 않지만 隋末唐初에 활동하였다. 왕범지의 시가는 매우 쉬우면서도 해학의 멋이 있고 勸善懲惡〔권선징악 ; 선행(善行)을 장려하고 악행(惡行)을 징계하는 일.〕과 警世(경세 ; 세상을 깨우침. 세상 사람들의 주위를 환기함.)의 뜻이 깊다.

시에 속어를 잘 사용하여 통속시로 분류할 수 있기에 최초의 白話 시인이라 할 수 있다. 돈황 莫高窟(막고굴) 藏經洞(장경동) 안에서 왕범지의 시 필사본이 발견된 이후 널리 조명을 받고 있다고 한다.

# 詩시 三首삼수 (一)

| | |
|---|---|
| 他人騎大馬<br>타 인 기 대 마 | 남들은 큰 말을 타지만 |
| 我獨跨驢子<br>아 독 과 려 자 | 나만 혼자 나귀를 탄다. |
| 回顧擔柴漢<br>회 고 담 시 한 | 나뭇짐 진 사람을 돌아보면 |
| 心下較些子<br>심 하 교 사 자 | 마음에 그보다는 조금 낫다. |

위의 시에서 較는 견준다는 뜻이고, 些子는 '조금'이라는 그때의 口語(구어)이다. 큰 말 타는 사람과 나귀를 타는 사람, 그리고 등짐을 지고 가는 사람을 서로 비교하는 그 뜻은 정말 다양한 의미가 있을 것이다.

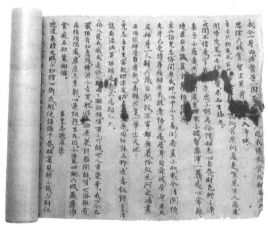

왕범지시집(王梵志詩集) 일백일십수본(一百一十首本)

# 詩<sup>시</sup> 三首<sup>삼수</sup> (二)

城外土饅頭
성 외 토 만 두

성 밖의 흙으로 된 만두는

餡草在城裏
함 초 재 성 리

풀로 속을 채우고 성 안에 있었네.

一人吃一個
일 인 흘 일 개

한 사람이 하나씩 먹는데

莫嫌沒滋味
막 혐 몰 자 미

맛없다며 싫어하지 마오.

　흙으로 된 만두는 사람의 무덤이다. 餡<sup>(함)</sup>은 만두를 채우는 소이다. 성 안에 살고 있었다는 뜻, 한 사람이 하나씩만 먹어야 한다는 비유가 인생이 무엇인가를 생각게 해준다.

# 詩<sup>시</sup> 三首<sup>삼수</sup> (三)

世無百年人
세 무 백 년 인
세상에 백 년을 사는 사람 없는데

强作千年調
강 작 천 년 조
억지로 천 년 일을 꾸미려 한다.

打鐵作門限
타 철 작 문 한
쇠를 두드려 대문 문지방 만들지만

鬼見拍手笑
귀 견 박 수 소
귀신이 보고선 손뼉 치며 웃는다.

'人生不滿百(사람이 태어나 백 년을 못사는데)'은 천고의 진리이며 '常懷千歲憂(늘 천 년 걱정을 품고 산다.)' 하는 인간의 어리석음이야 늘 이야기한다. 인간은 왜 '晝短苦夜長(낮은 짧고 고통의 밤은 길다.)' 하다는 것을 모를까? 부자인 守錢奴(수전노)가 도둑이 못 들어오게 쇠 자물쇠를 채운다고 도둑을 막을 수 있는가?

書聖 王羲之(왕희지)의 7世孫으로 승려였던 智永(지영, 本名 王極)은 글씨를 잘 써서 많은 사람들이 글씨를 받으러 왔기에 대문 문지방(門限)이 닳을 정도였다고 한다. 그래서 얇은 쇠로 문지방(鐵門限)을 씌웠다는 이야기가 전해 온다.

이 시는 지독한 풍자이면서 따끔한 충고를 하고 있다. 분명 쇠로 門限(문한;문지방.)을 만든 사람도 벌써 土饅頭(토만두) 속에 흔적도 아니 남았을 것이다.

# 004

# 盧照隣 · 노조린

노조린 634?-686?

盧照隣(노조린)의 자는 升之이고, 호는 幽憂子(유우자)이다. 왕발, 양형, 낙빈왕과 함께 초당사걸의 한 사람이지만 風疾(소아마비 계통의 질환)에 시달리며 당시의 명의 孫思邈(손사막)의 치료도 받았지만 손발이 위축되면서 穎水〔영수; 하남성(河南省) 등봉현(登封縣)에서 발원하여 회수(淮水)로 흘러드는 강.〕에 투신하여 자살로 생을 마감했다. 노조린의 〈長安古意〉는 唐代 초기에 보기 드문 장편 七言古詩이다.

# 曲池荷 <sup>곡지하</sup> 곡지의 연꽃

浮香繞曲岸
<small>부 향 요 곡 안</small>
　　퍼진 향기가 굽은 둑에 가득하고

圓影覆華池
<small>원 영 복 화 지</small>
　　둥근 모양이 멋진 못을 덮었다.

常恐秋風早
<small>상 공 추 풍 조</small>
　　언제나 걱정은 가을바람 일찍 불어

飄零君不知
<small>표 령 군 부 지</small>
　　그대도 모르게 시드는 일이라오.

　　1, 2구는 장안 근처 曲池〔곡지; 둥근 모양으로 휘어진 못(연못)〕와 연꽃의 모습이고 3, 4구에 자신의 회포를 묘사하였으니 虞世南의 〈蟬(매미 선, 퍼지다. 아름답다. 애처롭다.)〉과 같은 작법이라 할 수 있다. 고결하며 향기로운 연꽃과 같은 자신의 才學을 則天武后治下에서 펴지도 못하고 질병에 시달리는 자신을 읊었다고 풀이할 수도 있다. 飄零(표령)은 나뭇잎이 바람에 펄럭이며 떨어지는 것을 묘사한 말이다.

측천무후(則天武后)

## 浴浪鳥 욕랑조  물 적시는 새

獨舞依盤石
독 무 의 반 석

넓은 바위서 홀로 춤추듯 놀다가

群飛動輕浪
군 비 동 경 랑

함께 날아서 작은 물결에 적신다.

奮迅碧沙前
분 신 벽 사 전

빨리 달려서 물가 모래까지 갔다가

長懷白雲上
장 회 백 운 상

높이 흰 구름 위로 날아오른다.

물가의 새들이 물을 차고 적시며 가볍게 나는 모습을 묘사하였다. 물가에서 재빠르게 돌아다니는 물새, 그리고 하늘을 나는 자유자재의 즐거움을 시인은 부러워하고 있다.

# 005

# 韋承慶 • 위승경

위승경 640?-706

韋承慶(위승경)의 자는 延休(연휴)이며 太學 진사 출신자로 太子通事舍人으로 근무하다가 太子文學, 司議郎 등을 역임했다. 측천무후 재위 중 張易之(장역지) 형제와 친했기에 무후가 퇴위한 뒤에 위승경은 영남에, 그 동생은 지금의 江西省 지역에 유배되었다.

## 南行別弟 남행별제 　　남행하며 아우와 헤어지다

萬里人南去
만 리 인 남 거
만 리 길 갈 사람 남으로 가는데

三春雁北飛
삼 춘 안 북 비
봄 되니 기러기는 북으로 날아간다.

不知何歲月
부 지 하 세 월
알 수도 없는 어느 세월에

得與爾同歸
득 여 이 동 귀
너와 함께 돌아갈 수 있을까?

제목을 〈南中詠雁(남중영안)〉으로 쓰기도 한다. 중국 본토의 남북을 가르는 오령산맥의 남쪽으로 내려가면서 역시 폄직(좌천)된 아우와 이별하며 지은 시이다. 위승경은 형제간에 우애가 돈독하였고 계모에게도 효도를 다했던 인물로 알려졌다.

張易之 형제는 측천무후의 총애를 받으면서 권력을 휘둘렀지만 잠깐이었다. 그 밑에서 아부했던 시절이 좋았다고 회상할 수 있겠는가?

# 006

# 李嶠 • 이교

이교 645?-714?

李嶠(이교)의 자는 巨山으로, 武則天과 중종 때 재상에 올랐다. 詩才가 뛰어나 초당사걸과 두루 교제했는데 그는 詠物詩(영물시)에 뛰어났고, 오언의 근체시를 많이 남겼다. 杜審言(두심언), 崔融(최융), 蘇味道(소미도)와 함께 '文章四友'로 불리고 晩年에는 '文章宿老(문장숙로 ; 문장에 경험을 많이 쌓아서 사리에 밝은 노인.)'라는 칭송을 들었다. 그의 대표작으로 〈汾陰行(분음행)〉이 잘 알려졌다.

# 風<sup>풍</sup>　　　바람

| 解落三秋葉<br>해 락 삼 추 엽 | 三秋에 낙엽을 지게 하고 |
| 能開二月花<br>능 개 이 월 화 | 二月에 꽃들을 피게 한다. |
| 過江千尺浪<br>과 강 천 척 랑 | 강물에 높은 파도를 일게 하고 |
| 入竹萬竿斜<br>입 죽 만 간 사 | 대밭에 들어 대나무를 기울게 한다. |

어린아이한테 수수께끼로 낼만한 詠物詩(영물시)이다. 삼추의 가을바람과 이월 봄바람으로 계절을 그렸고 강과 대나무 밭에 부는 바람으로 그 힘을 피부로 느끼도록 표현하였다.

4句가 모두 對句(대구)이며, 三과 二, 千과 萬 역시 같은 자리에서 詩意를 깊게 해 주고 있다.

낙빈왕 640?-?

# 駱賓王 · 낙빈왕

**007**

駱賓王(낙빈왕, 駱, 낙타 낙)의 자는 觀光으로, 한미한 가문 출신이지만 7살에 거위를 보고 시를 지을 정도의 신동이었다. 당나라 초기의 저명한 시인으로 王勃(왕발), 揚炯(양형), 盧照隣(노조린)과 함께 初唐四傑〔초당사걸; 당나라의 역사를 시의 발달 기준으로 나누었을 때의 첫째 시기 태조(太祖) 때부터 현종(玄宗) 개원(開元) 초까지의 사이. 사걸은 위의 4명이다.〕이라 일컬어진다.

684년 徐敬業(서경업)이 則天武后에 반기를 들었는데 그때의 격문 〈爲徐敬業討武曌檄(위서경업토무조격; 서경업을 위하여 무후를 탄핵하는 격문.)〉을 낙빈왕이 지었다. 격문을 입수하여 읽던 측천무후는 '一杯之土는 未乾에 六尺之孤를 何託하리오?(한 줌의 흙이 마르지도 않았은데, 6척의 어린 왕손은 어디에 있는가?)' 라는 대목에 이르자 名文에 감탄하면서 '재상은 왜 이런 사람을 미리 등용하지 못해 불평분자가 되게 하였느냐?' 며 재상을 꾸짖었다는 이야기는 유명하다. 그러나 서경업의 반란은 실패로 끝났고 낙빈왕도 성명을 바꾼 뒤 어디론가 숨었고, 그 이후 언제 죽었는지 알려지지 않았다.

# 易水送人 역수송인
## 역수에서 송별하다

| 此地別燕丹 차 지 별 연 단 | 여기서 연나라 단과 헤어지는데 |
| 壯士髮衝冠 장 사 발 충 관 | 곤두선 머리는 관을 치켜 올렸다. |
| 昔時人已沒 석 시 인 이 몰 | 옛날 그 사람 벌써 죽었지만 |
| 今日水猶寒 금 일 수 유 한 | 오늘 이 강물 여전히 차갑다. |

荊軻(형가, ?-前 227)는 戰國시대 말기의 유명한 자객이다. 燕나라 太子 丹의 부탁을 받고 秦王 嬴政(영정, 秦 始皇帝로 즉위하기 전)을 죽이려 했으나 실패하여 살해되었는데 《史記 刺客列傳(자객열전)》에 그 전기가 실려 있다.

燕 太子 丹과 빈객들이 모두 백의를 입고 易水(역수)에서 형가를 전송하는데 高漸離(고점리)가 筑(축)을 탈 때 형가는 '風蕭蕭兮易水寒(바람은 소소히 불고 역수는 찬데) 하고, 壯士一去兮不復返(한 번 떠난 장사는 돌아오지 않으리라!)'고 노래했다.

晋 陶淵明도 〈咏荊軻(영형가=형가를 읊조린다.)〉에서 '君子는 死知己(군자는 자기를 알아주는 사람을 위해서 죽는다.)'라면서 '飮餞易水上(역수가에서 전별주를 마실 때)'할 때 고점리는 筑(축)을 타고 宋意는 이별 노래를 불렀으며, '心知去不歸(마음으로 안다. 가서 돌아오지 못함을.)'하고 떠난 형가가 비록 실패하여 '其人이 雖已沒〔지금 그 사람 육신은 없어서 졌지만. 沒(죽을 몰) 歿 동자. 殁 동자. 歾 속자.〕이나 千載에 有餘情(섭섭한 심정은 천년을 가리.)하다'고 읊었다.

# 008

# 杜審言 ● 두심언

杜審言(두심언)의 자는 必簡(필간)이고, 조적
은 襄陽(今 湖北省 襄陽市)이다. 두심언은 재주
가 뛰어났기에 오만한 일면이 있었다고 하
는데 李嶠(이교), 崔融(최융), 蘇味道(소미도)와
함께 文章四友로 불렸으며 바로 詩聖 杜甫
의 祖父이다.

두심언은 고종 咸亨 원년(670) 진사가 되고
隰城尉(습성위), 洛陽丞(낙양승)을 시작으로 여
러 관직을 차례로 역임하였다. 두심언은 寫
景한 詩, 다른 사람과 唱和(창화;한쪽에서 부르
고 다른 한쪽에서 이에 화답함. 시가를 서로 주고 받
음.)하거나 應制(응제;임금의 명에 따라 시문(詩文)
을 짓던 일.)한 작품이 많다. 杜甫도 '吾祖詩冠
古(내 조부의 시는 예전에 으뜸이었다.)'라고 하였
는데 五律에 뛰어났으며 근체시의 형성과
발전에 기여한 바 크다.

## 贈蘇綰書記 <sup>증소관서기</sup>     서기 소관에게 주다

知君書記本翩翩
지 군 서 기 본 편 편
    내가 아는 그대는 문장이 본디 뛰어났거늘

爲許從戎赴朔邊
위 허 종 융 부 삭 변
    무슨 까닭에 武官으로 북쪽 변방에 가시는가?

紅粉樓中應計日
홍 분 누 중 응 계 일
    아내는 집에서 손꼽아 기다리고 있을 것이니

燕支山下莫經年
연 지 산 하 막 경 년
    연지산 아래서 한 해를 넘기지는 마시오.

翩翩(편편)은 문장이 아름답다는 뜻이고, 爲許는 爲何(왜?)와 같은 뜻이며, 紅粉은 아내를 말하고, 燕支山은 胭脂山(연지산)이라고도 쓰는데 甘肅省(감숙성)에 있는 요새지로 변새[① 변경(邊境). 변방. ② 변경에 있는 요새(要塞).]를 지칭하는 대명사처럼 쓰였다. 변방으로 가는 이유를 몰라서가 아니라 아쉬운 이별이기에 묻는 형식으로 이별의 정을 드러내었다. 紅粉(홍분 :아내)과 胭脂(연지)가 호응하는 뜻이 있어 장안과 변방을 대비시켜 주고 있다.

연지산(燕支山)

57

# 渡湘江<sup>도상강</sup>  상강을 건너며

遲日園林悲昔游  봄날 뜰에서 전에 놀던 때를 회상하나니
지 일 원 림 비 석 유

今春花鳥作邊愁  올봄 꽃과 새들은 객지의 수심만 돋운다.
금 춘 화 조 작 변 수

獨憐京國人南去  홀로 남으로 가는 長安 사람은 슬프기만 한데
독 련 경 국 인 남 거

不似湘江水北流  이와 다르게 湘江 물은 북으로 흘러간다.
불 사 상 강 수 북 류

　두심언은 두 번이나 유배를 당했었다. 承句의 '今春花鳥作邊愁'는 뒷날 손자인 杜甫의 '感時花濺淚(시절에 느껴 꽃에도 눈물을 뿌리고), 恨別鳥驚心(이별의 恨은 새소리에도 가슴이 띈다). 〈春望〉'의 절창으로 이어진다.

　湘江(상강)은 湖南省 최대의 강으로 남쪽에서 발원하여 북으로 흘러 長沙를 거쳐 장강에 합류한다. 시에 나오는 遲日(지일)은 '해가 천천히 간다.'는 의미이니, 겨울에 비해 해가 긴 봄날을 뜻한다.

# 009

# 王勃
## ●왕발

왕발 650-676

王勃(왕발)의 자는 子安으로, 초당의 시인인 楊炯(양형), 盧照鄰(노조린), 駱賓王(낙빈왕)과 함께 '初唐四傑(초당사걸)'로 불린다. 왕발의 생졸 연도에 대해서는 약간의 이설이 있지만 그는 아까운 나이 27살에 交趾(교지, 지금 월남 북부지역)에 근무하는 부친을 뵈러 바닷길을 여행하다가 익사하였다. 水神의 도움을 받아 〈滕王閣詩(등왕각시)〉를 지어 이름을 날렸고 수신이 일찍 거두었기에 어업 종사자들은 왕발을 '水仙王'이라며 신앙처럼 숭배하고 있다.

왕발의 할아버지 王通은 수나라 煬帝(양제) 때의 大儒이었다. 왕발은 어려서부터 매우 총명하여 6살에 글을 지은 신동이었고, 14살에 과거에 급제하여 朝散郎(조산랑)이라는 관직을 받았다. 그러나 高才博學한 젊은이로 그 재주를 믿고 오만한 데가 많아 관직생활은 순탄치 못했다.

왕발은 뛰어난 천재였으니 먹물을 많이 갈아 놓고 누워 있다가 갑자기 일어나 시를 써 내려가면서 한자도 고쳐 쓰질 않았기에 그를 '뱃속에 글이 들어 있다'는 뜻으로 '腹稿(복고)'라 불렀다고 한다.

## 別人<sup>별인</sup>　이별 (一)

江上風烟積
강 상 풍 연 적

강에는 바람에 연기 날리고

山幽雲霧多
산 유 운 무 다

산속은 구름에 안개가 많도다.

送君南浦外
송 군 남 포 외

그대와 남포에서 송별하는데

還望將如何
환 망 장 여 하

돌아올 그날을 어찌 기다리겠나?

　당나라에서 이별의 시를 짓지 않은 시인은 한 사람도 없을 것이다. 보내면서 짓고 또는 남아 있는 사람에게 시를 지어 주었다. 이별은 만남을 기약하는 의식이며 절차일 것이니 이별의 정이 진하면 재회의 기쁨도 클 것이다.

　起句(기구;한시(漢詩)의 첫 구.)와 承句(승구;한시(漢詩) 절구의 제2구, 또는 율시(律詩) 제3·4구. 기구(起句)의 뜻을 이어받다. 그 뜻을 넓힘.)가 완전한 對句(대구;짝을 맞춘 시의 글귀.)로 이별의 배경을 묘사하였다. 轉(轉句;한시(漢詩)의 절구(絶句)의 셋째 구. 기승전결의 전, 중간에서 시의(詩意)를 일전(一轉)시킴.)과 結句(결구;한시에서 절구(絶句) 끝인 넷째 구. 시문(詩文)의 끝을 맺는 어구.)는 시인의 情을 읊었다. 꾸밈이 없이 자연스러운 詩句를 보면 '역시 천재답도다!' 라는 생각이 든다.

別人<sup>별인</sup>　　이별 (二)

霜華淨天末
상 화 정 천 말
　　서리는 온 하늘을 맑게 하고

霧色籠江際
무 색 농 강 제
　　안개는 먼 강까지 깔려 있다.

客子常畏人
객 자 상 외 인
　　나그넨 늘 사람 조심해야 하는데

胡爲久留滯
호 위 구 류 체
　　어이해 오래 머물러야 하겠나?

　왕발의 이별하는 정은 순수하고도 단순하다. 누구나 느끼는 그 정서 대로 다음 만날 때까지 어찌 기다리겠느냐고 읊었다.

　이 시에서는 타향에서 지내기가 어려운 것이고 조심해야 하니 타향에 오래 있을 필요가 있겠는가? 빨리 돌아오라고 당부를 하고 있다.

　첫째 句와 둘째 句의 對句<sup>(대구)</sup>를 보면 詩를 어떻게 구성해야 할지 생각이 떠오른다. 결국 좋은 시를 쓰려면 좋은 시를 많이 외울 수 밖에 없을 것이다.

# 山中 <sub>산중</sub>   산중

長江悲已滯
<small>장 강 비 이 체</small>
　　長江서 슬픔으로 오래 머물렀기에

萬里念將歸
<small>만 리 염 장 귀</small>
　　일만 리 먼 길 돌아갈 생각뿐이다.

況屬高風晚
<small>황 속 고 풍 만</small>
　　더구나 지금 찬바람이 불고

山山黃葉飛
<small>산 산 황 엽 비</small>
　　산마다 단풍이 날리는 때이기에!

　　長江은 揚子江(양자강)이다. 우리나라 지도 책에 양자강이라고 표기되었기에 보통 그렇게 알고 있지만 중국인들에겐 그냥 長江이다. 江이라는 글자 자체가 長江을 지칭하는 고유명사이다.(河는 황하만을 지칭한다.)

　　長江에서 슬픔을 안은 채 서있는 詩人을 생각해 보라. 지금은 계절적으로 늦가을이다. 슬픔이 江가 그 주변의 산에 꽉 찼다. 젊은 시인의 그 복받치는 감정을 능히 짐작할 수 있다.

臨江<sub>임강</sub>　　강가에서

汎汎東流水　넘실넘실 동으로 흐르는 강물
범 범 동 류 수

飛飛北上塵　이리저리 북으로 날리는 먼지
비 비 북 상 진

歸驂將別棹　말 타고 가는 사람 배와 이별하니
귀 참 장 별 도

俱是倦遊人　모두가 떠돌다가 지친 사람이로다.
구 시 권 유 인

　고향을 그리는 마음은 시인의 단골 소재이다. 이 시도 가을 景觀(경관)
에 맞추어 고향을 그리는 情을 잘 표현하였다. 鳥飛反鄉(새도 날다가 둥지로
돌아오고), 狐死首丘(여우도 죽을 때는 태어난 쪽으로 머리를 둔다)라 하였다. 月是故
鄉明(달은 고향의 달이 더 밝고), 親不親 故鄉人(친하건 아니건 고향 사람)이며 美不
美 故鄉水(좋건 나쁘건 고향의 물)이며, 味不味 故鄉酒(맛있건 없건 고향의 술)라고
하였다.

# 蜀中九日<sup>촉중구일</sup>
## 촉에서의 중양절

九月九日望鄕臺
구 월 구 일 망 향 대
구월 구일 중양절 망향대에서

他席他鄕送客杯
타 석 타 향 송 객 배
낯선 자리 타향에서 나그네 보내는 술자리이다.

人情已厭南中苦
인 정 이 염 남 중 고
사람 마음은 남쪽 더위를 아주 싫어하는데

鴻雁那從北地來
홍 안 나 종 북 지 래
기러기들은 어이해 북녘에서 날아오는가?

　이 시는 왕발이 촉을 유랑할 때 다른 시우들을 전송하며 지은 시이다. 이 시에서 南中은 蜀을 지칭하며 기러기가 날아오는데 대한 의문으로 자신의 귀향의지를 표현하였다.

# 010

## 宋之問 · 송지문

송지문 656?-712

宋之間(송지문)은 고종 上元 2년(675)에 진사과에 급제하였다. 송지문은 洛州參軍(낙주참군), 尙方鑑丞(상방감승) 등 여러 관직을 전전했는데 측천무후의 총애를 받던 張易之(장역지)의 변기를 받들며 시중들었다 하여 '天下醜其行(天下가 그의 행동을 추하게 생각하다)' 하다고 알려진 사람이다. 705년 측천무후가 퇴위하자 장역지, 장창종 형제도 살해당했고 장역지에 아부했던 송지문도 폄직(좌천)된다.

中宗 2차 재위 중에는(705-710) 다시 太平公主에 아부하면서 知貢擧(지공거)에 올랐으나 뇌물을 받아먹은 것이 탄로되어 越州(今 廣東省 지역) 長史로 폄직되었다. 睿宗(예종)이 再 즉위하면서(710) 欽州(흠주, 今 廣東省 欽縣)로 유배되었다가 현종이 즉위하는 先天 元年(712)에 사약을 받고 죽었다. 오언 율시에 능했다고 하지만 하여튼 좀 지저분한 인격의 소유자로 알려졌다.

# 途中寒食 도중한식

## 길에서 보내는 한식

馬上逢寒食
마 상 봉 한 식
말 타고 다니다 한식을 만나니

途中屬暮春
도 중 속 모 춘
길에서 삼월을 보내는 셈이다.

可憐江浦望
가 련 강 포 망
쓸쓸히 강의 포구를 바라보나니

不見洛陽人
불 견 낙 양 인
낙양 가는 사람은 뵈지 않는다.

이 시는 《五言唐音》 첫 수로 실려 있어 옛날 서당에서 글을 배웠던 사람은 누구나 기억하는 시이다. 暮春(모춘)은 삼월이니 늦봄이다. 《全唐詩》에는 〈途中寒食題黃梅臨江驛寄崔融〉이라는 긴 제목으로 되어 있다. 그렇다면 '屬暮春'을 '暮春으로 글을 짓다' 라고 해석할 수도 있다. 그럴 경우 屬을 '촉' 으로 읽어야 한다.

전당시(全唐詩)

# 渡漢江 <sup>도한강</sup> 漢江을 건너며

| | |
|---|---|
| 嶺外音書絶<br>영 외 음 서 절 | 남쪽에 있으며 소식 못 듣고 |
| 經冬復立春<br>경 동 부 입 춘 | 겨울 나고 다시 봄이 되었다. |
| 近鄕情更怯<br>근 향 정 경 겁 | 고향 가까우니 마음은 더 두려워 |
| 不敢問來人<br>불 감 문 래 인 | 감히 오는 이에게 묻질 못하네. |

중국의 漢江(漢水)은 陝西省에서 발원하여 湖北의 漢口에서 長江에 합류하는 장강의 가장 큰 지류이다.

타향에서는 고향이 그립고, 고향으로 돌아갈 적에는 빨리 가고 싶다. 그런데 혹시 고향에, 또는 家內에 불길한 일이 있었을까 두려워 고향 소식을 묻지 못하는 人之常情이 있다.

이 시는 中宗 神龍 원년(705)에 광동 지역으로 유배되었던 송지문이 706년에 낙양으로 돌아오게 되는데 한강을 지나면서 지은 시로 알려졌으나, 이 시의 저자를 李頻(이빈, 字 德新. 宣宗 大中 8년(854) 進士科에 급제)이라 한 책도 있다.

당(唐) 중종(中宗)

67

# 送杜審言 송두심언
## 두심언을 보내며

臥病人事絕
와 병 인 사 절
병으로 누워 작별 인사도 못하는데

嗟君萬里行
차 군 만 리 행
아! 당신은 만 리 길을 가는구려.

河橋不相送
하 교 불 상 송
河水의 다리서 전송은 못하지만

江樹遠含情
강 수 원 함 정
강가의 나무가 멀리 뜻을 전하리다.

698년에 두심언이 洛陽丞에서 吉州 사호참군으로 폄직될 때 송지문이 전송하지 못하는 마음을 표현하였다. 《全唐詩》에는 위 시에 4구가 더 있는 五言律詩로 되어 있다.

詩人의 생각은 깊고도 간절하다. 병석에 누워 있기에 직접 송별인사를 하지는 못하지만 내 대신 강가의 나무들이 내 뜻을 전해 줄 것이라고 표현하였다. 이 詩를 받은 나그네는 여행하면서 마주하는 나무들과 대화를 할 것만 같은 생각이 든다.

## 011

# 郭震
## ● 곽진

郭震(곽진)의 자는 元振(원진)으로, 魏州 貴鄉 (今 河北 大名 北)사람이다. 고종 때 진사에 급제하고 通泉縣尉(통천현위)를 시작으로 여러 관직을 거쳤고 武則天 때에 吐蕃(토번)에 사신으로 나가기도 하였으며 병부상서와 재상을 역임하였다.

# 子夜四時歌 <sub>자야사시가</sub>

## 春歌 (一)

| | |
|---|---|
| 靑樓含日光<br><small>청 루 함 일 광</small> | 청루에 햇빛이 비추니 |
| 綠池起風色<br><small>녹 지 기 풍 색</small> | 푸른 연못에 바람이 인다. |
| 贈子同心花<br><small>증 자 동 심 화</small> | 그대에게 동심화를 보내오니 |
| 殷勤此何極<br><small>은 근 차 하 극</small> | 은근한 이 마음 어찌 다하겠는가? |

　　東晉시대, 즉 4세기경에 吳의 子夜라는 여자가 즐겨 부른 노래라 하여 〈子夜歌〉 또는 〈子夜吳歌〉라고 한다. 이는 또 樂府詩의 題目이다. 악부시의 제목에 나오는 歌, 行, 引, 詞, 怨(원)은 모두 '노래'라는 뜻이다.

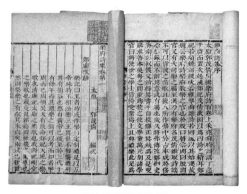

악부시집(樂府詩集)

# 子夜四時歌 <sub>자야사시가</sub>
## 春歌 (二)

| | |
|---|---|
| 陌頭楊柳枝<br><sub>맥 두 양 류 지</sub> | 길가의 버드나무 |
| 已被春風吹<br><sub>이 피 춘 풍 취</sub> | 벌써 봄바람에 흔들리네. |
| 妾心正斷絕<br><sub>첩 심 정 단 절</sub> | 나의 마음 정녕 애가 끊어질 듯 |
| 君懷那得知<br><sub>군 회 나 득 지</sub> | 그대 속을 어찌 알 수 있을까요? |

여인의 애달픈 심정을 읊은 노래로 후세에도 많은 사람들이 애창했던 5言4句의 노래인데, 이를 四時에 맞춰 지었기에 〈子夜四時歌〉라 한다. 이백의 〈子夜四時歌〉는 6구로 짜여졌다.

버드나무는 이별과 이별의 정, 그리고 돌아오라는 염원을 담고 있다. 버들잎 피는 봄에 떠나고 그리고 다음 버들잎 피기 전에 돌아오라는 염원을 담고 있다.

蛩공          귀뚜라미

愁殺離家未達人      집 떠나 돌아가지 못해 큰 시름에 잠긴 사람
수 살 이 가 미 달 인

一聲聲到枕前聞      네 우는 소리를 잠자리서 듣고 있다.
일 성 성 도 침 전 문

苦吟莫向朱門裏      애쓰며 울지만 부잣집엔 가지 말라,
고 음 막 향 주 문 리

滿耳笙歌不聽君      귀 가득한 풍악 소리에 네 소리를 못 듣는다.
만 이 생 가 불 청 군

풍자의 뜻이 확실한 시이다. 이 시에서 귀뚜라미는 열심히 일하는 貧
民(빈민)을, 그리고 그 울음은 빈민의 하소연이지만 귀인은 절대로 들으
려 하지도 또 듣지도 못할 것이니 헛수고라는 뜻일 것이다.

# 012

# 蘇頲

## 소정

소정 670?-727

蘇頲(소정, 頲 곧을 정)의 자는 廷碩(정석)이고
장안 武功縣(今 陝西省 武功縣)사람이다. 監察
御史, 給事中, 修文館學士, 中書舍人을 차례
로 역임하고 현종 때 재상이 되고 許國公에
봉해졌다. 문학에 뛰어나 燕國公 張說(장열)
과 함께 '燕許大手筆(연허대수필)'이라는 명성
을 누렸다.

# 汾上驚秋 분상경추
## 분하에서 갑자기 가을을 느끼다

| | |
|---|---|
| 北風吹白雲<br>북 풍 취 백 운 | 북풍에 흰 구름이 날리는데 |
| 萬里渡河汾<br>만 리 도 하 분 | 머나먼 길 분하를 건넌다. |
| 心緒逢搖落<br>심 서 봉 요 락 | 마음은 낙엽 지는 때이지만 |
| *秋聲不可聞<br>추 성 불 가 문 | 秋聲도 귀에 들리지 않네! |

山西城(산서성) 사람들은 汾河를 '母親河'라고 부르는데, 황하의 큰 지류이다. 산서성의 省都인 太原市를 지나 運城市의 河津이란 곳에서 황하에 합류한다. 이 시에서는 황하와 분수의 합류지점을 뜻한다. 秋聲을 딱히 어느 한 가지 소리만을 지칭할 수는 없고, 하여튼 시인은 세월이 빨리 흘러간다고 탄식하고 있다.

* 秋聲(추성) : 가을소리. 가을철의 바람소리. 잎이 지는 소리 따위.

# 將赴益州題小園壁 장부익주제소원벽
## 익주로 부임하기 전 뜰의 벽에 쓰다

歲窮將益老
세 궁 장 익 노

만년에 몸은 더 늙어 가는데

春至却謝家
춘 지 각 사 가

봄날이 되어 되레 집을 떠난다.

可惜東園樹
가 석 동 원 수

아쉽긴 東園의 나무들

無人也作花
무 인 야 작 화

주인이 없더라도 꽃을 피우리라.

시인은 721년에 익주〔지금의 四川省(사천성)〕의 지방관으로 폄직(좌천)되었는데 그때 집을 떠나는 아쉬움을 묘사하였다. 주인(家長)이 떠나고 없더라도 꽃은 필 것이라는 자기 위안을 미련처럼 남겼다.

**013**

# 張説

● 장열

장열 667-730

張說(장열)의 자는 道濟이다. 현종 때 재상으로 燕國公에 봉해졌으며, 조정의 중요한 辭章(사장)은 거의 그가 지었기에 許國公 蘇頲(소정)과 함께 '燕許大手筆(연허대수필)'이라 불리었다.

# 蜀道後期 촉도후기
## 촉에서 오는데 약속보다 늦다

客心爭日月
객 심 쟁 일 월　　나그네 마음은 날과 달을 따지는데

來往豫期定
내 왕 예 기 정　　오가는 날을 미리 정했었다.

秋風不相待
추 풍 불 상 대　　秋風은 나를 기다리지 않고

先至洛陽城
선 지 낙 양 성　　서둘러 낙양성에 도착했다네.

　　벗과 함께 만나 낙양으로 가자고 했는데 張說이 약속보다 늦어졌고 우인은 기다릴 수 없어 먼저 낙양에 도착하였다. 자신이 늦은 것을 '秋風이 기다려 주지 않았다' 하여 제목의 '後期'를 표현하였다.

# 守歲<sup>수세</sup>　　선달그믐

守歲<sup>수세</sup>

故歲今宵盡
고 세 금 소 진

묵은해는 오늘 밤 끝나지만

愁心隨斗柄
수 심 수 두 병

시름은 北斗를 따라 돈다.

新年明旦來
신 년 명 단 래

새해는 내일 아침 밝으리니

東北望春回
동 북 망 춘 회

봄에는 낙양으로 돌아가겠지.

　새해 새봄은 예나 지금이나 희망이다. 東北은 아마 고향이거나 皇都
인 長安일 것이다.

　詩人은 客地에서 客苦에 시달렸거나 힘든 나날을 보냈으리라. 그러니
새해 새봄 그리고 고향 생각이 더욱 간절했을 것이다.

# 014

# 沈佺期 • 심전기

심전기 650?-714?

沈佺期(심전기)는 高宗 上元 2년(675)에 進士가 되어 則天武后 때 考功員外郎으로 근무하면서 뇌물을 받아 옥에 들어갔다가 나와 복직하여 給事中에 올랐다가 중종 때에 지금은 월남 땅이 된 곳에 유배되기도 했었다. 沈佺期는 五言律詩에 능했고 宋之問과 함께 이름을 날린 宮廷詩人으로 문학사에서는 '沈宋(심송)'으로 불린다. 그의 시는 南朝 梁과 陳의 화려하고 艶麗(염려)한 기풍이 있어 宮體 詩風을 벗어나지는 못했지만, 신체시의 발전에 공헌했고 오언율시의 기초 확립에 기여한 인물로 평가되고 있다.

# 北邙山<sup>북망산</sup>　북망산

北邙山上列墳塋
북 망 산 상 열 분 영
북망산에 줄 지은 무덤들

萬古千秋對洛城
만 고 천 추 대 낙 성
만고천추 낙양성과 마주한다.

城中日夕歌鐘起
성 중 일 석 가 종 기
성 안에서 아침저녁 노랫소리 높을 때

山上唯聞松柏聲
산 상 유 문 송 백 성
산 위에선 오직 소나무 바람소리만 들린다.

北邙山은 낙양현 북쪽에 해발 300m 정도의 황토구릉지로 무덤 쓰기에 알맞은 산이라고 한다. 東周 이래로 後漢 光武帝 외 여러 황제, 魏(위), 西晋(서진)의 여러 제왕들의 무덤이 즐비하고, 呂不韋(여불위), 안진경, 두보의 묘도 이곳에 있으며 현재 洛陽古墓博物館이 있다. 당대에는 유람지로서의 명성도 있었으며 詩人 張

북망산(北邙山)

籍(장적)은 '人居朝市未解愁(사람은 성내에 살며 걱정을 풀지 못하니) 請君暫向北邙游(그대 잠시 북망산에 유람합시다.)' 라는 명구를 남겼다.

# 015

## 賀知章 ● 하지장

하지장 659-744

賀知章(하지장)은 會稽(회계, 浙江省 紹興)사람으로 자는 季眞이고, 호는 四明狂客(사명광객)이다.

측천무후 때(695) 진사가 되어 國子監四門博士를 거쳐 太常博士를 역임했다. 현종 開元 13년(710) 禮部侍郎 겸 集賢院學士가 되었다가 太子賓客, 檢校工部侍郎, 秘書監 등의 관직을 차례로 역임하였다.

하지장은 성격이 강직하면서도 활달하고 담소와 음주를 좋아하며 李白과 절친했다. 이백을 보고 '그대는 인간 세계에 유배된 신선이오(子 謫仙人也).'라고 말한 사람이 바로 하지장이니, 이후 李白은 '李謫仙'이며 '詩仙'이 되었다.

두보는 〈飮中八僊(仙)歌〉에서 술에 취한 하지장을 '하지장은 말을 타고도 배에 탄 듯 흔들리고, 눈이 감기면 샘물 바닥에서도 잔다네!(知章騎馬似乘船 眼花落井水底眠)'라고 제일 먼저 읊었다.

하지장은 書法에도 매우 뛰어니 草書와 隸書(예시)에 능했고 '縱筆如飛, 奔而不竭(종필여비, 분이불갈 ; 세로로 쓴 글씨는 날으는 것과 같고 그 빠른 필체는 막힘이 없다.)'이라는 평을 들었으며, 또 다른 명필인 張旭(장욱)과 사돈관계였기에 당시 사람들이 '賀張'이라 불렀다.

# 題袁氏別業 제원씨별업
## 원씨의 별장에서 짓다

主人不相識
주 인 불 상 식

주인과 서로 알지 못했지만

偶坐爲林泉
우 좌 위 임 천

우연히 마주하니 한가로워라.

莫謾愁沽酒
막 만 수 고 주

공연히 술값 걱정하지 마시오.

囊中自有錢
낭 중 자 유 전

나그네 주머니에 돈이 있다오.

林泉은 한가히 쉴 수 있는 별장이다. 술을 즐기는 소탈한 시인의 모습을 그릴 수 있다. 예나 지금이나 酒客에 네 돈 내 돈이 어디 있는가? 기분 좋아 먼저 내는 사람이 주인이 된다.

## 回鄕偶書 회향우서
# 고향에 돌아와 우연히 짓다 (一)

少小離家老大回
소 소 이 가 노 대 회
어려서 집을 떠나 늙어 돌아왔더니

鄕音無改鬢毛衰
향 음 무 개 빈 모 쇠
고향 말 바뀌지 않았으나 머리만 희어졌다.

兒童相見不相識
아 동 상 견 불 상 식
아동은 마주 봐도 서로 알지 못하고

笑問客從何處來
소 문 객 종 하 처 래
웃으며 손님은 어디서 왔느냐고 묻는다.

하지장은 天寶 3年(744)에 85세에 사직, 귀향했다고 하였으니 늙어도 너무 늙었을 때였다. 고향에 돌아와서 바뀌지 않은 것과 바뀐 것, 그리고 어린아이의 입을 통해 자신의 온 감회를 풀었다. 어린애가 자신을 몰라주어서가 아니라 흘러 버린 세월의 無常과 늙은 자신에 대한 悲哀가 가득하다.

제목의 偶書(우서)는 우연히 떠오르는 대로 적었다는 뜻이다. 이 시는 그야말로 우연히 지을 수밖에 없었고 아름답게 彫琢(조탁)할 틈이 없었을 것이다.

# 回鄉偶書 회향우서
## 고향에 돌아와 우연히 짓다 (二)

離別家鄉歲月多  고향 떠난 세월이 너무 오래라서
이 별 가 향 세 월 다

近來人事半銷磨  근래 아는 사람 절반이 죽고 없네.
근 래 인 사 반 소 마

唯有門前鏡湖水  오직 대문 앞에 鏡湖의 물이 있어
유 유 문 전 경 호 수

春風不改舊時波  춘풍에 변함없이 옛날처럼 물결치네.
춘 풍 불 개 구 시 파

鏡湖(경호)는 하지장의 고향인 浙江省(절강성)에 있는 호수이다. 하지장이 사직할 때 玄宗이 '鏡湖'라 특별히 賜名해 주었다.

모든 것이 변했지만 변함없는 鏡湖(경호)와 그리고 봄바람만이 늙은 귀향인을 맞이한다는 뜻일 것이다.

절강성(浙江省)에 위치한 경호(鏡湖)

## 詠柳영류　　버들을 노래하다

| | |
|---|---|
| 碧玉妝成一樹高<br><small>벽 옥 장 성 일 수 고</small> | 푸른 옥으로 치장한 키 큰 버드나무 |
| 萬條垂下綠絲條<br><small>만 조 수 하 녹 사 조</small> | 늘어진 온 가지가 실타래처럼 파라네. |
| 不知細葉誰裁出<br><small>부 지 세 엽 수 재 출</small> | 조그만 잎 누가 오렸는지 모르지만 |
| 二月春風似剪刀<br><small>이 월 춘 풍 사 전 도</small> | 이월의 봄바람은 가위와 같다네. |

'二月春風似剪刀'는 봄날의 기운을 눈에 보이고 느낄 수 있도록 표현하였기에 많은 사람들이 즐겨 쓰는 말이 되었다. 봄바람과 버들에 대하여 의인화와 동화적 상상이 천진하다.

# 東方虬 ● 동방규

東方虬(동방규, 東方은 複姓, 虬는 뿔 없는 용 규)
는 측천무후 때 左史를 역임하였다.

## 王昭君 왕소군　五首 오수 (一)

| | |
|---|---|
| 漢道方全盛<br><sub>한 도 방 전 성</sub> | 漢運이 지금 매우 성하고 |
| 朝廷足武臣<br><sub>조 정 족 무 신</sub> | 조정에 무신이 가득한데 |
| 何須薄命妾<br><sub>하 수 박 명 첩</sub> | 어이해 운 없는 여인으로 하여금 |
| 辛苦事和親<br><sub>신 고 사 화 친</sub> | 고생스레 和親을 하라 하는가? |

## 王昭君 왕소군　五首 오수 (二)

| | |
|---|---|
| 昭君拂玉鞍<br><sub>소 군 불 옥 안</sub> | 왕소군은 옥안장을 뿌리치다가 |
| 上馬啼紅顔<br><sub>상 마 제 홍 안</sub> | 말에 올라 우는 고운 얼굴 |
| 今日漢宮人<br><sub>금 일 한 궁 인</sub> | 오늘은 漢 궁궐의 사람이지만 |
| 明朝胡地妾<br><sub>명 조 호 지 첩</sub> | 내일은 흉노 땅의 여인이라네. |

왕소군(王昭君)

# 王昭君 왕소군　　五首 오수 (五)

胡地無花草　　胡地에 꽃이 없으니
호 지 무 화 초

春來不似春　　봄이 와도 봄 같지 않네.
춘 래 불 사 춘

自然衣帶緩　　절로 의대가 헐렁한 것은
자 연 의 대 완

非是爲腰身　　허리 가늘게 해서가 아니라오.
비 시 위 요 신

王昭君은 전한 元帝의 후궁이었는데 흉노와의 화친책으로 흉노 왕에게 和親婚을 약속하였었다. 원제는 평소 후궁들의 그림을 보고 은총을 주었는데 미모에 자신 있던 왕소군은 화공 毛延壽(모연수)에게 뇌물을 주지 않았다. 모연수는 왕소군의 모습을 실제보다 덜 예쁘게 그려 바쳤기에 왕소군은 원제를 모실 수가 없었다.

흉노 왕이 왕소군을 데리고 가는 날 인사를 올리는 그 얼굴을 원제가 보고서는 아름다움에 크게 놀랐다. 흉노 왕에게 실언을 할 수 없어 그냥 보내긴 했지만 元帝는 화가 나서 모연수를 처형했다고 한다.(기원전 33년)

왕소군은 흉노의 선우인 呼韓邪(호한야)의 왕비가 되었다가 호한야가 죽은 뒤에는 그들의 풍습대로 다시 그 아들의 아내가 되어야만 했었고, 죽은 뒤에는 靑塚(청총 ; 봉분이 크고 높은 푸른 무덤.)으로 남았다.

# 017

## 張旭 · 장욱

장욱 658-747

張旭(장욱)의 字는 伯高이고 吳郡 吳縣(今 江蘇省 蘇州市)사람이며, 유명한 서법가로 특히 초서를 잘 써서 '草聖'이라 불렸다. 개원 연간에 常熟尉(상숙위), 金吾長史(금오장사)를 지냈기에 '張長史'라 호칭한다.

장욱은 호음으로 소문났었다. 〈飮中八僊(仙)歌〉에도 이름이 올랐던 대주가인데, 두보는 그를 '張旭三杯草聖傳, 脫帽露頂王公前, 揮毫落紙如雲烟(장욱은 석 잔 술을 마시고 글씨 써 초서(草書)의 성인(聖人)으로 전해지는데, 모자를 벗고 왕이나 귀족 앞에서도 맨머리를 보였고, 휘두르는 붓 종이 위에 대면 구름과 연기가 흘러가듯 초서가 쓰여졌다네.)'이라 하였다. 장욱은 대취한 다음에 소리를 한바탕 지른 다음에야 붓을 들고 초서를 썼기에 그의 초서를 '狂草'라고 불렀다. 장욱의 시는 지금 6首가 전해 온다.

당나라에서는 이백의 시, 장욱의 글씨, 裴旻(배민)의 검무를 '三絶'이라 하였다. 이백도 배민에게 검무를 배운 적이 있었다.

# 桃花谿 도화계　복숭화꽃 핀 골짜기 시내

隱隱飛橋隔野煙
은 은 비 교 격 야 연
보일 듯 말듯 높은 다리는 들안개에 가렸는데

石磯西畔問漁船
석 기 서 반 문 어 선
물가 큰 바위 서편에서 어선을 보고 묻는다.

桃花盡日隨流水
도 화 진 일 수 유 수
桃花가 종일 물을 따라 흘러오는데

洞在清溪何處邊
동 재 청 계 하 처 변
무릉동은 清溪의 어디쯤 있소이까?

〈桃花源記〉는 陶淵明의 짧은 글이 붙은 오언고시이다. 그러나 그 영향은 아주 컸다. 王維도 〈桃源行〉을 지었고, 張旭(장욱)도 이 시를 읊었다. 결국 모두가 존재하지 않는다는 것을 알면서도 글을 지어 읊는 것은 무슨 뜻인가? 그것은 아마도 '念願'이다. 그 '염원'에는 언젠가는 이루어질 것이라는 '희망'이 있다. 그 희망마저 없다면 인간세상은 너무 힘들 것이다.

도연명(陶淵明)

# 018

崔
國
輔
●
최
국
보

최국보 678?-758?

崔國輔(최국보)는 吳郡(浙江省 蘇州) 사람으로,
개원 연간에 급제하고 許昌令(허창령)을 지내
고 나중에 집현전 학사가 되었다. 최국보는
맹호연, 이백과 교유했으며 그의 오언절구
는 매우 뛰어나다는 평을 받았다.

## 怨辭 원사　　원망의 말

妾有羅衣裳　　나에게 비단 한 벌 옷이 있는데
첩 유 나 의 상

秦王在時作　　秦王이 계실 때 만들었답니다.
진 왕 재 시 작

爲舞春風多　　춤을 출 때에 춘풍처럼 따뜻했었는데
위 무 춘 풍 다

秋來不堪着　　가을 되니 입을 수가 없답니다.
추 래 불 감 착

　　궁인들의 정서와 감정, 생활과 그리움을 묘사한 怨辭(원사; 원망하는 말)
는 많고 많지만, 이 원사는 그 짜임새가 특별하고 그 뜻이 매우 깊다. 여
기서 秦王은 구체적인 누구라기보다는 옛날 자신을 귀여워해 주었던 사
람이다. 春과 秋로 한창 때의 옛날과 지금의 쓸쓸함을 표현하였다. 비단
옷을 입고 춤출 때 봄바람이 불어오듯 사랑받았지만 지금은 은총이 식
었기에 비단옷을 입지 못한다는 원망을 완곡하게 표현하였다.

# 古意<sup>고의</sup>　　옛뜻

淨掃黃金階　　깨끗이 황금의 계단을 쓸었는데
정 소 황 금 계

飛霜厚如雪　　무서리 내려서 눈이 쌓인 듯하네.
비 상 후 여 설

下簾彈箜篌　　주렴을 내리고 공후를 타지만
하 렴 탄 공 후

不忍見秋月　　가을의 달을 차마 보지 못하겠네.
불 인 견 추 월

'눈처럼 쌓인 서리'라고 하였으니 얼마나 춥고 쓸쓸한가를 짐작할 수 있겠다. 秋月을 볼 수 없다는 것은 외로움이나 그리움이 견디기 어려운 지경에 이르렀다는 뜻이다. 懷舊〔회구;옛일을 돌이켜 생각함. 회고(懷古).〕의 情(정)을 그린 작품이다.

'古意'는 魏晋(위진) 以來로 시인들이 즐겨 사용하던 詩題(시제)로 '옛날 일에 기탁하여 지금의 느낌을 노래한다'는 뜻이다.

# 長信草<sup>장신초</sup>　장신궁의 풀

長信宮中草
<small>장 신 궁 중 초</small>
장신궁 뜰에 자라는 풀은

年年愁處生
<small>연 년 수 처 생</small>
해마다 수심 서리는 곳에 나서

時侵珠履跡
<small>시 침 주 리 적</small>
때때로 구슬 신발 자취를 덮어

不使玉階行
<small>불 사 옥 계 행</small>
옥돌 계단을 밟지 못하게 하네.

반첩여(班婕妤)

　　장신궁은 前漢 成帝의 사랑을 받던 班
婕妤(반첩여)가 趙飛燕(조비연)의 시기와 질
투를 피해, 자청해서 許皇后를 모시고 살
던 궁궐 이름이다. 반첩여는 여기서 직접
일을 하면서 황후를 모시고 서러운 생활
을 해야만 했었다.

　　반첩여의 친정 손자가 바로 班固(반고)와
班超(반초)이며 반고는 아버지때부터 편찬
하기 시작한 《漢書(한서)》를 계속 집필했지
만 그 완결은 반고의 여동생인 班昭(반소)
에 의해 완성된다. 당시 천재에 가까운 형
제들이었다.

# 少年行 <sub>소년행</sub> 소년행

遺却珊瑚鞭
<small>유 각 산 호 편</small>
산호 채찍을 잃어버리니

白馬驕不行
<small>백 마 교 불 행</small>
백마는 고집 부려 가지를 않네.

章臺折楊柳
<small>장 대 절 양 류</small>
장대에 버들가지 꺾어 주기는

春日路傍情
<small>춘 일 노 방 정</small>
봄날 길 가는 나그네의 연정이라네.

산호 채찍을 가졌다면 귀족 자제일 것이고, 章臺(장대)는 장안의 妓院이 모여 있는 거리 이름이다. 기구와 승구의 뜻은 실제로 잃어버리고 또 가지 않는 사실이 아니라 여인을 향한 정 때문에 머뭇거린다는 표현일 것이다. 버드나무 가지를 꺾어 주는 것은 이별의 정표이며 젊은 남녀가 끌리는 정이란 그런 것이다. 버드나무(柳, liǔ)는 머물다(留, liú)와 諧音(해음: ①조화되다. ②이루어지다.)이기에 떠나는 사람을 붙잡아두고 싶다는 보내는 이의 뜻이 들어 있다.

# 019

# 張九齡 · 장구령

장구령 678-740

張九齡(장구령)의 字는 子壽(자수)로 韶州(소주) 曲江人(今 廣東省 韶關市)이다. 唐 현종 때의 저명한 시인이며 재상이었다. 보통 '張曲江'이라 불리며, 그의 문집으로 《張曲江集》이 있다. 측천무후 때 진사과에 급제하였고 현종 개원 21년(733)에 재상급인 中書門下侍郎同平章事가 되었다.

장구령은 개원 성제의 賢相으로 五嶺山脈(오령산맥) 이남, 곧 지금의 광동, 광서성 출신으로는 유일한 재상이었다고 한다. 그는 강직하면서도 온아했고 풍채와 의표가 매우 단정하여 그때 사람들이 '曲江風度(곡강풍도, 曲江은 그의 고향)'라고 칭찬을 하였다.

장구령은 재상으로서 정직하고 현명하였으며 이해를 따지지 않고 諫言(간언)을 올렸으며, 특히 安祿山(안록산)의 야심을 간파하고 현종에게 '안록산의 얼굴에 反相이 뚜렷하니, 지금 죽이지 않으면 필히 후환이 있을 것'이라며 제거를 건의하였지만 현종은 받아들이지 않았다. 20년 뒤 현종은 안록산의 난을 피해 蜀으로 피난하면서 장구령의 말을 생각하며 통곡했고 사람을 보내 장구령의 무덤에 제사를 올리게 했다고 한다.

# 賦得自君之出矣 <sub>부득자군지출의</sub>
# '임 떠난 뒤로'를 따라 짓다

| 自君之出矣 <br> 자 군 지 출 의 | 임께서 떠나간 뒤로 |
| 不復理殘機 <br> 불 부 이 잔 기 | 다시는 남은 베를 짜지 못했습니다. |
| 思君如滿月 <br> 사 군 여 만 월 | 그리운 임은 둥근달 같아서 |
| 夜夜減淸輝 <br> 야 야 감 청 휘 | 밤마다 맑은 달빛은 줄어듭니다. |

이 시는 악부의 古題를 따라 지은 시이기에 제목 앞에 '賦得~'이라 하였다. 後漢 徐幹(서간)의 〈室思, 아내의 사념〉라는 악부시에서 '自君之 出矣, 明鏡暗不治, 思君如流水, 無唯窮已時.(당신이 떠나신 뒤로 거울에 때가 끼 어도 아니 닦았습니다. 당신 생각은 흐르는 물처럼 멈출 때가 없습니다.)'라고 읊었는데, 이후 이를 따라 지은 시가 많이 나왔다.

떠난 임을 그리는 마음이 둥근달이 기울 듯 날마다 조금씩 줄어든다는 말은 거짓이 아니며, 또 실제로 생활 속에서 그럴 수밖에 없을 것이다. 그리고 다시 둥근 만월이 되는 것처럼 언젠가는 그리움에 사무쳐 울 수도 있을 것이다.

## 照鏡見白髮 <sub>조경견백발</sub>
### 거울 속에서 백발을 보고

宿昔青雲志
숙 석 청 운 지
옛날에는 청운의 뜻을 품었는데

蹉跎白髮年
차 타 백 발 년
허송세월에 백발 나이가 되었네.

誰知明鏡裏
수 지 명 경 리
누가 알리오? 거울 속에서

形影自相憐
형 영 자 상 련
몸과 그림자가 서로 위로를 하네.

蹉跎(차타)는 발을 헛디뎌 넘어진다는 뜻에서 허송세월했다는 의미인데, 재상을 역임했고 또 시인으로서도 명성을 누린 장구령이 허송세월했다고 자책하고 있다.

青雲! — 이 얼마나 멋진 꿈인가? — 하늘에 높이 뜬 구름!

그런 꿈을 아니 품는 젊은이는 青春이 아닐 것이다.

# 020

孟浩然・맹호연

맹호연 689-740

孟浩然(맹호연)은 浩라는 이름보다는 그의 字 '浩然'으로 통칭된다. 號는 鹿門處士(녹문처사)이고, 襄州 襄陽(양양, 今 湖北 襄陽市)사람이기에 '孟襄陽'으로 불리기도 한다. 孟浩然(맹호연)과 王維(왕유)를 나란히 '王孟'이라 부른다.

맹호연은 젊은 시절 각지를 유랑했었다. 당 현종 재위 시에 장안에 와서 벼슬길을 찾았으나 뜻을 이루지 못했고, 은거를 바라지 않았지만 은거할 수밖에 없었다.

개원 25년(737), 장구령이 형주자사로 근무하면서 한때 막료로 데리고 있었지만 곧 옛집으로 돌아왔다. 뒷날 王昌齡(왕창령)이 襄陽(양양)을 유람하면서 맹호연을 찾아와 호탕하게 술을 마셨고, 왕창령이 떠나고서 맹호연은 곧 식중독으로 병사했다고 한다.

맹호연의 시가는 대부분이 5언율시로 단편이며 題材는 거의 산수전원이나 은일 생활을 묘사하였다. 맹호연은 왕유, 이백, 장구령과 교유하면서 陶淵明(도연명, 365?-427), 謝靈運(사령운, 385-433), 謝朓(사조, 464-499)의 시풍을 이어갔기에 盛唐의 山水詩人이라는 명성을 누렸다.

맹호연의 시는 속에 氣骨(기골)이 있으면서도 나타난 모습은 맑고 부드러우며 그의 기풍이나 정신이 밝게 느껴진다.

# 春曉 춘효　봄날아침

春眠不覺曉
춘 면 불 각 효
봄잠에 새벽도 모르고

處處聞啼鳥
처 처 문 제 조
곳곳서 새소리 들린다.

夜來風雨聲
야 래 풍 우 성
밤들어 비바람 소리에

花落知多少
화 락 지 다 소
꽃잎은 얼마나 졌을까?

　들리는 새소리 만큼이나 가뿐하고 명랑하며 정감이 느껴지기에 五言 중에서도 인구에 널리 膾炙(회자)되는 시이다. 어려운 글자도 없고 뜻이 아주 확실하고 비근하지만 열 번을 읽어도 지루하지 않다. 그것은 이 시가 그냥 굵직한 선으로만 그려낸 소묘와 같기에 그러할 것이다. 따라서 이 시의 특징은 '平淡自然(평담자연)'으로 요약된다.

　봄날 늦잠의 즐거움－인간과 수면－활동의 즐거움이 있다면 최고의 휴식으로서 잠의 쾌락을 들어야 한다. 시인은 가장 좋은 계절의 가장 좋은 시간에 늦잠을 즐겼다. 이는 시인이 엊저녁에 시를 생각하며 노심초사했기에 봄날 새벽의 늦잠을 '懶怠(나태)'라고 말할 수는 없을 것이다.

　맹호연의 늦잠을 요즈음 도시 젊은이의 늦잠으로 생각한다면 그것은 아마 '시인에 대한 모독'이 아니겠는가? 詩人이 밤세워 詩句를 다듬는 것을 俗人들이 어이 알겠는가.

그리고 봄밤은 곤한 잠에 빠지기 쉽고 그러다 보니 날이 밝는 줄도 모른다. 시인이 쓴 '不覺(불각)'의 두 글자가 모든 것을 자연스레 설명해 준다. 2구의 새소리는 시인이 확실하게 들었으니 '覺'이며 이 구절도 '曉(새벽 효)'를 묘사하고 있다. 시인은 엊저녁 잠자리에 들면서 비오는 소리를 들었으니 이 또한 '覺'이지만 아침에 꽃잎을 걱정하고 있는 데 시인은 아직 보지 못하였으니 '不覺'이다. 그리하여 不覺－覺－覺－不覺으로 옮겨가며 봄날의 아침, 자연의 풋풋함을 그려내었다.

詩人의 그 느낌은 진주보다도 정말 더 보배이다.

## 宿建德江 <sup>숙건덕강</sup>

## 建德江에서 자면서

移舟泊煙渚
이 주 박 연 저
배를 안개 낀 강가에 댔는데

日暮客愁新
일 모 객 수 신
날이 저물자 근심만 늘었다.

夜曠天低樹
야 광 천 저 수
들이 트여서 하늘은 나무에 닿았고

江淸月近人
강 청 월 근 인
강이 맑으니 달이 사람에 가깝다.

　　建德은 浙江省<sup>(절강성)</sup>의 지명이고, 건덕강은 錢塘江<sup>(전당강)</sup>이다. 이 강의 중류를 보통 富春江<sup>(부춘강)</sup>이라고도 부른다. '野曠天低樹' 의 曠<sup>(밝을</sup>

절강성(浙江省)에 위치한 부춘강(富春江)

광)은 '탁 트인 들'이니, 李陸史(이육사)의 〈曠野(광야)〉를 생각하면 느낌이
올 것이다.

1, 2句에 秋江의 夜泊(야박)을 묘사했지만 시 속에는 '秋'가 보이지 않
는다. 3, 4구는 완벽한 대구로 짜였으며 '曠'과 '淸'이 詩眼이고, '江淸'
은 지금의 계절이 가을이라는 근거가 된다.

3句는 객이 바라본 원경이다. 근경은 4구 '江淸月近人' - 江이 淸하
니 月이 人에 近하다. -이다. 맹호연은 물속에 비친 달을 사람에 가깝다
고 표현하였다.

시인은 경치만을 서술했다. 시인이 서술한 원경과 근경은 어딘지 모
르게 쓸쓸한 느낌이 와 닿는다. 그 쓸쓸함이 바로 2구의 '客愁新'이 아
니겠는가?

본래 詩는 정선된 문자를 골라 써야만 한다. 精鍊(정련)된 글자를 골라
쓴다는 것은 다듬고 또 다듬는 과정이다. 이 시에서는 '이 글자를 이렇
게 바꾸면 어떨까?'라고 생각되는 부분이 없다. 그만큼 鍊字(연자;사물을
정미하게 다듬다.)와 鍊句(연구;머리를 짜서 시구를 생각함. 시구를 가다듬음.)에 애를
썼다는 뜻이다. 시는 전체적으로 담백하지만 은근한 맛이 있고 여러 사
연을 안고 있지만 드러나지 않는 묘미가 있다.

# 送朱大入秦 송주대입진

## 장안에 가는 朱氏 맏이를 보내며

遊人五陵去
유 인 오 릉 거
나그네는 장안으로 떠나는데

寶劍値千金
보 검 치 천 금
보검은 천금의 가치가 있으리라.

分手脫相贈
분 수 탈 상 증
헤어지며 풀어 그대에게 주나니

平生一片心
평 생 일 편 심
여태껏 간직한 한 조각 마음이라오.

맹호연은 의리의 사나이다. 五陵은 長安이다. 먼 길 여행에 칼이 필요할 것이라 생각하여 평생을 간직해 온 천금의 보검을 풀어 준다. 재물보다는 참된 우정을 중히 여기는 맹호연의 한 단면일 것이다.

# 送友之京 송우지경
## 장안에 가는 벗을 전송하다

君登靑雲去
군 등 청 운 거
그대는 청운에 오르러 떠나고

余望靑山歸
여 망 청 산 귀
나는 청산을 향해 돌아간다.

雲山從此別
운 산 종 차 별
청운과 청산이 여기서 갈라지니

淚濕薛羅衣
누 습 설 나 의
눈물이 나의 설나의를 적신다.

맹호연은 나이 40에 長安에 가서 벼슬을 구했다. 독서인이라면 누구나 관직을 지향했다. 경제적인 이유도 있지만 관직에 있어야 文才도 알릴 수 있고, 또 문인들과의 교류도 그만큼 넓었기에 많은 시인들이 관직을 희망했다.

맹호연은 끝내 중앙 관직에도 지방관에도 나가지 못했다. 맹호연은 장구령, 왕유에게도 각별한 부탁을 했었지만 관직을 얻지 못했고, 결국 실의 속에 돌아올 수밖에 없었다.

靑雲에 오르려는 꿈을 안고 장안에 가려는 친우, 실의 속에 靑山에 돌아가려는 자신－그야말로 雲山의 갈림이니, 눈물이 아니 흐르겠는가?

# 尋菊花潭主人 심국화담주인
## 국화담 주인을 찾아가다

行至菊花潭  걸어 국화담까지 갔는데
행 지 국 화 담

村西日已斜  마을 서쪽으로 해는 이미 기울었네.
촌 서 일 이 사

主人登高去  주인은 산에 오르려 갔기에
주 인 등 고 거

鷄犬空在家  닭과 개만 빈집에 남아 있네.
계 견 공 재 가

맹호연 시의 여러 특성 중 하나는 그 자연스러움이니, 곧 굳이 특이한 표현을 찾거나 문자의 彫琢(조탁)에 마음 쓰지 않았다. 이 시는 마치 초등학생의 동시처럼 단순하다. 나머지는 독자의 느낌에 맡긴다는 뜻일 것이다.

솔직히 말해 세상풍파를 다 겪을대로 겪은 사람이 이런 시를 썼다는 자체가 驚異(경이) 아니겠는가?

# 渡浙江問舟中人 도절강문주중인
## 절강을 건너면서 사공에게 묻다

潮落江平未有風
조 락 강 평 미 유 풍
물이 줄어든 강물은 평온하고 바람도 없는데

扁舟共濟與君同
편 주 공 제 여 군 동
작은 배로 사공과 함께 건너간다.

時時引領望天末
시 시 인 령 망 천 말
때로 고개 들어 하늘 끝을 바라보며

何處靑山是越中
하 처 청 산 시 월 중
어느 곳 靑山이 越 땅인가 물어본다.

이 시는 맹호연이 개원 13년(725) 경에 지은 시로 알려졌다. 浙江(절강)은 錢塘江(전당강)이다. 그 지역이 바로 옛날 越(월)나라 땅이다. 이때 맹호연은 혼자만의 강남 유람을 즐긴 것 같다. 이 시는 그저 평범한 말에 특별히 興(흥)이라 할 만한 것도 없다. 그냥 맹물을 마시는 것 같다. 그런데 두 번 세 번 읽어보면 어딘지 흥이 느껴진다.

강물은 평온하고 바람도 없다. 사공도 말이 없고 청산은 끝없이 이어졌는데 혼자만 먼 산을 바라보다가 그냥 심심해서 한마디 물어보는 것이다. 굳이 확실한 대답을 예상하는 것도 아니다. 시인의 흥이란 있는 듯 없는 듯 바로 이런 것이 아니겠는가?

# 送杜十四 송두십사
## 杜씨 열네 째를 전송하다

荊吳相接水爲鄕　荊(형)과 吳(오)는 서로 이웃이며 물이 많은 땅이나
형 오 상 접 수 위 향

君去春江正渺茫　그대 떠난 봄날 강물은 정녕 아득하기만 하다.
군 거 춘 강 정 묘 망

日暮征帆泊何處　날이 저물면 떠나간 배는 어디에 댈 것인가?
일 모 정 범 박 하 처

天涯一望斷人腸　하늘 저쪽을 바라보니 사람 애간장이 끊긴다.
천 애 일 망 단 인 장

헤어진 뒤 그리워 창자가 끊어지는 듯 아프다면 그 그리움이 어느 정도일까? 그렇듯 가까운 우정인가? 아니면 과장된 詩語이겠는가?

애정으로 맺어진 남녀의 이별이 아닌 友人간의 진솔한 감정도 이처럼 절실하다는 것을 맹호연은 시로 말하고 있다.

이런 시를 남녀간의 애정으로 비유해 설명하는 이가 있다면 그 사람은 俗物(속물)일 것이다.

# 送孟浩然之廣陵<sup>송맹호연지광릉</sup> (李白)
## 광릉으로 가는 맹호연을 전송하며

故人西辭黃鶴樓
고 인 서 사 황 학 루

벗님은 서쪽의 황학루를 떠나서

煙花三月下揚州
연 화 삼 월 하 양 주

꽃피는 삼월에 양주로 내려간다.

孤帆遠影碧空盡
고 범 원 영 벽 공 진

외로운 돛 멀어지다가 창공으로 사라지고

惟見長江天際流
유 견 장 강 천 제 류

오로지 뵈나니 長江만 하늘 끝에 흐른다.

맹호연은 이백, 왕유와 각별한 우정을 간직하고 있었다. 이백의 오언율시 〈贈孟浩然〉도 아주 유명하다. 李白의 〈送孟浩然之廣陵〉을 참고로 수록했다.

봄 안개와 봄꽃이 뽀얗게 어우러진 춘삼월에 서쪽 황학루에서 작별을 한다. 맹호연은 배를 타고, 長江을 동쪽으로 내려가 廣陵<sup>(揚州)</sup>으로 간다.

1, 2구는 떠나는 사람을 읊었는데, 여기에는 맹호연이 보인다. 李白은 높은 황학루에서 멀어져 가는 외로운 배 모습이 푸른 하늘 속으로 들어가 안 보일 때까지 주시하고 있었다. 그러다가 맹호연은 보이지 않고 배가 사라진 長江만이 화면에 가득하다. 李白의 슬픔은 단 한글자도 말하지 않았지만 3, 4구에는 우인을 보낸 공허한 심정이 행간에 가득하다.

'孤帆遠影碧空盡, 惟見長江天際流.'의 두 구절은 무한한 대자연속에서 작별하는 우인에 대한 그리움을 그림으로 그리고, 또 동영상처럼 찍어내어 많은 사람들이 기억하는 名句로 남았다.

021

# 王維 ● 왕유

왕유 692-761

王維(왕유)의 자는 摩詰(마힐)이다. 盛唐(성당)의 산수전
원 시인이며, 화가로서는 南宗畵의 開祖이다. 外號는
'詩佛'이며 그의 시 400여 수가 지금 전해오고 있다.
왕유는 조숙한 천재로 알려졌으며 모친의 교육 영
향으로 불가에 귀의하여 형제가 모두 부처를 받들
며 항상 소찬을 들고 마늘과 파와 고기를 먹지 않
았다. 만년에도 오랫동안 채식을 하며 무늬 놓은
옷을 입지 않았다고 한다.
왕유는 당 현종 개원 원년(713) 과거에서 장원으로
진사에 오른 뒤 太樂丞(태악승)이 되었다가 허물에
연좌되어 濟州司倉參軍(제주사창참군)으로 좌천도
당했었다. 뒷날 장구령의 천거로 右拾遺(우습유)가
되었다가 감찰어사를 역임하였다.
천보 14년(755)에 안녹산이 난을 일으키고 이듬 해
장안에 쳐들어오자, 현종은 촉(蜀)으로 피난했다.
피난을 가지 못한 왕유는 안록산의 압력으로 원하
지도 않은 관직(僞官, 위관)을 맡았고 이 때문에 난
이 평정된 뒤에 형벌을 받아야만 했다. 동생 王縉

(왕진)은 자신의 관직을 스스로 강등시키면서 형의 무죄를 변호하였고 왕유는 죄에서 벗어날 수 있었다.

그 후 왕유는 관직과 은거를 계속하였다.

왕유의 시에는 불교 용어나 典故(전고)가 나타나는데 불교사상이 시의 내용이 되었다기보다는 그의 산수자연시를 지탱하는 바탕이 되었다. 왕유가 자연을 관조하는 태도나 자연 속에 가뿐히 안겨 희열을 느끼는 것 모두가 불교와 관련 지어 생각할 수 있다.

이백이 道家 사상과 함께 협객의 기질이 나타나고 두보가 儒家 사상을 가지고 고통 받는 백성들을 이해하려고 했던 점, 그리고 왕유가 불교적 바탕에서 자연 속에 안주하려 했던 것은 서로 좋은 대조를 이루고 있다.

이백은 타고난 天才이고, 두보가 열심히 닦아 스스로 이룩한 '地才'라고 한다면, 왕유는 '人才'라고 세 시인을 비교한 말이 있는데, 이는 아마도 거의 정확한 비교라 할 수 있을 것이다. '天地人' 三才 중 人才라면 그만큼 人情이 많았다는 뜻도 들어 있다.

왕유는 詩書畵(시서화)에 모두 뛰어났다. 蘇軾(소식, 東坡)이 왕유를 평하여 '마힐(왕유)의 시를 감상하면 시 가운데 그림이 있고, 그의 그림을 보면 그림 속에 시가 있다.(味摩詰之詩, 詩中有畵, 觀摩詰之畵, 畵中有詩.)'라고 하였다. 이는 곧 詩情과 畵意(화의)의 合一이라 할 수 있으며 중국시의 전통에 영향을 끼쳤으며 중국인들의 美意識 형성에 큰 몫을 했다고 평가할 수 있다.

## 鹿柴 녹채　　녹채

| | |
|---|---|
| 空山不見人<br>공 산 불 견 인 | 空山에 사람은 보이지 않고 |
| 但聞人語響<br>단 문 인 어 향 | 다만 사람 말소리만 울려온다. |
| 返景入深林<br>반 경 입 심 림 | 지는 햇살 숲 깊게 들어와 |
| 復照靑苔上<br>부 조 청 태 상 | 다시 푸른 이끼 위를 비춘다. |

鹿柴(녹채)는 '사슴 우리'란 뜻으로, 왕유가 은거하는 輞川(망천, 今 陝西省 西安市 藍田縣)의 別墅(별서)에서 경치가 좋은 곳 중의 하나이다. 여기서 사슴을 가두고 길렀다는 뜻은 아닐 것이다. 이 시는 왕유 40세 이후, 곧 왕유 후기 山水詩의 대표 작품으로 알려졌다.

1, 2구에서 시인 空山을 묘사하면서 '語響'으로 그 정적을 깼다. 3, 4구는 '深林'을 묘사하면서 '靑苔'를 그려 시인의 감각을 청각에서 시각으로 전환시켰다. 그러면서 독자에게는 '色卽是空(색즉시공)'의 알 듯 모를 듯한 경계선을 제시해주고 있다.

왕유의 산수를 읊은 시들은 그의 詩歌藝術의 진정한 대표작이라 할 수 있다. 5언 위주로 은거 생활과 전원을 묘사하며 청정하고 한적한 정신세계를 그림 그리듯 그려내었다.

# 竹里館<sup>죽리관</sup>  죽리관

獨坐幽篁裏  조용한 대숲에 홀로 앉아
독좌유황리

彈琴復長嘯  탄금하고 또 긴파람 불어 본다.
탄금부장소

深林人不知  깊은 숲이라 사람들은 모르고
심림인불지

明月來相照  밝은 달이 떠서 나를 비춘다.
명월내상조

　竹里館은 왕유의 망천별서 부근의 조용한 곳이다. 왕유는 망천별서 근처의 鹿柴<sup>(녹채)</sup>, 竹里館<sup>(죽리관)</sup>, 孟城坳<sup>(맹성요)</sup>, 華子岡<sup>(화자강)</sup> 등 경치 좋은 20곳을 裴迪<sup>(배적)</sup>과 함께 거닐면서 시를 지었다고 《輞川集》의 서문에서 밝힌 바 있다. 이러한 시들은 만년에 은거하면서 유유자적하는 심경을 경치를 통해 읊은 것으로, 이 〈죽리관〉 역시 많은 찬탄을 받는 시이다.

　사실 이 시에서 특별히 좋은 표현이나 감동을 주는 언어, 인간을 깨우치는 警句<sup>(경구)</sup>, 또는 이 글자가 바로 '詩眼'이라고 비평가들이 좋아할 만한 글자도 없다. 경치를 서술한 '幽篁<sup>(유황)</sup>', '深林', '明月'이 있고, 시인의 동작을 묘사한 '獨坐', '彈琴', '長嘯<sup>(장소)</sup>'가 있어 그냥 평범한 뜻을 갖고 있다. 그런데 누구나 다 바라보고 알고 있는 明月이 詩人과 '相照'하니, 이 앞의 6개 단어들이 모두 살아나고 움직이는 것이다.

字句는 특별하지 않지만 풍경은 그윽하고 주변은 고요하며 시인의 마음은 한없이 평화로우니 詩가 전체적으로 무척이나 아름답다. 하여튼 시인 왕유의 능력은 정말 특별하다.

그러니 후세인들이 '唐詩를 三分天下하여 李白(詩仙), 杜甫(詩聖), 王維(詩佛)가 하나씩 나눠 가졌다.'고 말했을 것이다. 그리고 이들이 거의 동시대에 살았다는 것도 정말 특이하다.

망천도(輞川圖)
왕유(王維) 은거지(今 西安市 藍田縣)

## 孟城坳 맹성요

# 맹성요

新家孟城口
신 가 맹 성 구

맹성 초입에 새로 지은 집

古木餘衰柳
고 목 여 쇠 류

고목으로 늙은 버들만 남았다.

來者復爲誰
내 자 부 위 수

다음에는 누가 여기 살겠는가?

空悲昔人有
공 비 석 인 유

웬일인지 예전 사람이 슬퍼진다.

왕유의 망천 별장이 있던 곳이 맹성요이다. 坳(요)란 움푹 파인 땅이니 그 주위에 산이 에워쌌을 것이다. 거기서 버드나무 고목을 보며 예전 사람, 그리고 왕유 자신과 또 다음에 누군가가 여기에 살 것이라는 생각을 한다. 생사가 자연스럽게 이어지겠지만 그 주체가 인간이기에 슬픔이 밀려오는 것이다.

## 鳥鳴磵<sup>조명간</sup> 새가 우는 냇가

人閒桂花落
인 한 계 화 락
마음이 한가하고 桂花는 지는데

夜靜春山空
야 정 춘 산 공
인적이 끊긴 산속의 고요한 봄밤

月出驚山鳥
월 출 경 산 조
떠오른 달에 산새가 놀라고

時鳴春磵中
시 명 춘 간 중
때때로 봄의 냇가서 지저귄다.

　　본시는 皇甫嶽(황보악)이라는 시인과 唱和한 〈雲溪(운계;실개천에 자욱하게 구름같이 끼어있는 안개)雜題五首(잡제오수)〉 중 하나이다. 人心이 淸淨無事하니, 그 주변의 自然景物도 또한 그러할 것이다. 桂花(계화;계수나무의 꽃)는 절로 피었다 홀로 지고, 인적이 끊긴 산에 무심한 달이 뜨고, 또 무심한 새들이 놀라 날다가 산속 냇가에서 지저귄다. 春山에 생명력이 넘치지만 閒靜(한정;한가하고 조용함.)한 시인에게는 그러한 것이 느껴지지만 一切皆空(일체개공)일 뿐이다. 1, 2구는 閒靜을 3, 4구는 動靜[동정;(어떤 행동이나 상황 등이) 전개되거나 변화되어 가는 낌새나 상태.]을 그렸지만 시인의 마음은 平靜(평정;평안하고 고요함.)뿐이다.

## 雜詩<sup>잡시</sup>　　잡시 (二)

君自故鄉來<br>군 자 고 향 래　　그대 고향에서 왔으니

應知故鄉事<br>응 지 고 향 사　　으레 고향 일을 알고 있으리.

來日綺窓前<br>내 일 기 창 전　　오던 날 우리 창문 앞에

寒梅着花未<br>한 매 착 화 미　　寒梅가 아니 피었던가요?

〈雜詠(잡영)〉이라고 제목을 달기도 하는데, 雜詠이나 雜詩는 제목에 중요한 의미가 없을 때 붙이는 제목이다. 이 시는 아주 유명한 시이기에 어린아이들한테 漢字 연습의 교본으로 써 주고 싶은 글이다.

고향에서 온 사람을 만나 자기 집 앞에 매화가 피었던가를 물었다. 시인에게 일찍 피는 寒梅(한매)는 고향의 모습이다. 구구절절한 사연이 왜 궁금하지 않았겠는가? 고향에 대한 그 그리움을 쏟아 쌓아 둔다면 어찌 말로 다하겠는가?

# 山中送別 <sup>산중송별</sup>

## 산속에서의 송별

山中相送罷
<sub>산 중 상 송 파</sub>    산중에서 서로 헤어진 뒤에

日暮掩柴扉
<sub>일 모 엄 시 비</sub>    날이 저물어 사립문을 닫는다.

春草明年綠
<sub>춘 초 명 년 록</sub>    봄풀이 내년에 다시 푸르면

王孫歸不歸
<sub>왕 손 귀 불 귀</sub>    벗은 오겠나? 아니 오겠나?

이 시에서 사립문을 닫는 것은 찾아올 사람이 없다는 의미이다. 은거하는 사람은 고독을 즐길 수 있으니 은거하는 것이다. 王孫은 시인에게 貴人인 벗을 지칭한다.

## 相思<sup>상사</sup>  그리움

相思상사  그리움

紅豆生南國<br>홍 두 생 남 국  紅豆는 南國에서 나는데

春來發幾枝<br>춘 래 발 기 지  봄 되면 몇 가지서 열리겠지요.

願君多采擷<br>원 군 다 채 힐  바라나니 그대 많이 따소서

此物最相思<br>차 물 최 상 사  이것은 그리움의 모두랍니다.

紅豆라는 사물에 연상된 서정시이다. '相思子<sup>(상사의 열매)</sup>' 라고 제목을 단 책도 있다. 홍두는 중국의 廣東, 廣西, 대만 등지에서 자라는 나무의 열매인데 납작한 둥근 모양에 콩알만한 크기인데 붉은색으로 겨울이나 초봄에 열리며 장식품으로 쓰인다. 이 相思子<sup>(상사의 열매)</sup>는 옛날부터 '애정의 상징' 으로 여겨졌다.

'相思' 라면 곧 '相思病 – 病이 된 짝사랑' 이 연상되지만 '相思' 는 젊은 남녀만의 감정은 아니다. 친우끼리의 상사도 고귀한 감정이다.

이 紅豆가 어찌하여 '相思' 를 상징하고 그것을 어떻게 엮어 장식하는가에 대해서는 잘 모르지만 '願君多采擷' 은 멀리 있는 우인에게 그리움을 전하는 뜻이며, '友誼<sup>(우의)</sup>를 중히 여기고 있다' 라는 표시이다. 이 시에서 가장 중요한 한 글자는 시인이 선택한 '最' 이다. 최고의 그리움이며 가장 큰 그리움으로 '내 相思의 전부' 를 나타내는 말이 '最' 라는 고급 부사어이다.

# 哭孟浩然 곡맹호연
## 맹호연을 애도하다

故人不可見
고 인 불 가 견
옛 친우 볼 수 없는데

漢水日東流
한 수 일 동 류
漢水는 날마다 東으로 흐르네.

借問襄陽老
차 문 양 양 노
襄陽의 노인께 물어 보았더니

江山空蔡州
강 산 공 채 주
蔡州의 강산이 모두 빈 것 같다네.

왕유의 친우 孟浩然(맹호연 689?−740)이 죽은 뒤에 지었다. 浮生(부생;덧
없는 인생)의 存亡이야 피할 수 없다지만 뜻밖에 빨리 가 버렸고, 또 각별
한 지기였기에 그 슬픔을 짐작할 수 있다. 고인을 그리는 정을 맹호연이
살던 양양을 지나 동으로 흐르는 漢水에 기탁하였고 양양 노인의 '강산
이 빈 것 같다'는 답으로 우인의 죽음을 애도하였다.

# 九月九日憶山東兄弟 <sub>구월구일억산동형제</sub>
## 九月九日에 山東의 兄弟들을 그리다

獨在異鄉爲異客
독 재 이 향 위 이 객

홀로 타향에서 나그네로 지내면서

每逢佳節倍思親
매 봉 가 절 배 사 친

매번 명절이면 친척 생각이 갑절이 된다.

遙知兄弟登高處
요 지 형 제 등 고 처

멀리서도 알리니, 형제가 높은 곳에 올라

偏挿茱萸少一人
편 삽 수 유 소 일 인

모두 수유를 꽂고 한 사람 적다는 것을!

이 시는 왕유 17세 때의 작품이라 알려졌다. 여기서 山東은 '태산의 동쪽' 지금의 山東반도가 아니다. 이 시에서는 殽山<sup>(효산)</sup>과 函谷關<sup>(함곡</sup>

함곡관고지(函谷關故址)

* 茱萸<sup>(수유)</sup> : 수유나무의 열매. 불그스름한 자줏빛인데 기름을 짜서 머리기름으로 씀.

관) 동쪽을 포괄하여 지칭하는 말이다. 왕유의 祖籍은 山西의 祁縣(기현)이고, 아버지가 蒲州(포주)로 이사하였기에 河東人이며, 장안에서 보면 山東이라 할 수 있다. 왕유는 '遙知'라 하여 산동의 형제들이 자신이 그 자리에 없다는 것을 '멀리서도 알리라' 하여 자신의 고향 그리는 마음을 표현했다. 기승전결이 확실하고 詩題가 뚜렷하며, 진솔한 감정을 꾸밈없이 피력하였기에 널리 알려진 시이다.

## 送別송별　　　송별

送君南浦淚如絲
송 군 남 포 누 여 사

그대를 남포에서 보내니 눈물만 줄줄 흐르고

君向東周使我悲
군 향 동 주 사 아 비

그대가 낙양으로 가거늘 나는 슬프기만 하다.

爲報故人憔悴盡
위 보 고 인 초 췌 진

벗들께 알려주오. 이미 늙어 버린 나도

如今不似洛陽時
여 금 불 사 낙 양 시

지금은 낙양에 있을 때와 같지 않다고.

　東周를 東州라 쓰기도 하였는데, 낙양을 지칭한다. 늙을수록 고향이 그립고 쇠약해지니 슬프기만 한데, 벗이 고향으로 돌아간다니 어찌 눈물을 흘리지 않겠는가? 보내는 사람의 슬픔을 아무런 가감도 없이 자연스레 썼기에 그 이별을 내가 겪는 것 같다.

## 渭城曲<sup>위성곡</sup>　　渭城의 노래

渭城朝雨浥輕塵　위성의 아침 비는 흙먼지를 적셨고
위 성 조 우 읍 경 진

客舍靑靑柳色新　객사의 푸른 버들 색도 싱싱하다오.
객 사 청 청 류 색 신

勸君更盡一杯酒　그대에 권하니 한잔 더 비우시길
권 군 갱 진 일 배 주

西出陽關無故人　서쪽 양관으로 가면 아는 사람 없으리오.
서 출 양 관 무 고 인

이 시는 악부시로 길 떠나는 사람을 전송하며 부르는 노래로, 그때는
물론 宋나라 시절까지도 즐겨 불렀던 인기가요였다. 渭城(위성)은 지금의
陝西省(섬서성) 咸陽市 관할의 區인데 그때에는 西域(서역)으로 여행하는

옥문관(玉門關)

사람을 이곳에서 전송했다.

'西出陽關無故人'의 陽關(양관)은 敦煌市(돈황시) 서남 70여 리에 있는 漢 武帝 때 만든 관문으로 옥문관과 함께 '二關'으로 불리고 교통요지이며 천산남로를 지키는 군사기지였다.

이 구절을 '서쪽으로 陽關을 나서면'이라고 번역한 책이 많은데, 이는 '양관'을 지났다는 뜻이니 잘못된 번역이다. 이는 일차 목적지인 양관을 향해 장안에서 서쪽으로 간다는 뜻이다. 장안에서 양관은 너무 먼 거리이니 장안과 양관 사이에도 '無故人'할 것이다. 제목을 〈陽關曲〉, 〈陽關三疊(양관삼첩)〉 또는 〈送元二使安西〉라고 한 책도 있다.

## 秋夜曲<sup>추야곡</sup>　　추야곡

| 桂魄初生秋露微<br><sub>계 백 초 생 추 로 미</sub> | 달이 새로 뜨자 가을 이슬은 조금 내렸는데 |
| 輕羅已薄未更衣<br><sub>경 라 이 박 미 갱 의</sub> | 가벼운 비단옷 너무 얇지만 갈아입지 않았다. |
| 銀箏夜久殷勤弄<br><sub>은 쟁 야 구 은 근 농</sub> | 銀장식 쟁을 밤 깊도록 정성껏 타나니 |
| 心怯空房不忍歸<br><sub>심 겁 공 방 불 인 귀</sub> | 空房이 겁나 침소로 돌아가려 않는다. |

〈秋夜曲〉은 '가을밤의 노래'로 樂府詩의 제목으로, 가을밤에 독수공
방이 두려워 밤늦게까지 거문고를 타고 있는 외로운 여인을 노래했다.
작자를 王涯(왕애), 혹은 張仲素(장중소)라고 하는 주장도 있다.

시의 桂魄(계백)은 달(月)을 지칭한다. 이슬은 초저녁부터 내린다. 아침
에 일어나 이슬을 보고 '맺혔다' '내렸다' 하지만, 초저녁 이슬이 맺히
기 시작할 때는 '이슬 내린다.'라고 말한다. 그렇다고 비 오는 것처럼
내리는 것이 아니다. 기후나 날씨에 관한 우리말 표현은 참으로 많고도
아름답다.

처음부터 끝까지 초가을 밤의 정경이 쓸쓸하게 이어진다. 달이 뜬 지
얼마 안 되었으니 초저녁이고 아직 이슬이 많이 내리지 않았다.

얇은 옷이 밤들어 춥겠지만 갈아입지 않았다는 것은 깊은 시름이 있
어 모든 것이 귀찮다는 뜻을 포함하고 있다. 밤이 깊도록 정성을 다해

쟁을 타는 것도 시름을 잊으려 애쓰는 것이다. 요점은 여인의 공방 – 독수공방이 겁난다는 뜻은 육신으로 또 정신적으로 혼자 있기가 두렵다는 뜻이리라!

## 少年行<sup>소년행</sup>　젊은이의 노래 四首 (一)

| | |
|---|---|
| 新豊美酒斗十千<br><small>신 풍 미 주 두 십 천</small> | 신풍의 좋은 술은 한 말에 만 냥인데 |
| 咸陽遊俠多少年<br><small>함 양 유 협 다 소 년</small> | 함양의 협객에는 젊은이가 많도다. |
| 相逢意氣爲君飮<br><small>상 봉 의 기 위 군 음</small> | 만나면 기분으로 벗을 위해 술을 사며 |
| 繫馬高樓垂柳邊<br><small>계 마 고 루 수 유 변</small> | 화려한 술집 버드나무 아래 말을 매도다. |

　이 시는 악부시의 雜曲歌辭이다. 신풍은 漢 高祖 유방이 고향 豊邑을
본떠 새로 만들었다는 마을이고, 함양은 秦나라의 수도 이름이니 모두
장안을 의미한다. 遊俠(유협)은 의리를 중히 여기는 협객이지만, 여기서
는 위세를 부리며 개인적인 친교를 맺고 있는 귀족 자제들을 지칭한다.
이들의 의기란 것이 나를 위해 한 자리를 마련해 준다면 나도 그렇게 해
야 한다는 의리일 것이다.

# 送沈子福歸江東 송심자복귀강동

## 江東으로 가는 沈子福을 보내며

楊柳渡頭行客稀　버드나무 나루터에 행인도 드문데
양 류 도 두 행 객 희

罟師盪槳向臨圻　어부는 노를 저어 임기로 떠나간다.
고 사 탕 장 향 임 기

唯有相思似春色　오로지 그리는 마음은 봄빛과 같으니
유 유 상 사 사 춘 색

江南江北送君歸　강남이나 강북이든 그대 가는대로 전송하네.
강 남 강 북 송 군 귀

　臨圻(임기)는 江蘇省(강소성)의 지명이라는 註가 있다. 罟師(고사)는 어부이고 송자복이란 사람은 어부의 배를 타고 갔다는 뜻이다. 산과 들, 남과 북 어디에도 봄은 찾아왔다. 왕유의 마음은 송자복이 어디에 있든 함께 하겠다는 뜻이다. 자연의 풍광을 빌어 시인의 마음을 표현하는 방법은 唐代 송별시에서 자주 볼 수 있다.

# 022

# 裴迪

## 배적

배적 ?-?

裴迪(배적)은 關中(관중) 사람으로 왕유, 崔興
宗(최흥종)과 함께 종남산에 살면서 시를 주
고받았다. 천보 연간에 蜀州刺史(촉주자사)를
역임했는데 두보, 李頎(이기)와도 교유했다.

# 華子岡<sup>화자강</sup> 화자강

落日松風起  해가 지자 솔바람이 불어오고
낙 일 송 풍 기

還家草露晞  집에 오니 풀 이슬도 말랐다.
환 가 초 로 희

雲光侵履迹  구름 틈새 빛은 발자국에 남았고
운 광 침 이 적

山翠拂人衣  산의 푸른 기운 옷자락에 감긴다.
산 취 불 인 의

　해질녘에 이슬이 내리니 계절은 초가을일 것이다. 해질 무렵에 시인이 산길을 걸어 집에 돌아왔다. 소나무 사이로 바람이 불었고 좁은 길가 풀에 해질녘 이슬이 내렸는데 집에 들어오니 그 이슬은 말랐다. 해질녘 구름 사이를 뚫고 비친 석양이 발자국에 비쳤고 산의 푸른 기운이 옷자락에 감기었다는 산수경관을 읊은 시이다. 이런 시는 王維와 酬唱〔수창; 시가(詩歌)를 서로 주고받으며 읊음.〕한 것으로 王維의 시와 컬러가 거의 같다는 느낌이 온다.

　왕유가 읊은 동일한 제목의 시는 다음과 같다.(輞川集 20首之 一)

# 華子岡화자강 화자강 (王維)

| | |
|---|---|
| 飛鳥去不窮<br>비 조 거 불 궁 | 나는 새들 끝없이 날아가고 |
| 連山復秋色<br>연 산 복 추 색 | 모든 산이 다시 가을 색이로다. |
| 上下華子岡<br>상 하 화 자 강 | 화자강에 갔다가 내려오는데 |
| 惆悵情何極<br>추 창 정 하 극 | 슬픈 마음 어찌 이리 심한가? |

왕유는 가을의 화자강을 오르고 내려오면서 가을 산을 보며 가을을 슬퍼했다. 선비의 가을은 언제나 서글프다. 가을이면 한 해의 결실을 거두어야 하는데 글 읽는 선비는 가을에 무엇을 거둘 수 있겠는가? 올 한 해 정말 열심히 읽고 쓰며 짓고 생각했는가? 학문이 나아졌는가? 생각하면 정말 서글픈 계절이다.

# 送崔九 송최구　　최씨 아홉째를 보내며

| | |
|---|---|
| 歸山深淺去<br>귀 산 심 천 거 | 산에 가면 깊고 얕은 골을 다니며 |
| 須盡丘壑美<br>수 진 구 학 미 | 山水의 아름다움을 다 보겠지요. |
| 莫學武陵人<br>막 학 무 릉 인 | 본받지 말지어니, 무릉 사람은 |
| 暫游桃源裏<br>잠 유 도 원 리 | 도원에서 잠깐 머물렀다오. |

　시의 崔九는 왕유의 처남인 崔興宗이며 배적의 벗이다. 왕유와 함께
산수에 은거하며 즐겼던 사람인데, 최흥종의 입산을 송별하면서 도연명
의 〈桃花源記〉에 나오는 무릉의 어부처럼 잠깐 머물다 돌아오지 말라는
뜻을 피력했다. 이는 진실한 벗으로서 진정의 충고일 것이다.

## 宮槐陌 <sub>궁괴맥</sub> 궁궐 회화나무 길

門前宮槐陌
문 전 궁 괴 맥

대문 앞 회화나무 길은

是向敧湖到
시 향 의 호 도

의호를 향해 뻗어 있다.

秋來山雨多
추 래 산 우 다

가을 들어 산에 비가 많아

落葉無人掃
낙 엽 무 인 소

잎이 쌓여도 쓰는 사람이 없다.

제목의 宮槐는 궁궐에 있는 회화나무란 뜻인데, 궁 안의 회화나무는 三政丞(삼정승)을 상징한다. 여기서는 그 회화나무가 쭉 심겨진 큰길을 뜻한다. 陌(맥)은 동서로 난 길을 말하지만, 여기서는 그냥 길이라고 번역하면 된다.

山雨는 '산에 내리는 비'라는 뜻이지만, 가을에 비가 자주 내리는 해가 있고 또 그런 비는 산에 구름이 끼고 비가 내리다가 이어 마을에도 비가 내리기 시작한다. 山雨가 있으면 村雨가 있어야 하고, 밭에 내리면 田雨라고 해야 하는가? 山雨 같은 표현은 시를 지으면서 平仄[평측 ; 평(平)과 측(仄), 곧 한시(漢詩)에서 음운의 높낮이.]을 고려하여 지어낸 말이다. 글자 그대로 逐字[축자 (번역) ; 외국어로 된 원문을 낱말이나 구절 그대로 충실히 번역함. 축어역(逐語譯). [참고] 직역(直譯).] 번역을 하지 않아도 될 것이다. 시인은 風雨에 의탁하여 황량한 가을 풍경을 읊었다.

# 023

# 祖詠 · 조영

조영 699-746?

祖詠(조영, 咏으로 쓰기도 함)은 낙양 출신으로 開元 12년(724) 진사과에 합격하였으나 관직에 나가지 않고 汝墳(여분, 今 河南省 汝陽 일대)에서 평범하게 살며 생을 마쳤다. 王維(왕유), 儲光羲(저광희), 邱爲(구위) 등과 교유했는데 특히 왕유와 우정이 깊어 酬唱(수창)하였으며 자연경물을 읊거나 隱逸(은일)생활을 묘사한 시가 많다. 五絕인 〈終南望餘雪〉과 七律인 〈望薊門(망계문)〉이 대표작이고 明代에 편찬된 《祖詠集》이 있다.

# 終南望餘雪 종남망여설
## 종남산의 적설을 바라보다

終南陰嶺秀
종 남 음 령 수

종남산 북쪽 경치 빼어난데

積雪浮雲端
적 설 부 운 단

쌓인 눈이 구름 위로 솟았다.

林表明霽色
임 표 명 제 색

숲 너머로 또렷하게 개었지만

城中增暮寒
성 중 증 모 한

城中에 저녁 추위를 보태는구나!

　제목을 〈望終南殘雪〉로 쓰기도 하는데, 장안성에서 남으로 보이는 종남산이기에 終南 陰嶺(북쪽 봉우리)이라 하였다. 1句에서 3句가 종남산의 雪景이라면 결구는 그 눈을 장안성까지 당겨 온 것이라는 느낌이 든다. 설경을 묘사한 시로서 人口에 膾炙(회자)하는 명품이다.

　1구 종남산의 경치만 빼어난 것이 아니라 起句로서 아주 빼어났으며 제목을 설명하고 있다. 承句의 積雪도 곧 제목의 '餘雪'이며 종남산의 우뚝 솟은 기운이 느껴진다. 3, 4구는 제목의 '望'이니 비나 눈이 개는 霽色(제색)이 또렷한데도 城中이 춥기만 하다니 확실하게 言外의 뜻이 있다.

　이 시는 시인이 과거 시험의 詩題 〈終南望餘雪詩〉의 답안지라고 한다. 과거의 형식은 본래 5언 12구(60字)의 排律(배율)로 지어야 하는데 시인은 이 4구만 제출했다. 시험관이 까닭을 묻자, 조영은 '뜻은 다 들어 있습니다.(意已盡矣)'라고 대답했다고 한다.

과거 시험은 형식을 중요시 하는 시험인데 여러 가지 제한이 있다. 우선 6聯(련)으로 지어야 하며 首聯(수련; 律詩(율시)의 첫 두 句)은 반드시 제목에 관한 의미를 담고 있어야 하며 중간에도 對偶(대우; 詩文(시문)의 對句)로 짜야 하고 같은 글자를 반복하여 쓸 수 없는 등 여러 가지 제약이 있어 그런 제약을 지키다 보면 佳作(가작; 매우 뛰어난 작품)이 나오기 힘들다고 하였다.

위 시에는 그런 형식에 구애받지 않겠다는 시인의 당당한 긍지가 들어 있다. 사실 이 외에 더 무슨 내용을 보태야 하겠는가?

종남산(終南山)

# 024

# 王之渙 ● 왕지환

왕지환 688-742

王之渙(왕지환)의 字는 季凌(계릉)이며 并州(병주, 山西 太原) 사람으로 盛唐 時에〈登鸛雀樓(등관작루)〉가 인구에 회자하여 유명한 시인이 되었다.

王之渙(渙 흩어질 환, 빛나다)은 과거 합격이나 벼슬에 관심을 갖지 않았기에 그의 生平에 관한 자료는 많지 않지만 高適(고적), 岑參(잠삼), 王昌齡(왕창령)과 나란히 이름을 얻었고 作風도 비슷하였다. 왕지환은 오언에 능했고 변새의 풍광에 대한 묘사에 뛰어났다. 지금 그의 시는 6수가 남아 있는데 七絕樂府인〈出塞(출새) = 一名 涼州詞(양주사)〉도 아주 유명하다.

# 登鸛雀樓 등관작루

## 관작루에 올라

| 白日依山盡<br><sub>백 일 의 산 진</sub> | 白日은 서산으로 지고 |
| 黃河入海流<br><sub>황 하 입 해 류</sub> | 황하는 바다로 가려고 흐른다. |
| 欲窮千里目<br><sub>욕 궁 천 리 목</sub> | 천 리 밖 먼 곳을 보려고 |
| 更上一層樓<br><sub>갱 상 일 층 루</sub> | 다시 한 층 누각을 올라간다. |

鸛雀(鸛 황새 관, 雀 참새 작)을 우리말로 까치라 번역한 책도 있는데 까치는 물새가 아니다. 관작은 백로나 왜가리 같은 물새이다. 관작루는 지금의 山西省 서남부 臨汾市(임분시) 관할의 蒲縣(포현)에 있다.

관작루는 黃鶴樓(황학루), 岳陽樓(악양루), 滕王閣(등왕각)과 함께 중국인의 4대 역사문화 명루로 꼽히고 있다. 지금 건물은 2002년에 唐代의 高臺(고대) 樓閣(누각)을 모방하여 중건한 것으로 전체 높이가 73.9m이며 누각에는 왕지환의 청동 소상이 설치되어 있고, 1층에는 毛澤東이 손으로 쓴 〈登鸛雀樓〉가 걸려 있다고 한다.

山西省의 永濟市(영제시) 지역에서, 곧 관작루에서 보면 북에서 남으로 흘러 내려오던 황하가 90도로 꺾어지면서 동해를 향해 동쪽으로 흐른다.

관작루(鸛鵲樓)

　1句와 2句는 실제 경치, 곧 관작루에서 눈으로 확인되는 實景으로 완벽한 대우를 이루고 있다. 사실 '白日依山盡'은 관작루 뿐만 아니라 중국의 어디에서든 해는 서산으로 진다. '黃河入海流'도 그 사람들 사이에 보통으로 하는 이야기이다. '入海流'를 '바다에 들어가 흐른다.' 또는 '바다로 흘러들어 간다.'는 번역은 오역이다. 관작루에서 바다가 수천 리나 되는데 바다로 들어가는 것이 보이겠는가?

이에 비하여 3, 4구는 시인의 머리에서 나오는 상상이다. 이 시에서 '欲窮千里目'의 千里目은 '아주 먼데를 보려고 하는 눈길'이다. 곧 좀 더 멀리 보려고 한다면? 이것이 바로 기승전결에서 '轉(전)'이다. 여기서 이 구절의 反轉이 좋은 질문을 던졌고 그 답은 結句이다. 곧 누구든지 한층 더 높은 곳으로 올라가야 한다.

이상의 1–3句를 종합하면 하나도 특별하지 않은 구절이다. 그러나 여기서 '왜 1층을 더 올라가느냐?'가 문제이다.

'更上一層樓'의 바로 이 구절이 이 시를 유명하게 만들었다. 관작루에서 고향 쪽을 바라보다가 한 층을 더 올라가면 더 먼 곳까지 바라볼 수 있다고 생각하여 1층을 더 올라간다. 이 구절을 '천 리 밖을 보려 한다면 한 층 누각을 더 올라야 하리!'라고 해석하는 사람도 있다. 하여튼 더 먼 곳을, 千里目이 닿는 곳을 보려고 한다면 '더 먼 그곳은' 어디인가?

이는 사람들의 목표지향점이다. 세속적 욕망을 가장 모양 좋게 표현한 구절이 '更上一層樓'라고 말할 수도 있다. 이를 학문에 적용을 한다면 학문에서 한 단계 더 올라가면 보이는 것은 열 배 이상 더 넓게 보인다. 학문을 하는 사람에게 더 열심히 노력하여 한 단계 상승하라는 勸勉의 뜻으로, 이 시를 여러 사람이 좋아하며 서로 권한다.

이 시는 '높이 나는 새가 멀리 본다(The highest sees the farthest).'는 리처드 바크(Richard Bach) 《갈매기의 꿈》의 唐나라 버전이다.

## 出塞<sub>출새</sub>　　출새

| | |
|---|---|
| 黃河遠上白雲間<br><small>황 하 원 상 백 운 간</small> | 황하는 멀리 백운 사이로 올라가고 |
| 一片孤城萬仞山<br><small>일 편 고 성 만 인 산</small> | 한 채의 외진 성벽, 까마득히 높은 산 |
| 羌笛何須怨楊柳<br><small>강 적 하 수 원 양 류</small> | 강적의 〈楊柳〉곡을 왜 원망하겠는가? |
| 春風不度玉門關<br><small>춘 풍 부 도 옥 문 관</small> | 춘풍은 옥문관을 넘어오지 못한다오. |

1구에서는 황하를 언급하였다. 황하의 발원지는 崑崙山<small>(곤륜산)</small>이다. 이백 〈將進酒〉의 '君不見, 黃河之水天上來.' 하는 구절이 연상된다. 하류에서 황하를 올려다보면 백운 사이로 올라가는 것 같다고 느꼈을 것이다.

곤륜산(崑崙山)

황하는 바다로부터 서쪽으로 거의 일직선으로 올라가다가 山西와 陝西(섬서)의 경계를 이루며 90도로 북상하여 내몽고에서 ∩자 형태로 서쪽으로 방향을 틀며 서남으로 향한다. 그 서쪽이 涼州이며 이민족과의 접경이다. 따라서 황하는 하늘의 백운 간을 올라가는 것 같다.

2구에서는 涼州城을 묘사하였다. 一片은 대개 孤와 연용 된다. '一片孤雲'이나 '孤帆一片'이 그런 예이다. 여기서는 '一座'의 뜻이 있다. 산도 많지만 깊게 파인 황토 절벽을 萬仞(만인)이라고 했다.

3구에서는 들려오는 羌族(강족)의 피리 소리를 언급했다. 당나라 사람들은 이별할 때 버드나무 가지를 꺾어 정을 표시했다고 한다. 내년 봄에 버들잎이 피면 꼭 돌아오라는 의미였을 것이다. 그런데 이곳은 봄이 없는 동토, 버드나무 가지 대신 강족이 부는 피리 소리의 〈折楊柳(절양류)〉의 슬픈 곡을 들어야 한다. 그런데 그 슬픈 피리 소리를 원망해 무얼 하겠느냐는 뜻이다.

4구−玉門關은 지금의 甘肅省(감숙성) 敦煌(돈황) 서쪽에 있는 관문이다. 옥문관 너머에 봄이 없다는 뜻은 언제나 춥고 위험한 땅이라는 의미가 들어 있다. 옥문관 너머 춘풍도 넘어오지 못하는 땅, 버들도 푸르지 않고 땅은 얼었고, 싸움은 끝이 없고 귀가할 희망은 절망이다. 그러니 원과 한만 남아 있는 곳! 병졸의 슬픔은 황하만큼이나 연이어 흘러내린다. 하여튼 '변새시의 절창'이라 아니할 수 없다.

왕지환의 〈出塞〉(一名 涼州詞)는 그때 기녀들이 애창한 악부시였다. 변방에 출정한 병사들과 그 감정을 읊은 변새시로 유명한 칠언절구는 王

翰(왕한)의 '葡萄美酒~'로 시작하는 〈渭州詞〉, 왕창령의 '秦時明月~'
로 시작하는 〈出塞〉가 유명했다. 그리고 이별의 노래로는 왕유의 '渭城
朝雨~'로 시작하는 〈渭城曲(위성곡)〉을 불렀으며, 李白의 '朝辭白帝~'
로 시작하는 〈早發白帝城〉 등도 사람들이, 또 주루에서 기녀들이 즐겨
불렀다고 한다.

　어느 날, 시인 王之渙(왕지환), 王昌齡(왕창령), 高適(고적) 세 사람이 '旗亭'
이라는 酒樓에 가서 歌妓들의 노래를 들으며 술을 마셨다. 왕창령이 '술
을 마시는 동안 누구의 시가 가장 많이 불리나 내기를 하자.'고 제안했다.

　첫 번째 가기가 '寒雨連江夜入吳'(王昌齡의 〈芙蓉樓送辛漸〉) 라고 노
래를 하자 왕창령은 벽에 '一絕句'라고 썼다. 다음 가기가 고적의 시를
노래했고, 또 다른 가기는 왕창령의 〈長信秋詞〉를 노래했다.

　그러자 왕지환이 '가장 미인인 4번째 가기가 내 시를 노래하지 않는
다면 앞으로는 자네들과 다투지 않겠다.'고 말했다. 이어 가장 미인인
가기가 '黃河遠上白雲間 ～'하면서 왕지환의 〈양주사〉를 노래했다. 세
사람은 크게 웃었고 왕창령과 고적은 내기를 포기했다고 한다.

　이를 '旗亭畫壁(기정획벽)'이라는 成語로 말하는데, 이는 시인들의 명
시나 절구가 노래로 불렸다는 사실을 입증하고 있다.

# 025

# 暢當

## 창당

暢當(창당)은 代宗 大曆 7년(770)에 진사에
급제하고 德宗 貞元 연간(785-804)에 太上
博士를 역임했다니 왕지환보다 후세 사람이
다. 창당의 이 시는 왕지환의 시만큼 유명하
지는 않지만 매우 널리 알려진 시이다.

창당의 이 시는 高空에 높이 올라 천지의 광
활함을 묘사하였다. 왕지환은 관작루에서
자신의 胸襟(흉금)을 노래했다면 창당은 대
자연을 읊었다. 두 시를 비교하면 두 시인의
개성이 어떻게 다른가를 알 수 있을 것이다.

## 登鸛雀樓 <sub>등관작루</sub>

# 관작루에 올라

迴臨飛鳥上　　나는 새보다 더 위로 오르니
형 림 비 조 상

高出世塵間　　세속 티끌서 높이 솟아 나왔다.
고 출 세 진 간

天勢圍平野　　하늘의 위세는 평야를 에워쌌고
천 세 위 평 야

河流入斷山　　황하는 산을 자르며 흘러간다.
하 류 입 단 산

# 026

# 李頎 ● 이기

이기 690−751

李頎(이기)는 젊어서 부호 자제들과 어울렸
으나 파산한 뒤에야 潁陽(영양)이란 곳에 은
거하며 苦讀十年하여 개원 23년(735)에 진
사에 급제하였다. 관직 경험은 거의 없었고
소탈한 성격에 세속에 구애받지 않으며 王
維, 王昌齡, 高適 등과 긴밀히 왕래하며 교
유하였다. 그의 시는 秀麗雄渾(수려웅혼)하며
변새시에 뛰어났다. 그의 대표적 시로 〈古
從軍行〉, 〈古意〉, 〈塞下曲〉 등이 있다.

## 野老曝背 <sup>야로폭배</sup>
# 시골 늙은이의 햇볕 쬐기

百歲老翁不種田<br>백 세 노 옹 부 종 전      백세 된 늙은이는 밭일을 하지 않고

有知曝背樂殘年<br>유 지 폭 배 낙 잔 년      볕을 쬐며 여생을 즐길 줄 안다.

有時捫虱獨搔首<br>유 시 문 슬 독 소 수      가끔 이를 잡고 홀로 머리 긁적이며

目送歸雁籬下眠<br>목 송 귀 안 리 하 면      가는 기러기를 보며 울타리 아래서 졸고 있다.

옛날에는 누구에게나 虱(슬, 이)이가 있었다. '狗咬花公子(개는 거지를 물고), 虱咬貧寒人(이는 가난한 사람을 문다).' 이라는 속담이 있으며, 또 '皇帝身上還有三個御虱(황제의 몸에도 세 마리의 황제의 이가 있다).' 이라는 속담은 '이(虱)가 없는 사람은 없다.' 곧 누구나 결점은 있다는 뜻으로 통하고 있다. 光頭上的虱子(대머리에 붙은 이)는 '명백하다' 는 뜻으로 통하는 속담이다. 옛날에 이를 잡는 것은 노인들의 일상이었다. 노인이 옷을 뒤집어 이를 잡으며 화롯불에 옷을 털면 이가 떨어져 타 죽는 냄새가 나곤 했다.

위 시의 소재가 된 노인의 한가로운 모습이 눈에 보이는 듯하다.

# 027

# 崔顥 · 최호

최호 704?-754

崔顥(최호)의 자나 호는 전해오지 않는다. 최호는 현종 개원 11년(723) 진사가 되었고 천보 연간에 司勳員外郎을 역임하였다. 현존하는 시는 겨우 40여 수이고 가장 유명한 시는 물론 칠언율시인 〈黃鶴樓〉이다.

최호의 재주는 비상하였으나 음주와 도박을 즐겨 품행은 재주에 걸맞지 못했다고 한다. 소년시절에는 閨情(규정)을 소재로 한 시가 많아 浮艶(부염)하고 경박한 느낌이었으나, 뒤에 변새 지역을 여행한 뒤로는 시풍이 雄渾奔放(웅혼분방)해졌으며 각지를 유랑하면서 시에 몰두하여 사람이 수척해질 정도였다고 한다.

최호가 武昌을 여행하고 황학루에 올라 〈黃鶴樓〉를 지었는데 뒷날 李白이 와서 최호의 시를 읽고서는 '眼前有景道不得(눈앞에 경치를 보고도 말로 할 수 없는데), 崔顥題詩在上頭(최호의 시는 머리 위에 있도다).'라 감탄하고서 시를 짓지 못했다는 유명한 이야기가 전해 온다.

長干行<sup>장간행</sup> 장간리의 노래 四首 (一)

君家何處住
군 가 하 처 주

그대는 어디에 사시는가요?

妾住在橫塘
첩 주 재 횡 당

이 몸은 횡당에 산답니다.

停船暫借問
정 선 잠 차 문

배를 멈춰 잠시 묻는 까닭은

或恐是同鄕
혹 공 시 동 향

혹시 같은 고향 같아섭니다.


長干行<sup>장간행</sup> 장간리의 노래 四首 (二)

家臨九江水
가 임 구 강 수

내 집은 九江의 강가인데

來去九江側
내 거 구 강 측

九江을 따라 오르내렸지요.

同是長干人
동 시 장 간 인

다 같이 장간리 사람이거늘

自小不相識
자 소 불 상 식

어려선 서로 알지 못했네요.

## 長干行 장간행 장간리의 노래 四首 (三)

下渚多風浪
하 저 다 풍 랑
물 아래 쪽은 풍랑이 심하여

蓮舟漸覺稀
연 주 점 각 희
연꽃 따는 배는 거의 없다오.

那能不相待
나 능 불 상 대
어찌 나를 마주 보지 않고

獨自逆潮歸
독 자 역 조 귀
홀로 물 거슬러 돌아가나요.


## 長干行 장간행 장간리의 노래 四首 (四)

三江潮水急
삼 강 조 수 급
三江도 강물이 빠르다지만

五湖風浪湧
오 호 풍 랑 용
五湖의 풍랑도 사납답니다.

由來花性輕
유 래 화 성 경
본래 꽃 따는 배야 가벼워야 하나

莫畏蓮舟重
막 외 연 주 중
연꽃 배가 무거워도 두려워 마오.

長干은 金陵[남경]의 지명으로 상업과 유흥업이 흥성했던 곳이다. 〈長干里〉는 악부가사로 전해져 왔다. 이백의 시에도 〈장간리〉가 있다.

이 시는 질박하면서도 솔직한 민가이다. 이런 노래들을 가기가 신명 나게 부를 수도 있고, 여인들이 큰소리로 합창하면서 웃어대는 모습이 눈에 보인다. 특히 4수에서는 남자가 연꽃을 따는 처녀의 배로 옮겨 타겠다고 노골적인 메시지를 노래하고 있다.

南宋의 문학비평가인 嚴羽(엄우)는 《滄浪詩話(창랑시화)》에서 최호의 〈黃鶴樓〉를 '唐人의 칠언율시 중 제일'이라고 칭찬하였다. 황학루라는 명승에 걸맞은 최호의 시는 만고에 전승되는 명구이다. 절구가 아닌 율시이지만 너무 유명한 시이기에 참고로 수록한다.

## 黃鶴樓 황학루    (崔顥)

昔人已乘黃鶴去
석 인 이 승 황 학 거
옛사람 이미 황학 타고 가버리니,

此地空餘黃鶴樓
차 지 공 여 황 학 루
이땅 텅빈 공간에는 황학루만 남았구나.

黃鶴一去不復返
황 학 일 거 불 부 반
황학은 한 번 가고 다시 돌아오지 않으니,

白雲千載空悠悠
백 운 천 재 공 유 유
흰구름만 천년 동안 헛되이 흘러갔네.

晴川歷歷漢陽樹
청 천 역 력 한 양 수
맑은 시냇물가에 한양의 나무들은 역력하고,

芳草萋萋鸚鵡洲
방 초 처 처 앵 무 주
향기로운 풀은 앵무주에 무성히 자라있고.

日暮鄉關何處是
일 모 향 관 하 처 시
해는 저무는데 고향은 여기서 얼마나 되는가?

煙波江上使人愁
연 파 강 상 사 인 수

구름 안개 자욱한 강물결은 사람을 수심에
잠기게 하는구나.

황학루(黃鶴樓)

# 儲光羲 • 저광희

儲光羲(저광희)는 현종 726년에 진사에 급제
한 뒤, 小官을 지내다가 종남산에 은거했다.
천보 6, 7년경에 출사하여 감찰어사에 이르
렀다. 나중에 安史의 난 기간 중 안록산의
강요에 의해 관직을 맡았다가 난이 평정된
뒤에 嶺南에 유배되었고 거기서 죽었다고
한다. 저광희는 왕유나 맹호연과 같은 산수
전원시를 많이 썼는데 그 시풍은 質樸(질박)
하고 전원생활의 閒適(한적)을 즐겨 묘사하
였다.

## 江南曲<sup>강남곡</sup> 강남곡 四首 (一)

| | |
|---|---|
| 綠江深見底<br>녹 강 심 견 저 | 푸른 강물은 깊지만 바닥이 보이고 |
| 高浪直飜空<br>고 랑 직 번 공 | 높은 파도는 곧게 하늘로 솟는다. |
| 慣是湖邊住<br>관 시 호 변 주 | 오래 물가에 살아서 익숙하기에 |
| 舟輕不畏風<br>주 경 불 외 풍 | 작은 배지만 바람을 겁내지 않네. |

## 江南曲<sup>강남곡</sup> 강남곡 四首 (三)

| | |
|---|---|
| 日暮長江裏<br>일 모 장 강 리 | 장강에 날이 저물자 |
| 相邀歸渡頭<br>상 요 귀 도 두 | 서로들 함께 나루터로 돌아오네. |
| 落花如有意<br>낙 화 여 유 의 | 낙화도 뜻이 있는 듯 |
| 來去逐船流<br>내 거 축 선 류 | 오가며 배를 따라 흐르네. |

〈江南曲〉은 악부가사이다. 1수와 3수 모두 남녀 간의 은근한 애정을 묘사하고 있지만 깊은 정을 노골적으로 드러내지는 않았다. 3수의 결구

에 '逐船流'가 아니라 '逐輕舟(축경루)'가 되어야 더 좋은 표현이라는 주장도 있지만 시인이라 해서 '가장 완벽한 표현'을 골라 쓸 수는 없을 것이다. 지금도 자신이 이미 발표했던 시를 나중에 다시 고쳐 써 발표하는 시인을 종종 볼 수 있다.

## 明妃詞<sup>명비사</sup>　명비사 四首 (一)

明妃詞<sup>명비사</sup>

日暮驚沙亂飛雪　날이 저물자 모래 날리고 눈은 마구 내리는데
일 모 경 사 난 비 설

傍人相勸易羅衣　곁의 여인은 비단옷으로 바꿔 입으라고 한다.
방 인 상 권 역 라 의

强來前殿看歌舞　억지로 前殿에 나아가 가무를 보아야 하고
강 래 전 전 간 가 무

共待單于夜獵歸　單于가 밤 사냥서 돌아오기를 함께 기다린다.
공 대 선 우 야 렵 귀

　明妃는 漢에서 흉노에게 시집보낸 王昭君이다. 이 시는 흉노 땅에서 왕소군의 생활을 묘사하였다.

## 明妃詞 명비사　　명비사 四首 (二)

胡王知妾不勝悲　　胡王은 내가 슬픔을 견디기 어려운 줄을 알고
호 왕 지 첩 불 승 비

樂府皆傳漢國辭　　악부는 언제나 중국의 노래를 부르게 하였다.
악 부 개 전 한 국 사

朝來馬上箜篌引　　아침엔 馬上서 공후인을 연주하는데
조 래 마 상 공 후 인

稍似宮中閒夜時　　한가한 궁중의 연회와 조금은 비슷하도다.
초 사 궁 중 한 야 시

이 시는 왕소군 자신의 말이라 해석할 수 있다.

箜篌引(공후인)은 公無度河歌(공무도하가)를 말하는데 그 뜻은 고조선 때, 뱃사공 霍里子高(곽리자고)의 아내 麗玉(여옥)이 지었다고 전해오는 詩歌(시가). 4언 4구체의 노래로, 물에 빠져 죽은 남편의 죽음을 애도하는 내용. 漢文으로 적힌 가사가 海東繹史(해동역사)에 실려 전함.

명비출새도(明妃出塞圖)

# 029

# 王昌齡 • 왕창령

왕창령 698?-756?

王昌齡(왕창령)의 字는 少伯으로 山西 太原 사람이다. 왕창령은 현종 개원 15년(727)에 진사과에 합격하여 관직을 시작했으나 순탄하지 못했다. 후에 江寧縣丞(강령현승)을 지냈기에 보통 '王江寧'이라 부른다. 그는 高適(고적), 왕지환과 함께 광활한 변경의 풍경을 잘 묘사하여 변새시에 뛰어났었다. 왕창령은 안록산의 난이 일어났을 때 고향으로 피난하다가 피살당했다.

그는 칠언시에도 뛰어나 '七絶聖手(칠절성수)'라는 아름다운 이름이 붙어 있고, 그의 시 180여 수가 남아 전한다. 그중 〈出塞〉, 〈從軍行〉과 같은 변새시와 〈采蓮曲〉, 〈越女〉 등 여인의 생활을 묘사한 시가 널리 알려졌다.

왕창령은 왕유, 맹호연과 깊이 사귀었고, 李白과도 진한 우정을 나누었다. 왕창령이 天寶 7년(748) 龍標(용표) 縣尉(현위)로 폄직되었을 때 이백은 〈聞王昌齡左遷龍標遙有此寄〉라는 시를 지어 위로해 주었다.

## 閨怨 규원　　閨秀의 근심

閨中少婦不知愁　규방의 젊은 여인은 수심을 모르기에
규 중 소 부 부 지 수

春日凝妝上翠樓　봄날에 진한 화장하고 푸른 누각에 올랐네!
춘 일 응 장 상 취 루

忽見陌頭楊柳色　갑자기 길가 푸른 버드나무를 보고서
홀 견 맥 두 양 류 색

悔教夫壻覓封侯　벼슬길 얻으라고 남편 보낸 일을 후회하네!
회 교 부 서 멱 봉 후

　제목의 〈閨怨(규원)〉은 '閨秀(규수)의 근심' 이란 뜻으로, 당나라 시대의 閨怨(규원)을 읊은 시 중에서 단연 돋보이는 작품이다. '覓封侯(멱봉후)' 란 벼슬을 얻기 위하여 從軍하는 것이다.

　젊은 여인이 '不知愁' 하기에 진한 화장을 하고 봄날에 누각을 올랐다. 이는 아직 철이 없다는 뜻이다. 그런데 기승전결의 轉이 확실하다. 젊은 여인이 푸른 버들을 보고서야 봄을 알았다. 홀로 된 규방의 여인이라면 일 년 내내 근심이 없는 날이 없겠지만 春情으로 여인이 견디기 어려운 때가 봄일 것이다. 생계의 수단으로 남편을 군대에 자원케 했던 것을 후회한다는 시이니, 여인의 심리적 갈등이 일어난 것이며 그 심리 묘사가 그린 듯 확실해진다. 보통의 다른 閨怨(규원)의 시는 고통의 모습을 그린 것이 많지만 이 시는 愁의 본질을 바로 찾아내었다는 점에서 특별하다.

## 長信怨 장신원　　長信宮의 시름 五首 (三)

奉帚平明金殿開　　새벽에 빗자루 들면 궁궐이 열리고
봉 추 평 명 금 전 개

且將團扇共徘徊　　이어 부채를 들고 함께 이리저리 다닌다.
차 장 단 선 공 배 회

玉顔不及寒鴉色　　고운 얼굴이 까마귀만도 못하다지만
옥 안 불 급 한 아 색

猶帶昭陽日影來　　까마귀는 그래도 소양전 햇살을 받는다.
유 대 소 양 일 영 래

　　제목을 〈長信秋詞〉로 한 책도 있다. 長信宮은 漢代의 太后의 거처인
데 漢 成帝의 총애를 잃은 班婕妤(반첩여)가 성제의 사랑을 독차지한 趙
飛燕(조비연) 자매에게 화를 입을까 겁이 나서 장신궁에 들어가 太后를 받
들겠다고 자청하여 허락을 받고 무사할 수 있었는데 그 시름을 읊은 樂
府詩이다.

　　이 시를 이해하려면 반첩여에 관한 고사를 알아야 한다.《漢書 外戚
傳》에 대략 다음과 같은 故事가 있다.

　　"趙氏〔조비연〕 자매는 교만하고 투기가 심했다. 반첩여는 그들에게 화
를 당할까 겁을 내고 장신궁에 들어가 태후를 모시겠다고 자청했고 허
락을 받았다. 궁에서 물러난 반첩여는 〈怨歌行〉이라는 노래를 지었다.
그녀가 지은 노래는 '제나라의 비단을 찢는데, 서리와 눈처럼 깨끗하다.
오려 내어 합환선을 만드니, 그 모양이 明月과 같도다.(新裂齊紈素, 皎

潔如霜雪. 裁爲合歡扇, 團團似明月.)'라고 하였다."

사람은 여름에 부채를 애용한다. 그러나 가을에 찬바람이 나면 부채를 버린다. 임금에게 버림받은 반첩여는 자신을 부채에 비유했던 것이다.

본래 班婕妤(반첩여, 기원前 48? - 後 2)의 이름은 전해지지 않는다. 반첩여는 班固와 班超, 그리고 班昭 할아버지의 女兄弟이다. 곧 班固의 大姑母(대고모, 王姑母)이다. 成帝의 后宮으로 들어와 나중에 成帝의 寵愛(총애)를 받아 '婕妤(첩여)'가 되었다. 성제의 총애를 잃고 長信宮에서 太后를 모시었고 태후가 죽자 守陵하다가 홀로 죽었다. 그녀의 작품으로는 〈自悼賦(자도부)〉, 〈怨歌行, 또는 團扇歌(단선가)〉가 있다.

## 春宮曲 <sup>춘궁곡</sup>　춘궁곡

昨夜風開露井桃
<small>작 야 풍 개 노 정 도</small>
어젯밤 바람이 우물가 桃花를 피웠고

未央前殿月輪高
<small>미 앙 전 전 월 륜 고</small>
미앙궁 전각 위에 달이 높이 걸렸다.

平陽歌舞新承寵
<small>평 양 가 무 신 승 총</small>
평양궁 歌妓는 새로 총애를 받으니

簾外春寒賜錦袍
<small>염 외 춘 한 사 금 포</small>
주렴 밖 春寒이라 비단 겉옷을 하사했네.

　

왕창령의 〈春宮曲〉은 後宮의 春怨을 그린 시이다. 제목이 〈殿前曲〉으로 된 책도 있다. 평양공주 집의 歌妓이던 衛子夫<sup>(위자부)</sup>는 漢 武帝의 총애를 받아 입궁했다가 나중에 황후의 자리에 오르고 뒷날 宣帝의 生母가 된다. 장군 衛靑<sup>(위청)</sup>은 위자부의 오라버니이다.

1, 2구는 궁궐의 모습인데 밤바람, 우물가, 높이 뜬 달 등등 화려한 것 같지만 쓸쓸한 정경이다. 3, 4구는 후궁의 여인과 아무 관계도 없는 행복한 여인의 이야기로 총애를 못 받는 여인의 수심을 그렸다.

왕창령의 다음 송별시는 인구에 아주 널리 회자되는 시이다.

# 芙蓉樓送辛漸 부용루송신점
## 부용루에서 신점을 보내다 二首 （一）

寒雨連江夜入吳　찬비가 온 강에 내리는 밤 吳 땅에 도착하여
한 우 연 강 야 입 오

平明送客楚山孤　아침에 친우를 보내니 楚 땅의 산들도 외롭다.
평 명 송 객 초 산 고

洛陽親友如相問　낙양의 벗들이 만약 나를 묻는다면
낙 양 친 우 여 상 문

一片冰心在玉壺　한 조각 깨끗한 마음 옥호에 있다고 말해주오.
일 편 빙 심 재 옥 호

부용루는 江蘇省（강소성）의 양자강 남안 鎭江市 서북쪽에 있는 누각이며, 이 시에서 吳와 楚는 지역 명칭이다.

이 시는 송별시인데 송별의 정경에 대한 묘사가 없고 시인 자신의 이야기에 자신의 감정 그리고 자신에 대한 부탁을 하고 있다. '一片冰心在玉壺'－이 구절이 천하의 명구이다. 冰心（빙심）은 잡념이 없는 투명하고 깨끗한 마음이며, 玉壺（옥호）는 옥으로 만든 병, 얼음을 넣어 두는 병이다. 요즈음 보온병이라고 생각하면 된다.

이 구절의 뜻은 '어지러운 세상이지만 나는 냉철하게 내 본심을 잘 지켜 나가고 있다'는 主體 선언이라 할 수도 있지만 友人을 보내는 시이니 '내 우정은 투명하고 깨끗하다'는 뜻으로 풀이해야 할 것이다.

'옥호에 든 얼음'－친우를 생각하는 순수한 마음을 더 이상 어떻게

표현하겠는가? 이 구절을 두고 시인이 지방에 좌천되며 벼슬에 대한 미련을 버렸다고 해석하는 것은 매사를 관직과 연관 지어 생각하는 병이라 할 수 있다. 그냥 친우에 대한 우정 – '잡된 마음 없고 깨끗하다'로 해석하면 끝이 아닌가?

부용루(芙蓉樓)

# 芙蓉樓送辛漸 부용루송신점
## 부용루에서 신점을 보내다 二首 (二)

丹陽城南秋海陰  단양성 남쪽에는 가을 물이 넘치고
단 양 성 남 추 해 음

丹陽城北楚雲深  단양성 북쪽에는 가을 구름이 깊다.
단 양 성 북 초 운 심

高樓送客不能醉  고루서 나그네를 전송하며 취할 수 없고
고 루 송 객 불 능 취

寂寂寒江明月沈  쓸쓸한 강물에는 밝은 달이 잠겼다.
적 적 한 강 명 월 침

이 두 번째 시는 1수만큼 유명하지가 않다. 1수가 너무 잘 알려졌기에 2수는 보통 언급되지도 않는다. 丹陽城은 지금의 江蘇省 丹徒縣(단도현)에 해당한다.

## 從軍行 종군행    종군행 七首 (一)

烽火城西百尺樓
봉 화 성 서 백 척 루

봉화 오른 성채 서쪽 높은 누각에

黃昏獨上海風秋
황 혼 독 상 해 풍 추

황혼에 혼자 오르니 청해호 바람이 분다.

更吹羌笛關山月
갱 취 강 적 관 산 월

羌笛으로 〈關山月〉을 다시 불어 보니

無那金閨萬里愁
무 나 금 규 만 리 수

만 리 밖 아내 그리움을 어찌해야 하나?

위 시에서 海는 구체적으로는 '靑海湖' 이지만 일반적으로 끝없는 사막을 의미하기도 한다. '羌笛' 은 강족의 피리이고, 관산월은 곡조 이름, 金閨는 閨房(규방)의 미칭이다.

사나이가 이 詩를 읊으면서 心中엔 아내를 그리고 있다. 그러니 같은 처지를 경험한 사람들은 이 시를 더욱 좋아할 것이다.

## 從軍行 <sup>종군행</sup>　종군행 七首 (四)

從軍行
종군행

青海長雲暗雪山　　靑海湖에 진한 구름은 설산을 가렸고
청 해 장 운 암 설 산

孤城遙望玉門關　　외로운 성채 玉門關이 까마득히 보인다.
고 성 요 망 옥 문 관

黃沙百戰穿金甲　　계속되는 전투에 사막 모래가 갑옷을 뚫는데
황 사 백 전 천 금 갑

不破樓蘭終不還　　樓蘭國을 격파 아니 하고선 끝내 돌아가지 않으리.
불 파 누 란 종 불 환

　　雪山은 祁連山(기련산)이다. 2구를 '고성에서 멀리 옥문관을 바라본다.'
로 해석하기 쉬우나 고성이 바로 옥문관이며 聲律 때문에 도치되었다. 누
란은 漢代 서역의 나라 이름이지만, 여기서는 서역의 이민족을 지칭한다.

　　이제 왕창령을 유명한 시인으로 알려지게 한 또 다른 느낌의 변새시를
감상할 차례이다.

기련산(祁連山)
청해성(靑海省)과 감숙성(甘肅省)을 경계짓는 산

# 出塞行 출새행　출새행

白花原頭望京師
백 화 원 두 망 경 사
백화원에 올라 장안을 바라보니

黃河水流無盡期
황 하 수 류 무 진 기
황하 물은 흘러 그칠 날이 없도다.

窮秋曠野行人絶
궁 추 광 야 행 인 절
늦가을의 넓은 벌판 행인도 끊겼는데

馬首東來知是誰
마 수 동 래 지 시 수
동쪽으로 말을 타고 오는 사람 누구일까?

　시인은 지금 서쪽 변방으로 가면서 자꾸 동쪽을 뒤돌아보고 고향을 생각한다. 늦가을 인적이 끊긴 광야에 저쪽에서 누군가 동쪽을 향해 오고 있다. 설령 그 사람이 누군지는 모르겠지만 텅 빈 광야에서 사람을 만나는 것만으로도 반가울 것이다. 변방으로 나가는 사람의 깊은 시름을 잘 표현한 시이다.

　이 시 다음에 두 사람이 얼마나 많은 대화를 했을까? 안했을까? 이 詩에는 묘사하지 않았지만 이는 독자의 생각 나름이다. 詩人은 독자에게 새로운 생각을 만들어 주는 사람이다.

## 出塞<sup>출새</sup>　변경에 출정하다 二首 (一)

秦時明月漢時關
<sub>진 시 명 월 한 시 관</sub>
秦代의 명월이며 漢代의 관문이니

萬里長征人未還
<sub>만 리 장 정 인 미 환</sub>
만 리 먼 곳 오랜 싸움에 돌아오지 못하네.

但使龍城飛將在
<sub>단 사 용 성 비 장 재</sub>
만약 용성에 飛將이 있었다면

不敎胡馬渡陰山
<sub>불 교 호 마 도 음 산</sub>
호마가 음산을 넘게 하지는 않았으리라.

　이 시는 一名 〈從軍行〉으로 악부시이며, 일종의 軍歌이고 시의 내용 상으로는 변새시이다. '秦時明月漢時關'이란 '秦漢時의 明月이며 秦漢 時의 關門(관문)'이라는 뜻인데, 漢과 秦을 한 번씩 생략하여 月과 關을 수식하였다. 이런 修辭(수사) 기법을 '互文(호문)'이라고 한다.

　秦 나라 시절에도 떠 있던 달이며 漢代에도 있던 관문이란 변방의 수 비와 전쟁과 거기에 따른 고통이 그만큼 오래되었다는 뜻을 포함하고 있다. 서북방의 흉노 침략과 이를 막으려는 한족의 싸움은 일찍이 秦漢 시대부터 있었다. 이에 시인들은 변새시를 지어 출정 병사들의 고난 및 그들의 귀환을 애타게 기다리는 부녀자들의 비애를 읊었다.

　이 시의 龍城은 지금의 甘肅省 天水市 관할의 지명이며, 飛將은 漢나 라의 명장 李廣이다. 이광과 같은 명장이 있었다면 흉노와 같은 이민족 이 국경을 넘어와 이처럼 괴롭게 하지는 않았을 것이라는 염원이 들어 있다. 王翰(왕한)의 '葡萄美酒夜光杯'로 시작하는 〈涼州詞〉와 함께 변경 출새시의 걸작으로 꼽히며, '神品'이라는 평가와 함께 '唐人 絶句의 압권'이라 할 수 있는 좋은 시이다.

唐代의 변새시는 일반적으로

○五言과 七言의 歌行體(가행체)가 많고,

○변경의 경치나 이국 풍경, 병사의 향수나 고생을 주제로 하며,

○변경에서 고생하는 병사들이나 전쟁의 참상에 대한 문인들의 감상을 묘사하고

○남아의 기개나 호방한 풍격과 함께 낭만적이거나 진취적 기상을 노래한 경우가 많다.

대표적 시인으로는 岑參(잠삼, 715-770), 高適(고적, 702-765), 王昌齡(왕창령, 698-756?)이 유명하고, 崔顥(최호), 李頎(이기), 王之渙(왕지환)도 절묘한 변새시를 남겼다.

# 030

# 常建 • 상건

상건 708-765

常建(상건)은 山水田園詩派의 詩人이다. 현
종 開元15년(727)에 王昌齡(왕창령)과 함께
진사과에 합격하고, 盱眙(우이) 현위가 되었
다. 성격이 매우 耿直(경직)하였고 權貴에 매
달리지 않았기에 벼슬길에서 뜻을 얻지 못
했고, 鄂州(악주)의 武昌(今 湖北省)에 은거하
였다. 常建의 시어는 淸新自然하였으며 意
境이 淸幽(청유)하면서도 깨끗하여 명리를 잊
어버린 隱士(은사)의 심경을 잘 나타내었다는
평을 듣는다. 《全唐詩》에 그의 시 57首가 전
한다.

## 三日尋李九庄 <sub>삼일심이구장</sub>

# 삼월 삼일 李九의 농장을
# 찾아가다

雨歇楊林東渡頭　비가 그치고 버드나무 숲 동쪽 나루에서
우 헐 양 림 동 도 두

永和三日蕩輕舟　옛날 왕희지처럼 작은 배를 저어 갔다.
영 화 삼 일 탕 경 주

故人家在桃花岸　벗의 집은 복사꽃이 핀 냇가에 있어
고 인 가 재 도 화 안

直到門前溪水流　시냇물이 흐르는 대문 앞에 바로 왔네.
직 도 문 전 계 수 류

　제목의 三日은 음력 삼월 삼일, 곧 삼
진날인데 이날은 사람들이 모여 술을 마
시며 담소하는 놀이를 즐겼다. 承句의
'永和 三日'은 東晉 永和 9년(353) 三月
三日에 王羲之(왕희지)와 그 벗들이 난정
에 모여 脩禊(수계)하며 시를 지었던 날이
다. 상건은 벗인 李九를 찾아간 경과만을
읊었고 그 나머지는 독자들의 생각에 맡
겨 두었다.

왕희지(王羲之)

# 塞下曲 새하곡    새하곡

| 鐵馬胡裘出漢營 | 무장한 말 전투복에 漢의 군영을 나와 |
| 철 마 호 구 출 한 영 | |
| 分麾百道救龍城 | 여러 갈래 나눠 진격하여 용성을 구원하였다. |
| 분 휘 백 도 구 용 성 | |
| 左賢未遁旌竿折 | 흉노는 도망가지 않았고 우리 깃대는 꺾였으니 |
| 좌 현 미 둔 정 간 절 | |
| 過在將軍不在兵 | 잘못은 장군에 있지 병졸에 있지 않다. |
| 과 재 장 군 부 재 병 | |

 唐詩에 사용된 漢은 거의 唐을 지칭하니 〈長恨歌〉의 '漢皇重色~'은 당나라 玄宗이고, 이 시의 漢營은 당나라 군영이다. 左賢은 흉노의 좌현 왕이니 흉노 장수를 의미하며 깃대가 꺾였다는 것은 패전했다는 말이 다. 패전은 언제나 장수의 책임이니, 이는 동서고금을 통해 확실한 진리 이다. 무능한 장수는 패전 후에 언제나 변명을 한다.

 무능한 장수 때문에 무참하게 죽어간 병졸이 무릇 幾何(기하)이겠는 가, 그들의 부모와 처자식의 슬픔은 또 오죽하겠는가 애통하도다!

# 031

# 劉長卿

유장경

유장경 709?-780?

劉長卿(유장경)의 字는 文房이다. 현종 開元 21년 (733) 진사과에 급제하고 轉運使判官을 역임한 뒤 숙종 至德 연간(756-758)에 감찰어사를 지냈지만 무고에 의해 옥에 갇혔다가 풀려나서 潘州 南巴縣尉로 폄직되었다가 睦州司馬를 역임한 뒤 隨州刺史(수주자사)로 관직생활을 끝냈다. 보통 劉隨州라고 통칭하고 그의 문집 《劉隨州集》이 전한다.

劉長卿은 杜甫보다 3세 연장자였으며 肅宗 (756-762), 代宗 연간(762-779)에 시인으로 명성이 높았는데 그의 시풍은 平實하면서도 엄정한 구상에 운율을 중시하여 음조가 조화를 잘 이루었다고 한다. 특히 오언 근체시에 우수하여 '五言長城'이라는 별칭으로 통하였으며 왕유에 견줄 수 있는 산수전원시를 지었고 客愁와 이별의 한이나 한적한 심경을 주제로 한 수작들이 많다.

# 送靈澈 송영철　영철 스님을 보내며

蒼蒼竹林寺　　깊은 숲 속 죽림사
창 창 죽 림 사

杳杳鐘聲晚　　아득히 먼 저녁 종소리 들린다.
묘 묘 종 성 만

荷立帶夕陽　　삿갓 메고 석양을 받으며
하 립 대 석 양

靑山獨歸遠　　멀리 청산으로 홀로 돌아간다.
청 산 독 귀 원

　靈澈(영철)은 中唐의 詩僧인데 詩僧 皎然(교연)과도 친분이 있었으며 劉長卿, 맹호연 등과 교유하였고 《全唐詩》에 10여 수의 시가 수록되어 있다.

　어두워지는 저녁에 죽림사의 종소리를 들으며 바랑을 메고 석양을 받으며 외롭게 청산으로 돌아가는 승려의 모습이 눈에 보이는 듯한 한 폭의 그림이다. 그러면서 어지럽고 혼란하고 시끄러운 세상을 뒤로 하고 정적한 절로 돌아가는 은둔자의 외로운 심정이 나타난다.

　유장경의 禪味(선미)가 확연히 드러나는 시이다. 禪의 경지는 사람마다 다를 것이고, 표현 또한 다를 것이며, 읽는 사람의 느낌도 제각각이 아니겠는가? 사실 이러한 풍경에는 특별한 情이 있을 것이다. 竹林寺를 읊은 다른 오언절구를 소개한다.

# 題竹林寺<sup>제죽림사</sup>

## 죽림사에서 짓다 (朱放)

歲月人間促
세 월 인 간 촉
세월은 인간을 쫓아 버리려 하는데

烟霞此地多
연 하 차 지 다
여기엔 노을에 물든 구름이 많네.

殷勤竹林寺
은 근 죽 림 사
은근히 정이 든 죽림사

更得幾回過
갱 득 기 회 과
앞으로 몇 번을 올 수 있겠나?

朱放(주방, ?-787)은 浙江(절강)의 剡溪(섬계)와 鏡湖 근처에서 은거하였고, 여류시인 李季蘭(이계란)과 詩僧 皎然(교연)과 우정을 같이 했다고 한다.


# 送上人<sup>송상인</sup>  스님을 보내며

孤雲將野鶴
고 운 장 야 학
孤雲이 野鶴을 따라 가려니

豈向人間住
기 향 인 간 주
어찌 속세에 머물리오!

莫買玉洲山
막 매 옥 주 산
沃洲山에는 가지 마시오.

**時人已知處**　　속인들이 모두 알고 있다오.
시 인 이 지 처

　제목을 〈送方外上人〉이라고도 하는데, 方外上人은 '세상 밖에 사는 스님'이고 上人은 佛僧에 대한 존칭이나, 여기서는 구체적으로 누구를 지적하는지 알지 못하지만 일설에는 靈澈 스님이라고도 한다. 옥주산은 浙江省(절강성) 新昌縣에 있는데 부근에 유명한 天台山(천태산)이 있다. 불교나 도교에서 높이는 명산이며, 道敎 72洞天의 하나인데, 東晉의 불승 支道林〔支遁(지둔), 314-366〕이 여기서 학을 키우며 수도했다고 한다.

　孤雲과 野鶴은 짝이 될 수 있을 것이다. 아니면 고운처럼 매인 곳이 없고 야학처럼 자유로운 上人이라고 풀어도 좋다. 시인은 여기서 전송하지만 마음은 上人을 따라가고 있으며 자신도 속세를 버리고 싶은 강한 욕구를 가지고 있다.

　속세와 속인들을 멀리하고 虛靜한 자연 속에 살라는 당부를 빼놓지 않았다. '終南捷徑(종남첩경)'으로 생각하고 종남산에 들어가는 세속 관리를 본받지 말라는 뜻이라 해석할 수도 있다. 같은 뜻을 읊은 시로는 裴迪(배적)의 〈送崔九〉가 있다.

　시인과 上人의 친밀한 정을 확실하게 느끼는 시이며, 惜別(석별)하면서도 挽留(만류)의 정이 넘친다. 또 風趣가 어울리고 뜻이 깊고 묘미가 있는 詩이다.

# 彈琴 탄금　　　탄금

| | |
|---|---|
| 泠泠七絲上<br>영 령 칠 사 상 | 맑고도 시원한 일곱 줄 소리 |
| 靜聽松風寒<br>정 청 송 풍 한 | 조용히 松風의 슬픈 소리 듣는다. |
| 古調雖自愛<br>고 조 수 자 애 | 비록 옛 곡조라도 나는 좋은데 |
| 今人多不彈<br>금 인 다 불 탄 | 지금 사람들 연주하는 이 없다. |

　　제목을 〈聽彈琴〉이라고도 하는데, 琴聲을 빌려 자신의 뜻을 표명하였다. 맑은 七絲의 소리는 다음 句의 '寒'에 이어진다. 여기서 '寒'은 슬픈 듯하면서도 맑은 소리이다. 3, 4句는 對偶(대우)를 이루고 知音을 찾기 어렵다는 뜻이니, 자신처럼 古雅한 知人이 없어 쓸쓸하다는 뜻으로 해석할 수 있으며, 재주를 지니고 있으면서 인정받지 못하여 불우한 자신에 대한 탄식이라고 풀이할 수도 있다.

　　이 시는 칠현금에 대한 칭송이면서 유장경이 그때 사람들처럼 천박한 시속을 따르지 않겠다는 선언적 의미가 있다. 실제로 그러했기에 관직 생활에서 두 차례나 폄직되기도 하여 50세에서 55세에 이르는 시기에 睦州司馬(목주사마)라는 종 6품의 한직에도 있었다.

# 逢雪宿芙蓉山主人 봉설숙부용산주인
## 눈을 만나 부용산 민가에서 자며

日暮蒼山遠
일 모 창 산 원

해가 저물고 먼 산은 잿빛인데

天寒白屋貧
천 한 백 옥 빈

날은 차갑고 초가는 가난하다.

柴門聞犬吠
시 문 문 견 폐

사립문에 개 짖는 소리 들리니

風雪夜歸人
풍 설 야 귀 인

눈보라 치는 밤에 누군가가 돌아오네.

白屋(백옥)은 하얀 집이 아니라 가난한 선비의 거처를 뜻한다. 날이 저물어 가난한 초가에 투숙을 한 나그네, 바람이 불고 눈이 오는 한밤중에 개가 짖고 누군가가 돌아온다는 시인데, 마치 굵직한 선으로 대충 스케치한 〈寒山夜宿圖〉라고 제목을 붙인 그림을 보는 것 같다.

3, 4구는 평이하나 절창으로 시인의 따뜻한 인정을 느낄 수 있다. 시는 전체적으로 쓸쓸한 정경이지만 정감이 가는 시이다. 그리고 이 시는 마치 유장경의 일생을 비유하여 그린 것 같다는 생각이 든다. 많은 시인들은 어렵고 힘들게 그러나 진실한 삶을 보냈다.

# 送張十八歸桐廬 송장십팔귀동려
## 동려로 가는 장씨 열여덟 번째를 보내며

歸人乘野艇
귀 인 승 야 정
떠나는 사람은 들에 매인 배를 타고

帶月過江村
대 월 과 강 촌
달빛을 받으며 강촌을 지나가리라.

正落寒潮水
정 락 한 조 수
알맞게 강물 수위도 줄어들었으니

相隨夜到門
상 수 야 도 문
연달아 밤에 집에 도착하겠지.

동려는 절강성의 지명으로 富春江을 끼고 있다. 潮水가 들어오면 수위가 높아지고 또 강을 따라 나아가기도 어려울 것이다. 조수가 빠지면 수위가 낮아 풍랑도 덜하고 빨리 내려갈 수 있어 하룻밤 사이에 집에 도착할 수 있을 것이라며 떠나는 사람의 평안을 기원하고 있다.

# 江中對月 <sup>강중대월</sup>
## 강에 비친 달

空洲夕煙斂　　조용한 물가에 저녁 안개 걷히니
공 주 석 연 렴

對月秋江裏　　가을 강물 속에 달이 떠올랐다.
대 월 추 강 리

歷歷沙上人　　모래밭에 사람이 또렷이 보이더니
역 력 사 상 인

月中孤渡水　　달밤에 혼자 강을 건넌다.
월 중 고 도 수

　가을 달밤의 풍경을 읊은 이 시가 그림처럼 아름답다. 하늘에 떠오른 달이 물속에 보인다. 물속에 보이는 달을 對月이라 하였다. 그리고 어디선가 사람이 나타나더니 혼자 강을 건너간다고 하였다.

　그 사람을 바라보는 시인의 모습도 함께 떠오른다.

# 重送裵郎中貶吉州 중송배낭중폄길주
## 폄직되어 길주로 가는 배낭중을
## 전송하며 또 짓다

猿啼客散暮江頭
원 제 객 산 모 강 두
원숭이 울고 나그네 흩어지는 저녁 강가에

人自傷心水自流
인 자 상 심 수 자 류
나그네 홀로 슬프지만 강물은 절로 흐른다.

同作逐臣君更遠
동 작 축 신 군 갱 원
조정서 같이 쫓겼지만 그대는 더 먼 곳이니

青山萬里一孤舟
청 산 만 리 일 고 주
끝없는 청산을 가야 하는 외로운 조각배로다.

제목의 '重送~'의 重은 같은 제목의 시에 이어 두 번째로 짓는다는
뜻이다. 시인보다 더 먼 곳으로 폄직되어 가는 벗에 대하여 미안해하는
마음과 어찌할 수 없는 그리움을 말로 다하지 못하고 끝맺었다는 느낌
이 든다.

# 032

# 王翰
## 왕한

왕한 ?-732?

王翰(왕한, 王瀚이라고도 표기)의 字는 子羽(자호)이고 晉陽(진양, 今 山西 太原) 출신이다. 생졸 연도는 확실하지 않지만 睿宗(예종) 景雲 원년(710)에 진사에 급제하였다. 왕한은 집안이 부유했기에 집안에 노래하는 기녀와 명마가 많았으며 성격이 호방하고 매인 데가 없었으며 술을 좋아하였다.

# 涼州詞<sup>양주사</sup> 양주의 노래

涼州詞<sup>양주사</sup>   양주의 노래

葡萄美酒夜光杯   포도로 만든 좋은 술을 야광배에 채워
포 도 미 주 야 광 배

欲飮琵琶馬上催   마시려니 馬上의 비파가 주흥을 돋우네.
욕 음 비 파 마 상 최

醉臥沙場君莫笑   취하여 모래땅에 누웠다고 그대는 웃지 마소!
취 와 사 장 군 막 소

古來征戰幾人回   예부터 싸움터서 몇 사람이나 돌아왔소?
고 래 정 전 기 인 회

---

 개원 9년(721)에 왕한은 秘書正字가 되어 승진을 거듭했다. 그러나 그의 관직생활은 다른 사람의 도움을 받으며 부침을 거듭하다가 나중에 道州司馬로 폄직되고 道州로 부임하던 도중에 병사하였다. 그러나 그의 〈涼州詞〉만은 千古의 절창으로 인정받고 지금도 甘肅省(감숙성) 곳곳 관광지마다 왕한의 〈涼州詞〉를 읽을 수 있다.

 涼州(양주)는 지금의 甘肅省, 寧夏(영하), 靑海의 동북부 등 광활한 지역을 통칭하는데, 당나라 때 治所는 지금의 감숙성 武威縣(무위현)이었고 河西節度使가 주둔하던 실크로드의 요충지이며 포도 생산지였다. 夜光杯(야광배)란 白玉으로 만든 귀한 술잔이며 琵琶(비파)는 본래 馬上에서 연주하는 악기였다.

 당나라 때 포도주는 몇 년이 지나도 시거나 변하지 않는 최고급 술로 이름이 높았다. 그 술을 야광배에, 그리고 또 馬上에서 타는 비파가 주

흥을 돋우는데 취하지 않을 사람이 누구던가? 더군다나 최전방에 나온 武士인데! 언제 죽을지도 모르는 상황에서 취하는 것이야 흥이 될 것이 없으리라!

포도주를 마신 오늘 하루 – 邊塞(변새)의 武人도 시인도 모두 활달하고 기분 좋게, 그리고 얽매이지 않는 오늘의 자유와 상상을 즐겼을 것이다. 시인은 큰소리를 치고 있지만 그 이면에는 슬픔이 배어 있다.

結句의 ‘古來征戰幾人回’는 웅장하면서도 비통하며 비장감을 돋아 준다. 몇이나 돌아왔는가? 그렇다면 나도 죽을 수 있다는 뜻이다. 그러니 술을 마신 것이다. 하여튼 이 시는 술꾼들의 모습과 그 독백을 보는 것 같다.

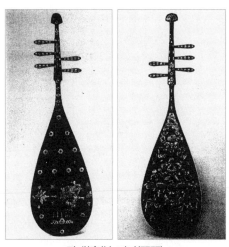

당대(唐代) 비파(琵琶)

# 033

# 李白 · 이백

이백 701-762

李白(이백)의 字는 太白이고, 號는 靑蓮居士(청련거사)이다. 詩仙, 謫仙人(적선인), 酒仙이라는 별칭 외에도 '詩俠(시협)'이라는 별호도 가끔 볼 수 있다. 이백은 杜甫와 함께 중국인들이 공인하는 최고의 시인으로 보통 '李杜'라 병칭한다.

이백의 시 구절은 사람들의 일상용어가 되었는데, 그의 시는 마치 하늘을 나는 천마와 같고 行雲流水처럼 활달하고 자유로우며, 주체할 수 없이 넘쳐 나는 재기와 낭만, 천부의 화려한 언사가 모든 작품에 가득하다. 이백의 詩는 《全唐詩》의 161권에서 180권에 수록되어 있으며 《李太白集》이 전해 온다.

이백의 祖籍은 隴西(농서) 成紀(今, 甘肅省 天水市 秦安縣)이다. 이백은 측천무후가 집권하던 장안 원년(701)에 劍南道 綿州(면주, 今 四川省 江油市)에서 출생한 것으로 알려졌는데, 그가 成紀에서 태어나 5세 때 사천으로 이주했다는 주장도 있다.

이백은 어려서부터 글을 배웠을 것이고, 소년시절에는 諸子書와 史書를 공부하면서도 검술과 奇書

와 신선에 관심을 갖고 司馬相如처럼 賦(부)도 지었
다.(十五觀奇書, 做賦凌相如.)

이백은 25세를 전후하여 사천을 떠나 각지를 유람하였
다. 이백은 그때 명장 郭子儀(곽자의, 697-781)와 사귀었
고 나중에 장안에 들어와 賀知章의 천거로 현종을 알현
했고, 천보 원년(742)에 翰林供奉이 되었다. 현종에게
총애를 받으며 권력을 장악하고 있던 환관 '高力士가
이백의 신발을 벗겨 주고 양귀비에게 먹을 갈게 했다
(力士脫靴, 貴妃研墨)'는 이야기는 이백의 호방한 성격
과 통제 받을 수 없는 그 개성, 그리고 황제 앞에서도
주눅 들지 않는 당당함을 증명한다.

李白은 이 무렵 장안에서 杜甫와 高適(고적)을 만나 교
유한다. 이때 이백, 두보, 고적은 '醉眠秋共被취면추공피
(취해 자면서 가을 이불을 같이 덮었고), 攜手日同行휴수일동행
(손을 잡고 날마다 같이 다녔다)'이라고 하였다. (杜甫의 〈與
李十二同尋范十隱居〉)

李白은 江陵에서 도사 司馬禎(사마정)을 만났다. 이백은
자신의 詩稿(시고)를 보여주며 가르침을 청했고, 도사는
이백이 氣宇(기우)가 軒昻(헌앙)하고 비범한 자질에 놀라
움을 금치 못하며 이백에 대해 '有仙風道骨하니, 가히
八極之表를 神遊할 수 있으리라.'고 말했다.

이는 이백이 仙根을 타고 났다는 의미이다. 이후 이백
은 그야말로 '鵬程萬里(붕정만리)'의 유람을 계속한다.
이백은 신선같이 천하를 유람하면서 시를 지었으니 이
백을 '詩仙'이라 불렀던 것은 아주 적합한 호칭이라고
생각한다.

## 靜夜思<sup>정야사</sup> 정야사

床前明月光
상 전 명 월 광

침상 비춘 밝은 달빛을

疑是地上霜
의 시 지 상 상

땅에 내린 서리로 알았었네.

擧頭望明月
거 두 망 명 월

고개 들어 명월을 바라보고

低頭思故鄕
저 두 사 고 향

고개 숙여 고향을 생각하네.

    이는 新樂府詩에 속하는 思鄕詩이다. 望月懷鄕<sup>(망월회향)</sup>은 나그네라면 누구나 겪는 정서이기에 이 시는 많은 사람들이 좋아한다.

## 玉階怨 옥계원  옥계원

| | |
|---|---|
| 玉階生白露<br>옥 계 생 백 로 | 옥 계단에 찬 이슬이 내리어 |
| 夜久侵羅襪<br>야 구 침 나 말 | 밤 깊으니 비단 버선을 적신다. |
| 却下水晶簾<br>각 하 수 정 렴 | 수정의 주렴을 내리고 |
| 玲瓏望秋月<br>영 롱 망 추 월 | 영롱한 秋月을 바라본다. |

 이 시는 閨怨(규원)을 노래한 악부시로 相和 歌辭이다. 섬돌에 서서 시름없이 누군가를 기다리는 여인의 시름을 읊었다. 여인의 시름은 밤이 되자 시름이 깊어지고, 밤이 늦도록 시름하며, 방에 들어와서도 슬픈 시름은 계속된다. 여인의 시름을 묘사한 '怨(원)'의 노래이지만 '怨'과 비슷한 글자가 없어도 모든 구절에 怨이 넘쳐 난다.

 玉階(옥계), 白露(백로), 羅襪(나멸), 水晶簾(수정렴), 玲瓏(영롱) 등의 시어가 아름답기에 더욱 비절한 심정을 돋아 준다. 특히 비단 버선에 찬 이슬이 스며든다는 묘사는 매우 진한 여인의 시름 내지 욕정의 묘사라 할 수 있다. 여인의 발, 그것을 감싸는 버선, 여인이 신는 신발은 모두 여성性의 상징이다.

## 贈內 증내     아내에게

三百六十日
삼 백 육 십 일
일 년 삼백육십일을

日日醉如泥
일 일 취 여 니
날마다 진흙처럼 취하지요.

雖爲李白婦
수 위 이 백 부
비록 이백의 아내라고 하지만

何異太常妻
하 이 태 상 처
태상의 아내와 무엇이 다르겠소?

　이 시는 이백의 첫 부인인 許氏〔재상, 許圉師(허어사)의 손녀〕에게 준 유머러스한 시이다. 後漢의 宗廟(종묘) 업무를 담당하는 太常卿(태상경)인 周澤(주택)은 업무 관계로 359일을 집에 가지 못하고 종묘에 기거하였는데 집에 가는 딱 하루는 술에 완전히 취했었다고 한다. 이백은 각지를 유람하고 또 술에 취해 살았으니 아내가 태상의 처와 똑같다는 위로의 시라고 할 수 있다.

## 怨情<sup>원정</sup>  원망의 정

怨情<sup>원정</sup>

美人捲珠簾
미 인 권 주 렴

미인은 주렴 걷어 올리고

深坐顰蛾眉
심 좌 빈 아 미

한참을 앉아 눈썹을 찌푸린다.

但見淚痕濕
단 견 누 흔 습

오로지 눈물 자국이 있지만은

不知心恨誰
부 지 심 한 수

마음에 누굴 그리는지 알 수 없어라.

　　이 시도 오지 않는 임을 기다리다 지친 여인의 원한 맺힌 서글픈 심정과 정경을 濃艶(농염)한 필치로 그린 시다. 美人(미인), 捲珠簾(권주렴), 深坐(심좌), 顰蛾眉(축아미) 등의 표현이 고민하는 미인의 자태를 사실적으로 그려내고 있다. 한편 '但見淚痕濕, 不知心恨誰.' 구절 역시 怨과 직결된다. 怨이 있어 눈물을 흘렸고 怨이 있어 恨이 되었다. 다만 그것을 외부로 발현하지 않기에 그 怨은 더 깊어진다.

# 越女詞 월녀사

## 월녀사 五首 (三)

| | |
|---|---|
| 耶溪採蓮女<br><sub>야 계 채 련 여</sub> | 약야계에서 연밥 따는 처녀는 |
| 見客棹歌回<br><sub>견 객 도 가 회</sub> | 나그네 보면 뱃노래 부르며 돌아가네. |
| 笑入荷花去<br><sub>소 입 하 화 거</sub> | 웃으며 연꽃 사이 들어가서 |
| 佯羞不出來<br><sub>양 수 불 출 래</sub> | 부끄러운 척 나오지 아니 하네. |

南朝 민가풍의 신악부시이다. 이백의 筆力으론 무엇이든 살아 숨 쉬고, 누구든 눈앞에 있는 듯 생생하게 그려낼 수 있다.

佯羞(양수)는 '거짓으로 부끄러워하다'의 뜻이니, 처녀가 부끄러운 척하며 두근거리는 가슴 안고 몰래 볼 것은 다 본다는 뜻이리라.

이백의 유랑은 고생이기보다는 낭만과 자유였으니 마치 떠도는 구름처럼 한가롭고 여유가 있었다.

## 獨坐敬亭山 <sup>독좌경정산</sup>

## 경정산에 홀로 앉아서

衆鳥高飛盡
중 조 고 비 진

뭇 새들은 높이 날아가 버리고

孤雲獨去閑
고 운 독 거 한

흩 구름은 홀로 한가히 떠 있다.

相看兩不厭
상 간 양 불 염

서로 보아 싫증나지 않나니

只有敬亭山
지 유 경 정 산

다만 경정산 뿐이니라.

이 시는 천보 12년(753)에 이백이 강남을 유람하면서 지은 시라고 알려졌다. 경정산은 安徽省(안휘성) 宣城(선성)에 있는 昭亭山(소정산)인데, 그

경정산(敬亭山)

곳에 敬亭이라는 정자가 있었고 南朝 齊나라의 謝脁(사조)가 여기서 시를 읊었다고 한다.

　이백은 선성의 紀氏(기씨) 노인의 술집에서 좋은 술을 마셨다. 이백이 다녀갔다는 소문이 퍼지면서 많은 사람들이 기씨 노인의 집에 와서 이백의 시를 읽으며 술을 마셨다. 기씨 노인의 술집은 〈太白酒家〉라 불리면서 날마다 번창했다. 일 년 뒤, 이백이 다시 찾아 왔을 때 기씨 노인은 죽고 없었다. 이백은 노인과의 옛일을 회상하며 망자를 위한 시를 지었다.

## 哭宣城善釀紀叟 곡선성선양기수
## 선성의 술을 잘 빚던 기씨 노인을
## 애도하며

紀叟黃泉裏　기씨 노인은 황천에서도
기 수 황 천 리

還應釀老春　여전히 좋은 술을 빚고 있으리라.
환 응 양 노 춘

夜臺無曉日　무덤에 밝은 날이 없을 텐데
야 대 무 효 일

沽酒與何人　술을 빚어 누구에게 팔겠는가?
고 주 여 하 인

　기씨 노인은 황천에 가서도 '老春'이란 좋은 술을 빚을 것이다. '春'
에는 '술'이란 뜻이 있다. 唐代에 좋은 술을 春이라 불렀는데(酒也, 唐
人名酒爲春), 지금도 四川의 名酒 '劍南春(검남춘)'이 그러하다. 당나라
때 四川은 劍南節度使 관할 지역이었다. '劍南春'은 '검남의 술'이란 뜻
이다.

　기씨 노인이 술이야 빚겠지만 내가 없으니 '누구에게 팔겠느냐'는 물
음으로 그 애도의 정을 다 표현하였다. 이런 평범한 노인을 애도하는 이
백의 아름다운 정이 진정한 휴머니즘일 것이다. 또 이 점이 바로 시인
이백의 위대한 점이다.

# 自遣 자견    마음을 달래다

對酒不覺暝
대 주 불 각 명
술을 마시다 어느새 저물었는데

落花盈我衣
낙 화 영 아 의
낙화가 내 옷자락에 가득하네.

醉起步溪月
취 기 보 계 월
취해 일어나 달 보며 냇가를 걷는데

鳥還人亦稀
조 환 인 역 희
새는 둥지에 들었고 인적도 끊겼네.

　유랑하는 나그네−음주−詩, 이러한 연결은 아주 자연스럽다. 그러나
아무리 애주가이고 好酒家라 하지만 그래도 술이 깬 다음에 허전하고
후회는 언제나 남게 된다. 이백에게도 그런 마음이 있었을 것이다.

　아무리 낙관적인 인생관을 갖고 천하를 유람한 이백이지만, 이백의
근심 중 한 가지는 나이 먹으면서 老衰(노쇠)하는 늙음이다. 이백은 '근
심 = 백발'이라는 공식을 생각하고 살았던 시인이다. 이백은 늙어 가는
사내의 근심도 아주 뛰어나게 묘사했는데 다음의 〈秋浦歌〉 2수를 참고
할 만하다.

## 秋浦歌<sup>추포가</sup> 추포가 十七首 (十五)

百髮三千丈
백 발 삼 천 장
백발이 삼천 길이니

緣愁似箇長
연 수 사 개 장
시름 때문에 이렇게 늘었으리라.

不知明鏡裏
부 지 명 경 리
알 수 없네! 거울 속 몰골이

何處得秋霜
하 처 득 추 상
어디서 이런 서리를 맞았는지.

이백은 流謫<sup>(유적)</sup>에서 풀려나 그 만년을 秋浦에서 보냈다. 추포는 지금의 안휘성 貴池縣으로 그때도 은과 구리의 산지로 유명했었는데 이백은 753년경에 이 일대를 漫遊<sup>(만유)</sup>했었다.

백발이 '어찌 三千丈이겠는가? 길어 보았자 三尺長일 것이다.' 라고 평하는 사람은 과학의 합리성만으로 시를 읽으려는 사람이다. 백발은 근심 때문에 생기는 것으로 이백은 생각하였다. 그 근심의 길이를 재어 본다면 三千丈이 되

추포(秋浦)

고도 남을 것이다. 백발의 길이가 아니라 수심의 길이일 것이다.

이백의 시를 한마디로 표현하자면 '豪放飄逸(호방표일)'이라고 요약할 수 있다. 이는 그의 시정이 무한히 넓고도 깊고 크며 힘차다는 뜻이며, 천마가 하늘을 날 듯 아무 거칠 것도 없는 그런 자유의 세계이다. 그러니 두보는 '落筆에 驚風雨하고(붓을 대면 비바람이 일고), 詩成하면 泣鬼神이라(시가 써지면 귀신도 운다).'고 이백의 시를 말하였다.

杜甫는 그의 〈飮中八僊歌(음중팔선가)〉에서도 이백에 대하여 다음과 같이 표현하였다.

李白一斗詩百篇　　이백은 술 한말에 시 백 편을 지었고
이 백 일 두 시 백 편

長安市上酒家眠　　장안의 거리 술집에서 잠을 잤었네.
장 안 시 상 주 가 면

天子呼來不上船　　천자가 불러도 배에 오르질 못했고
천 자 호 래 불 상 선

自稱臣是酒中仙　　스스로 '저는 술에 빠진 신선'이라 했네.
자 칭 신 시 주 중 선

여기에 있는 그대로 이백은 술 한 말을 마셨다면 시 백 편이 쏟아졌다. 그렇다면 이백은 술에 취해서 또는 술을 마시면서 시를 지었다고 생각해도 괜찮을 것이다. 자칭 '酒中仙'이니 간략히 酒仙이라 불러도 좋을 것이다. 술꾼들이 즐겨 소리치는 '一杯一杯復一杯'가 李白의 시라는 것은 웬만한 사람들은 다 알고 있다.

## 山中對酌 산중대작

# 산중에서 대작하다

兩人對酌山花開
양 인 대 작 산 화 개

두 사람이 대작할 제 메꽃이 피었네.

一杯一杯復一杯
일 배 일 배 부 일 배

한 잔에 한 잔 다시 또 한 잔.

我醉欲眠君且去
아 취 욕 면 군 차 거

나는 취해 자려 하니 그대는 돌아가오.

明朝有意抱琴來
명 조 유 의 포 금 래

내일 아침 생각나면 거문고를 안고 오시게.

술 취하면 졸리고 … 나는 잘 것이니 그대는 돌아가라고 말할 수 있는 사이-흉금을 터놓고 즐길 수 있는 사이이니 술을 마셔도 기분이 좋았을 것이다.

산중에서 술을 마시며 悠悠自樂(유유자락)하는 모습은 이백의 다른 시에서도 볼 수 있다.

## 山中答俗人 산중답속인

# 山中에서 俗人에게 답하다

問余何事栖碧山 　　내게 어인 일로 산속에 사느냐 묻지만
문 여 하 사 서 벽 산

笑而不答心自閑 　　웃고 대답을 안 해도 마음은 절로 한가롭다.
소 이 부 답 심 자 한

桃花流水杳然去 　　桃花는 물에 떨어져 아득히 멀어지고
도 화 유 수 묘 연 거

別有天地非人間 　　별천지 이곳은 속세가 아니라오.
별 유 천 지 비 인 간

　이백은 각지를 떠돌았다. 여러 사람의 연구에 의하면, 이백은 24살이던 현종 개원 12년 (724)에 고향을 떠나 각지를 여행하였다. 이후 이백이 다시 고향을 찾았다는 말은 없다. 8세기에 지금처럼 교통과 숙박, 음식과 의류문제가 쉽지 않은 그 시절에 평생을 떠돌았다. 나그네가 되어 酒店에서 만나고 헤어졌다.

이백의 고향(현재 사천성 강유현에 위치)

## 客中行 객중행　나그네의 노래

蘭陵美酒鬱金香　난릉의 울금향이 들어 있는 좋은 술
난 릉 미 주 울 금 향

玉碗盛來琥珀光　좋은 잔에 가득 채우니 호박 빛이다.
옥 완 성 래 호 박 광

但使主人能醉客　다만 주인이 손님을 취하게만 한다면
단 사 주 인 능 취 객

不知何處是他鄉　어디가 타향인지 알 수 없다네.
부 지 하 처 시 타 향

　울금향 향기 좋고, 琥珀(호박)처럼 노란 술이 옥 술잔에 가득 찼다면
아니 마시겠는가? 또 아니 취할 수 있겠는가? 기분 좋게 취했는데, 어디
가 고향이고 어디가 타향이겠는가? 술꾼에게는 좋은 술을 마실 수 있는
곳이 가장 마음 편한 고향일 것이다. 제목을 〈客中作〉이라 한 책도 있
다.

**東魯門泛舟** 동로문범주
## 동로문에서 배를 떠우고 二首 (一)

日落沙明天倒開
일 락 사 명 천 도 개
해가 져도 모래밭은 밝으니 하늘이 거꾸로 열린 듯

波搖石動水縈回
파 요 석 동 수 영 회
물결 일면 바위도 흔들리고 물은 돌아 흐른다.

輕舟泛月尋溪轉
경 주 범 월 심 계 전
작은 배에 달을 싣고 시냇물 따라 돌아가니

疑是山陰雪後來
의 시 산 음 설 후 래
아마 눈 온 뒤에 돌아온 山陰 왕희지가 아니
겠는가?

東魯門은 山東 曲阜(곡부)의 성문일 것이다. 이백은 齊와 魯 지역을 유람하였고 잠시 머물기도 했었다.

1, 2구에서는 시의의 뛰어난 관찰력에 놀라야 한다. 해가 진 다음 물가의 흰 모래밭은 주위보다 밝으니 하늘이 아래에 있다고 느낀 것이다. 그리고 잔물결 일며 바위 그림자가 흔들리며 물은 바위를 감싸고 흐른다. 정지된 풍경에서 배를 저어가면 물에 비친 달이 따라오니 달을 싣고 가는 것이리라.

옛날 山陰 땅에 살던 王羲之(왕희지)는 눈이 내리자 벗이 그리워 배를 저어 가다가 눈이 그치고 흥도 다하자 벗 있는 곳까지 가지 않고 돌아왔다는 이야기가 있다. 말하자면, 흥이 있어 찾아간 것이고 흥이 식었으니 돌아왔다는 왕희지였다. 이날 이백의 시흥도 이와 같았을 것이다.

## 望天門山 <sup>망천문산</sup>

# 천문산을 바라보다

天門中斷楚江開
천 문 중 단 초 강 개

天門山 가운데를 뚫고 楚江이 흐르고

碧水東流至此回
벽 수 동 류 지 차 회

碧波는 동으로 흐르며 여기서 돌아 나간다.

兩岸靑山相對出
양 안 청 산 상 대 출

양쪽의 강가 청산이 서로 마주 보는데

孤帆一片日邊來
고 범 일 편 일 변 래

외로운 돛단배 하나 하늘서 내려온다.

천문산은 본디 하나였는데 장강이 그 가운데를 잘라 내며 흘러온다고 생각하였다. 그 지역의 장강을 楚江이라 부른다. 우리나라 부여 부근의 금강을 백마강이라 부르듯 장강의 일부를 초강이라 지칭한다.

이백의 명성이 한창 무르익었을 때, 涇州(경주, 지금의 安徽省 涇縣)에 汪倫 (왕륜)이란 사람이 있었다. 왕륜은 호탕한 성격에 의리를 알고 재물을 쓸 줄 아는 사나이로, 이백의 명성을 듣고 흠모하며 꼭 만나보고 싶었다.

왕륜은 어느 날, 이백이 안휘 일대를 유람중이라는 소식을 들었다. 왕륜은 자신의 지인을 통하여 이백에게 초청하는 글을 보냈다.

"貴公께서는 경치 좋은 곳에 유람하시길 좋아하십니까? 우리 이곳에 '十里의 桃花'가 있습니다. 공께서는 愛酒하신다 하니, 우리 이곳에는 '萬家의 酒店'이 있습니다."

천문산(天門山)

이백은 서신을 받았지만 모르는 이름이었다. 그러나 예의를 갖춘 서신이고 '十里桃花'와 '萬家酒店'이 있다니 좋을 것이라 생각했다. 이백은 본래 떠도는 나그네이니 고향과 타향을 어찌 구분하겠는가? '但使主人能醉客(다만 주인이 객을 취하게만 한다면), 不知何處是他鄕(어디가 타향인지 알지 못하겠네!)'이 아닌가?

이백은 기분 좋게 곧바로 왕륜을 찾아왔고, 왕륜은 이백을 환대하였다. 이백이 '십리 길의 도화'를 보러 가자고 말하자, 왕륜이 말했다. "이곳 桃花潭(도화담)은 그 주위가 십 리이기에 十里桃花라고 부릅니다. 그리고 우리 마을 술집 주인이 萬氏라서 우리는 萬家酒店이라 부릅니다."

십 리에 걸쳐 도화가 피어 있는 길을 걷고 여러 주점을 다니며 술을 마시겠다는 이백의 예상은 크게 빗나갔다. 이백은 웃을 수밖에 없었다.

그러나 왕륜의 환대는 극진했다. 그동안 준비해 두었던 가장 좋은 술과 음식으로 이백을 즐겁게 했다. 이백은 고담준론을 나누고 시를 이야기 하며 매일 인근의 경치 좋은 곳에서 즐겁게 지냈다. 54세의 이백은 이때(754), 〈過汪氏別業〉 2수를 지었다.

이백은 왕륜의 진심 어린 환대에 크게 감명을 받았다. 이어 이백은 왕륜과 헤어져야만 했다. 이백이 배를 타고 떠나려는 순간 갑자기 마을 사람들의 踏歌(답가) 노랫소리가 들렸다. 이백이 강 언덕을 바라보니 온 마을 사람들이 모두 나와 줄을 지어 서서 발로 장단을 맞추며 이백을 환송하는 노래를 부르는 모습을 보았다.

이백은 너무 감동해서 배를 멈추고 눈물을 흘리며 시를 지어 왕륜에게 주었다.

## 贈汪倫 <sup>증왕륜</sup>    왕륜에게 주다

**李白乘舟將欲行**
이 백 승 주 장 욕 행
이백이 배를 타고 떠나려는 데

**忽聞岸上踏歌聲**
홀 문 안 상 답 가 성
갑자기 언덕에서 답가 소리 들렸네.

**桃花潭水深千尺**
도 화 담 수 심 천 척
도화연 깊이가 천 척이라 하지만

**不及汪倫送我情**
불 급 왕 륜 송 아 정
왕륜이 나를 보내는 정보다 깊지 않으리.

이 한 수로 왕륜이란 이름은 영원히 남았고 '桃花潭水(도화담수)'는 이별의 정을 뜻하는 成語로 사용되기 시작했다.

이백의 시를 읽으며 현종−양귀비의 이야기를 빼놓을 수 없기에 간단히 첨가한다. 천보 2년(743)에 李白은 나이 43세로 翰林供奉(한림공봉)의

현종(玄宗)

직을 받고 궁중시인이 되었다. 현종이 양귀비와 함께 모란꽃이 만발한 興慶宮 沈香亭에서 이백으로 하여금 시를 짓게 했다. 술이 거나한 이백은 즉석에서 〈淸平調〉(樂府의 曲名) 3수를 지었다. 이는 귀비의 미모와 자태를 충분히 칭찬해 준 악부시이다.

清平調<sup>청평조</sup>  청평조 三首 (一)

雲想衣裳花想容
운 상 의 상 화 상 용

구름은 옷이요 꽃은 얼굴이러니

春風拂檻露華濃
춘 풍 불 함 노 화 농

춘풍이 난간을 스치면 진한 이슬이 맺힌다.

若非羣玉山頭見
약 비 군 옥 산 두 견

혹시나 군옥산에서 보지 않았다면

會向瑤臺月下逢
회 향 요 대 월 하 봉

틀림없이 요대의 달 아래서 만났으리라!

清平調<sup>청평조</sup>  청평조 三首 (二)

一枝紅艷露凝香
일 지 홍 염 노 응 향

붉고도 고운 꽃가지에 향기롭게 맺힌 이슬이니

雲雨巫山枉斷腸
운 우 무 산 왕 단 장

운우가 되는 무산신녀는 괜히 애만 태운다.

借問漢宮誰得似
차 문 한 궁 수 득 사

문노니 漢宮의 누가 귀비와 같으리오.

可憐飛燕倚新妝
가 련 비 연 의 신 장

가련한 飛燕이 단장한 뒤에 이 같으리라.

## 清平調<sup>청평조</sup>　청평조 三首 (三)

名花傾國兩相歡
명 화 경 국 양 상 환
모란과 傾國의 미인은 함께 즐거우니

常得君王帶笑看
상 득 군 왕 대 소 간
君王은 언제나 미소를 띠고 바라본다.

解釋春風無限恨
해 석 춘 풍 무 한 한
춘풍은 무한한 근심을 풀어 주면서

沈香亭北倚闌干
침 향 정 북 의 난 간
침향정 북쪽의 난간에 기대 서 있다.

　'구름과 같은 옷'과 '꽃과 같은 얼굴', 그리고 춘풍처럼 온화하고 이슬만큼 농염하다는 것이 보통의 칭찬이라 할 수 있다면 '선녀' 같다고 한다면 더 이상의 칭찬이 없으리라. 3수에서 귀비는 그만한 은총을 받으면서 政事에 애쓰는 현종의 근심을 풀어 주는 소임을 다한다는 칭송의 뜻이 있다.

　李白은 제2수에서 양귀비를 '一枝紅艶露凝香'이라고 치켜세웠다. 그러나 결구에서 '可憐飛燕倚新妝'이라고 한 말이 화근이 되었다. 곧 현종의 정치적 참모이며 호위 군사를 지휘하며 심복 중의 심복이었던 환관 高力士가 '이백은 양귀비를 천한 신분 출신인 조비연에게 비유했다.'고 참언하였다. 그전에 술에 취한 이백이 안하무인격으로 현종 앞에서 고력사에게 자기의 신을 벗기게 한 일이 있었고 이를 기회로 고력사가 이백에게 앙갚음을 한 것이다. 결국 이백은 천보 3년(744)에 장안을 떠나간다.

사실 시인의 우수한 두뇌와 글 솜씨로 타인을 격려하고 칭찬도 하지만 풍자하거나 심하다면 조롱할 수도 있을 것이다. 다른 표현은 그만 두고서라도 여기서 '傾國(경국)' 이란 말이 그러하다.

양귀비 상(楊貴妃 像, 화청지)

傾國之色 ─ 미인임에는 틀림없다. 역사적으로 미색에 빠져 나라를 거덜 낸 군왕도 많이 있었다. 양귀비가 미인이라는 것을 표현하는데 꼭 '傾國' 이외에 다른 표현은 없었을까?

사실 실제로 뒷날 당나라를 기울게 한 사람이 양귀비였다. 양귀비 ─ 양국충 ─ 안록산 ─ 재상이며, 간악한 李林甫 이런 사람들이 모두 다 고리처럼 연결되어 있었다. 현종은 60이 벌써 넘은 노인이었다. 사리 판단의 능력은 많이 쇠퇴해진 상태였고 너무 오랫동안 태평했었다.

이백은 이미 나라가 기울 수도 있다는 조짐을 보았을 것이다. 그래서 풍자의 뜻으로 아니면 칭찬하면서 비꼬는 의미로 새길 수 있는 악부시를 지어 올렸을 것이다. 이백의 두뇌라면 충분히 그러고도 남을 것이다.

이백은 安史의 난이 일어난 뒤 756년 12월 현종의 아들 永王 李璘(이린)의 막료로 일하는데, 永王이 모반을 한다 하여 숙종에게 살해되자 이백 또한 체포되어 옥에 간히게 된다. 다행히 郭子儀(곽자의)가 극력 변호하여 사형은 면하고 夜郎(야랑, 今 貴州 關岭縣 부근)으로 유배되는데 759년 3월에 巫山을 지날 무렵 사면되었다는 소식을 듣는다. 이백은 즉시 배를 돌려 금릉을 향하게 된다. 이때 이백은 59세의 만년이었다.

'안록산의 난' 이후의 당나라 지도

# 朝發白帝城 조발백제성
## 아침에 백제성을 떠나다

| | |
|---|---|
| 朝辭白帝彩雲間<br>조 사 백 제 채 운 간 | 아침 노을 사이로 백제성을 떠나 |
| 千里江陵一日還<br>천 리 강 릉 일 일 환 | 천 리 강릉 길을 하루에 도착했다. |
| 兩岸猿聲啼不住<br>양 안 원 성 제 부 주 | 강물 양쪽 원숭이 울음 그치지 않고 |
| 輕舟已過萬重山<br>경 주 이 과 만 중 산 | 배는 가볍게 만 겹 산을 벌써 지났다. |

이 시는 사면을 받은 기쁜 마음으로 금릉을 향해 내려가며 지은 시이다.

白帝城은 지금 重慶市 동부 長江의 북안, 奉節縣으로부터 8km, 전에는 瞿塘峽(구당협)을 내려다보는 지점이었으나 지금은 三峽大壩(삼협대패, Sānxiá Dam) 때문에 수위가 높아져 강 가운데의 섬이 되었다.

千里江陵 – 백제성에서 장강을 따라 宜昌(의창)과 荊州(형주)를 거쳐 江陵까지는 1,200리 길이라 하였다. 이토록 먼 길이라는 거리를 강조하는 표현이다. 강물 흐름이 아주 급하고 또 순풍이 불었기에 시속 30~40km로 배가 나아가 밤이 늦어서야 강릉에 도착했을 것으로 추정된다.

'兩岸猿聲啼不住'는 이백의 빠른 배가 내려가는 동안 이산 저산의 원숭이 울음이 계속 들려온다는 뜻이다. 어떤 호사가는 원숭이는 장강 南

岸에서만 살고, 北岸에는 원숭이가 살지 않으니 '兩岸' 이란 표현이 틀렸다고 주장한 사람이 있었다. 그러나 사실이 그렇다 하더라도 강폭이 매우 좁은 곳에서 메아리도 있는데 남안, 북안 어디서 들려오는지 구분할 수 없었을 것이다.

이 시는 시인의 紀行을 적은 시이기에 특별히 깊은 뜻은 없고 경쾌하고 가벼운 기분으로 감상할 수 있다. 이 시를 읽는 사람도 시인과 같이 배를 타고 가는 느낌이 들 정도이다. 이 시는 '歷代七絕第一' 이라는 찬사를 듣는 명작이다.

백제성(白帝城)

## 少年行 <sup>소년행</sup>　소년행

五陵少年金市東
<sub>오 릉 소 년 금 시 동</sub>
장안의 젊은이들 金市의 동쪽에 모여

銀鞍白馬度春風
<sub>은 안 백 마 도 춘 풍</sub>
은빛 안장에 백마를 타고 봄바람을 쐬러 간다.

落花踏盡遊何處
<sub>낙 화 답 진 유 하 처</sub>
낙화를 밟으며 어디로 놀러 가는가?

笑入胡姬酒肆中
<sub>소 입 호 희 주 사 중</sub>
웃으며 호희들이 있는 술집으로 들어간다.

　五陵은 漢의 황릉인데, 여기서는 장안을 지칭한다. 장안에 있는 시장 중에서 金市가 가장 컸다고 한다. 은안백마는 멋지게 장식한 백마이니 귀족의 자제임을 알 수 있다. 봄날에 젊은이들이 모여 이민족인 胡女人들이 서비스하는 술집으로 기세 좋게 들어가는 모습을 실제로 보는 것 같다. 이백의 〈金陵酒肆留別〉에서는 '風吹柳花하여 滿店香한데, 吳姬壓酒하여 勸客嘗하다.'라고 금릉의 술집 풍경을 읊었다.

　사실 이백은 협객의 기질이 있었다. 때문에 이백을 '詩俠<sup>(시협)</sup>'이라고 부르기도 한다. 이백 자신이 검술을 익히고 수련하였다. 이는 사나이의 뜻이다. 언젠가는 한 사나이로서의 삶을 살아야 한다는 생각을 늘 했었을 것이다. 그런 포부와 웅지를 가진 이백의 시를 빼놓을 수 없다.

## 結襪子 결말자　결말자

| | |
|---|---|
| 燕南壯士吳門豪<br><sub>연 남 장 사 오 문 호</sub> | 燕南의 장사(高漸離)와 吳門의 호걸(專諸)은 |
| 筑中置鉛魚隱刀<br><sub>축 중 치 연 어 은 도</sub> | 축에 납을 넣고 물고기 배에 칼을 숨겼었다. |
| 感君恩重許君命<br><sub>감 군 은 중 허 군 명</sub> | 군왕의 은택이 무겁기에 목숨을 바치니 |
| 太山一擲輕鴻毛<br><sub>태 산 일 척 경 홍 모</sub> | 태산 같은 목숨이 기러기 털처럼 가벼워라. |

　제목의 〈結襪子(결말자), 버선 말〉는 악부시 雜曲歌辭(잡곡가사)의 제목이다. 이백은 〈결말자〉의 제목을 그대로 따서 〈결말자〉와 같은 뜻을 읊었다.

　戰國 말, 燕나라 태자 丹은 秦王 政(뒷날 진 始皇帝)을 죽이려고 자객 荊軻(형가)를 보내는데 易水(역수)에서 송별한다. 형가의 친우가 高漸離(고점리)인데 筑(축)이라는 악기를 잘 연주했다. 형가가 실패하여 죽음을 당한 뒤, 고점리는 형가의 원수를 갚으려 성명을 바꾸고 나중에는 자신의 눈까지 멀게 한 뒤 기회를 얻어 진시황 앞에서 축을 연주하다가 납을 감춰 무게를 늘린 축으로 진시황을 격살하려 했지만 실패한다.

　春秋시대 吳의 專諸(전저)는 公子 光의 부탁으로 물고기 뱃속에 칼을 숨겨 吳王 僚(료)를 죽인다. '魚隱刀'는 전저의 사적을 말한 것이다.

　이백은 고점리와 전저의 행적을 예로 들면서, 지사는 태산보다 더 중

한 목숨을 대의를 위해서라면 鴻毛(홍모)처럼 버릴 수 있다는 뜻을 읊었다.

이백은 널리 많은 사람들과 사귀었고 우정을 소중히 여기었다. 특히 이백과 두보는 같이 유랑했고 헤어진 뒤로도 서로 시를 지어 그리워했다. 이백과 하지장, 이백과 맹호연, 이백과 왕창령, 이백과 高適(고적) 모두가 진한 우의를 나누었다 이들과 관련이 있는 시를 소개한다.

하지장은 이백의 詩才를 제일 먼저 알아주었고 연령을 초월하여 깊은 교류를 했던 사람이다. 李白이 고향 사천을 떠나와 각지를 유랑하다가 장안에 처음 도착한 뒤, 하지장을 만나 자신의 〈蜀道難〉을 보여주었다.

하지장은 李白의 시를 읽고 바로 '그대는 이 세상 사람이 아니네(公非人世之人也). 태백성의 정령이 아닌가?(可不是太白星精耶)' 라고 감탄했다. 이어 '그대는 인간 세계에 유배된 신선이요(子謫仙人也).' 라고 말했다. 이런 사실은 이백의 시에 사실대로 묘사되었다. 이후 이백은 '李謫仙(이적선)' 이며 '詩仙' 이라 불리게 된다.

## 重憶 <sub>중억</sub>　　옛 생각

欲向江東去　　江東을 향해 가려 하는데
욕 향 강 동 거

定將誰擧杯　　그러면 누가 술잔을 같이 들랴?
정 장 수 거 배

稽山無賀老　　회계산에 하대감이 안 계시니
계 산 무 하 노

却棹酒船回　　노를 멈추고 술 실은 배를 돌리네.
각 도 주 선 회

　이백은 하지장이 죽은 뒤 〈對酒憶賀監〉(술을 대하고 賀 秘書監을 생각하다.) 5
언율시 2수를 지었고, 나중에 위의 〈重憶〉이라는 추모시를 지었다. 이
백은 〈對酒憶賀監〉의 서문에서 '태자빈객인 하공을 장안의 자극궁에서
처음 만났는데, 나를 謫仙人이라 불렀고 이어 금 거북이(金龜)를 풀어 주
고 술을 사서 즐겼다. 그분이 죽은 뒤에 술을 대하니 슬프고 감회가 있
어 이 시를 지었다.'고 하였다.

# 聞王昌齡左遷龍標遙有此寄 문왕창령좌천용표요유차기
# 왕창령이 좌천되어 용표로
# 간다는 소식을 듣고 보내다

楊花落盡子規啼  버들개지 다 지고 두견이는 우는데
양 화 낙 진 자 규 제

聞道龍標過五溪  용표로 간다 하니 지금쯤 오계를 지났겠지.
문 도 용 표 과 오 계

我寄愁心與明月  나의 걱정을 명월과 함께 보내니
아 기 수 심 여 명 월

隨風直到夜郎西  바람 따라 곧장 야랑의 서쪽에 닿겠지.
수 풍 직 도 야 랑 서

이백과 왕창령은 호탕한 성격에 마음이 통하는 친우 사이였었다. 龍標는 지금의 湖南省 黔陽縣(검양현)이고, 五溪와 夜郎도 모두 지명이다.

봄에 버드나무 잎이 나온 뒤 노란 꽃이 피면서 하얗게 날리는 버들개지는 떠도는 나그네의 상징이며, 두견은 슬픔으로 가득 찬 나그네의 마음을 대변해 주는 새이다. 이백은 자신의 걱정스런 마음을 명월과 함께 보낸다고 하였다. 왕창령이 어디에 있던 명월을 볼 것이니 용기를 가지라는 격려의 뜻일 것이다.

이백은 숙종 寶應 원년(762)에 族叔(족숙)이지만 이백보다 나이가 어린, 當涂(당도)의 현령이며 명필로 이름이 있던 李陽冰(이양빙)을 찾아가

의지한다. 거기서 병이 깊어 다시 일어나지 못하고 이양빙에게 詩稿를 정리해 달라고 부탁한 뒤에 죽는다. 이양빙은 이백의 시를 모은 《草堂集》의 서문에서 이백이 병사했다고 분명히 기록하였다.

그러나 중국인들은 이백의 평범한 병사를 믿고 싶지 않았을 것이다.

전해 오는 이야기로, 이백은 '宮錦袍(궁금포)를 입고 采石江(채석강)에 유람하면서 당당히 온 세상을 압도하듯 마음껏 흥에 겨워 술을 마셨는데 취해서 달을 건지려 물속에 뛰어들었다가 죽었다.'고 한다.

이를 '攬月落水(남월낙수)'라고 하며, 지금의 安徽省(안휘성) 馬鞍山市 采石磯(채석기)란 곳이 바로 이백이 달을 건지려 했던 곳이라고 한다.

중국인들은 하늘의 달을 '月(yuè)'이라 쓰지만 보통 '月亮 yuèliang' 이라고 말한다. 누구에게나 똑같이 어둠을 밝혀 주는 달이기에 중국인들에게 달은 고상함과 公明正大의 상징이며 달을 보면 누구든 이백을 떠올린다.

하여튼 중국인들이나 술을 좋아하는 사람들은 '객지에서 쓸쓸한 병사'보다는 '술에 취해 물속의 달을 건지려 했던 낭만적 죽음'으로 이백을 기억하고 싶었을 것이다.

## 034

# 岑參 ● 잠삼

잠삼 715－770

岑參(잠삼 Cén Shēn 봉우리 잠)은 재상이었던 岑
文本의 증손으로, 高適(고적)과 함께 唐代 邊
塞詩(변새시)의 대표적인 시인이다.

어려서 가난했지만 經史를 공부하고 20세에
장안에 와서 벼슬을 구했으나 얻지 못하고
장안과 낙양 사이를 방랑했다. 천보 3년
(744), 30세에 진사과에 합격하여 兵曹參軍
의 관직을 얻었고, 천보 8년에 安西四鎭節
度使인 高仙芝(고선지)의 막부 서기가 되어
安西에 부임하니 이것이 잠삼의 첫 번째 出
塞이다. 이후 몇 차례에 걸쳐 총 6년여 동안
국경지역에 근무하였다. 나중에 嘉州刺史(가
주자사)를 역임하였기에 '岑嘉州(잠가주)'라고
부르기도 한다.

# 題三會寺倉頡造字臺 제삼회사창힐조자대
## 삼회사 창힐의 조자대에서 짓다

野寺荒臺晚
야 사 황 대 만

들판의 절 옛터에 해가 지는데

寒天古木悲
한 천 고 목 비

차가운 날 고목이 서글프다.

空階有鳥迹
공 계 유 조 적

다니는 이 없는 층계의 새 발자국은

猶似造書時
유 사 조 서 시

꼭 글자 만들 때와 같구나.

위 시에서 倉頡(창힐)은 黃帝의 史官을 지냈다는 신화 속 인물로 도교
에서는 文字之神으로 추앙하며 보통 창힐선사로 불린다. 전설 속의 창
힐은 4개의 눈에 각각 두 개의 눈동자가 있는 인물로 그려진다.

# 行軍九日思長安故園 <sub>행군구일사장안고원</sub>

## 行軍하는 九日에 長安의 집을 그리다

| | |
|---|---|
| 强欲登高去<br><sub>강 욕 등 고 거</sub> | 일부러 등고하여 술 생각을 하지만 |
| 無人送酒來<br><sub>무 인 송 주 래</sub> | 아무도 술을 보내 주는 이 없다. |
| 遙憐故園菊<br><sub>요 련 고 원 국</sub> | 멀리 고향의 들국화를 그려보는데 |
| 應傍戰場開<br><sub>응 방 전 장 개</sub> | 응당 싸움터 가까이에 피었으리라. |

구월 구일이면 등고하는 날이기에 도연명과 국화와 술을, 그리고 고향을 그리는 마음과 변방의 행군을 하나로 이어 묘사하였다.

# 暮秋山行 <sup>모추산행</sup>
# 늦가을에 산길을 가다

疲馬臥長坂<br>피 마 와 장 판 · · · · · · 지친 말은 長坂에 누워 있고

夕陽下通津<br>석 양 하 통 진 · · · · · · 저녁 해는 通津에 떨어지는데

山風吹空林<br>산 풍 취 공 림 · · · · · · 산바람은 인적 끊긴 숲에 불어

颯颯如有人<br>삽 삽 여 유 인 · · · · · · 쏴쏴 소리 사람이 있는 듯하네.

산길을 가는 나그네가 느끼는 가을의 황량함이 잘 그려져 있다.

## 寄韓樽使北 <sup>기한준사북</sup>

# 북쪽에 출장 간 한준에게 주다

夫子素多疾 그대는 평소 잔병이 많거늘
부 자 소 다 질

別來未得書 떠나간 뒤로 소식 듣지 못했소.
별 래 미 득 서

北庭苦寒地 북쪽의 땅은 몹시 추운 땅인데
북 정 고 한 지

體內今何如 건강은 지금 어떠하신가?
체 내 금 하 여

친우에게 보낸 편지처럼 우인을 생각하는 정이 넘친다.

## 逢入京使 <sup>봉입경사</sup>

## 入京하는 使人을 만나다

故園東望路漫漫
고원동망노만만
동쪽 고향을 보니 길은 멀리 이어졌고

雙手龍鍾淚不乾
쌍수용종누불건
두 소매가 축축해졌어도 눈물은 마르지 않는다.

馬上相逢無紙筆
마상상봉무지필
馬上에서 서로 만나 지필이 없으니

憑君傳語報平安
빙군전어보평안
당신께 부탁하니 평안하다고 말 전해주오.

시인 잠삼은 天寶 8년(749)에 安西節度使 高仙芝(고선지)의 속관인 判官에 임명되어 장안을 뒤로 하고 西行하고 있었다. 1, 2구는 절경을 그리기위한 배경 그림이 되고, 3구는 단순한 서술이며, 4구가 바로 이 시의 요점이다. 본문의 龍鐘(용종)은 '늙어 행동이 부자연스런 모습', '영락한 모양', '축축한 모양(沾濕)'의 뜻이 있다.

# 武威送劉判官赴磧西行軍 <sup>무위송유판관부적서행군</sup>
## 武威에서 劉判官이 磧西로
## 부임하는 行軍을 전송하다

火山五月行人少
화 산 오 월 행 인 소

화염산은 오월에도 행인이 없는데

看君馬去疾如鳥
간 군 마 거 질 여 조

보건대 그대의 말은 새가 날듯 달려가네.

都護行營太白西
도 호 행 영 태 백 서

도호의 진영은 태백성의 서쪽에 있나니

角聲一動胡天曉
각 성 일 동 호 천 효

호각 소리 한번 울리자 서역이 밝아 오네.

시에 나오는 火山은 新疆省<sup>(신강성)</sup> 투르판의 화염산으로 해발 4,500m 이다. 묘사에 약간의 과장이 있지만 변방의 황량한 경관을 그려볼 수 있 다.

## 磧中作<sup>적중작</sup>　　돌밭에서 짓다

走馬西來欲到天　　말 달려 서쪽에 오니 하늘에 닿을 것 같고
주 마 서 래 욕 도 천

謝家見月兩回圓　　집 떠나 달은 두 번이나 둥글었네.
사 가 견 월 양 회 원

今夜不知何處宿　　오늘 밤은 어디서 자야 할지 모르는데
금 야 부 지 하 처 숙

平沙萬里絶人烟　　만 리 뻗친 모래밭 인적마저 끊기었다.
평 사 만 리 절 인 연

　시 제목의 磧(적)은 흙이 없고 자갈이나 큰 돌이 널려 있는 자갈밭인데 우리말로는 서덜이라고 한다. 시인은 안서도호부에 부임했는데 '伊州(이주) 鐵勒國(철늑국)에는 沙磧이 많다.'는 기록이 있고, 잠삼의 다른 시에 '十日過沙磧(열흘 만에 사적을 지났는데) 終朝風不休(아침 내내 바람이 그치지 않았다.)'라는 구절도 있다. 안서도호부 지역은 워낙 고지대이기에 시인이 하늘에 닿을 것 같다고 표현하였다.

# 春夢 춘몽　　춘몽

洞房昨夜春風起
동 방 작 야 춘 풍 기

신방에 엊저녁 봄바람이 불었고

遙憶美人湘江水
요 억 미 인 상 강 수

머나먼 상강의 미인이 그리웠네.

枕上片時春夢中
침 상 편 시 춘 몽 중

베갯머리 한순간 봄 꿈속에서

行盡江南數千里
행 진 강 남 수 천 리

강남땅 수천 리를 다녀왔다네.

이 시에서 美人은 아름다운 여인이거나 시인의 아내라고 생각할 수도 있다. 아니면 훌륭한 인격을 갖춘 道德君子일 수도 있다. 전설 속 湘江의 미인이 현몽하여 시인이 그리던 강남의 멋진 풍광 속에서 신나는 유람을 꿈꾸었는지도 모른다.

그 짧은 시간 꿈속에서 강남땅 수천 리를 다녀왔다는 표현은 과장이 없는 실제이기에, 다시 말해 누구나 겪어본 그런 꿈이기에 사람들이 즐겨 외우는 절창이 되었다.

상강(湘江)

227

# 山房春事 <sup>산방춘사</sup>

## 산속의 봄날 二首 (一)

梁園日暮亂飛鴉    옛 부잣집 터에 날 저물자 까마귀 마구 날고
<sub>양 원 일 모 난 비 아</sub>

極目蕭條三兩家    눈 닿는 데까지 두세 집만 쓸쓸하도다.
<sub>극 목 소 조 삼 양 가</sub>

庭樹不知人去盡    뜰에 나무는 주인이 떠나간 줄 모르고
<sub>정 수 부 지 인 거 진</sub>

春來還發舊時花    봄이 왔다고 여전히 옛 꽃을 피웠구나.
<sub>춘 래 환 발 구 시 화</sub>

梁園은 前漢 梁 孝王의 대 정원으로 그 주위가 삼백 리라 하였는데, 梅乘(매승), 司馬相如 같은 문인들이 여기서 잔치를 즐겼는데 그 유적이 河南省 商丘縣에 있다고 한다. 여기서는 부잣집이라는 의미로 쓰였다.

이 시는 懷古詩(회고시)이다. 고금의 흥망성쇠가 모두 이와 같을 것이다. 어지러이 나는 까마귀 떼〔飛鴉〕, 그리고 홀로 서 있는 庭樹(정수)가 풍경 속에서 짝을 이루고 梁園을 생각하게 해주는 것은 '舊時花' 뿐이다. 하여튼 이후로 이를 모방한 많은 회고시가 지어졌다고 하니, 이 또한 잠삼의 성취가 아니겠는가?

# 戱問花門酒家翁 <sub></sub>희문화문주가옹

## 화문루 酒家의 노인에게
## 장난으로 물어보다

老人七十仍沽酒 칠십 노인이 아직도 술을 파는데
노 인 칠 십 잉 고 주

千壺百甕花門口 수많은 술병과 동이가 화문루 입구에 있네.
천 호 백 옹 화 문 구

道傍楡英仍似錢 길가 느릅나무 꽃은 돈하고 꼭 같으니
도 방 유 영 잉 사 전

摘來沽酒君肯否 따다가 술을 사려는데 영감은 받겠소? 아니
적 래 고 주 군 긍 부 받겠소?

　　天寶 10년(751)에 잠삼은 안서절도사 高仙芝(고선지, ?-755, 고구려 왕족 후손)의 막료로 涼州(今, 甘肅省 武威市)에서 근무했었다. 楡英(楡莢유협으로 된 책도 있다)은 잎이 피기 전에 생기는 엽전을 꿴 것 같은 꽃이라는 설명이 있다. 잠삼의 해학과 기지를 느낄 수 있는 유쾌한 시이다.

# 035

# 高適

## 고적

고적 706?—765

高適(고적)의 字는 達夫. 唐의 邊塞詩人으로 岑參(잠삼)과 함께 '高岑(고잠)'으로 병칭된다. 고적은 매우 곤궁하게 출생하여 한때 빌어먹으며 생활한 때도 있었다고 한다. 천보 8년에 封丘縣尉로 관직에 들어선 뒤 주로 변방에서 생활하였다. 나중에 안사의 난 이후에 刑部侍郞(형부시랑)과 左散騎常侍(좌산기상시)를 역임하였는데 관직 생활이 가장 순탄했다고 알려진 시인이다.

고적은 비교적 늦게 시를 짓기 시작했다고 하는데 변방의 생활, 병졸들의 감정, 젊은 부녀자들의 소회를 그린 작품이 많다. 〈연가행〉은 이러한 고적을 대표할 수 있는 작품이다.

고적은 이백, 두보와 교우하였으며 그의 시는 강개, 호방하며 기상이 높아 氣骨(기골)을 겸비하였다는 평가를 받는다. 고적은 악부시 형식을 즐겨 채용하였는데 그의 작품을 모은 《高常侍集》이 전한다.

# 田家春望 전가춘망
## 농가의 봄 경치

| | |
|---|---|
| 出門無所見<br>출 문 무 소 견 | 대문을 나서도 만날 사람은 없고 |
| 春色滿平蕪<br>춘 색 만 평 무 | 봄날의 풍경은 너른 들판에 가득하다. |
| 可憐無知己<br>가 련 무 지 기 | 나를 알아주는 이 없어 슬프다지만 |
| 高陽一酒徒<br>고 양 일 주 도 | 나는 고양 땅의 술꾼으로 살리라. |

高陽의 酒徒(주도, 술꾼)이란 前漢의 酈食其(역이기, 前 268~204)이다. 역이기는 劉邦이 고양에 왔을 때 책략을 건의했었다. 역이기는 나중에 세객으로 齊王 田廣(전광)에게 유방과의 세력다툼을 중지하라고 유세하였다.

그러나 대장군 韓信(한신)이 齊를 침공하자 田廣은 역이기가 자신을 속였다고 생각하여 역이기를 삶아 죽였다.

## 營州歌 <sub>영주가</sub> 영주가

營州少年厭原野
영 주 소 년 염 원 야

영주의 젊은이는 들판에서 맘껏 놀고

狐裘蒙茸獵城下
호 구 몽 용 엽 성 하

더부룩한 여우 갖옷 입고 성 밖에서 사냥한다.

虜酒千種不醉人
노 주 천 종 불 취 인

그들은 술 백 잔을 마셔도 취하지 아니하며

胡兒十歲能騎馬
호 아 십 세 능 기 마

호인 아이들은 열 살만 되어도 말을 잘 탄다.

營州는 遼陽(요양)으로 당의 동북방 군사 거점 도시이다. 거란인과 漢
人이 함께 살았다고 하였는데 이 시의 소년은 거란족의 젊은이다. 거
란족은 당의 변경을 가끔 시끄럽게 하였다. 사실 漢人은 이민족에 대하
여 호감을 갖고 있지 않으나 이 시에 그려진 거란 젊은이는 씩씩하고 또
사내답다. 털옷, 사냥, 음주, 기마 등 異民族의 모습을 잘 묘사하였다.

# 別董大 <sup>별동대</sup>

## 동씨 첫째와 헤어지면서 二首 (一)

千里黃雲白日曛 천 리 걸친 누런 구름에 해는 지려는데
천 리 황 운 백 일 훈

北風吹雁雪粉粉 북풍 따라 기러기 오고 눈은 펄펄 내린다.
북 풍 취 안 설 분 분

莫愁前路無知己 가는 길에 知己가 없다 걱정하지 마오.
막 수 전 로 무 지 기

天下誰人不識君 하늘 아래 누가 그대를 몰라주겠소?
천 하 수 인 불 식 군

　제목의 董大는 현종 때의 유명한 琴客인 董庭蘭<sup>(동정란)</sup>으로 추정하는데 확실치는 않다. 琴을 메고 떠도는 음악가라고 생각하면 될 것이다.

　이 시는 변새 지방의 황량한 풍경, 사나이의 우정, 그리고 진실한 마음 가진 사람이니, 누가 당신을 몰라주겠느냐는 격려이면서 동시에 자신에 대한 채찍을 드는 시라고 해석하고 싶다.

## 別董大 별동대　별동대 二首 (二)

六翻飄飄使自憐
육 번 표 표 사 자 련
여섯 번이나 떠도는 내가 처량하나니

一離京洛十餘年
일 리 경 락 십 여 년
장안을 한 번 떠나 십여 년이라.

丈夫貧賤應未足
장 부 빈 천 응 미 족
사내가 빈천에 자족할 수야 없지만

今日相逢無酒錢
금 일 상 봉 무 주 전
오늘의 상봉에 내게는 술값도 없다네.

　사실은 나도 이리저리 떠돌다 보니 오랜만에 친우를 만났어도 변변히 대접할 만한 술값도 없다고 솔직하게 터놓았다. 이처럼 흉허물없는 우정이지만 사나이가 뜻을 이루지 못해 빈천한 것을 스스로 만족하지는 않는다는 뜻도 표출하였다.

# 除夜作<sup>제야작</sup>　제야에 짓다

旅館寒燈獨不眠　여관의 희미한 등불에 홀로 잠 못 이루니
<sub>여 관 한 등 독 불 면</sub>

客心何事轉凄然　나그네 마음은 무슨 까닭에 그리 슬퍼하는가?
<sub>객 심 하 사 전 처 연</sub>

故鄕今夜思千里　고향은 오늘 밤 천 리 밖에 그리운 곳
<sub>고 향 금 야 사 천 리</sub>

霜鬢明朝又一年　서리 내린 귀밑털 내일 아침에 또 새해라네.
<sub>상 빈 명 조 우 일 년</sub>

　王維는 〈九月九日憶山東兄弟〉에서 '獨在異鄕爲異客하니, 每逢佳節
倍思親이라.'고 하였다. 고적도 나그네가 되어 객지에서 제야를 맞이하
고 있다. 옛사람에게 흰머리 또는 하얗게 된 귀밑머리는, 곧 노쇠로 인
식하였다. 섣달 그믐날 나그네의 심정을 읊은 시로 인구에 널리 회자되
고 있다.

# 036
# 杜甫 · 두보

두보 712-770

杜甫(두보)의 자는 子美이고, 호는 少陵野老(소릉야
로), 또는 杜陵野客, 杜陵布衣라고 하였다. 晉의 장
군으로 삼국의 吳를 멸망시켰으며 左傳癖(좌전벽)
이었던 杜預(두예)의 13세손이 바로 두보이다. 두
보의 조부 杜審言(두심언, 645-708)은 측천무후 시기
의 유명한 정치인이면서 시인이었다.

두보의 부친 杜閑(두한)은 낮은 지방관을 역임했지
만 두보 대에 와서는 거의 몰락한 가문이었다. 두
보는 河南 鞏縣(공현, 河南省 鞏義市)에서 태어났는데
祖籍은 湖北省 襄陽(양양)이다.

杜甫는 어려서부터 호학하였는데 7세에 시를 읊었
던 조숙한 수재였으며 매우 열심히 면학했다. 두
보는 그 자신이 〈奉贈韋左丞丈二十二韻〉에서 '讀
書破萬卷(책 만 권을 독파하면), 下筆如有神(글을 지을 때
신이 돕는 것 같다).' 이라고 할 정도로 열심히 글을 읽
었다.

두보는 그가 24세 되던 해 장안에서 진사과에 응
시하였으나 낙방한 뒤에 8, 9년간이나 齊와 魯를

유랑하며, 이백, 고적 등과 교유했는데 〈望嶽〉, 〈飮中八僊
歌〉 등은 이 시기의 작품이다.

천보 11년, 그의 나이 40세에 參軍 벼슬에 나갔다가 천보 15
년에 안록산이 장안을 함락하고 숙종이 靈武에서 즉위하자
(756년), 두보는 숙종이 있는 곳을 찾아가 배알하여 左拾遺
(좌습유)에 임명되었다. 숙종 乾元 원년(758년) 史思明의 반란
이 계속되면서 嚴武(엄무)가 蜀을 평정하고 두보를 검교공부
원외랑으로 초빙하였다. 두보는 친우 엄무의 도움과 후원
아래 成都 서교의 浣花溪(완화계)에 초당을 짓고 일생 중 가
장 평온한 시기를 보냈다.

그러나 두보는 실의와 곤궁 속에 시름하다가 代宗 大曆 5년
(770)에 湘江(상강)의 배 안에서 숙환으로 급작스런 죽음을
맞이하니, 향년 59세였다.

두보는 左拾遺(좌습유)를 역임했기에 후세에 杜拾遺(두습유) 또
는 杜工部(두공부)라고 불린다. 또 장안 성 밖 少陵(소릉)에 초
당을 짓고 거주한 적이 있어 杜少陵(두소릉)이라고도 불린다.
두보는 11세 연상인 이백과 함께 '李杜'라고 병칭되는데,
또 다른 시인 李商隱과 杜牧(두목)은 '小李杜'라 하여 구별한
다. 杜甫와 杜牧은 먼 宗親이라서 두보는 老杜라 불리기도
한다.

두보의 시는 약 1,500수가 전해 오고, 그의 시집으로 《杜工
部集》이 있다. 이백을 詩仙이라 부르기에 두보는 '詩聖'으
로 존경을 받고 있으며, 그의 시는 곧 당시의 역사적 사실을
기록한 것과 같아 '詩史'라고 부르기도 한다.

## 絕句<sup>절구</sup>　　절구 十二首 (選 二)

| | |
|---|---|
| 遲日江山麗<br><sub>지 일 강 산 려</sub> | 봄날의 강산은 아름답고 |
| 春風花草香<br><sub>춘 풍 화 초 향</sub> | 춘풍에 화초도 향기롭다. |
| 泥融飛燕子<br><sub>니 융 비 연 자</sub> | 진흙을 물고 온 제비가 날고 |
| 沙暖睡鴛鴦<br><sub>사 난 수 원 앙</sub> | 모래밭 따사해 원앙이 졸고 있다. |

제목을 붙이지 않고 絕句라 하였으니 '無題'와 같다. 봄이 한창인 강가를 바라보며 연필로 풍경을 스케치하였다. 바람과 꽃을 먼저 묘사한 뒤, 진흙을 물어 나르는 제비와 강가 모래톱에 가만히 서서 햇볕을 즐기는 원앙새를 그려 넣었다.

이 시에는 시인이 느낄 수 있는 여러 감각이 다 그려져 있다. 춘풍을 느끼고 꽃향기를 맡고 푸른 강, 흰 모래, 제비와 원앙이 한눈에 들어온다. 遲日<sup>(지일)</sup>은 시간이 더디 간다는 뜻이 아니라 낮 시간이 긴 봄날을 말한다. 泥融<sup>(이융)</sup>은 얼었던 흙이 녹는다는 뜻보다는 '진흙을 이긴다'(물과 뒤섞는다)는 뜻이니, 제비가 집 지을 흙을 물어 나른다는 표현으로 해석해야 한다.

## 絕句 절구　　절구 十二首

江碧鳥逾白　　강이 파래니 물새는 더 희고
강 벽 조 유 백

山靑花欲然　　산이 푸르니 꽃은 타는 듯하다.
산 청 화 욕 연

今春看又過　　이번 봄도 또 이리 보내니
금 춘 간 우 과

何日是歸年　　어느 날이 돌아갈 해이겠나?
하 일 시 귀 년

　평생을 역경 속에 살았던 두보, 고생에 고생을 감수해야만 했던 두보!
그런 두보에게 평온했던 시절은 〈江村〉이나, 〈客至〉를 통해서도 읽을
수 있다.

　두보는 사회적으로 안정된 태평세월을 늘 그렸다. 두보의 희망이 무
엇인가는 아래 시를 통해 짐작해야만 한다.

# 復愁 <sup>복수</sup>　새로운 걱정 十二首 (選 二)

人烟生處僻
인 연 생 처 벽

人家 연기는 후미진 곳에서 피고

虎迹過新蹄
호 적 과 신 제

호랑이는 새 발자국을 남기고 갔다.

野鶻翻窺草
야 골 번 규 초

들판 새매는 날며 풀밭을 엿보고

村船逆上溪
촌 선 역 상 계

시골 배는 물을 거슬러 올라간다.

　이 시의 뜻은 명확하다. 우선 人家가 거의 사라졌다. 호랑이, 풀밭을
노리는 새매가 무엇을 뜻하는가는 自明하다. 불쌍한 民草들! 그리고 물
을 거슬러 올라가야 하는 배 −물을 따라 내려올 때와 물을 거슬러 올라
갈 때 그 노동력의 차이는 백배 천배이다. 지금 농민들은 가장 힘든 나
날을 보내고 있다.

## 復愁 복수　　복수 十二首 (三)

萬國尙防寇
만 국 상 방 구　　온 나라가 아직도 반군을 막는데

故園今若何
고 원 금 약 하　　옛 고향은 지금쯤 어떠할까?

昔歸相識小
석 귀 상 식 소　　전에 갔을 때 아는 사람 적었었는데

早已戰場多
조 이 전 장 다　　그간 전보다 싸움판이 많았겠지!

　두보의 걱정거리는 확실하다. 安史의 난 이후 너무 많은 사람들이 죽었고 흩어졌다. 그리고 아직도 난리는 계속되는데 알고 있던 사람들은 더더욱 줄어들었을 것이다. 시인은 난리가 끝나기만을 기다리고 있다.

## 歸雁 귀안   돌아가는 기러기

春來萬里客
춘 래 만 리 객
봄이 왔지만 만 리 길 나그네니

亂定幾年歸
난 정 기 년 귀
亂은 끝났으니 언제 돌아가려나?

腸斷江城雁
장 단 강 성 안
애를 끊는 기러기는 강가 城 위를

高高向北飛
고 고 향 북 비
아주아주 높이 북으로 날아간다.

이 시는 숙종 廣德 2년(764) 봄에 지은 것으로 알려졌다. 안록산의 난이 평정되었으나 돌아갈 희망이 없는 막막함을 돌아가는 기러기에 붙여 읊었다.

두보는 유명한 역사 인물에 대한 소회를 묘사하여 자신의 뜻을 피력하였다. 두보가 늙어서도 고적을 둘러보고, 또 역사적 인물에 대한 시를 많이 지은 것은 다 그런 의미가 있을 것이다.

당(唐) 숙종(肅宗)

# 八陣圖<sup>팔진도</sup> 팔진도

| | |
|---|---|
| 功蓋三分國<br>공 개 삼 분 국 | 功績은 三分 天下에 으뜸이었고 |
| 名成八陣圖<br>명 성 팔 진 도 | 名聲은 八陣圖로 완성되었다. |
| 江流石不轉<br>강 류 석 부 전 | 長江 유수에도 석진은 남았고 |
| 遺恨失呑吳<br>유 한 실 탄 오 | 東吳 원정실패 유한이 되었네. |

〈八陣圖〉는 杜甫의 詠史詩인데 제갈량의 공적을 매우 높이 평가하고 있다. 두보의 七言律詩〈蜀相〉과 〈詠懷古跡〉 등을 통해 제갈량에 대한 추모와 존경의 뜻을 표했다. 이 시는 두보가 代宗 大曆 원년(766)에 夔州(기주)에서 지은 작품으로 알려졌다.

1, 2구는 제갈량의 업적의 대략을 말해 높은 평가를 내렸고, 3구는 팔진도의 견고함을 말해 제갈량의 무한한 능력에 감탄하고 있다. 4구는

제갈량(諸葛亮)

243

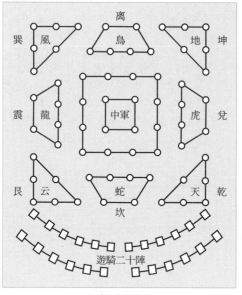

八陣圖(팔진도)

제갈량의 遺恨(유한)이라 하여 제갈량과 의견을 같이 하고 있는 시인의
뜻을 알 수 있다.

# 武侯廟 <sup>무후묘</sup> 제갈량의 사당

遺廟丹靑落
유 묘 단 청 락
오래된 사당의 단청은 퇴락했고

空山草木長
공 산 초 목 장
인적 없는 산에 초목만 자랐다.

猶聞辭後主
유 문 사 후 주
後主에게 출사표를 올렸었지만

不復臥南陽
불 부 와 남 양
다시는 남양에 돌아와 쉬지 못했다.

後主는 蜀의 後主로, 劉備의 아들 劉禪(유선)이다. 아명은 阿斗(아두)인데 207년 출생하여 223년 즉위한 뒤, 263년 촉이 魏에 멸망하자 위나라에 끌려가 살다가 271년에 천수를 다하고 죽었다. 통치자로서는 무능했지만 개인적으로 유복한 사람이었다.

두보의 시에서 절구는 그 작품 수가 매우 적은데, 특히 오언절구는 30여 수 정도라고 한다. 칠언절구 역시 100여 수에 불과하기에 두보는 절구에 많은 관심을 갖지 않았다고 말할 수 있다.

그러나 두보의 절구를 통해서 시인의 감정을 공감할 수 있고, 또 절구의 連作詩를 통해 두보 사상의 일부를 분명히 파악할 수도 있다.

두보는 율시나 장편 서사시를 통해 자신의 신념이나 주장을 분명히 드러내었다고 말할 수 있다. 특히 정치적 혼란이 무고한 백성들에게 얼마나 심각한가를 절구를 통해서도 생생하게 묘사하였다.

## 三絕句 <sub>삼절구</sub>　　삼절구 （一）

前年渝州殺刺史
전 년 유 주 살 자 사　　작년에 渝州에서 자사를 죽였고

今年開州殺刺史
금 년 개 주 살 자 사　　금년에 開州에서 자사를 죽였다.

群盜相隨劇虎狼
군 도 상 수 극 호 랑　　亂軍이 계속 설쳐대 호랑이보다 사나운데

食人更肯留妻子
식 인 갱 긍 류 처 자　　사람도 잡아먹거늘 어찌 妻子를 남겨 두겠나?

## 三絕句 <sub>삼절구</sub>　　삼절구 （三）

殿前兵馬雖驍勇
전 전 병 마 수 효 용　　관청의 군사가 아무리 날쌔다 하더라도

縱暴略與羌渾同
종 포 약 여 강 혼 동　　횡포와 노략질은 오랑캐와 마찬가지다.

聞道殺人漢水上
문 도 살 인 한 수 상　　들리기론 漢水 이북에서 살인하면서

婦女多在官軍中
부 녀 다 재 관 군 중　　관군에는 많은 부녀자가 잡혀 있다 한다.

　이는 代宗 廣德 연간(763-764) 蜀에서의 내란을 묘사한 것으로 군도들이 호랑이보다 더 사납게 백성들을 해친다고 하였다. 그리고 관군 또한 羌族(강족)이나 吐谷渾(토곡혼) 등 이민족만큼이나 백성들을 죽이고 부녀자를 겁탈, 약탈한다는 현실을 예리하게 묘사하고 있다.

　그에 비해 절구를 통해서는 단편적인 감회나 즉흥적인 기분을 가볍게 묘사하였다. 특히 두보는 〈戲爲六絕句〉를 통해서 전대 시인에 대한 평가나 자신의 문학론을 드러내었다.

## 戲爲六絕句 <sup></sup>희위육절구

### 장난삼아 절구 육수를 짓다 (一)

庚信文章老更成
유신문장노갱성
유신의 글은 늙어 더욱 좋아졌으니

凌雲健筆意縱橫
능운건필의종횡
구름을 뚫을 힘찬 필력에 기세가 당당하였다.

今人嗤點流傳賦
금인치점유전부
요즈음 사람이 유신의 賦를 비웃는다지만

不覺前賢畏後生
불각전현외후생
前賢의 後生可畏했던 뜻을 알지 못한다.

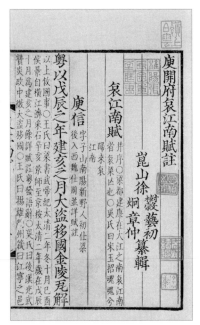

애강남부(哀江南賦)

庚信(유신, 513~581)은 南朝 梁에서 관직에 있다가 北周에 사신으로 갔다가 억류되어 북주에서 활동한 문장가로서 남북조 문학의 집대성자라는 평가를 받고 있다. 유신은 騈儷文〔변려문；문체의 한 가지. 수사(修辭)하는 데 4자로 된 구와 6자로 된 구의 대구를 써서 음조를 맞추는 화려한 문체. 육조(六朝)시대에 성행함.〕의 대가로 〈哀江南賦〉는 그의 대표작이다.

두보는 유신의 문장을 높이 평가하였는데 위 시에 나오는 '凌雲

健筆(능운건필)'은 성어가 되어 널리 쓰이고 있다. 두보는 지금 사람들이 남북조 시대 변려문체 문장을 비웃지만 그 문장은 뛰어났다면서 지금 사람들은 '後生可畏(후생가외 ; 뒤에 태어난 사람이 두려움. 후배의 역량이 뛰어남. 고사 후배는 나이가 젊고 의기가 장하므로 학문을 계속 쌓고 덕을 닦아 기른다면 그 진보는 선배를 능가하는 경지에 이른다는 데서 나온 말.)'의 참뜻을 모르는 것 같다고 일침을 가하고 있다. 이 말은 詩文은 시대에 따라 변화 발전한다는 뜻이며, 이는 두보의 문학관을 보여주는 시라 할 수 있다.

# 戲爲六絶句 <sub>희위육절구</sub>
## 장난삼아 절구 육수를 짓다 (二)

楊王盧駱當時體
양 왕 노 락 당 시 체
양형, 왕발, 노조린, 낙빈왕의 그 시들을

輕薄爲文哂未休
경 박 위 문 신 미 휴
경박하게 글로 비웃기를 그치지 않는다.

爾曹身與名俱滅
이 조 신 여 명 구 멸
그대들 몸과 명성은 함께 없어지겠지만

不廢江河萬古流
불 폐 강 하 만 고 류
장강과 황하는 그치지 않고 만고에 흐르리라!

양형(楊炯)

양형과 왕발, 노조린과 낙빈왕은 '初唐四傑(초당사걸)'로 불리는데, 이들의 시를 율시의 측면에서 보면 부족할 수 있으나 이들의 성과는 江河처럼 흐를 것이라고 그 시대적 의의를 평가하고 있다. 본문의 爾曹(이조, 너희들)는 위 四傑을 비웃는 사람들을 지칭한다.

두보의 이러한 연작시에 의한 문학론은 〈解悶十二首〉에서도 읽을 수 있다.

## 解悶十二首 해민십이수
## 걱정을 풀어 버리기 (六)

復憶襄陽孟浩然　양양의 맹호연을 다시 생각해 보면
부 억 양 양 맹 호 연

淸詩句句盡堪傳　청신한 시문 구절을 모두 전할 만했다.
청 시 구 구 진 감 전

卽今耆舊無新語　지금의 노인에게는 새로운 표현이 없고
즉 금 기 구 무 신 어

慢釣槎頭縮頂鯿　실없이 배에서 목 움츠리고 방어나 낚는다.
만 조 사 두 축 정 편

　두보는 맹호연의 시는 청신하여 후세에 전할 만한데 요즈음 나이든
사람한테서는 청신한 시어를 찾을 수 없다고 걱정하고 있다. 그러면서
한가히 어쩌다 걸리는 물고기나 낚으려 한다고 참신한 시어를 찾으려
노력하지 않는 세태를 지적하고 있다. [참고] 맹호연의 시에 '試垂竹竿
釣(그냥 대 낚싯대를 드리웠더니) 果得槎頭鯿(어쩌다 배에서 방어를 낚았네)' 하는 구
절이 있다.

## 絕句<sup>절구</sup>　　　절구 四首（三）

| | |
|---|---|
| 兩箇黃鸝鳴翠柳<br>양 개 황 리 명 취 류 | 두 마리 꾀꼬리는 푸른 버들에서 울고 |
| 一行白鷺上靑天<br>일 행 백 로 상 청 천 | 한 줄인 백로들은 파란 하늘을 난다. |
| 窓含西嶺千秋雪<br>창 함 서 령 천 추 설 | 창으론 서쪽 산마루 千年雪이 보이고 |
| 門泊東吳萬里船<br>문 박 동 오 만 리 선 | 문밖엔 동쪽 吳땅의 萬里船이 매였다. |

정교하고 세밀하게 짜인 절구이다. 1, 2구는 하늘을, 3, 4구는 땅을 묘사하였는데 1, 2구의 兩箇와 一行의 숫자, 黃鸝와 白露의 색채, 그리고 翠柳와 靑天의 색조가 아름답게 대비된다. 그리고 3, 4구의 窓과 門, 西嶺과 東吳, 그리고 千秋雪과 萬里船이 짝을 맞춘다. 천년설의 靜과 만리선의 動이 또한 대조가 된다.

## 江畔獨步尋花七絕句 강반독보심화칠절구
### 강둑을 홀로 걸으며 꽃을 찾다 (五)

黃師塔前江水東
황 사 탑 전 강 수 동
黃師塔 앞 강물은 동으로 흐르고

春光懶困倚微風
춘 광 나 곤 의 미 풍
봄빛에 나른하여 미풍을 마주한다.

桃花一簇開無主
도 화 일 족 개 무 주
복사꽃 한 덩이 주인 없이 피었는데

可愛深紅愛淺紅
가 애 심 홍 애 천 홍
진하고 옅은 붉은색이 아름답구나.

## 江畔獨步尋花七絕句 강반독보심화칠절구
### 강둑을 홀로 걸으며 꽃을 찾다 (六)

黃四娘家花滿蹊
황 사 낭 가 화 만 혜
황사낭의 집에 꽃이 길을 덮었고

千朵萬朵壓枝低
천 타 만 타 압 지 저
천만 송이 무거워 가지가 늘어졌다.

留連戱蝶時時舞
유 련 희 접 시 시 무
오가며 노는 나비는 때때로 춤을 추고

自在嬌鶯恰恰啼
자 재 교 앵 흡 흡 제
제멋에 겨운 꾀꼬리 꾀꼴꼴 지저귄다.

上元 2년(761), 만년의 두보에게 잠시 잠깐이지만 이렇듯 평화롭고 한가한 나날이 있었다. 그러나 두보의 봄날은 평온하지만 어딘지 또 왜 그런지 모르겠지만 쓸쓸하다. 황사낭은 황씨 집 넷째 딸로 歌妓이고, 黃師塔은 황씨 성을 가진 고승이 죽은 뒤에 만든 浮屠〔부도;고승(高僧)의 사리나 유골을 넣고 쌓은 둥근 돌탑.〕란 뜻이다.

漫興 만흥　　　홍에 겨워서　九首 (四)

二月已過三月來
이 월 이 과 삼 월 래
이월은 이미 지났고 삼월이 왔는데

漸老逢春能幾回
점 노 봉 춘 능 기 회
점차로 늙어 봄을 몇 번이나 보려나?

莫思身外無窮事
막 사 신 외 무 궁 사
상관도 없는 많은 일 생각지 말고

且盡生前有限杯
차 진 생 전 유 한 배
생전에 조금 남은 술 모두 마시리라.

漫興 만흥　　　홍에 겨워서　九首 (五)

腸斷江春欲盡頭
장 단 강 춘 욕 진 두
서러운 강변의 봄이 마저 가려 하는 데

杖藜徐步立芳洲
장 려 서 보 입 방 주
지팡이 짚고 천천히 걸어 꽃 핀 물가에 섰다.

顚狂柳絮隨風舞
전 광 유 서 수 풍 무
미친 듯 버들개지 바람 따라 춤추고

輕薄桃花逐水流
경 박 도 화 축 수 류
사뿐 가뿐 복사꽃 물을 따라 떠간다.

제목처럼 따스한 봄날에 되는 대로, 마음 내키는 대로 걸으면서 이런 저런 생각을 해 보았을 것이다. 이런 봄을 몇 번이나 더 볼 수 있을까? 홍이 다하면 슬픔이 오는가? 남에게 보여주는 송별의 시도 아니고 그저 자신의 속내를 매임 없이 그냥 풀어내었다. 이런 봄날을 즐길 수 있는 두보는 가난했어도 잠깐은 행복했을 것이다.

## 貧交行 <sub>빈교행</sub>　가난한 우정을 노래하다

翻手作雲覆手雨　손을 뒤집어 구름을 다시 엎어 비를 만드니
번수작운복수우

紛紛輕薄何須數　이런 저러한 경박한 짓을 어찌 다 세겠는가?
분분경박하수수

君不見管鮑貧時交　그댄 관중과 포숙의 가난할 때 사귐을 모르
군불견관포빈시교　　는가?

此道今人棄如土　이런 우정을 지금의 사람들 흙처럼 버린다.
차도금인기여토

너무 유명한 시라서 더 이상 설명이 필요 없을 것이다. 人當貧賤語聲低(사람이 빈천하면 목소리가 낮아진다)라 하고, 貧極無君子(가난한 집에 군자 없다)라고 하지만, 身貧志不貧(몸은 가난하더라도 뜻은 가난할 수 없다)이다. 결론은 貧賤識眞交(빈천할 때 참된 교제를 알 수 있고), 患難見眞情(환난에 참된 정을 볼 수 있다)일 것이다.

## 江南逢李龜年 강남봉이구년
## 강남에서 이구년을 만나다

岐王宅裏尋常見
기 왕 택 리 심 상 견
岐王의 저택에서 자주 보았었고

崔九堂前幾度聞
최 구 당 전 기 도 문
崔九의 집에서도 몇 번 들렀었지요.

正是江南好風景
정 시 강 남 호 풍 경
바야흐로 강남의 멋진 풍경 속에서

落花時節又逢君
낙 화 시 절 우 봉 군
꽃 지는 시절에 다시 그대를 만났소.

李龜年은 현종 때의 樂工으로 춤을 잘 추었던 李彭年(이팽년), 노래를 잘했던 李鶴年(이학년)과 함께 삼 형제가 명성을 떨쳤었다. 李龜年(이구년)은 어린 나이에 梨園에 들어가 노래를 잘하고 각종 악기를 다루어 현종의 인정을 받았으며, 이구년 형제는 장안에 큰 저택을 짓고 살았다.

이구년은 安史의 亂 이후 각지를 유랑하다가 代宗 大歷 연간(766－779)에 湘潭(상담)에서 병사한 것으로 알려졌다. 두보의 본시 이외에 李端의 시 〈贈李龜年〉도 있다.

岐王(기왕)은 睿宗의 四子인 李隆範인데(현종은 예종의 三子. 현종과는 생모가 다르다.) 신분을 가리지 않고 文士들을 좋아했다. 왕유는 진사에 급제하기 전부터 기왕 저택에 출입하였었다.

崔九는 현종과 가까웠던 殿中監(진중감) 崔滌(최척)인데, 연대기적 고찰에 의하면, 岐王과 崔九는 開元 14년(726)에 죽었고 이때는 梨園이 없었다고 한다. 따라서 두보가 말한 岐王은 그 후손이고, 崔九 또한 그 아들의 집일 것이라고 한다.

落花時節(낙화시절)은 경치에 대한 서술이며, 또한 情感어린 묘사로 두 가지 뜻으로 새길 수 있는 雙關語(쌍관어)이다. 곧 계절적으로 '꽃이 질 때'라는 뜻과 함께 이구년도 늙고 시절이 난리를 겪는 때라는 뜻이 있다.

두 사람이 만났을 때 강남은 호시절이었지만 두 사람은 호시절이 아니었다. 이구년이나 두보 모두 전성기가 아닌 桑榆之年(상유지년, 만년)에 유랑하다가 정말 우연히 만났으니 기쁨은 잠시였고 슬픈 감정이 넘쳤을 것이라 짐작할 수 있다. 詩句에 처량하거나 슬픈 언사는 없지만 평담한 이야기 속에 전체적으로 悲感이 충만하다. 이 또한 두보 시의 특징이긴 하지만 인생의 번영과 영락, 旺期(왕기)와 衰期(쇠기)를 생각하게 한다.

두보와 이구년이 만난 해는 代宗 大曆 5년(770) 봄이었고, 두보는 그 해에 죽었다.

# 037

# 錢起·전기

錢起(전기)의 字는 仲文으로, 天寶 연간에 진사가
되어 秘書省校書郎을 거쳐 尙書考功郎中과 翰林
學士 등을 역임했다. 그때 사람들은 '前有沈宋(앞
에는 沈佺期와 宋之問), 後有錢郎(뒤에는 錢起와 郎士元)'
이라 하여 중당 시인의 대표이며 大曆十才子의 한
사람으로 錢起를 꼽았다. 그의 시는 5언이 주를 이
루고 있으며 山水 속에서 은일을 따르고자 하는
내용의 시가 많은데, 그 詩格은 淸奇(청기;맑고 뛰어
나다.)하고 文理〔문리;①문장의 조리(條理). ②사물을 깨달
아 아는 힘.〕가 淡遠(담원;담박함이 심오하다.)하다는 평
을 받고 있다. 그의 문집으로 《錢仲郎集》이 있다.

당 代宗의 大曆 연간(766-779)에 시인으로 유명
한 10인을 '大曆十才子'라고 부른다. 그 이름은
책마다 조금씩 다르지만 대개 李端(이단), 盧綸(노
륜), 司空曙(사공서), 錢起(전기), 韓翃(한굉) 등은 공
통적으로 포함되고 있다.

## 遠山鐘 원산종  먼 산의 종소리

| | |
|---|---|
| 風送出山鐘<br>풍 송 출 산 종 | 바람 타고 들려오는 산사의 종소리 |
| 雲霞度水淺<br>운 하 도 수 천 | 노을 구름은 얕은 내 건너에 있다. |
| 欲尋聲盡處<br>욕 심 성 진 처 | 종소리 나는 곳을 찾으려 하나 |
| 鳥滅寥天遠<br>조 멸 요 천 원 | 새들은 텅 빈 하늘로 날아간다. |

위 시에서 '水淺'과 '天遠'은 '淺水'와 '遠天'의 도치인데 韻을 맞추려는 뜻이다. 이를 '물은 얕고', '하늘은 멀고'로 해석하면 부자연스럽다. 전기의 절구는 시 속에 畵意(화의)가 들어 있다는 평을 듣는다.

## 宿洞口館 숙동구관
## 마을 입구 客館객관에서 자다

野竹通溪冷
야 죽 통 계 냉      냇물이 흐르는 들판 대밭은 서늘하고

秋泉入戶鳴
추 천 입 호 명      가을철 냇물 소리 집 안까지 들린다.

亂來人不到
난 래 인 부 도      난리에 나그네도 오지 않는데

寒草上階生
한 초 상 계 생      층계에 자란 풀도 시들었다.

洞口를 '동굴 입구'라고 번역한 책을 보고서는 웃지 않을 수가 없었다. 寒草나 秋泉을 '차가운 풀'이나 '가을 샘물'로 번역한다면 느낌이 오겠는가? 차가운 풀이라면 따뜻한 풀도 있는가? 空山을 '빈 산'으로 번역한다면 나무나 바위도 없다는 뜻인가? 시인의 상식은 보통사람과 같겠지만 다만 느끼고 생각하는 것이 보통사람보다 뛰어났을 것이다.

# 暮春歸故山草堂 모춘귀고산초당
## 늦봄에 고향 산의 초당에 돌아와서

谷口春殘黃鳥稀
곡 구 춘 잔 황 조 희

골짜기에 봄이 가면서 꾀꼬리도 드물고

辛夷花盡杏花飛
신 이 화 진 행 화 비

백목련은 지고 살구꽃이 날린다.

始憐幽竹山窓下
시 련 유 죽 산 창 하

이제는 산 쪽 창 아래 유심한 대〔竹〕가 좋으니

不改淸陰待我歸
불 개 청 음 대 아 귀

淸陰은 변함없이 내가 오기를 기다렸구나!

계절에 따른 봄 풍경을 그림처럼 그렸는데, 무성한 대숲의 변함없는 푸름을 예찬하였으니 대나무는 꾀꼬리 울음, 辛夷花〔목련〕, 살구꽃보다 더 좋다는 의미이고, 이런 뜻은 곧 시인의 지조라고 해석해도 괜찮을 것이다.

# 038

# 賈至 ● 가지

가지 718-772

賈至(가지)는 字가 幼鄰(유린)이며, 742년에
과거에 급제한 뒤 起居舍人, 知制誥 등을 역
임하고 大曆 초에 京兆尹, 右散騎常侍 등 고
위직을 역임하였다.

# 送李侍郎赴常州 송이시랑부상주
## 상주로 부임하는 이시랑을 보내며

雪晴雲散北風寒　눈 개며 구름 걷히고 북풍은 찬데
설 청 운 산 북 풍 한

楚水吳山道路難　楚江서 吳山의 길은 험하기만 하다.
초 수 오 산 도 로 난

今日送君須盡醉　오늘 그대 보내며 끝까지 취해야 하나니
금 일 송 군 수 진 취

明朝相憶路漫漫　내일 아침 그리워해도 길은 멀기만 하다.
명 조 상 억 로 만 만

　詩의 楚江은 岳陽이고, 이시랑이 부임하는 常州는 吳山이라고 썼다. 오늘 술에 흠뻑 취해도 내일 아침 보낼 때 서운하고, 보낸 다음에도 내내 먼 길만큼 그리는 정은 이어질 것이라는 우정을 표현하였다.

## 西亭春望 서정춘망
## 서정의 봄 경치

日長春暖柳靑靑
일 장 춘 난 유 청 청

해는 길어지고 따스한 봄날 버들이 푸른데

北雁歸飛入窅冥
북 안 귀 비 입 요 명

북쪽 기러기 까마득 멀리 날아간다.

岳陽樓上聞吹笛
악 양 루 상 문 취 적

악양루에서 듣는 피리 부는 소리

能使春心滿洞庭
능 사 춘 심 만 동 정

봄 기다리는 마음으로 동정호를 채운다.

　강남의 멋진 풍광은 수많은 시인들의 소재가 되었다. 동정호, 악양루는 모든 시인들이 꼭 가보고 싶었고 또 읊어야 하는 소재였다.

악양루(岳陽樓)

# 皇甫冉

## 황보염

황보염 716-769

皇甫冉(황보염)의 字는 茂政(무정)으로 潤州
丹陽(今 江蘇 丹陽) 사람이다. 10세에 글을 잘
지어 張九齡이 재주를 칭찬하며 小友라고
불렀다. 현종 天寶 15년(755)에 진사과에 급
제하였다. 안사의 난 때 은거하다가 代宗 大
曆에 河南節度使 王縉(왕진)의 막료가 되었
고, 이후 右補闕(우보궐)로 관직생활을 마무
리했다. 大曆十才子의 한 사람이다.

## 答張繼 답장계　張繼의 시에 화답하다

恨望南徐登北固　남서의 북고산에 올라 슬피 바라보나니
창 망 남 서 등 북 고

沼遙西塞阻東關　멀고 먼 서새산은 동관에 막혀 있구나.
초 요 서 새 조 동 관

落日臨川問音信　해 질 녘 강가에서 소식을 묻나니
낙 일 임 천 문 음 신

寒潮惟帶夕陽還　차가운 강물은 석양 속에 흘러간다.
한 조 유 대 석 양 환

벗을 생각하는 정이 강물처럼 끊어지지 않고 이어진다는 뜻을 노래했
다.

265

# 送魏十六 송위십육

## 魏十六을 보내며

秋夜沈沈此送君  깊어가는 가을밤 이제 그대를 보내야 하니
추 야 침 침 차 송 군

陰蟲切切不敢聞  귀뚜라미 처량한 울음은 듣기가 어려워라.
음 충 절 절 불 감 문

歸舟明日毗陵道  돌아가는 배는 내일 비릉의 길을 갈 터이니
귀 주 명 일 비 릉 도

回首姑蘇是白雲  고개를 돌려보는 고소성은 백운 속에 있으리.
회 수 고 소 시 백 운

비릉은 長江 하류 江蘇省(강소성)의 常州이다. 시인은 가을밤에 친우를 보내려는 생각에 잠을 못 이루고 그 가는 길을 머릿속에 그리고 있다.

# 040

# 元結

## 원결

元結(원결)의 字는 次山이고, 號는 漫叟(만수)라 했다. 천보 12년에 進士가 되었고 安史之亂 중에 史思明이 낙양을 함락하자 장안에 가서 숙종을 알현하였다. 원결은 右金吾衛兵曹參軍이 되어 반란군과 싸웠으며 761년에는 山南道節度使參謀가 되어 적의 진공을 막아내며 15개 주군을 지켜 냈다. 代宗의 즉위(763) 뒤에는 著作郎이 되었다가 道州刺史로 나가 백성들의 부세를 경감하고 요역을 줄여 주는 선정을 베풀었다. 그의 문집으로 《元次山集》이 있다.

## 將牛何處去 <sup>장우하처거</sup>

### 소를 몰고 어디로 가는가? (一)

| | |
|---|---|
| 將牛何處去<br><sub>장 우 하 처 거</sub> | 소를 몰고 어디로 가는가? |
| 耕彼故城東<br><sub>경 피 고 성 동</sub> | 저쪽 옛날 성터 동쪽을 갈아야지. |
| 相伴有田父<br><sub>상 반 유 전 부</sub> | 같이 일할 농부가 있고 |
| 相歡惟牧童<br><sub>상 환 유 목 동</sub> | 같이 즐길 목동도 있네. |

## 將牛何處去 <sup>장우하처거</sup>

### 소를 몰고 어디로 가는가? (二)

| | |
|---|---|
| 將牛何處去<br><sub>장 우 하 처 거</sub> | 소를 몰고 어디로 가는가? |
| 耕彼西陽城<br><sub>경 피 서 양 성</sub> | 성의 저 서남쪽을 갈아야 하오. |
| 叔閑修農具<br><sub>숙 한 수 농 구</sub> | 늙은이는 농구를 손질하고 |
| 直子伴我耕<br><sub>직 자 반 아 경</sub> | 큰아들은 나와 같이 밭을 가네. |

叔閑은 늙은 甥甥(처남), 直子는 장남이라는 주석이 있다. 그래도 같이 일할 자식이 있고 이웃이 있다는 사실이 사는 맛일 것이다.

# 041

張繼

장
계

장계 727? – 779

張繼(장계)의 字는 懿孫(의손)이며 中唐의 詩
人으로 襄州(湖北 襄陽市 襄州區) 사람이다. 현
종 天寶 12년(753)에 진사가 되었고 안사의
난이 터지면서 江東에 피신해 살면서 詩僧
靈一, 長州의 縣尉(현위)인 劉長卿과 교유했
던 것으로 알려졌다. 이후 檢校祠部員外郎,
洪州鹽鐵判官을 역임하고 代宗 大曆 말년
(779)에 伉儷(항려, 부부)가 함께 洪州(今 江西
省 南昌市)에서 죽었다.

唐代의 시인 중에서 장계는 대가도 명인도
아니고, 그의 시는《全唐詩》에 겨우 40首 정
도 수록되어 있다. 그의 시는 풍경묘사에 특
히 우수한데〈楓橋夜泊〉은 그의 대표작으로
天寶 15년(756) 蘇州에 머물 때 지은 시로
알려졌다.

# 楓橋夜泊 <sup>풍교야박</sup>

## 풍교에서 밤을 지내다

月落烏啼霜滿天
월 락 오 제 상 만 천

달 지고 까마귀 울며 하늘에 서리 가득한데

江楓漁火對愁眠
강 풍 어 화 대 수 면

강가 단풍과 고기잡이 횃불에 잠을 못 이룬다.

姑蘇城外寒山寺
고 소 성 외 한 산 사

姑蘇城 밖 寒山寺의

夜半鐘聲到客船
야 반 종 성 도 객 선

한밤 종소리가 나그네 배에 들린다.

〈楓橋夜泊〉의 楓橋<sup>(풍교)</sup>는 江蘇省 蘇州市<sup>(上海市 부근)</sup> 西쪽 5km에 있는 石橋이다. 첫 구에서는 '月은 落하고, 烏는 啼하며, 霜은 滿天하다.'라 하여 계절로서는 가을이 깊었음을 알 수 있다. 그리고 江楓<sup>(강풍)</sup>과 고기를 잡는 횃불인 漁火를 보면서 잠을 청하려 하니 시각으로는 한밤임을 알 수 있다.

詩 전체에 시각, 청각, 촉각의 모든 감각이 다 동원되었다. 달이 진 다음의 어둠, 강가의 단풍, 漁火 등 눈에 보이는 것들이 생각에 생각을 끌어낸다. 서리가 내릴 것 같은 가을밤의 한기는 촉각으로 전해지고 까마귀 울음소리도 들려 나그네가 不眠하는데 종소리까지 들리는 그 밤 −나그네는 정말 잠들기 어려웠을 것이다.

客愁로 잠을 못 이루는데 한산사의 종소리가 들려온다는 뜻인데, 과 연 '寒山寺와 楓橋의 거리가 들릴 수 있는 거리인가?' 또 '절에서는 한밤에 종을 치지 않는다.' 는 많은 논쟁거리를 제공해 주었다.

그러나 나그네이니 그 종소리가 들린다. 기차 정거장 근처 싸구려 여인숙에서 나그네는 잠을 못자도 여인숙 주인은 잠을 잘 잔다. 성불사 깊은 밤에 주지는 잠이 들었고 객은 혼자 풍경소리를 듣는다고 하였다. 하여튼 나그네가 되어 겪어 보아야 알지 않겠는가?

풍교(楓橋)

# 042

# 韋應物 · 위응물

위응물 736-830?

韋應物(위응물)은 則天武后 때 재상이었던 韋令儀(위령의)의 손자이다. 韋應物은 현종 천보 연간(750)에 蔭補(음보)로 황제의 近侍(근시) 무사인 三衛郞이 되어 거의 불량배와 같은 행동으로 백성들을 괴롭혀 원성을 듣기도 했다.

安史之亂 중에 현종이 蜀으로 피난가면서 韋應物은 失換(실환;제멋대로 하고 오만 방자하던 그가 잘못을 바꾸었다.)했고 주변 사람들의 따가운 시선을 견뎌야 했다. 동서양을 막론하고 '浪子回頭金不換(부랑자가 개심하면 황금으로도 바꾸지 않는다).'는 말처럼 이후 착실하게 독서를 하면서 행실을 고쳤다.

그리하여 代宗이 즉위하자(763) 洛陽丞(낙양승)이 되었고, 이후 德宗 建中 4년(783)에 滁州刺史(저주자사)를 거쳐, 德宗 貞元 元年(785)에 江州刺史로 자리를 옮겼고, 이어 貞元 6年(790)에 蘇州刺史를 그만두고 蘇州 城外의 永定寺에 거주하다가 거기서 죽었다는데 졸년을 상고할 수는 없지만 90세 가까이 살았다고 한다.

위응물은 '韋江州', '韋蘇州'로 불리는데, 그의 시풍은 왕유와 가깝고 언사가 간결하며 산수경관을 읊은 시가 많다. 송나라의 蘇軾(소식)은 위응물의 시에 대하여 아래와 같은 아주 인상적인 평가를 남겼다. '樂天長短三千首(백락천의 5언7언의 삼천 수보다), 却愛韋郞五言詩(오히려 위응물의 오언시를 좋아한다).'

# 秋夜寄邱員外 <sup>추야기구원외</sup>
## 가을밤 邱員外에게 보내다

懷君屬秋夜
<small>회 군 속 추 야</small>

그대 그리는 이 가을밤

散步詠涼天
<small>산 보 영 양 천</small>

산보하며 가을을 읊는다.

空山松子落
<small>공 산 송 자 락</small>

공산에 솔방울이 떨어지니

幽人應未眠
<small>유 인 응 미 면</small>

그대 또한 잠 못 이루리라.

〈秋夜寄丘二十二員外〉로 된 책도 있다. 邱員外는 邱丹, 尙書郎과 員外의 직책을 수행한 뒤 浙江省 臨平山에 은거하고 있었다.

뜻은 간단하다. 그립다는 뜻이니, 이 가을에 잠 못 이룰 것이다. 가을은 무거운 사색의 계절이다. 농부는 수확을 걱정하고 글 읽는 사람은 進度와 성과를 걱정한다.

이 시가 좋다는 것은 담백한 맛 때문일 것이다. 아무 기교도 없이 담담하게 옆 사람과 이야기하듯 말하고 있다.

# 秋齋獨宿 <sub>추재독숙</sub>
## 가을 서재에서 홀로 자다

| | |
|---|---|
| 山月皎如燭<br><small>산 월 교 여 촉</small> | 산의 달은 촛불 켠 듯 밝고 |
| 風霜時動竹<br><small>풍 상 시 동 죽</small> | 서릿바람은 가끔 대를 흔든다. |
| 夜半鳥驚棲<br><small>야 반 조 경 서</small> | 한밤에 깃든 새들이 놀라는데 |
| 窓間人獨宿<br><small>창 간 인 독 숙</small> | 창 아래 홀로 잠들은 나그네. |

이런 시는 군더더기 같은 해설이 필요 없다. 읽고 느낌이 오는 그대로 받아들이면 된다. 읽기만 해도 그 정경이 마음에 떠올라 흐뭇하거늘 굳이 난해한 시를 써야 하겠는가?

# 聞雁 문안    기러기 소리를 듣다

故園渺何處
고 원 묘 하 처
고향은 먼먼 곳 어디쯤인가?

歸思方悠哉
귀 사 방 유 재
가고픈 마음은 지금 끝이 없도다.

淮南秋雨夜
회 남 추 우 야
회남의 가을비 내리는 밤에

高齋聞雁來
고 재 문 안 래
큰 집에서 기러기 오는 소리 듣는다.

고향을 그리는 시인데, 古拙〔고졸; (서화·도자기 따위가) 치졸(稚拙)한 듯하면
서도 고아한 멋이 있음. 또는 그런 모양.〕하면서도 담백한 맛이 있다. 가을에 북
쪽에서 내려오는 기러기를 征雁(정안)이라 부르고, 봄이 되어 북으로 돌
아가는 기러기는 歸雁(귀안)이라고 한다.

## 西塞山 <sup>서새산</sup> 서새산

| | |
|---|---|
| 勢從千里奔<br><sub>세 종 천 리 분</sub> | 산세는 천 리를 내달려 와서 |
| 直入江中斷<br><sub>직 입 강 중 단</sub> | 곧바로 강물에 걸려 끊겼다. |
| 嵐橫秋塞雄<br><sub>남 횡 추 새 웅</sub> | 구름은 웅장한 가을 산에 걸쳤고 |
| 地束驚流滿<br><sub>지 속 경 류 만</sub> | 대지는 급류를 막아 가득 차 있다. |

서새산은 湖北省 黃石市 양자강의 남안에 있는 산으로, 지세가 매우 험준하여 '長江 중하류로 가는 門戶'라고 불리고 있다. 위응물은 마치 산수화를 그린 듯 서새산의 절경을 묘사했다.

서새산(西塞山)

## 寒食寄京師諸弟 한식기경사제제
### 한식에 장안의 여러 아우에게
### 보내다

雨中禁火空齋冷
우 중 금 화 공 재 냉

우중에 불을 못 피니 빈 방이 차갑고

江上流鶯獨坐聽
강 상 유 앵 독 좌 청

강에서 우는 꾀꼬리를 홀로 앉아 듣는다.

把酒看花想諸弟
파 주 간 화 상 제 제

잔 들고 꽃 보며 여러 아우를 그리나니

杜陵寒食草靑靑
두 릉 한 식 초 청 청

한식날 두릉에는 풀이 파릇파릇 하리라.

두릉은 長安城 동남의 지명으로, 보통 樂游原(낙유원)이라 부른다. 위
응물은 장안 사람이다.

## 休暇日訪王侍御不遇 <sub>휴가일방왕시어불우</sub>
### 휴가일에 왕 시어사를 찾았으나
### 만나지 못하다

九日驅馳一日閑 아흐레 동안 바쁘다가 하루 쉬어 한가하여
구 일 구 치 일 일 한

尋君不遇又空還 벗을 찾았으나 못 만나고 그대로 돌아왔다.
심 군 불 우 우 공 환

怪來詩思淸人骨 아마 그대의 詩想이 사람을 청아하게 하나니
괴 래 시 사 청 인 골

門對寒流雪滿山 문 앞 찬 시내와 눈 가득한 산 때문이리라.
문 대 한 류 설 만 산

이 시는 위응물이 洛陽丞(낙양승)으로 재직할 때 지은 시라고 알려졌
다. 위응물이 찾아간 왕 시어사는 위응물의 우인일 것이다. 위응물은 우
인을 만나지 못했지만 우인의 청아한 인품과 시풍을 칭찬하고 있다.

# 與村老對飲 <sub>여촌노대음</sub>
## 촌로와 술을 마시다

鬢眉雪色猶耆酒　귀밑털 눈썹도 희지만 늘 술을 좋아하고
빈 미 설 색 유 기 주

言辭淳樸古人風　언사가 순박하여 옛사람의 풍모로다.
언 사 순 박 고 인 풍

鄕村年少生離亂　마을의 젊은이는 난리를 만나 흩어졌다니
향 촌 연 소 생 이 란

見話先朝如夢中　선조의 이야기를 들으면 마치 꿈속 같구나.
견 화 선 조 여 몽 중

안사의 난 이후 농촌 지역의 실상이 눈에 보이는 듯하다.

# 滁州西澗 저주서간

## 저주의 서쪽 시내

獨憐幽草澗邊生
독 련 유 초 간 변 생
냇가에 절로 자란 풀을 홀로 좋아하나니

上有黃鸝深樹鳴
상 유 황 리 심 수 명
위로는 노랑 꾀꼬리가 깊은 숲에서 운다.

春潮帶雨晚來急
춘 조 대 우 만 래 급
봄물은 비가 온 뒤 불어 급히 흐르지만

野渡無人舟自橫
야 도 무 인 주 자 횡
들판 나루에 행인 없어 배만 홀로 매였다.

〈滁州西澗〉은 '저주의 서쪽 시내' 라는 뜻이다. 위응물은 782년에 滁州(저주, 滁 강 이름 저, 安徽省 滁州市)의 자사로 근무했었다. 1, 2句는 시인이 바라보는 주변의 경치로 풀과 수풀의 꾀꼬리가 상하로 靜과 動의 대비가 이루어졌다. 그러나 결구에서는 빈 배만 비스듬히 매여 있다. 모든 것이 정지된 느낌이며, 모든 것이 다 虛靜(허정; 망상이나 잡념이 없이 마음이 항상 평정함.)속에 멈췄다.

회화적 풍경 속에 시적 정취가 넘치는 서경시로 '野渡無人舟自橫'은 '詩趣' 이면서 '畵趣' 이다. 마치 그림을 그리듯 글을 지었다. 그렇다고 글 장난은 절대로 아니다. '無人' 의 경지와 情景은 이처럼 따스하다.

# 043

# 韓翃

● 한
  굉

한굉 ?－783?

韓翃(한굉, 翃 벌레가 나를 굉)의 生卒 연도는
확실하지 않지만, 字는 君平으로 '大曆十才
子'의 한 사람이다.

天寶 13년(754)에 진사가 되었고, 肅宗 寶應
원년(762)에 淄靑(치청)절도사인 侯希逸(후희
일)의 막료로 근무하였다. 당 德宗 建中 初年
(780)에 中書舍人이 되었다. 당시에 같은 이
름이 또 한 사람이 있어 덕종이 '春城無處不
飛花를 읊은 韓翃'이라고 지명하였다는 이
야기가 전한다. '春城無處不飛花'는 韓翃의
〈寒食〉의 한 구절이었다. 그만큼 그의 시는
유명하였다.

## 寒食<sup>한식</sup>　　한식

春城無處不飛花
춘 성 무 처 불 비 화
봄날 성 안에 꽃이 안 날리는 데 없고

寒食東風御柳斜
한 식 동 풍 어 류 사
한식날 동풍에 버들이 기울었다.

日暮漢宮傳蠟燭
일 모 한 궁 전 랍 촉
날이 지자 漢宮에서 새 불을 피워 나눠 주니

輕煙散入五侯家
경 연 산 입 오 후 가
가벼운 연기가 다섯 제후 집에 흩어진다.

한식날이 저물면 궁중에서 느릅나무나 버드나무 가지에 새로 피운 불씨를 蠟燭〔밀랍의 초〕에 옮겨서 왕족이나 고관에게 하사했다고 한다.

이 시는 단순히 풍경만을 묘사하였고 시인의 의논이나 감정은 하나도 나타나 있지 않다. 이 시는 단순한 한식 풍경보다는 言外之音이 있을 것이다. 우선 唐代에 漢宮의 고사를 인용한 것이고, 五侯라는 용어가 宦官(환관)과 관련이 있으니 '寒食'을 핑계로 풍자하는 뜻이 보인다. 結句에서 五侯가 황궁의 불을 촛불에 댕겨 간다는 것은 唐나라가 환관에게 권세를 넘긴다는 풍자로 보아도 된다.

# 少年行 소년행　소년행

千點斑斕噴玉驄
천 점 반 란 분 옥 총
수많은 반점에 하얀 김을 뿜는 준마는

千絲結尾繡纏鬉
천 사 결 미 수 전 종
실타래 같은 꼬리에 명주실 갈기로다.

鳴鞭曉出章臺路
명 편 효 출 장 대 로
채찍 소리 내며 새벽 장대거리에 나서면

葉葉春衣楊柳風
엽 엽 춘 의 양 류 풍
봄옷은 한들거리고 버들은 바람에 흔들린다.

〈少年行〉은 악부시로 雜曲歌辭에 속한다. 젊은이의 의협심이나 宴樂 (연락;잔치를 베풀고 즐기는 일, 또는 그 잔치)의 쾌락을 읊은 내용이 많다. 옛 젊은이는 名馬에, 지금 젊은이는 名車에 마음을 빼앗기니 마찬가지이다. 이 시는 명마를 타고 妓院이 즐비한 장안 거리를 누비는 미소년의 준수한 모습을 노래하였다. 李白의 〈少年行〉에서도 장안 귀족 젊은이들의 풍류를 느낄 수 있다.

# 044

# 司空曙 · 사공서

사공서 720 - 790

司空曙(사공서)의 字는 文明 또는 文初이고,
進士에 급제한 뒤 劍南節度使 韋皐(위고)의
막료가 되었고, 덕종 貞元 연간에 水部郎中
을 지내고 虞部郎中(우부낭중)을 역임했다.
사공서는 자연 경관이나 고향 생각, 나그네
의 심사를 묘사한 시를 많이 지었다.

# 留盧秦卿 유노진경
## 노진경을 만류하다

知有前期在
지유전기재
이미 기약이 있는 줄 알지만

難分此夜中
난분차야중
이 밤에 떠나가긴 어렵다오.

無將故人酒
무장고인주
벗에게 권할 술이 없으니

不及石尤風
불급석우풍
석우풍만은 못할 것이오.

떠나가는 친우를 하룻밤 더 만류한다는 내용이다. 여기서 故人은 옛날 사람도 또 죽은 사람도 아닌 친한 벗이다. 이 시에 나오는 石尤風(석우풍)이란 배를 돌리게 하는 역풍을 뜻한다. 옛날에 石氏 여인이 尤氏(우씨)에게 시집을 갔는데 남편이 장삿길에 나갔다가 돌아오지 않았다. 석씨 여인은 남편을 그리다가 병이 들어 죽으면서 말했다. "내가 그이를 떠나보낸 것이 잘못이다. 나는 바람이 되어 누구든 먼 길을 간다고 하면 못 가게 하겠다."

이후 상인들은 배가 떠나는 날 심하게 부는 역풍을 석우풍이라고 불렀다고 한다.

## 江村卽事 강촌즉사

# 강촌에서 느낀 대로 짓다

罷釣歸來不繫船  낚시하고 돌아와 배를 매지 않았는데
파 조 귀 래 불 계 선

江村月落正堪眠  강촌에 달은 지고 마침 잠이 들려 한다.
강 촌 월 낙 정 감 면

縱然一夜風吹去  설령 밤새 바람이 불어온다 하여도
종 연 일 야 풍 취 거

只在蘆花淺水邊  물 억새 꽃핀 얕은 물가에 있으리라.
지 재 노 화 천 수 변

　시인은 자신이 어디에도 매이지 않았음을 또 무엇에도 매이기 싫다
는, 그리고 또 집착이 없는 自由自在의 심경을 노래했다.

## 峽口送友 <sup>협구송우</sup>

## 협곡에서 친우를 전송하다

峽口花飛欲塵春
협 구 화 비 욕 진 춘

협곡 어귀에 꽃이 날고 봄은 가려 하는데

天涯去往淚沾巾
천 애 거 왕 누 첨 건

먼먼 곳 떠날 것이니 눈물이 수건을 적신다.

來時萬里同爲客
내 시 만 리 동 위 객

만리 먼 길을 오며 같은 길벗이었는데

今日翻成送友人
금 일 번 성 송 우 인

오늘 도리어 내가 벗을 보내어야 하네.

길벗이었던 사람과의 이별 역시 이처럼 가슴이 아플 것이다.

# 045

# 顧況 · 고황

顧況(고황)의 字는 逋翁(포옹)이고, 호는 華陽眞逸(화양진일), 만년에는 悲翁이라 하였다. 숙종 至德 2년(757) 진사가 되어 校書郞, 著作郞 등을 지냈고 만년에 茅山이란 곳에 은거했다고 알려졌다. 顧況의 詩는 質樸(질박; 꾸밈이 없이 수수함.) 平易(평이; 쉬움)하고 通俗流暢(통속유창)〔통속; ①세상에 널리 통하는 일반적인 풍속. ②전문적이 아니고 일반 대중이 쉽게 알 수 있는 일. 유창; 글을 읽거나 하는 말이 거침이 없다.〕하면서도 杜甫의 현실주의적 시 정신을 이었으며 新樂府 詩歌 運動의 선구가 되었다.

## 憶鄱陽舊遊 <sup>억파양구유</sup>

# 옛 파양호 유람을 회상하다

悠悠南國思     오랫동안 강남을 그렸는데
유 유 남 국 사

夜向江南泊     밤중에야 강남에 배를 댄다.
야 향 강 남 박

楚客斷腸時     남쪽에 온 나그네 마음이 서글플 때
초 객 단 장 시

月明楓子落     밝은 달빛에 풍향수 열매 떨어진다.
월 명 풍 자 락

楚客은 남쪽 초 땅에 온 나그네이고, 楓子는 楓香樹<sup>(풍향수)</sup>라는 나무
의 열매로 크기가 계란만 하다는 설명이 있다. 파양 땅은 고황이 30대에
유랑했다가 60대에 폄직<sup>(좌천)</sup>되어 5년간이나 근무한 곳이라고 한다.

## 宮詞<sup>궁사</sup>　　　궁사

玉樓天半起笙歌　옥루는 높이 솟고 생황 노래 들리고
<sub>옥 루 천 반 기 생 가</sub>

風送宮嬪笑語和　바람에 비빈들 웃고 떠드는 소리 들린다.
<sub>풍 송 궁 빈 소 어 화</sub>

月殿影開聞夜漏　전각의 달그림자에 밤 물시계 소리 들으며
<sub>월 전 영 개 문 야 루</sub>

水晶簾捲近秋河　수정 발을 걷어 올리니 은하수가 가깝도다.
<sub>수 정 렴 권 근 추 하</sub>

　노쇠하여 임금의 사랑을 받지 못하는 궁녀의 원한을 간접적으로 그린 시다.

　이 시에서 작자는 원망하는 심정을 직접 말하지는 않았지만 원망의 심정이 시구 사이에 느껴진다. 사실 '옥루에서 들리는 생황과 노래와 웃음소리'에 상대적으로 자신의 영락한 처지가 더 슬퍼졌을 것이다.

# 046

郎
士
元
●
낭
사
원

郎士元(낭사원)의 字는 君胄(군주)로, 현종 천
보 15년(756)에 진사과에 급제하였다. 安史
의 난을 피해 강남에 은거했다가 代宗 寶應
원년(762)에 관직에 나와 나중에 지방관으
로 관직을 마쳤다. 大曆十才子의 한 사람으
로 꼽히기도 한다.

# 栢林寺南望 백림사남망
## 백림사에서 남쪽을 조망하다

溪上遙聞精舍鐘　시냇가에서 먼데 절의 종소리를 듣고
계 상 요 문 정 사 종

泊舟微徑度深松　배를 대고 좁은 길로 울창한 솔밭을 지난다.
박 주 미 경 도 심 송

靑山霽後雲猶在　청산은 개었으나 구름은 아직 남았는데
청 산 제 후 운 유 재

畫出西南四五峰　서남쪽에 네댓 개 봉우리가 그림처럼 보인다.
화 출 서 남 사 오 봉

시인은 작은 강에서 먼데 종소리를 듣고 배를 대고 좁은 길을 백림사를 찾아간다. 아마 숲 속에서 지나가는 소나기를 만났을 것이다. 그리고 백림사에 올랐더니 서남쪽으로 비에 씻긴 네댓 개 봉우리가 그림처럼 보였다는 내용이다.

이 시는 마치 그림과 같다. 주봉을 중심으로 작은 산들을 그린 산수화가 아니라 건너편 4-5개의 봉우리가 중심이 된다. 시인은 그 봉우리들을 그려내려고 종소리와 울창한 소나무, 그리고 비가 그친 뒤 하늘의 구름을 말했다. 그리고 맨 나중에 '畫出'로 제목의 '南望'을 마무리했다.

1751년, 비가 내린 뒤 〈仁王霽色圖(인왕제색도)〉를 그린 謙齋(겸재) 鄭敾(정선)이 시 가운데 살아나는 것 같다.

# 聽隣家吹笙 <sub>청인가취생</sub>

## 이웃집에서 부는 생황을 들으며

鳳吹聲如隔彩霞<br>
<sub>봉 취 성 여 격 채 하</sub>

봉황 우는 소리가 비단 노을 건너 들리는 듯

不知墻外是誰家<br>
<sub>부 지 장 외 시 수 가</sub>

담장 밖이 누구 집인지 알지 못한다.

重門深鎖無尋處<br>
<sub>중 문 심 쇄 무 심 처</sub>

큰 대문은 꼭꼭 잠겼고 들어갈 곳도 없지만

疑有碧桃千樹花<br>
<sub>의 유 벽 도 천 수 화</sub>

아마도 수많은 碧桃의 꽃이 피었으리라.

생황이란, 악기의 길고 짧은 대나무관이 봉황의 날개와 같다고 한다. 봉황이란 상상의 새이고 그 소리 역시 상상일 것이며 신선이 먹는다는 碧桃〔벽도;선경(仙境)에 있다는 복숭아의 한 가지.〕역시 상상이지만 옛사람에게는 고정된 개념으로 남았을 것이다.

이 시에는 청각과 시각, 후각과 상상력까지 모두 동원되었으니 '通感'이라 할 수 있다. 그런 감정은 한 줄로 이어져 있다. 起句에서 소리가 나는데 그 소리가 나는 곳을 承句에서 묘사했고, 轉句는 2구를 이어 알 수 없는 그 집을, 그리고 結句는 앞의 句를 이어 桃花로 마무리했다.

# 047

# 皇甫曾 ● 황보증

황보증 ?−785?

皇甫曾(황보증)의 字는 孝常으로, 천보 연간에 등과하였고 나중에 侍御使를 역임하였다.

# 山下川 <sup>산하천</sup> 산아래의 시냇물

漾漾帶山光
<small>양 양 대 산 광</small>

잔물결은 산 빛을 띠고

澄澄倒林影
<small>징 징 도 림 영</small>

맑디맑아 거꾸로 선 숲 그림자.

那知石上喧
<small>나 지 석 상 훤</small>

돌 사이가 이리 시끄러워도 어째서

却憶山中靜
<small>각 억 산 중 정</small>

되레 산중의 고요를 생각하는가?

　매미가 숲 속에서 시끄럽게 울어대더라도 사람들은 숲 속을 고요하다고 생각하는 것과 마찬가지일 것이다. 그러고 보면 사람이 없는 곳이 조용하다는 뜻이다.

# 送王司直 송왕사직

## 王 사직을 전송하며

西塞雲山遠
<small>서 새 운 산 원</small>     서새산은 구름 산 넘어 멀고

東風道路長
<small>동 풍 도 로 장</small>     동풍 부는 길은 길기만 하다.

人心勝潮水
<small>인 심 승 조 수</small>     내 마음은 갯물보다 더 나아

相送過潯陽
<small>상 송 과 심 양</small>     심양 지나 멀리까지 배웅한다.

潯陽(심양, 江西省 九江市)은 장강의 교통 요지인데, 중국 동해의 조수가 여기까지만 올라온다는 옛사람의 풀이가 있지만 지도를 보면 도저히 납득이 되지 않는다. 그대를 보내는 내 마음은 갯물(潮水)보다 더 먼데까지 따라간다는 우정을 표명하였다.

048

劉方平 · 유방평

유방평 726?-?

劉方平(유방평)은 하남 洛陽人으로 匈奴族의
후예이며, 天寶 연간에 進士에 응시하였으
나 급제하지 못했고 從軍하였어도 뜻대로
되지 않아 평생 관직과는 인연이 없었다고
한다. 皇甫冉(황보염), 李頎(이기), 嚴武(엄무)
등과 시우였으며, 그의 시는 산수의 묘사에
뛰어났으며 사상적 내용은 빈약하나 예술성
이 높다는 평을 듣는다. 유방평은 글씨와 그
림에도 재주가 있었다고 전한다.

## 采蓮曲 <sup>채련곡</sup> 채련곡

落日晴江裏
<sub>낙 일 청 강 리</sub>
해 지는 갠 날 강물 위에서

荊歌艶楚腰
<sub>형 가 염 초 요</sub>
노래하는 예쁜 楚 땅의 처녀.

采蓮從小慣
<sub>채 련 종 소 관</sub>
연 따기야 어려서부터 익숙하여

十五卽乘潮
<sub>십 오 즉 승 조</sub>
열다섯이면 곧 조수를 탄다네.

詩中의 荊歌(형가)는 荊땅(楚의 지명)의 민요이다. 건강하고 활기찬 젊은 처녀의 모습이 눈에 선하게 그려진다.

# 月夜<sup>월야</sup>　달밤

月夜<sup>월야</sup>

更深月色半人家
갱 심 월 색 반 인 가
밤 깊어 달빛은 집을 절반만 비추고

北斗闌干南斗斜
북 두 난 간 남 두 사
북두는 난간에 걸렸고 남두는 기울었다.

今夜偏知春氣暖
금 야 편 지 춘 기 난
오늘 밤 봄날의 따스한 기운을 느끼니

蟲聲新透綠窗紗
충 성 신 투 녹 창 사
벌레 소리 새로이 푸른 비단 창에 들린다.

南斗는 우리나라에서 보이지 않는 별자리이다. 봄철 깊은 밤에 움트
는 신생의 입김을 읊은 시다. 봄밤의 하늘과 시인 주변의 계절 감각을
노래했다. 아마 劉方平 같은 은사만이 깊은 봄밤을 타고 다가오는 움트
는 생명을 감지할 수 있을 것이다.

299

## 春怨 춘원　　봄날의 시름

紗窓日落漸黃昏　비단 창에 해 기울고 황혼은 다가오는데
사 창 일 락 점 황 혼

金屋無人見淚痕　宮內에 드는 이 없어 눈물 자국 보인다.
금 옥 무 인 견 루 흔

寂寞空庭春欲晚　적막한 뜰에 봄날은 다 가려 하는데
적 막 공 정 춘 욕 만

梨花滿地不開門　배꽃이 땅에 깔려도 문을 열지 않는다.
이 화 만 지 불 개 문

봄날 아무도 찾지 않는 宮人의 설움을 노래했다.

본래 하루의 시름은 황혼녘이고 한 해에는 늦봄에 근심이 많은 것 아
닌가? 아마 이때 情景 중에서도 땅에 떨어진 梨花가 宮人의 복잡한 심
사에 가장 가까웠을 것이다.

# 049

# 柳中庸 ● 유중용

柳中庸(유중용)의 이름은 柳淡(유담)인데 字인 中庸으로 통한다. 柳宗元의 조카로 그의 동 생 中行과 함께 文名을 누렸는데, 지금 그의 시 13首가 전해 온다.

# 征人怨 정인원    출정한 사나이의 시름

歲歲金河復玉關
세 세 금 하 복 옥 관

해마다 金河에서 또 玉關에서

朝朝馬策與刀環
조 조 마 책 여 도 환

매일같이 말 타거나 싸워야 한다.

三春白雪歸靑塚
삼 춘 백 설 귀 청 총

봄날의 백설 속에 무덤 곁을 지나오니

萬里黃河繞黑山
만 리 황 하 요 흑 산

일만리 黃河는 黑山을 감싸 흐른다.

군역에 강제 동원된 농민의 심정을 묘사하였다.

金河는 내몽고를 흐르는 황하의 지류이고, 玉關은 甘肅省 敦煌縣 서쪽 관문인 玉門關이다. 刀環(도환)은 칼 손잡이 부분의 둥근 테인데 '到還(도환)'과 諧音(해음)으로 '돌아가고 싶다'는 뜻을 표현한다. 靑塚(청총)은 王昭君의 무덤이고, 黑山은 내몽고 지역의 殺虎山이라고 한다.

이 시는 征夫의 恨을 묘사하면서 반복과 강요의 뜻을 선명하게 표현하였다. 歲歲, 朝朝, 復, 歸 등은 인위적 반복이며 보초나 크고 작은 전투가 반복된다. 이러한 반복이 곧 '怨'이다. 그리고 변새의 풍경이 생생하게 느껴지는 金河, 玉關, 白雪, 靑塚, 黃河, 黑山 등은 모두 고향이 아니다. 특히나 靑塚과 黑山에서는 언제 죽을지 모른다는 죽음이 연상된다. 그러하니 고향에 돌아가지 못하는 '怨'이 모두 이런 표현 속에 쌓여 있다.

# 050

# 嚴武 ● 엄무

엄무 726 – 765

嚴武(엄무)는 숙종 乾元 원년(758년) 안록산 과 史思明의 반란이 계속되면서 엄무가 蜀 을 평정하고 촉의 검남절도사로 있으면서 두보를 검교공부원외랑으로 초빙하였다. 두 보는 친우 엄무의 도움과 후원 아래 成都 서 쪽 교외 浣花溪(완화계)에 초당을 짓고 일생 중 가장 평온한 시기를 보냈다. 엄무는 나중 에 吐蕃(토번)을 토벌한 공로가 있어 檢校吏 部尙書가 되었고 鄭國公에 봉해졌다. 嚴 武는 무장이지만 시를 알았고 성격이 매우 거칠고 폭정을 했었다지만 두보를 잘 도와 주었던 사람으로 기억된다.

# 軍城早秋 군성조추

## 군진의 이른 가을

昨夜秋風入漢關
작 야 추 풍 입 한 관

어젯밤 추풍을 맞으며 관문에 들어왔는데

朔雲邊月滿西山
삭 운 변 월 만 서 산

북쪽 하늘엔 구름이 서산엔 달빛이 가득했었다.

更催飛將追驕虜
갱 최 비 장 추 교 로

이제 용장과 함께 건방진 적병을 추격하여

莫遣沙場匹馬還
막 견 사 장 필 마 환

필마라도 사막으로 돌아가게 하지 않으리라.

朔雲과 邊月에서 朔과 邊은 북쪽과 변방이라는 수식어이고, 다른 의미는 없고 글자 수를 맞추기 위해 첨부하였으니 그냥 구름과 달로 생각하면 된다.

# 051

# 戴叔倫 · 대숙륜

戴叔倫(대숙륜)의 자는 幼公으로, 代宗 廣德
초년에 秘書省 正字직을 시작으로 度支鹽鐵
諸使의 막부에 근무하다가 監察御史를 역임
하였고 만년에 容州刺史 겸 容管經略使로
재임 중에 죽었다. 그의 시는 농촌생활 묘사
가 많은데 構思가 새롭고 정서묘사에 뛰어
났다는 평을 듣는다.

# 題三閭大夫廟 <sup></sup> 제삼려대부묘
## 삼려대부의 묘당에서 짓다

沅湘流不盡
원 상 류 부 진

원강과 상강은 쉬지 않고 흐르는데

屈子怨何深
굴 자 원 하 심

굴원의 원한은 어찌 그리 깊은가?

日暮秋風起
일 모 추 풍 기

저무는 날에 가을바람 불어오니

蕭蕭楓樹林
소 소 풍 수 림

단풍이 물든 쓸쓸한 숲이어라!

이 시의 제목을 〈過三閭廟〉로 한 책도 있다.

戰國時代 楚나라의 三閭大夫(삼려대부)인 屈原(굴원)은 湖南省의 湘水에
유배되었다가 끝내 멱라수에 투신한다.
상수는 곧 굴원이고, 굴원의 원한과 죽음
은 수많은 시인들의 시 소재가 되었다.
굴원 이후 천년의 세월이 지난 당나라 시
절, 그리고 다시 천이삼백 년이 지난 지
금도 湘水는 굴원이며 湖南의 상징으로
사람들에게 각인되었다.

굴원(屈原)

# 湘南卽事 상남즉사

## 상남에서 느끼는 그대로

| | |
|---|---|
| 盧橘花開楓葉衰<br>노 귤 화 개 풍 엽 쇠 | 노귤의 꽃이 피고 단풍은 지는데 |
| 出門何處望京師<br>출 문 하 처 망 경 사 | 문을 나서서 어디면 장안이 보이겠나? |
| 沅湘日夜東流去<br>원 상 일 야 동 류 거 | 원강 상강은 언제나 동으로 흘러가니 |
| 不爲愁人住少時<br>불 위 수 인 주 소 시 | 시름 많다고 잠시도 쉬게 하지 않는다. |

남쪽 근무지에서 장안을 그리는 뜻이다. 시름 많은 사람의 하소연을 들어주려고 강물이 쉬지 않는다는 詩想에서 특별한 감흥이 일어난다.

# 052

# 耿湋

## 경위

경위 733?−787?

耿湋(경위) 763년에 급제하여 여러 관직을 역임하였고 대력십재자의 한 사람이다. 명필 顔眞卿(안진경), 시인 劉長卿과 唱和하였다고 한다.

# 秋日 <sup>추일</sup> 가을

| 返照入閭巷<br><sub>반 조 입 여 항</sub> | 지는 볕이 골목에 드는데 |
| 憂來與誰語<br><sub>우 래 여 수 어</sub> | 걱정이 있지만 누구와 이야기하랴? |
| 古道無人行<br><sub>고 도 무 인 행</sub> | 옛길에 다니는 이 없는데 |
| 秋風動禾黍<br><sub>추 풍 동 화 서</sub> | 추풍은 수숫대를 흔든다. |

　　禾(화)를 우리나라에서는 '벼 화'로 풀이하지만, 이는 껍질을 벗기지 않은 곡식 종류에 대한 총칭이며, 黍(서)는 기장이라는 곡식인데 옛날 산골 지역의 밭곡식이다. 가을되면 유난히 키 큰 수숫대가 바람에 흔들리는 풍경이 머리에 남아 있어 필자는 '수숫대'로 풀이하였지만 쓸쓸한 凋落〔조락 ; ①(초목의 잎이) 시들어 떨어짐. ②(세력 따위가) 차차 쇠하여 보잘것 없이 됨.〕이 느낌으로 다가온다.

# 代園中老人 <sup>대원중노인</sup>

## 園林 老人 대신 말하다

傭賃誰堪一老身
용 임 수 감 일 노 신
누가 품삯으로 늙은 한 몸 감당하리오?

皤皤力役在靑春
파 파 역 역 재 청 춘
청춘 시절부터 머리 세도록 일만 하였다.

林園手種唯吾事
임 원 수 종 유 오 사
정원에 손수 심고 가꾸기는 내 일이지만

桃李成陰歸別人
도 리 성 음 귀 별 인
桃李가 우거지면 남이 즐길 것이라오.

평생 정원지기로 일만 하면서 늙은 노인의 말을 옮겼다. 노인이 심고 가꾼 복숭아가 자라서 큰 나무되고 열매 맺으면 그때는 다른 사람이 즐길 것이라는 푸념은 무엇인가 의미 있는 독백일 것이다.

# 053

# 盧綸 · 노륜

노륜 739-99

盧綸(노륜)의 字는 允言으로, 대력십재자의 한 사람이다. 盧綸은 현종 천보 말년에 진사에 급제하였으나 바로 安史의 난이 폭발하자 지금의 江西 九江 일대에 피난했다. 대력 6년(771)에 재상 元載와 王縉(왕진)의 천거로 集賢學士와 秘書省校書郎을 지낸 후 監察御史를 역임하였으나 이후로는 정쟁에 밀려 죽을 때까지 중용되지 못했다.

노륜의 시는 寫景에 뛰어나고 형상이 선명하며 언어가 간단하면서도 세련되었다는 평을 듣는데 五絶樂府 〈塞下曲〉이 가장 유명하다.

# 塞下曲 새하곡　새하곡 六首 (一)

鶖翎金僕姑
취 령 금 복 고
　수리 깃털 장식한 화살 금복호에

燕尾繡蝥弧
연 미 수 모 호
　제비 꼬리 수놓은 띠를 두른 깃발.

獨立揚新令
독 립 양 신 령
　우뚝 서서 새 군령을 반포하니

千營共一呼
천 영 공 일 호
　모든 군영 다 함께 환호한다.

　〈塞下曲〉은 漢代 樂府의 곡명으로 橫吹曲辭에 속하며 변새의 풍경과 정벌에 관한 내용인데, 이는 노륜의 시 중에서 가장 잘 알려진 시이다. 오언율시의 규율에 맞춰 지어졌고 1, 2, 4구에 운을 달았다.

# 塞下曲 <sup>새하곡</sup>

## 새하곡 六首 (二)

| | |
|---|---|
| 林暗草驚風<br>임 암 초 경 풍 | 깊은 숲 속에 풀이 흔들리자 |
| 將軍夜引弓<br>장 군 야 인 궁 | 장군은 밤에 활을 쏘았다. |
| 平明尋白羽<br>평 명 심 백 우 | 아침에 흰 깃 화살을 찾으니 |
| 沒在石稜中<br>몰 재 석 릉 중 | 바위를 뚫고 박혀 있었다. |

漢나라 장군 李廣(이광, ?-前 119년)의 고사를 빌려 장군의 탁월한 무력을 묘사하였다. 이광은 흉노와 40여 년간 70여 차례의 전투를 치루면서 위명을 떨쳤기에 사람들은 '飛將軍'이라 부르며 존경했다. 李廣이 사냥을 나갔다가 호랑이를 쏘았는데 화살이 바위에 박혔다는 이야기는 '精神一到何事不成'의 교훈으로 널리 알려졌다. 특히 司馬遷은 《史記 李將軍列傳》에서 '桃李不言, 下自成蹊〔도리불언, 하자성혜; 복숭아 나무와 자두나무는 말이 없으나 그 꽃이나 열매가 다 아름다우므로, 오라고 하지 않아도 사람들이 다투어 찾아와서 그 밑에 저절로 길이 이루어짐. 덕 있는 사람은 스스로 말하지 않아도 사람들이 따름. 下自成蹊(하자성혜); 작은 길이 생김. 덕이 많은 사람에게는 절로 사람이 많이 따름.〕'라는 표현으로 李廣의 인품을 높이 평가하였다.

# 塞下曲 새하곡

## 새하곡 六首 (六)

野幕蔽瓊筵
야 막 폐 경 연

야외 천막에 음식 차려 잔치하니

羌戎賀勞旋
강 융 하 로 선

羌族도 개선을 축하하며 위로한다.

醉和金甲舞
취 화 금 갑 무

취해서 어울려 갑옷 입고 춤을 추니

雷鼓動山川
뇌 고 동 산 천

북소리 우레 같아 산천을 뒤흔든다.

　　이민족과의 싸움에서 개선 장면을 묘사하였다. 羌戎(강융)은 중국 서편의 이민족이다. 사실 이런 악부시에서는 唐의 승리를 축하했지만 이민족과의 무력 대결에서 주로 당하는 쪽은 唐이었다. 그리고 이민족의 입장에서는 자신들의 근거지를 떠나 당의 영토를 차지하고 지배하려는 시도를 굳이 하지 않았다. 침략하여 적당한 경제적 이득을 얻고 화해한 다음에 퇴각이라는 방식을 택했다.

　　노륜의 이 악부시는 칭송하고 찬미하는 뜻이기에 다른 변새시의 고달픈 묘사와 다른 점이 많다.

## 逢病軍人 봉병군인

# 병든 군인을 만나다

行多有病住無糧  건자니 몹시 아프고 머물자니 식량이 없어
행 다 유 병 주 무 량

萬里還鄕未到鄕  일만 리 고향 가는 길 고향에 못 가겠네.
만 리 환 향 미 도 향

蓬鬢哀吟古城下  옛 성터에서 산발한 머리에 슬피 신음하는데
봉 빈 애 음 고 성 하

不堪秋氣入金瘡  가을 찬바람이 상처를 쑤셔 견딜 수 없다네.
불 감 추 기 입 금 창

戰陣〔전진；싸움터. 전투를 하기 위하여 친 진(陣).〕에서 입은 상처, 불구가 된 몸 — 누가 치료하고 보살펴야 하는가? 농민들의 이런 역경을 누가 아파하고 누가 보듬어 주어야 하는가? 시인도 마음이 몹시 아팠을 것이다.

# 054

# 李端
## 이단

이단 743-782

李端(이단)의 字는 正己로 趙州(今 河北 趙縣)
사람이다. 錢起(전기), 李益(이익) 등과 함께
'대력십재자'의 한 사람으로 《李端詩集》3
권이 전한다.

李端은 일찍부터 廬山(여산)에 은거하며 저
명한 승려 시인 皎然(교연)으로부터 시를 배
웠다. 대력 5년(771)에 진사가 되어 秘書省
校書郎과 杭州司馬 등을 역임하다가 만년에
湖南의 衡山(형산)에 은거하며 衡岳幽人(형악
유인)이라 자호했다.

그의 시는 소극적인 避世〔피세; 속세를 피하여
삶. 난세(亂世)를 피함. 은둔함.〕의 뜻을 표현한
시들이 많고 사회현실에 비판적인 시나 閨
情(규정; 남녀 간의 은밀한 정)을 묘사한 시도 있
는데 전체적으로 풍격은 司空曙(사공서)와 비
슷하다고 한다.

## 聽箏 <sup>청쟁</sup>   쟁 연주를 들으며

| | |
|---|---|
| 鳴箏金粟柱<br><small>명 쟁 금 속 주</small> | 계수 받침의 쟁을 타는 소리 |
| 素手玉房前<br><small>소 수 옥 방 전</small> | 하얀 손 미인이 옥방에 있네. |
| 欲得周郎顧<br><small>욕 득 주 랑 고</small> | 주랑이 돌아보게 하려고 |
| 時時誤拂弦<br><small>시 시 오 불 현</small> | 가끔은 틀린 줄을 튕기네. |

箏(쟁)은 현악기인데 牙箏(아쟁)은 7현이고, 大箏(대쟁)은 13현이라고 한다. 唐樂 연주에 쓰이는 악기이다. 이 시에서는 대쟁인지 아쟁인지 알 수 없다.

金粟柱(금속주)의 金粟은 계수나무의 별명이며, 柱의 기둥이란 현을 걸어 매거나 받쳐서 음계를 조절하는 작은 받침대이다. 周郎(주랑)은 吳의 장군 周瑜(주유)인데 음률에 정통했다. 주유는 타인이 彈曲하다가 틀리면 반드시 그를 지적했다고 한다. 그래서 당시 사람들이 '曲有誤 周郎顧'라는 말을 했다고 한다. 여기서는 여인이 타는 쟁을 듣는 사람이다.

주유(周瑜)

시인은 彈箏의 여인을 자신에 비유했다. 주랑 같이 음률을 아는 사람이 자신의 연주를 들어주길 바란다는 뜻이다.

## 宿石澗店聞夫人哭 숙석간점문부인곡
### 석간의 객점에서 자면서
### 여인의 통곡을 듣다

山店門前一夫人
산 점 문 전 일 부 인

산속 객점 문 앞에 한 여인이

哀哀夜哭向秋雲
애 애 야 곡 향 추 운

서럽고 슬피 밤새 울어 가을 하늘을 울린다.

自說夫因征戰死
자 설 부 인 정 전 사

남편이 싸움터 나가 죽었다고 말하는데

朝來逢着舊將軍
조 래 봉 착 구 장 군

아침에 찾아온 옛 장수를 만났다고 한다.

여인의 통곡은 암담한 앞날 때문이 아니겠는가? 이 가련한 여인의 통곡을 위로할 사람은 누구인가?

# 055

# 李益 ● 이익

이익 746-829

李益(이익)의 字는 君虞(군우)로, 中唐의 詩人
으로 또 邊塞詩로 이름이 났고 五言과 七言
絕句에 뛰어났다.

李益은 재상 李揆(이규)의 族子로 같은 집안
의 '詩鬼'라 불리는 李賀(이하)와 나란히 명
성을 누렸다. 이익의 〈征人〉, 〈早行〉 등의
시는 詩畵로 그려 당시 사람들에게 널리 알
려졌었다고 한다.

전해 오는 이야기로는 이익은 霍小玉(곽소옥)
이라는 才貌雙全(재모쌍전 ; 재주와 미모가 모두
온전히 갖추었음.)의 名妓와 시를 주고받으며
사랑을 약속했었는데 이익은 나중에 盧氏
집안 처녀와 결혼하였다. 거의 발광하다시
피 된 곽소옥은 이익을 불러내 "李君! 李君!
나는 지금 죽어버리겠다. 내가 죽은 뒤 악귀
가 되어 기어이 당신의 처첩을 끝까지 괴롭

히겠다."고 말한 뒤 자결하였다. 이후 李益의 부부는 끝끝내 불화하였다고 한다.

하여튼 이익은 사람됨이 의심이 많았고 질투와 시샘과 집착이 강했으며, 처첩에 대한 단속이 매우 심해 그때 사람들이 이를 '李益疾(이익의 병)'이라 부를 정도였다고 한다.

李益의 동료연배가 모두 승진할 때 이익만 승진을 하지 못해 곧잘 우울했고 그 때문에 황하 북쪽 유주 일대를 유람하였다. 나중에 劉濟(유제)의 막료로 일하면서 유제와 시를 증답하였는데 원망의 뜻이 많았다. 그가 지은 〈夜發軍中〉, 〈夜上受降城聞笛〉 등은 변새시로 널리 알려졌다.

# 江南曲 <sup>강남곡</sup> 강남곡

| | |
|---|---|
| 嫁得瞿塘賈<br><sub>가 득 구 당 고</sub> | 구당협의 상인에게 시집왔더니 |
| 朝朝誤妾期<br><sub>조 조 오 첩 기</sub> | 매일매일 내 기대에 어긋난다. |
| 早知潮有信<br><sub>조 지 조 유 신</sub> | 일찍이 潮水가 믿을 만하다 알았으면 |
| 嫁與弄潮兒<br><sub>가 여 농 조 아</sub> | 바닷가 사는 사람에게 시집갔으리라. |

李益은 민간 가요의 특성을 가진 시와 악부를 많이 지었다. 이 시 역시 長江에서 살아가는 여인의 정서를 읊었다.

瞿塘賈<sup>(구당고)</sup>는 구당협의 상인이란 뜻인데, 구당협은 長江 三峽<sup>(삼협,</sup> <sub>巫峽, 西陵峽)</sub>의 하나로 삼협 중 가장 짧은 거리이며 강폭이 매우 좁다.(가장 좁은 곳 100m, 최대 150m)

이 악부시는 서정이 매우 婉曲〔완곡 ; ①(말이나 행동을) 드러내지 않고 빙 돌려서 나타냄. ②말씨가 곱고 차근차근함.〕한 閨怨〔규 원 ; (버림받거나 하여) 남편과 헤어져 사는 여자의 원한.〕의 시이다. 마치 상인의 아

삼협(三峽)

내 입에서 나오는 말 그대로 받아썼더니 시가 된 것 같다. 남편은 돌아
온다고 말한 그날에 돌아오지 못하니 여인은 애가 탈 것이고 그것이 늘
반복되니까 怨이 되었다. 갯가 어부나 상인이면 물때가 되면 들어오고
나가니까 믿을 수 있어 '차라리 바닷가로 시집을 갔어야 하는데 …' 라
는 원망은 매우 합리적이다. 그처럼 기다림에 지쳤다는 뜻으로, 여인의
서정이 순수하니까 시에 대한 공감이 만들어진다.

구당협(瞿塘峽)

## 水宿聞雁 <sup>수숙문안</sup>

# 강가에 자며 기러기 소리를 듣다

早雁忽爲雙
조 안 홀 위 쌍

일찍 온 기러기 벌써 짝을 지었고

驚秋風水涼
경 추 풍 수 량

급작스런 가을에 바람과 물이 차다.

夜長人自起
야 장 인 자 기

긴긴 밤 나그네 절로 잠이 깨니

星月滿空江
성 월 만 공 강

별빛과 달빛만 쓸쓸한 강을 채웠다.

唐 憲宗도 李益의 명성을 알고 입조케 하여 秘書少監에 임명하였고, 이익은 뒤에 집현전학사를 역임하였다. 그러자 李益은 더욱 자신의 才學을 뽐내며 다른 문인들을 멸시하여 많은 사람과 어울리지 못했다. 결국 諫官에 의해 한때 폄직을 당하기도 했었다. 이익은 나중에 右散騎常侍를 역임한 뒤 文宗 때 禮部尙書를 지낸 뒤 곧 죽었다.

당시 조정과 같은 이름의 李益이 있었는데, 시인 이익은 '文章李益'으로 불렸다. 이익은 대력십재자의 한 사람이다.

## 夜上受降城聞笛 <sup>야상수항성문적</sup>

### 밤에 수항성에서 피리 소리를 들으며

回樂峯前沙似雪
회 락 봉 전 사 사 설

回樂峯 앞의 모래는 눈처럼 희고

受降城外月如霜
수 항 성 외 월 여 상

受降城 밖에 달빛은 서리 내린 듯하네.

不知何處吹蘆管
부 지 하 처 취 로 관

어디서 들리는지 갈대 피리 소리에

一夜征人盡望鄕
일 야 정 인 진 망 향

오늘 밤 군사들은 모두 고향을 생각하네.

　변방에 출정하여 오랑캐의 침입을 방비하는 군졸들이 차가운 달밤에 애절한 갈대 피리 소리를 듣고 망향의 정을 달래고 있다는 내용으로 보통의 詩題나 詩想이라 할 수 있다. 그러나 시의 구성이나 격이 탁월하여 칠언절구의 걸작으로 알려졌으며 이익을 변새시인으로 불리게 한 명작이다.

　回樂峯은 寧夏回族自治區의 중부 황하 동쪽의 靈武市 서남쪽에 있는 산이며, 受降城(수항성)은 본래 한대에 흉노들의 투항을 받아들이려고 축조한 성이었으나 唐朝에서 突厥(돌궐) 족이 강해지자 이들을 막기 위하여 황하 외측, 곧 河套(하투) 북안(寧夏回族自治區의 銀川市 일대) 및 漠南(막남)의 초원 지역에 축조한 여러 개의 성채를 말한다. 1, 2구에서는 변새 지역

의 모래와 달빛조차 차갑다고 묘사하여 변새 지역의 삭막함을 먼저 말
했다.

　1, 2구에서 변방의 '景'을, 3구에서는 '聲'을, 그리고 4구에서는 '情'
을 그려내어 삭막한 경관에 처량한 소리와 서글픈 정서를 보태었기에
思鄕(사향 ; 고향을 생각함.)의 정이 깊고도 강하게 두드러진다.

# 056

# 孟郊
## 맹교

맹교 751−814

가난하고 불우했던 詩人 孟郊(맹교)는 字가
東野로 湖州 武康(지금의 浙江 德淸) 출신이다.
맹교는 46세에 진사에 급제하였는데 4년간
관직에 임용되질 못하다가 겨우 溧陽縣尉(율
양현위)라는 지방 관직에 임용되었다. 임지로
떠나는 맹교에게 韓愈(한유)는 〈送孟東野序〉
라는 名文으로 위로해 주었으니 그 불운이
어느 정도였는지 알 수 있다.
맹교의 〈游子吟〉은 절구는 아니지만 너무
유명하기에 먼저 소개를 안 할 수가 없다.

# 游子吟 유자음

## 나그네의 노래

| | |
|---|---|
| 慈母手中線<br>자 모 수 중 선 | 어머니 손의 바늘과 실로 |
| 游子身上衣<br>유 자 신 상 의 | 떠나는 아들의 옷을 짓는다. |
| 臨行密密縫<br>임 행 밀 밀 봉 | 떠날 즈음까지 꼼꼼히 꿰매기는 |
| 意恐遲遲歸<br>의 공 지 지 귀 | 더디게 돌아올까 걱정하는 마음이다. |
| 誰言寸草心<br>수 언 촌 초 심 | 누가 말했나? 자식의 조그만 섬김으로 |
| 報得三春暉<br>보 득 삼 춘 휘 | 봄철 햇빛 같은 사랑에 보답한다고! |

이 시는 객지로 떠나려는 자식을 걱정하는 어머니의 심정과 사랑을 그린 五言古詩이다.

시에 나오는 慈母는 우리말로 그냥 '어머니' 이다. '어머니'에는 아무런 수식어도 보탤 필요가 없다. 遊子는 집을 나선 아들이니 공부하러 가든, 발령을 받아 벼슬길에 오르든, 돈을 벌려고 집을 나서든 어머니의 자식 걱정은 끝이 없다.

母子連心(어머니와 아들은 마음이 통한다)이며, 知子莫若母(아들은 어머니가 제일 잘 안다)라고 하였다. 그리고 '兒行千里母擔憂(아행천리모담우)' 라는 속담이 있는데, 이는 자식이 천 리 길을 가면 어머니는 걱정을 메고 간다는 뜻이다. 이처럼 어머니의 자식 걱정은 끝이 없다.

　이 시는 맹교가 貞元 16년(800), 나이 50세로 溧陽(율양, 江蘇省 율양현)의 縣尉(현위)라는 지방의 末職에 있을 때 지난 날 어머님의 고마움을 회상하고 지은 시인데, 어머님의 자식 사랑은 끝없이 크고 자식의 효성은 너무나 미약하다고 회상하고 있다.

　그런데 맹교는 근무지에서 시를 짓는 데에만 정신을 팔아 자신의 업무를 제대로 수행하지 못하므로 '假縣尉(가현위)' 라는 임시직을 채용하여 업무를 수행케 하면서 맹교의 급료를 절반으로 깎았다는 이야기가 있다.

## 老恨 노한    노인의 한

無子抄文字
무 자 초 문 자

자식도 없이 시나 짓고 있는데

老吟多飄零
노 음 다 표 령

늙은이 시는 쓸쓸하고 처량하다.

有時吐向床
유 시 토 향 상

때로는 누워서도 시를 읊어 보지만

枕席不解聽
침 석 불 해 청

이부자리는 시를 들어 알지 못한다.

맹교는 평생 곤궁 속에 불우한 생활을 하였지만 世俗을 쫓지는 않았다. 맹교는 많은 작품에서 자신의 곤궁한 생활과 그에 따른 불평을 토로했다. 맹교는 일찍이 '惡詩皆得官, 好詩抱空山.(惡詩를 지은 사람들은 모두 벼슬을 하지만, 好詩를 지은 사람은 산에 은거한다.)' 라고 자신의 우수를 읊었다.

맹교의 시풍은 질박하지만 표현 기교에 힘을 쏟으며 좋은 시구를 얻기 위해 고심하여 用字造句에 평범한 표현을 극력 피하였다. 맹교는 한유의 칭찬을 받아 세상에 알려졌고, 한유의 영향을 받아 신기하고 괴이한 표현이 많다.

## 古離別 <sup>고이별</sup>

# 고이별

| | |
|---|---|
| 欲別牽郎衣<br>욕 별 견 낭 의 | 떠나려는 낭군의 옷을 잡고 |
| 郎今到何處<br>낭 금 도 하 처 | "낭군은 지금 어디로 가렵니까? |
| 不恨歸來遲<br>불 한 귀 래 지 | 늦게야 온다고 원망하지 않지만 |
| 向臨臨邛去<br>막 향 임 공 거 | 임공에는 가지 마시오." |

臨邛(임공)은 사천 지명으로, 司馬相如의 아내가 된 卓文君의 고향이다. 사마상여는 탁문군의 유혹에 넘어가 成都로 야반도주했었다. 이 시가 聶夷中(섭이중, 837-884)의 시라는 주장도 있다.

탁문군(卓文君)

# 古怨 고원    고원

試妾與君淚
시 첩 여 군 루    한 번 나와 낭군의 눈물을

兩處滴池水
양 처 적 지 수    두 곳 연못에 떨어뜨리고

看取芙蓉花
간 취 부 용 화    양쪽 연꽃을 확인해 봅시다.

今年爲誰死
금 년 위 수 사    올해 누구 눈물에 죽는가를!

　나의 눈물과 낭군의 눈물이 어느 쪽이 더 진실하고, 누가 더 많은 눈물을 흘리는지 확인해보자는 뜻의 시이다. 남녀의 애정과 이별 相思(상사 : ① 서로 생각함. ② 남녀가 서로 그리워함.)는 많은 시인의 주제이지만 이는 대화체를 택했다는 점에서, 또 진실게임을 요구했다는 점에서 새롭다는 평을 들을 만하다.

　맹교는 진사과에 여러 번 낙방하였다. 가난한 살림에 나이는 먹고 과거에는 낙방하고 …

　一夕九起嗟, 夢短不到家.

　하룻밤에도 아홉 번씩 일어나 탄식하고

　꿈도 짧으니 꿈에 집에도 못 간다.

　과거 시험의 실패가 얼마나 큰 충격이었던가를 짐작할 수 있다. 그러다가 貞元 12년(796)에 급제하였을 때의 그 기쁨을 짐작할 수 있으리라.

# 登科後 <sub>등과후</sub> 급제한 뒤에

昔日齷齪不足夸
<sub>석 일 악 착 부 족 과</sub>

예전엔 눌려서 큰 소리도 못했지만

今朝放蕩思無涯
<sub>금 조 방 탕 사 무 애</sub>

오늘은 마음껏 생각대로 말을 한다.

春風得意馬蹄疾
<sub>춘 풍 득 의 마 제 질</sub>

춘풍에 득의하니 말도 빨리 달려서

一日看盡長安花
<sub>일 일 간 진 장 안 화</sub>

하루에 온 장안의 꽃을 다 보았네.

　元代의 元好問은 맹교에 대하여 '詩에 갇힌 사람'이란 뜻으로, '詩囚 (시수)'라고 표현하였는데, 이는 시 창작을 즐기는 것이 아니라 시 때문에 고생을 한다는 의미일 것이다.

# 057

# 張籍
## 장적

장적 767?-830?

張籍(장적)의 字는 文昌으로, 和州 烏江(今 安徽省 和縣) 사람이다. 德宗 貞元 14년에 북쪽을 유람하면서 孟郊의 소개로 汴州(변주, 今河南 開封市)에서 韓愈를 만났고, 貞元 15년에 진사에 급제하였다. 穆宗 長慶 원년(821)에 한유의 추천으로 國子博士가 되었고 水部員外郎을 거쳐 國子司業으로 관직을 마쳤기에 '張水部' 또는 '張司業'으로 불리었다.

출신이 한미하였기에 낮은 관직에 머물러야 했고 서민의 생활을 잘 알고 악부시를 통해 서민의 감정을 잘 표현하였고 그 어려움을 동정하였기에 白居易의 존경을 받았다고 한다. 장적과 王建을 함께 '張王樂府'라 칭하기도 한다.

## 與賈島閑遊 <sub>여가도한유</sub>

# 賈島와 한가히 유람하다

水北原南草色新 강 윗쪽 남녘의 들에는 풀빛이 곱고
<sub>수 북 원 남 초 색 신</sub>

雪消風暖不生塵 눈 녹고 온화한 바람에 먼지도 일지 않는다.
<sub>설 소 풍 난 불 생 진</sub>

城中車馬應無數 성 안에 車馬가 당연히 수없이 많겠지만
<sub>성 중 거 마 응 무 수</sub>

能解閑行有幾人 이 한가히 노니는 멋을 몇이나 알겠는가?
<sub>능 해 한 행 유 기 인</sub>

초봄에 들녘을 거니는 여유로운 발걸음이 가벼웠을 것이다. 성 안에 사는 貴人들의 車馬와 번잡스러움과는 당연히 비교가 될 것이다. 朱門 (주문；①붉은 칠을 한 문. ②지위가 높은 벼슬아치의 집.)이 비록 부유할지라도 마음이 부유할 수는 없을 것이다.

## 秋思 <sup>추사</sup>　　추사

| 洛陽城裏見秋風<br><small>낙 양 성 리 견 추 풍</small> | 낙양성에 가을바람 불어오는데 |
| 欲作家書意萬重<br><small>욕 작 가 서 의 만 중</small> | 家書를 쓰려니 온갖 생각이 겹쳐진다. |
| 復恐匆匆說不盡<br><small>부 공 총 총 설 부 진</small> | 바쁘게 썼기에 혹시 못한 말 있나 걱정되어 |
| 行人臨發又開封<br><small>행 인 임 발 우 개 봉</small> | 갈 사람 떠나기 전에 편지 다시 열어본다. |

　시에 '見秋風' 하였으니, 시인의 걱정은 겨울까지 이어질 것이다. 그러니 '意萬重' 할 것이며, 할 말은 얼마나 많겠는가? '說不盡'은 할 말을 다 못했거나 쓸까 말까 망설였던 말이 있다는 뜻이며, 지금도 망설임이 남아 있어 편지를 가지고 갈 사람이 떠나기 전에 '又開封' 하는 것은 시인의 걱정을 다시 한 번 더 보는 것 같다.

　이는 岑參(잠삼)의 '馬上相逢하나 無紙筆하여 憑君傳語하니 報平安이라.(마상에서 서로 만나니 지필이 없어 그대에게 부탁하니 평안하다고 말 전해주오.) 〈逢入京使〉' 하는 마음과 같을 것이다.

낙양성(洛陽城)

# 法雄寺東樓 법웅사동루
## 법웅사의 동쪽 누각

| | |
|---|---|
| 汾陽舊宅今爲寺<br>분 양 구 택 금 위 사 | 분양 곽자의 옛집이 지금은 절인데 |
| 猶有當時歌舞樓<br>유 유 당 시 가 무 루 | 그때 가무를 즐기던 누각은 아직 남았다. |
| 四十年來車馬寂<br>사 십 년 래 거 마 적 | 사십여 년 지나며 거마의 출입은 끊겼고 |
| 古槐深巷暮蟬愁<br>고 괴 심 항 모 선 수 | 늙은 괴목 좁은 골목에 저녁 매미가 운다. |

　　郭子儀(곽자의, 697-781)는 唐代 政治家이며, 장군으로 일생동안 安史之亂 등 여러 반란을 평정하였으며, 玄宗 이후 肅宗, 代宗, 德宗을 섬겼고 汾陽王(분양왕)에 봉해졌다. 곽자의는 出將入相〔출장입상；(나가서는 장수요, 들어와서는 재상이란 뜻으로) '문무겸전하여 장상의 벼슬을 두루 지냄'을 이르는 말.〕의 본보기였으며 富貴와 長壽를 누렸고 그의 八子七婿(팔자칠서；婿는 壻와 동자로 사위 서.)가 모두 顯官(현관)으로 근무하였기에 인간이 누릴 수 있는 가장 완벽한 복을 누린 사람으로 알려졌다. 늙어서는 親孫과 外孫이 너무 많아 세배를 받을 때 누군지도 모르고 고개를 끄떡이기만 했다는 일화가 전해 온다. 이런 영화를 누렸던 곽자의의 옛집이 얼마나 웅장했겠는가? 불과 40여 년이 지난 지금 그 저택은 절이 되었고 골목길 끝 홰나무 고목에 가을 매미만 운다고 하였다.

# 秋山 <sup>추산</sup>　　추산

秋山無雲復無風
추 산 무 운 부 무 풍

秋山에 구름도 또 바람도 없는데

溪頭看月出深松
계 두 간 월 출 심 송

골짜기에서 보는 달은 소나무 사이서 떠오른다.

草堂不閉石床靜
초 당 불 폐 석 상 정

草堂은 열려 있고 돌 평상은 조용한데

葉間墜露聲重重
엽 간 추 로 성 중 중

잎새에 이슬 떨어지는 소리만 겹쳐진다.

　시인도, 또 초당에 사는 은자도 보이지 않게 가을 야경을 읊었다. 달
이 소나무 가지 사이로 떠오르는 모습을 상상해야 할 것이다. 바람이 없
으니 풀잎에 떨어지는 이슬 소리까지 들린다 하였으니 시인의 숨소리조
차 시끄러웠을 것이다.

## 感春 <sup>감춘</sup>　　봄날의 감상

| | |
|---|---|
| 遠客悠悠任病身<br><small>원 객 유 유 임 병 신</small> | 먼 길 나그네 오가다가 병이 들은 몸 |
| 誰家池上又逢春<br><small>수 가 지 상 우 봉 춘</small> | 어느 집 연못에서 또 새봄을 지낸다. |
| 明年各自東西去<br><small>명 년 각 자 동 서 거</small> | 내년엔 각각 동서로 떠나갈 것이니 |
| 此地看花是別人<br><small>차 지 간 화 시 별 인</small> | 여기서 꽃을 보는 사람은 딴 사람이리라. |

　먼 길을 오래오래 다니다가 병이 들어 하염없이 어느 객점에서 누워
있는 나그네가 된 시인은 따뜻한 봄날에 내년 봄을 그리고 있다. 이 시
인도, 또 여기 있는 다른 사람도 떠나고 없을 것이니 내년에는 분명 다
른 사람이 꽃을 보고 있을 것이다. 나그네의 憂愁<sup>(우수)</sup>는 이처럼 진하다.

## 成都曲 성도곡　　성도의 노래

錦江近西烟水綠　금강 서편 안개 낀 강물은 푸르고
금 강 근 서 연 수 록

新雨山頭荔枝熟　비가 내린 산에는 여지가 익어 간다.
신 우 산 두 여 지 숙

萬里橋邊多酒家　만리교 근처에는 술집이 많은데
만 리 교 변 다 주 가

游人愛向誰家宿　나그네는 어느 집이 좋아 유숙하겠나?
유 인 애 향 수 가 숙

　촉의 成都 시내를 관통해 흐르는 강이 錦江이다. 萬里橋는 蜀漢의 費
禕(비위)가 吳에 사신으로 갈 때 제갈량이 그 다리까지 나와 '萬里之行이
始於此橋라!' 라고 말한 뒤로 다리 이름이 만리교가 되었다고 한다.

　이 짧은 詩句에 成都의 풍물이 다 그려져 있으니 좋은 시라고 생각된
다. 푸른 강물과 중첩된 산과 산에 여지가 익어 가고 만리교 근처에 술
손님과 나그네가 붐비는 성도가 눈에 보이는 것 같다.

만리교(萬里橋) 성도(成都) 내에 위치

# 058

# 權德輿 · 권덕여

권덕여 759-818

權德輿(권덕여)의 자는 載之이며 天水 略陽(今
甘肅 秦安) 사람으로, 약관의 나이에 文名을
얻었던 사람이다. 德宗이 好文하여 그 재주
를 듣고 불러 太常博士에 임명하였다. 貞元
10년(794)에 起居舍人을 거쳐 憲宗 元和 연
간에 兵部와 이부의 시랑을 거쳐 재상급인
同中書門下平章事에 올랐다.

# 嶺上逢久別者又別 영상봉구별자우별
## 고갯마루서 전에 헤어졌던
## 사람을 만나 또 헤어지다

十年曾一別
십 년 중 일 별
십 년 전에 한 번 헤어졌는데

征斾此相逢
정 패 차 상 봉
깃발 세운 여기서 서로 만났네.

馬首向何處
마 수 향 하 처
말 머리는 어디로 향하는지?

夕陽千萬峰
석 양 천 만 봉
석양은 수많은 봉우리를 비춘다.

征斾(정패)는 관리가 遠行할 때 들고 가는 깃발인데 권덕여 자신인가는 확실치 않다. 잠시 만났다가 다시 헤어져야 하는 인생행로의 한 장면을 보는 것 같다.

# 覽鏡見白髮 남경견백발
## 거울에서 백발을 보고서

秋來皎潔白鬚光
추 래 교 결 백 수 광
가을 되니 하얀 구레나룻이 빛나는데

試脫朝簪學舞狂
시 탈 조 잠 학 무 광
관을 벗고 되는대로 춤을 추어본다.

一曲酣歌歡自樂
일 곡 감 가 환 자 락
술에 취해 노래하며 혼자 즐기는데

兒孫嬉笑挽衣裳
아 손 희 소 만 의 상
손자가 좋아 웃으며 옷을 잡아당기네.

백발은 곧 늙었다는 증거이며 허무한 인생에 대한 소리 없는 탄식이지만 시인은 백발을 보고서 막춤을 추고 술에 취해 노래했다. 늙었다는 것은 죽음에 가까웠다는 뜻이겠지만 남들만큼 살았다고 풀이한다면 마음이 훨씬 가벼웠을 것이다.

술 취한 할아버지 옷을 잡아당기며 웃는 손자가 바로 세대교체의 증거가 아니겠는가? 할아버지는 손자를 보며 자신의 어린 시절을 회상하면서 동시에 자신의 조부를 떠올린다. 자신의 어린 시절이 그립기에 손자가 더 애틋하고 귀엽기만 하다.

# 059

# 令狐楚

## 영호초

令狐楚(영호초, 令狐는 複姓)의 字는 殼士(각사)로 宜州 華原(今 陝西省 耀縣) 사람이며, 唐 德宗 貞元 7年(791) 進士에 급제한 이후 憲宗 때 知制誥(지제고), 翰林學士를 거쳐 中書侍郎同平章事에 올랐다. 憲宗 다음에 穆宗 재위 시 한때 衡州刺史로 폄직되었고 敬宗 재위 중에는 戶部, 吏部尙書와 檢校尙書 右僕射(우복야) 등을 역임했다.

영호초는 정치적으로 牛李黨爭에 적극 관여하여 牛僧孺(우승유) 일당의 주요 인물이었고 문학적으로는 고문, 특히 四六騈文〔사륙변문; 한문 문체의 하나. 네 글자와 여섯 글자로 이루어지는 구(句)를 되풀이하되, 대구(對句)를 많이 써서 운율적으로 아름다운 느낌을 줌. 육조(六朝)와 당대(唐代)에 성행하였음.〕의 대가로 이름을 날렸다. 그는 天平軍節度使로 재직 중에 李商隱을 발탁하면서 이상은에게 변문을 가르친 것은 아름다운 이야기로 전해 오며 유우석, 백거이 등과 시를 통한 친교를 맺고 있었다. 그의 차남 令狐綯(영호도)는 이상은의 친우였고 宣宗 때 재상을 역임하였다.

# 長相思 <sup>장상사</sup>

## 장상사 二首 (一)

幾度春眠覺
기 도 춘 면 각

몇 번이고 봄잠에서 깨어

紗窓曉望迷
사 창 효 망 미

새벽 창문을 열어도 어둡기만 하다.

朦朧殘夢裏
몽 롱 잔 몽 리

몽롱한 선잠 꿈속에서

猶自在遼西
유 자 재 요 서

그래도 나는 요서에 가 보았다.

변방 防戍 [방수 ; 국경을 지킴. ※ 수자리 ; 지난날, 나라의 변방을 지키던 일, 또는 그런 일에 동원된 민병. 위수(衛戍). 방수(防戍).] 에 끌려간 연인의 한을 읊었다.

## 少年行 소년행    소년행 四首 (一)

少小邊州慣放狂    젊었을 적엔 변방에서 멋대로 놀았었고
소 소 변 주 관 방 광

驏騎蕃馬射黃羊    안장도 없는 말을 타고 야생 양을 사냥했었다.
잔 기 번 마 사 황 양

如今年老無筋力    지금은 늙고 근력도 없어
여 금 연 노 무 근 력

獨倚營門數雁行    영문에 홀로 기대어 날아가는 기러기나 세고
독 의 영 문 수 안 행    있다.

驏騎(잔기)는 안장을 얹지 않은 말이고, 黃羊은 야생의 양이며, 날아가
는 기러기를 세고 있다는 뜻은 남쪽 고향에 가고 싶다는 뜻일 것이다.

## 060

# 韓愈 ● 한유

한유 768-824

韓愈(한유)의 字는 退之이다. 출생지는 河南 河陽(지금의 河南 孟縣)이고, 祖籍은 昌黎郡(창려군, 지금의 遼寧省 義縣)이기에 자칭 昌黎 韓愈라 하였고 사람들은 韓昌黎(한창려)라고 불렀다. 만년에 吏部侍郎(이부시랑)을 역임했기에 韓吏部라 하며, 시호가 文公이기에 韓文公이라고도 지칭한다. 또 柳宗元과 함께 당시의 古文運動을 주도했기에 두 사람을 韓柳(한유)라 병칭한다. 한유는 散文과 詩에서 골고루 유명하며, 그의 문집으로 《昌黎先生集》이 있다.

한유는 문학을 '道를 밝히는 도구(文以載道)'로 보았고 유교의 도덕을 담고 있지 않는 문장은 가치가 없으며, 세상의 교화에 도움이 되지 않는 문학은 쓸모가 없다고 주장하였다. 한유는 자신이 古文을 배우고 쓰는 것은 유가의 도를 배우고 실천하는데 목적이 있다고 하였다.

한유의 이러한 문학론에 의거하여 한유의 문장은 내용도 풍부하고 형식도 다양하여 여러 문체에 두루 통달하였으며 새로운 것을 힘써 구하면서도 구상이 기이하고도 웅대하며 기세가 당당하면서도 사상과 감정이 풍부한 명문장을 많이 지었는데 유종원과 함께 唐宋八大家에 꼽히고 있다.

## 柳巷 유항　　버드나무 골목

| | |
|---|---|
| 柳巷還飛絮<br><sub>유 항 환 비 서</sub> | 버들 골목에 아직 버들 솜 날리나 |
| 春餘幾許時<br><sub>춘 여 기 허 시</sub> | 봄은 얼마쯤 남았겠는가? |
| 吏人休報事<br><sub>이 인 휴 보 사</sub> | 아전은 업무를 아뢰지 말지어니 |
| 公作送春詩<br><sub>공 작 송 춘 시</sub> | 公은 가는 봄이 아쉬워 시를 짓는다. |

한가로운 지방 관아의 모습을 떠올리면 느낌이 온다. 公을 한유 자신으로 보면 '나는 송춘시를∼' 이라 번역하겠지만, 시인이 제3자이면 公은 지방관 또는 관청의 上官일 것이다.

韓愈는 中唐에서 백거이와 함께 시단의 영수로 독특한 시풍을 확립하였다. 한유의 시는 복고적 기풍이 강하게 나타나는 한편 종래와 다른 새로운 표현을 중시하였고 남들이 잘 사용하지 않는 문자를 사용하여 기이한 詩語를 많이 사용하였다. 때문에 그의 시는 '奇險怪僻(기험괴벽 ; 성질이 음험하고 괴이한 버릇.)' 하다는 평을 듣는다. 또 한유의 시는 대상물을 세밀히 묘사하고 설득하려는 뜻을 담고 있기에 '散文的(산문적)' 이라는 평가도 받고 있다.

하여튼 한유의 영향을 받은 시인으로 孟郊(맹교), 賈島(가도)가 유명하고 盧仝(노동)과 李賀(이하)도 그의 영향을 받았다.

## 早春呈水部張十八員外 <sup>조춘정수부장십팔원외</sup>
## 이른 봄에 水部의 張十八
## 員外에게 주다 二首 (一)

天街小雨潤如酥　　장안 거리 적은 비에 매끈한 듯 윤기 나는데
천 가 소 우 윤 여 소

草色遙看近却無　　풀빛은 멀리서는 보이나 가까이 가면 없어진다.
초 색 요 간 근 각 무

最是一年春好處　　일 년 중 가장 좋은 봄날이려니
최 시 일 년 춘 호 처

絶勝烟柳滿皇都　　안개에 묻힌 고운 버들이 황도에 가득하다.
절 승 연 유 만 황 도

水部의 張十八員外는 한유의 知人인 張籍(장적, 767?-830?)을 말한다.

딱딱하고 괴이한 표현과 어려운 전고를 즐겨 쓰면서 마치 운을 단 散文 같다는 한유의 시에 이렇듯 섬세하고 쉬운 시가 있다는 자체가 놀랍다. 이를 보면 문장가 한유이면서 또 시인 한유이다.

초봄의 풀빛은 멀리서 보면 연한 연두색으로 보이지만 가까이 보면 색이 없어진다는 묘사는 張水部, 곧 張籍이 안질이 있어 색깔을 잘 보지 못하는 사실을 말한 것이라고 하지만 실제로 이른 봄에 풀이 처음 나올 때는 그렇게 보인다.

## 晩春 <sub>만춘</sub>　　만춘

草樹知春不久歸　풀과 나무는 오래잖아 봄이 지난다고 알기에
초 수 지 춘 불 구 귀

百般紅紫鬪芳菲　온갖 붉거나 자색으로 향기를 내며 다툰다.
백 반 홍 자 두 방 비

楊花楡莢無才思　버들과 느릅나무는 다른 재주가 없어
양 화 유 협 무 재 사

惟解漫天作雪飛　오직 하늘 가득 눈 내리 듯 날려 보낸다.
유 해 만 천 작 설 비

　보통 꽃나무는 색과 향기로 아름다움을 다투지만 버드나무나 느릅나
무는 온 하늘에 그 꽃을 날려 보낸다는 의미인데, 하여튼 무엇인가 풍자
하는 뜻이 있는 것 같은데 딱히 무어라고 집어낼 수가 없다. 한유의 시
는 그 의미나 내용으로 무엇인가 논리를 전개하는 것 같은 느낌을 준다.

**061**

# 王涯 ● 왕애

왕애 ?-835

王涯(왕애)의 字는 廣津으로 太原 사람이다.
德宗 貞元 8년(792) 진사에 급제한 뒤 憲宗
때 袁州刺史 등을 역임했고, 文宗 太和 7년
(833) 재상에 올랐다. 太和 9년(835)에 발생
한 甘露之變(감로지변 ; 환관을 제거하려던 정변)
이 실패로 끝나자 왕애와 그 일가족이 모두
참변을 당했다. 이때 시인 盧仝(노동, 號 玉川
子)도 왕애와 술을 같이 마시며 친했다는 이
유로 살해되었다. 왕애는 차의 전매법을 실
행하려 했기에 백성들의 원성을 샀으며 부
자였기에 그 집은 백성들에 의해 약탈당했
다. 왕애는 아내와 정이 매우 도타워 기녀나
첩을 들이지 않는다는 약속을 했고 또 지켰
던 사람으로 알려졌다.

## 閨人贈遠 규인증원

### 아내가 멀리 나간 사람에게
### 보내다  五首 (一)

| | |
|---|---|
| 花明綺陌春<br>화 명 기 맥 춘 | 꽃이 한창인 봄날의 거리 |
| 柳拂御溝新<br>유 불 어 구 신 | 황궁 냇가에 새 버들이 흔들리네요. |
| 爲報遼陽客<br>위 보 요 양 객 | 요양 땅에 간 분에게 말하지만 |
| 流光不待人<br>유 광 부 대 인 | 세월은 사람을 아니 기다리네요. |

## 閨人贈遠 규인증원

### 아내가 멀리 나간 사람에게
### 보내다  五首 (二)

| | |
|---|---|
| 遠戍功名薄<br>원 수 공 명 박 | 변방 장수로 공을 이루기도 어렵다는데 |
| 幽閨年貌喪<br>유 규 연 모 상 | 규방 사람은 해마다 늙어 가네요. |
| 妝成對春樹<br>장 성 대 춘 수 | 화장 마치고 봄꽃을 마주보며 |
| 不語淚千行<br>불 어 누 천 항 | 말도 못하고 눈물만 줄줄 흘리네요. |

閨房(규방) 여인의 기다림과 그리운 한을 묘사하였다.

**062**

# 陳羽

• 진우

진우 ?-?

陳羽(진우)는 생졸 연도는 미상이나, 德宗 貞
元 연간(785-804)에 진사에 급제하였고 시
집 1권이 전한다.

# 吳城覽古 <sup>오성람고</sup>

## 吳의 성터를 유람하다

吳王舊國水烟空
<small>오 왕 구 국 수 연 공</small>

吳王의 옛 도읍 물안개에 묻혔고

香徑無人蘭葉紅
<small>향 경 무 인 난 엽 홍</small>

꽃길에 사람 없어도 난엽은 붉었다.

春色似憐歌舞地
<small>춘 색 사 련 가 무 지</small>

春色은 가무하던 곳이 그리운지

年年先發館娃宮
<small>연 년 선 발 관 왜 궁</small>

해마다 관애궁에 봄이 먼저 온다네.

제목의 覽古는 '고적을 둘러보다' 라는 뜻이고, 시 속의 香徑은 오왕
闔閭(합려)의 전각 낭하이며, 館娃宮(관왜궁)은 平江府에 있는 별장이다.

오왕(吳王) 합려(闔閭)

353

# 小江驛送陸侍御歸湖上山 소강역송육시어귀호상산
## 小江驛에서 호수의 산으로
## 가는 陸侍御를 전송하다

鶴唳天邊秋水空　하늘 끝에 학은 울고 가을 강은 공활한데
학 려 천 변 추 수 공

荻花蘆葉起西風　물 억새꽃과 갈대 잎에 서풍이 분다.
적 화 노 엽 기 서 풍

今夜渡江何處宿　오늘 밤은 강을 건너 어디서 자야 하는지?
금 야 도 강 하 처 숙

會稽山在月明中　회계산은 밝은 달빛에 휩싸였다.
회 계 산 재 월 명 중

　가을이면 추워지는 날씨도 그렇지만 억새의 하얀 이삭이 꽃처럼 피어 흔들리는데, 이는 나그네에게 수심으로 다가온다. 그리고 일정이 늦어 밤길을 가는데 달이라도 뜬다면 더 없이 서글플 것이다.

회계산(會稽山) 절강성(浙江省) 소흥(紹興)에 위치

# 063

# 劉禹錫 · 유우석

유우석 772-842

劉禹錫(유우석)의 字는 夢得(몽득)이다. 唐나라의 저명한 시인이며 中唐 문학을 대표하는 인물의 한 사람이다. 貞元 9년(793)에 유종원과 함께 진사에 급제하여 이름을 날렸다. 이후 감찰어사를 지낸 뒤 王叔文의 천거를 받아 요직을 역임하였으나 33세 때인 805년 順宗의 禪讓(선양)에 따라 왕숙문이 실각되면서 그도 郞州(지금의 호남성 常德市) 司馬로 폄직되어 10년을 지내야만 했다.

이후 廣東 지방에서 지방관을 역임한 뒤 문종 太和 2년(828) 장안으로 돌아와 太子賓客을 역임하였기에 '劉賓客' 이라고도 부르고, 檢校禮部尙書와 秘書監의 虛銜(허함)을 받았기에 '秘書劉尙書' 라고도 부른다. 그러나 다시 정치적 소용돌이에 휘말려 좌천되어 지방관으로 떠돌아야만 했다. 유우석은 특별한 능력을 가진 시인이며 문재였으나 너무 솔직하거나 아니면 경박한 일면이 있었다고 한다. 劉禹錫의 시풍은 질박하지만 웅혼하고 상쾌하며 호탕한 기운이 있어 친우 백거이는 유우석을 '詩豪(시호)' 라고 지칭하였고, 유우석과 백거이는 함께 '劉白' 으로 불리었다. 또 元稹(원진) 등과 함께 詩와 음악, 문자와 음악의 융화를 꾀했기에 많은 사람들이 즐겨 그의 시를 외웠다고 한다.

# 秋風引 <sub></sub>추풍인

## 추풍인

何處秋風至
하 처 추 풍 지
가을바람은 어디서 불어오나?

蕭蕭送雁群
소 소 송 안 군
소슬한 바람 기러기 떼를 보낸다.

朝來入庭樹
조 래 입 정 수
아침에 뜰의 나무에 불어오니

孤客最先聞
고 객 최 선 문
외로운 나그네가 제일 먼저 듣는다.

제목의 引은 曲과 같은 뜻이다. 이는 악부시의 제목으로 歌, 曲, 行, 詞, 怨과 같이 모두 '노래'라는 뜻이다. 지친 나그네에게 가을바람은 고생을 예고하는 것 같아 情懷(정회 ; 마음속에 품고 있는 정, 또는 그런 생각.)가 많으리라.

## 別蘇州 별소주

## 소주를 떠나며

流水閶門外　　창합문 밖에 물이 흐르고
유 수 창 문 외

秋風吹柳條　　가을바람은 버들가지에 분다.
추 풍 취 유 조

從來送客處　　그전에 손님을 보냈던 곳에서
종 래 송 객 처

今日自魂銷　　오늘은 나의 마음이 녹는구나.
금 일 자 혼 소

閶門(창문)은 소주의 서문인 閶闔門이라는 주석이 있다. 지금 유우석의 시 약 800수가 전해지는데 서민들의 생활모습과 咏史(영사), 懷古(회고), 抒情(서정)을 읊은 명작이 많고 우정을 중시하여 많은 사람들이 그를 좋아하였다고 한다. 특히 〈柳枝詞〉, 〈竹枝詞〉, 〈楊柳枝詞〉 등은 民歌的인 시가라서 그 당시에도 널리 불렸다고 한다.

창문(閶門)

## 竹枝詞 <sup>죽지사</sup>　　죽지사 二首 (一)

楊柳靑靑江水平　　버들은 푸릇푸릇 강물은 잔잔한데
양 류 청 청 강 수 평

聞郎江上唱歌聲　　낭군이 강에서 부르는 노랫소리 들린다.
문 랑 강 상 창 가 성

東邊日出西邊雨　　동쪽은 해가 났는데 서쪽은 비가 내리니
동 변 일 출 서 변 우

道是無晴卻有晴　　정분이 있는가 아니면 없다는 말인가?
도 시 무 청 각 유 청

　유우석은 821년에 四川의 동부지역 夔州<sup>(기주)</sup> 자사로 나갔는데 그 지역의 소수 민족은 산과 강에서 일하면서 노래를 즐겨 불렀다. 〈竹枝〉는 그들의 민요이다.

　여기서 '날이 개었다<sup>(有晴)</sup>', '아니 개었다<sup>(無晴)</sup>'의 晴(qíng)은 情(qíng)의 雙關隱語<sup>(쌍관은어)</sup>〔雙關法<sup>(쌍관법)</sup>；한문(漢文)이나 한시(漢詩)작법의 한 가지. 상대되는 문구를 서로 대응시켜 한 단(段), 또는 한 편(篇)의 골자(骨子)가 되게 하는 수사법. 隱語(은어)；특수한 집단이나 계층 또는 사회에서 남이 모르게 자기네끼리만 쓰는 말.〕이니, '有晴'은 '有情'의 뜻이다. 한쪽 산에 비가 오고 다른 산에는 해가 나는 것처럼 알 수 없는 것이 남녀의 애정일 것이다. '道是無晴~'의 道(dào)는 동사로 '말하다'의 뜻이다.

## 竹枝詞<sup>죽지사</sup>　죽지사 九首 (二)

山桃紅花滿上頭　산 복숭아 붉은 꽃 산 위까지 만개했고
산 도 홍 화 만 상 두

蜀江春水拍山流　蜀江의 봄물은 산을 치며 흐른다.
촉 강 춘 수 박 산 류

花紅易衰似郎意　붉은 꽃 쉽게 지니 내 님의 사랑 같고
화 홍 이 쇠 사 랑 의

水流無限似儂愁　흐르는 강물 끝없으니 내 근심 같아라!
수 류 무 한 사 농 수

　꽃이 쉽게 지듯 낭군의 마음이 수시로 변한다며 걱정하는 처녀의 愁心은 쉬지 않고 흐르는 강물과 같다고 노래하지만 처녀 마음 역시 자주 변하는 것이다.

　유우석의 〈竹枝詞〉는 二首와 九首, 총 十一首가 전해오고 있다.

## 楊柳枝詞 <sub>양류지사</sub>

## 양류지사

城外春風吹酒旗
<sub>성 외 춘 풍 취 주 기</sub>
　　　성 밖 춘풍에 술집 깃발이 나부끼고

行人揮袂日西時
<sub>행 인 휘 몌 일 서 시</sub>
　　　나그네 소매 뿌리칠 제 해는 서산에 걸렸다.

長安陌上無窮樹
<sub>장 안 맥 상 무 궁 수</sub>
　　　長安 큰 길의 그 많은 나무들 중에

唯有楊柳管別離
<sub>유 유 양 류 관 별 리</sub>
　　　오직 수양버들만이 이별을 주관하네.

　단순한 영물시는 아니고 인간의 여러 감정 중 특히 이별의 아픔을 버들에 기탁하여 노래하였다.

# 玄都觀桃花 <sup>현도관도화</sup>
## 현도관의 도화

| | |
|---|---|
| 紫陌紅塵拂面來<br><sub>자 맥 홍 진 불 면 래</sub> | 皇都의 먼지가 얼굴에 날리는데 |
| 無人不道看花回<br><sub>무 인 부 도 간 화 회</sub> | 꽃을 보고 온다 말하지 않는 이가 없네. |
| 玄道觀裏桃千樹<br><sub>현 도 관 리 도 천 수</sub> | 玄道觀의 그 수많은 복숭아나무는 |
| 儘是劉郞去後栽<br><sub>진 시 유 랑 거 후 재</sub> | 모두 다 유우석이 떠난 뒤에 심었다네. |

이 시의 제목을 〈自朗州至京戲贈諸君子〉로 적기도 한다.

당나라에서는 老子를 크게 숭상하면서 도교를 장려하였기에 곳곳에 많은 道觀(도교의 사원)을 지었는데 현도관도 그 중 하나일 것이다. 유우석은 順宗의 永貞革新 실패로 805년에 장안을 떠나 지방관으로 폄직되어 10년을 지내고 장안으로 잠시 돌아왔다. 그때 장안 현도관의 도화가 그렇게 유명했는데 그 복숭아나무는 劉郞(유랑, 유우석)이 떠난 뒤에 심었다는 뜻이다.

'儘是劉郞去後栽' ─이 한 구절이 얼마나 많은 뜻을 담고 있는가? 세월의 무상이라고 말할 수도 있고, 속세의 영화나 쇠락이 한순간이라는 뜻도 있고, 나는 이런 줄도 모르고 시골에 쳐박혀 있다가 돌아왔다는 뜻으로 해석할 수도 있다. 또 그 뒷맛은 얼마나 많은가? 그 뒤의 이야기가 또 한 편의 시가 되었다.

# 再游玄都觀 재유현도관
## 현도관에 다시 오다

百畝庭中半是苔　백무의 뜰에 그 절반은 이끼가 덮였고
백 무 정 중 반 시 태

桃花淨盡菜花開　도화는 모두 사라지고 유채꽃이 피었다.
도 화 정 진 채 화 개

種桃道士歸何處　복숭아 심었던 도사는 어디로 갔는가?
종 도 도 사 귀 하 처

前度劉郎今又來　전번에 왔던 유우석이 오늘 다시 왔다네.
전 도 유 랑 금 우 래

이 시에는 서문이 있는데, 유우석은 서문에서 시를 지은 전후를 설명하였다.

유우석은 貞元 21년(805)에 屯田員外郎에서 連州의 지방관으로 다시 朗州司馬로 폄직(좌천)되었다가 10년 뒤에 장안으로 돌아왔고, 사람들이 모두 도사가 심은 도화가 가득 피었다는 말을 했고 자신도 도화를 구경하고 시를 지었었다. 다시 지방관으로 나가 14년이 지나 돌아와 主客郎中에 임명되었고, 이 도관에 다시 들렸더니 복숭아나무는 한 그루도 보이지 않고 푸성귀와 귀리만 봄바람에 흔들리고 있는 것을 보고 칠언절구를 지었다고 하였다. 끝으로 이 시는 文宗 大和 2年(828) 3월에 지었다고 하였다.

시의 畝(무)는 면적의 단위이다. 100무는 1頃(경)이지만, 여기서는 '아

주 넓다' 라는 의미로 사용되었다. 사라진 복숭아나무와 그 꽃, 그 꽃을
보려고 웅성대던 사람들—과수원이 있고 없고가 아니라 인심이 그렇게
바뀐다는 뜻일 것이다.

## 與歌者何戡 <sup>여가자하감</sup>
### 歌人 하감에게 주다

| | |
|---|---|
| 二十餘年別帝京<br><sub>이 십 여 년 별 제 경</sub> | 이십여 년 장안을 떠나 있다가 |
| 重聞天樂不勝情<br><sub>중 문 천 악 불 승 정</sub> | 다시 궁중 음악을 들으니 감회가 새롭네. |
| 舊人唯有何戡在<br><sub>구 인 유 유 하 감 재</sub> | 옛날 사람 오직 하감이 있어 |
| 更與殷勤唱渭城<br><sub>갱 여 은 근 창 위 성</sub> | 다시 은근히 위성곡을 불러 주네. |

유우석이 다시 장안으로 돌아오니, 그래도 예부터 알고 있던 하감이란 歌人이 있어 자신을 위해 王維의 渭城曲<sup>(위성곡)</sup>을 불러 준다는 뜻이다. 위성곡은 왕유의 〈送元二使安西〉를 말하는데, 〈陽關三疊<sup>(양관삼첩)</sup>〉이라고도 불렀으니 그 시대는 물론 宋代까지 크게 유행한 이별가였다.

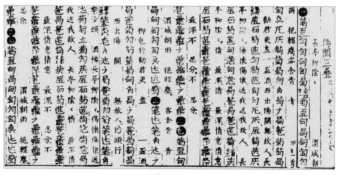

양관삼첩(陽關三疊)

# 烏衣巷 오의항    오의항

朱雀橋邊野草花    주작교 주변에 들꽃이 피고
주 작 교 변 야 초 화

烏衣巷口夕陽斜    오의항 입구에 석양이 기운다.
오 의 항 구 석 양 사

舊時王謝堂前燕    옛날에 王氏 謝氏 집에 들던 제비들이
구 시 왕 사 당 전 연

飛入尋常百姓家    지금은 보통 백성들 집에 날아든다.
비 입 심 상 백 성 가

〈烏衣巷〉은 역사의 흥망을 노래한 시이다. 이 시의 3, 4句는 인생의 성쇠를 말할 때 흔히 나오는 구절이다.

오의항은 지금의 南京에 있는 지명이다. 巷(거리 항, xiàng)은 주택가의 골목. 북방의 胡同(hútòng), 대도시의 弄(농, lòng ; 대도시의 거리.)과 같다. 오의항은 秦淮河(진회하) 남안에 있는 東晉(동진)시대의 귀족 마을이었다. 본래는 삼국시대 吳의 궁궐 수비대가 주둔하던 자리이며 수비대의 복장이 검은 옷이었기에 그런 이름이 붙었다고 한다.

시에서 舊時는 東晉 시대(316-420)이고, 王謝는 琅邪(낭야) 王氏와 陳郡 謝氏를 의미하는데, 두 성씨는 모두 5호족을 피해 남으로 이주해 온 귀족들이었다.

이 시는 劉禹錫의 〈金陵五題〉의 하나이다. 유우석은 石頭城 등 금릉의 고적을 찾아 시를 읊었으니 敍景의 시이며 懷古詩(회고시)이다. 이 시

는 분명 고적을 읊었지만 그 뜻은 매우 상징적이다.

이 시의 주제는 인간의 榮枯盛衰(영고성쇠 ; 성하고 쇠함이 서로 뒤바뀌는 일.)이다. 현재의 南京은 唐代에는 金陵이었지만 吳나라 이후 東晉까지 國都로 번영했었다. 유우석은 東晉 이후 귀족들의 마을로 번성했던 오의 항의 황폐한 모습을 서글프게 묘사했다.

'野草花'와 '夕陽斜'는 對偶〔대우 ; ① 짝. ② 시문(詩文)의 대구. ③ 어떠한 명제에 대하여 종결을 부정한 것을 가설로 하고, 가설을 부정한 것을 종결로 한 명제.〕이면서 쇠락의 상징이다. 사람이 많이 산다면 들꽃이 자라고 꽃을 피울 수 있겠는가? 그리고 제비〔燕〕를 보고 인간의 영고성쇠의 흐름을 객관적으로 증명하듯 묘사하였으니 이보다 더 적절한 비유가 또 있겠나? 이는 자세한 관찰과 깊은 사색이 아니라면 생각해 낼 수 없는 뛰어난 묘사이다. 시가 얼마나 좋은가는, 그 시가 얼마나 많은 뜻을 함축하고 있느냐에 달렸다.

## 石頭城 <sup>석두성</sup>   석두성

山圍故國周遭在
<small>산 위 고 국 주 조 재</small>

산에 에워싸인 옛 도성에 둘레 흔적 남았는데

潮打空城寂寞回
<small>조 타 공 성 적 막 회</small>

조수는 황폐한 성벽을 치고 적막히 돌아간다.

淮水東邊舊時月
<small>회 수 동 변 구 시 월</small>

진회하 동쪽에 옛날 그 달이 떠올라서

夜深還過女牆來
<small>야 심 환 과 여 장 래</small>

깊은 밤 달빛은 낮은 성벽을 타고 비춘다.

지금 남경시의 청량산이 石頭城인데 삼국시대 吳와 동진, 그리고 南朝 여러 나라의 수도였다. 이곳까지 조수가 들어와 성벽을 치고 적막하게 돌아간다는 '潮打空城寂寞回'는 천고의 절창으로 알려졌다. 女牆(여장)은 城門 주변의 나지막한 방어 시설을 지칭한다.

유우석의 이 시는 산수의 풍경을 묘사하여 인간세상의 영고성쇠를 정말 절절하게 읊었다.

석두성(石頭城)

## 春詞 <sup>춘사</sup>　　춘사

新妝宜面下朱樓　새로 꾸민 고운 얼굴 朱樓에서 내려와
신 장 의 면 하 주 루

深鎖春光一院愁　오래 잠긴 뜰 안에 봄볕도 수심이다.
심 쇄 춘 광 일 원 수

行到中庭數花朶　가온 뜰에 서서 꽃송이를 세어 보는데
행 도 중 정 수 화 타

蜻蜓飛上玉搔頭　잠자리 한 마리 옥비녀에 앉는다.
청 정 비 상 옥 소 두

　제목을 〈和樂天春詞〉로 한 책도 있다. 〈春詞〉는 사랑을 받지 못하는 宮人의 한스런 春心을 그린 시이다. 宮怨, 閨怨, 邊塞, 別離, 隱居의 시가 많다는 것은 그만큼 감정이 절박하다는 의미이다.

　結句의 수심은 잠자리가 대변해 준다. 무심한 잠자리가 사뿐 날아와서 그녀의 옥비녀 끝에 앉는다. 잠자리는 愁를 모르니 궁인의 愁心은 깊어진다. 전체적으로 '愁'가 주제이며 唐代 宮怨 詩에서 수작으로 꼽힌다.

## 秋詞 <sup>추사</sup>　　추사

| 自古逢秋悲寂寥 | 예부터 가을 되면 슬프고 쓸쓸하다지만 |
| 자 고 봉 추 비 적 요 | |
| 我言秋日勝春朝 | 나는 가을이 봄날보다 더 좋다 말한다. |
| 아 언 추 일 승 춘 조 | |
| 晴空一鶴排雲上 | 맑은 하늘에 학 한 마리 구름 위로 날고 |
| 청 공 일 학 배 운 상 | |
| 便引詩情到碧霄 | 문득 떠오른 詩情은 푸른 하늘에 닿는다. |
| 편 인 시 정 도 벽 소 | |

시인의 詩情을 끌어내주는 가을이 좋다는 것은 시인의 마음이 학처럼 孤高하고 高潔(고결)하다는 뜻일 것이다.

## 望洞庭 망동정　동정호를 바라보다

湖光秋月兩相和　호수 경치와 가을 달빛 서로 어울리니
호 광 추 월 양 상 화

潭面無風鏡未磨　수면에 바람 자니 광을 내지 않은 거울이다.
담 면 무 풍 경 미 마

遙望洞庭山水翠　멀리서 동정호 바라보니 산수가 푸르고
요 망 동 정 산 수 취

白銀盤裏一靑螺　하얀 은쟁반에 올려놓은 푸른 소라 같구나.
백 은 반 리 일 청 라

　가을 동정호에 취한 시인의 마음은 아름답기만 하다. 광활하게 탁 트인 호수가 가을 달빛을 받았는데 마침 바람도 자니 호수는 은쟁반이리라. 그리고 동정호 가운데 72개 봉우리가 있다는 君山은 은쟁반에 놓은 푸른 소라라 하였으니 꼭 한번 보아야 하지 않겠는가?

동정호(洞庭湖)

## 浪淘沙 낭도사　물결에 씻긴 모래

九曲黃河萬里沙
구 곡 황 하 만 리 사
아홉 번 굽어 흐르는 황하의 긴긴 모래밭

浪淘風簸自天涯
낭 도 풍 파 자 천 애
물결이 일고 바람이 까불어서 하늘서 내려온다.

如今直上銀河去
여 금 직 상 은 하 거
이제 곧바로 은하를 타고 하늘에 올라

同到牽牛織女家
동 도 견 우 직 녀 가
같이 견우와 직녀의 집에 가련다.

　쌀을 바가지에 넣고 이리저리 흔들어 혹시 있을 수 있는 작은 모래를 가려내는 과정을 '쌀을 인다(일다)' 고 말한다. 그리고 곡식을 키에 넣고 아래위로 흔들어 바람으로 검불이나 쭉정이를 가려내는 동작을 '까불다' 라고 한다. 키를 한 번도 보지 못한 사람에게 그 모양과 사용법을 어떻게 설명해야 할지 모르겠다.

　하여튼 황하의 모래는 바람이 키가 되어 까불었고 강물에 씻기고 일었기 때문에 깨끗하다. 그 황하와 강가의 모래는 마치 하늘에서 내려오는 것처럼 보인다. 황하를 따라가면 은하로 이어지고, 은하를 건너 견우와 직녀 집에 함께 가 보자는 이 시를 학생들에게 가르치면 꿈과 낭만과 국토사랑 마음을 심어 줄 수 있을 것이다.

## 064

# 王建 ● 왕건

왕건 767−830?

王建(왕건)의 字는 仲初이고, 潁川(영천, 今 河南 許昌) 사람이다. 왕건은 어린 시절 張籍(장적)과 함께 공부하였고 진사가 되어 元和 8년 昭應縣丞, 長慶 원년(821) 太府寺丞, 秘書郎 등을 지냈다. 장안에 있으면서 장적, 한유, 백거이, 유우석 등과 교유했다. 나중에 太常寺丞, 陝州司馬를 지낸 뒤 문종 大和 5年 光州刺史가 되어 賈島(가도)와 왕래하였으나 이후 행적은 불분명하다.

왕건의 유명한 詩作으로는 《宮詞一百首》가 있는데, 이는 자신이 직접 들은 이야기도 있지만 지나는 이야기로 얻어 들은 것을 망라하여 '宮詞' 하나의 제목으로 일백 수(정확히는 107수)나 시로 읊었다는 것은 대단한 일이라 할 수 있다.

# 新嫁娘 신가낭

## 새 며느리

三日入廚下
삼일입주하
三日 만에 부엌에 들어가서

洗手作羹湯
세수작갱탕
손을 씻고 국을 끓인다.

未諳姑食性
미암고식성
시어머니 식성을 모르기에

先遣小姑嘗
선견소고상
먼저 시누이에게 맛을 보게 한다.

일상생활을 소재로 한 시인데, 새로 시집온 며느리의 조심성과 지혜를 엿볼 수 있다. 중국인들은 '신부가 대문에 들어오고 3일 동안은 빗자루를 들지 않는다.(過門三朝, 不動掃帚.)'고 하였는데, 이는 신부를 맞이한 것이 바로 복이며, 복을 쓸어내지 않는다는 뜻이다.

어떤 사람은 이 시가 과거에 합격한 뒤 처음 관직생활을 시작하는 사람이 윗사람의 성질을 파악하기 위해 동료에게 가르침을 구하는 뜻이라고 풀이하였다. 말이 되긴 되지만 꼭 그렇게 해석해야만 하는가?

# 夜看揚州市 야간양주시
## 밤에 양주의 시장을 보다

夜市千燈照碧雲
야 시 천 등 조 벽 운
　야시의 많은 등불이 하늘 구름을 비추고

高樓紅袖客紛紛
고 루 홍 수 객 분 분
　큰 누각 붉은 소매 손님 사이에 바쁘다.

如今不似時平日
여 금 불 사 시 평 일
　지금은 보통 때와 같지 않다고 하는데

猶自笙歌徹曉聞
유 자 생 가 철 효 문
　그래도 생황의 노랫소리는 새벽까지 들린다.

　수나라 양제의 대운하 개통 이후 당나라에서도 양주는 남북 경제 교역의 중심지로 여전히 번영하였다. 많은 시인들이 양주에서의 즐거운 추억을 간직하고 있었으니, 특히 杜牧은 양주에서의 놀이를 '十年一覺揚州夢'이라 표현하였다.

# 十五夜望月寄杜郎中 <sub>십오야망월기두낭중</sub>
## 보름날 밤에 두 낭중에게 주다

中庭地白樹棲鴉
<sub>중 정 지 백 수 서 아</sub>

가온 뜰에 달빛 희고 나무엔 까마귀 잠드는데

冷露無聲濕桂花
<sub>냉 로 무 성 습 계 화</sub>

차가운 이슬 소리 없이 계수의 꽃을 적시었다.

今夜月明人盡望
<sub>금 야 월 명 인 진 망</sub>

오늘 밤에 달이 밝아 모두가 바라볼 것이니

不知秋思落誰家
<sub>부 지 추 사 낙 수 가</sub>

누구 집에 가을 시름 내릴지 알지 못하겠네.

　달빛이 땅에 내려앉으면 땅이 희게 보인다. 그래서 이백은 '床前明月光, 疑是地上霜.(상전명월광, 의시지상상 ; 침상 비춘 밝은 달빛을 땅에 내린 서리로 알았었네.)' 이라고 하였다. 근심이나 시름, 걱정을 뜻하는 愁를 풀어쓰면 秋心, 곧 秋思이다. 하여튼 글 읽는 사람에게 가을은 이래저래 생각이 많은 계절이고, 시인은 달이 밝기에 더욱 벗을 그리고 있다.

**065**

# 張仲素 ● 장중소

장중소 769?-819

張仲素(장중소)의 字는 繪之(회지)로, 덕종 貞
元 14년에 進士에 급제하고 憲宗 재위 중에
翰林學士와 中書舍人을 지냈다. 주요 작품
으로 〈春閨思〉, 〈秋思〉 二首, 〈秋夜曲〉이 유
명하다.

# 春閨思 춘규사

## 봄날 여인의 시름

裊裊城邊柳
뇨 뇨 성 변 류
한들한들 성곽 옆 버드나무

青青陌上桑
청 청 맥 상 상
푸르디푸른 길가의 뽕나무

提籠忘采葉
제 농 망 채 엽
바구니 들고서 따기를 잊었으니

昨夜夢漁陽
작 야 몽 어 양
어젯밤 꿈에서 漁陽에 갔었네.

1, 2구는 봄의 경치를 3, 4구에서는 閨怨〔규원 ; (버림받거나 하여) 남편과 헤어져 사는 여자의 원한.〕을 말하였다. 뽕잎 따기를 잊을 정도로 엊저녁 꿈이 생생했다는 뜻이니, 그 그리움의 정도를 짐작할 수 있다. 어양은 幽州(지금의 北京)에 속하는 지명으로, 唐代에는 동북쪽 거란족에 대비하는 최전방이었다.

## 秋閨怨 <sup>추규원</sup>　가을 여인의 시름

秋天一夜靜無雲　　가을 하늘 고요하고 구름 없는 밤
추 천 일 야 정 무 운

斷續雁聲到曉聞　　끊겼다 이어지는 기러기 울음 새벽까지 들린다.
단 속 안 성 도 효 문

欲寄征衣聞消息　　겨울옷 보내려고 소식을 물었더니
욕 기 정 의 문 소 식

居延城外又移軍　　거연성 밖으로 군영을 또 옮겼다고 한다.
거 연 성 외 우 이 군

　가을에 북에서 날아오는 기러기 떼, 그리고 그 울음은 혹독한 겨울을
예고한다. 거연성은 張掖(장액, 甘州, 지금의 甘肅省 河西走廊 중부 지역)이고 서
역으로 나가는 통로이다.

# 066

# 崔護

## ● 최호

최호 ?-?

崔護(최호)의 생졸년은 알려진 것이 없다. 그의 자는 殷功(은공)이고, 博陵(지금의 河北 定州市) 사람으로 잘생긴 인물에 다정다감하며 재주가 많은 사람이었다고 한다. 德宗 貞元 12년(796) 진사에 급제했고, 문종 대화 3년 (829)에 京兆尹(경조윤)이 되었다가 御史大夫를 역임하고 嶺南節度使에 올랐다.

## 題都城南庄 제도성남장
## 도성의 남쪽 농가에서 짓다

去年今日此門中
거 년 금 일 차 문 중
작년의 오늘 이 대문 안에는

人面桃花相映紅
인 면 도 화 상 영 홍
얼굴과 桃花 함께 붉게 물들었었네.

人面不知何處去
인 면 부 지 하 처 거
얼굴을 모르지만 어디에 갔을까?

桃花依舊笑春風
도 화 의 구 소 춘 풍
도화는 전처럼 춘풍에 웃고 있는데!

시인으로서 최호의 시는 문사가 아름답고 시어가 청신하다는 평을 받고 있다. 《全唐詩》에 그의 시 6수가 수록되어 있지만 〈題都城南庄〉이 가장 유명하다.

최호가 과거에 낙방하고 어느 해 한식날 교외에 바람을 쐬러 나갔다가 농가에 들러 물을 얻어 마시는데 거기서 얼굴이 복사꽃처럼 화사한 처녀를 만난다. 그 다음 해 한식날 다시 찾아갔지만 집이 비어 안타까움에 이 시를 지어 대문에 끼우고 돌아온다.

최호의 이런 사랑 이야기는 孟棨(맹계)의 《本事詩 · 情感》에 실려 있어 널리 알려졌다. 明代에는 잡극 〈人面桃花〉로 각색되어 공연되었으며, 현대에서도 1994년에 中國電視公司(中視)의 연속극으로 방영되었다고 한다.

# 067

## 呂溫 • 여온

여온 771-811

呂溫(여온)의 字는 和叔이다. 貞元 14년(798)에 進士에 급제하였고, 左拾遺 등을 역임하였고 王叔文의 인정을 받았다. 여온은 法家思想을 가지고 重刑重罰을 주장하였으며 토번에 파견된 사신의 수행원으로 갔다가 억류되어 1년 뒤에 돌아오기도 하였다.

# 讀句踐傳 독구천전

## 句踐傳을 읽고

丈夫可殺不可羞　대장부를 죽일 수는 있어도 모욕할 수 없다는데
장 부 가 살 불 가 수

如何送我海西頭　어찌하여 나를 서쪽 땅 끝으로 보내었는가?
여 하 송 아 해 서 두

更生更聚終須報　어쨌든 살아서 무리를 모아 끝내 보복하였으니
갱 생 갱 취 종 수 보

二十年間死卽休　이십 년 세월에 죽은 듯 쉬며 힘을 길렀다.
이 십 년 간 사 즉 휴

《孟子, 告子 上》에 '三軍의 장수를 탈취할 수는 있지만(三軍可奪帥也), 匹夫의 의지를 빼앗을 수 없다(匹夫不可奪其志也).'고 하였다. 越王句踐은 나라를 빼앗기고 쓸개를 핥으며(嘗膽상담), 회계 땅에서 10여 년간 농사를 지으며 백성을 모아 10여 년을 가르치고 훈련시킨 뒤에 吳王夫差(부차)에게 복수를 하였다.

그렇다면 구천이 처음에 부차에게 패하여 모욕을 참고 견디었는데 그것이 구차한 삶이었는가? 大志를 품은 사람이 包羞忍恥(포수인치；부끄러움을 견디어 참음.)하면서 能屈能伸(능굴능신；몸을 잘 굽히고 잘 폄.)하며 실력을 키워야 하지 않는가? '君子가 報仇(보구；원수를 갚음. 앙갚음함.)한다면 十年이라도 늦지 않다(十年不晚).'라고 했다. 이 시는 杜牧의 〈題烏江亭〉과 함께 읽어도 괜찮을 것이다. •晚(저물 만, 늦다.)

# 068

# 白居易·백거이

백거이 772-846

白居易<sup>(백거이)</sup>의 字는 樂天<sup>(낙천)</sup>이고, 號는 香山居士와 醉吟先生<sup>(취음선생)</sup>이다. 祖籍은 山西 太原이다.

백거이는 德宗 貞元 16년(800)에 진사과에 급제한 뒤 한림학사, 左拾遺<sup>(좌습유)</sup> 등을 역임하였다. 백거이는 牛李당쟁에 휘말리지는 않았지만 한때 忠州刺史로 나갔다가 복귀하여 형부상서 등을 역임하고 75세에 죽었다. 白居易는 新樂府 운동을 주창하면서 문학은 실생활과 유리될 수 없다고 주장하였다. 그는 문학의 사회적 작용을 중시하여 예술을 위한 문학이 아니라 인간과 사회를 위한 문학을 해야 한다고 주장하였다. 곧 '文章合爲時而著<sup>(문장은 시대에 맞게 지어야 하고)</sup>, 歌詩合爲事而作<sup>(시가는 실제를 위해 창작되어야 한다.)</sup>' 이라면서 실질을 떠나 미사여구나 늘어놓는 문학에 반대하였다.

백거이는 특히 長詩에 능했으며 中唐을 대표하는 시인으로, 그의 시 3,000여 수가 전한다고 하니 多作의 작가임에는 틀림이 없다. 백거이의 시는 諷諭詩(풍유시), 閑寂詩(한적시) 그리고 感想詩 등으로 대별할 수 있다. 백거이의 〈秦中吟〉 10수와 〈新樂府〉 50수는 풍유시의 대표작으로 당시 백성들의 어려운 생활을 사실대로 묘사하였다. 그리고 〈長恨歌〉와 〈琵琶行(비파행)〉은 감상시에 속한다. 그의 시 作品은 平易하면서도 인정에 가까워 어린이나 노파, 병졸 등 누구나 다 읽고 감상할 수 있다고 하였다.

〈醉吟先生傳(취음선생전)〉은 그의 자서전이라 할 수 있고, 〈與元九書〉는 백거이와 元稹(원진)과의 우정을 알 수 있는 글이다. 거기에 나오는 '達則兼濟天下(뜻을 얻으면 온 천하를 구제하고), 窮則獨善其身(뜻을 펴지 못한다면 오직 내 몸만을 善하게 한다.)'은 그의 인생철학이라 할 수 있다.

## 對局 <sup>대국</sup>　　대국

| | |
|---|---|
| 山僧對棋坐<br><small>산 승 대 기 좌</small> | 산속 스님과 바둑판에 마주 앉으니 |
| 局上竹陰淸<br><small>국 상 죽 음 청</small> | 판 위에 대나무 그늘이 시원하다. |
| 映竹無人見<br><small>영 죽 무 인 견</small> | 대가 어른거려 사람은 보이지 않고 |
| 時聞下子聲<br><small>시 문 하 자 성</small> | 때로 바둑알 놓는 소리만 들린다. |

## 夜雪<sup>야설</sup>　　밤에 눈이 내리다

| 已訝衾枕冷<br>이 아 금 침 냉 | 잠자리 차거움에 이상히 여겨 |
| 復見窓戶明<br>부 견 창 호 명 | 다시 바라보니 창문이 흰하게 밝다. |
| 夜深知雪重<br>야 심 지 설 중 | 밤이 깊어 내린 눈이 무거워서 |
| 時聞折竹聲<br>시 문 절 죽 성 | 가끔 대나무 부러지는 소리 들린다. |

　　백거이는 당의 시인 중에서 관운도 비교적 평탄했으며 장수했으니 時運이나 詩的 재능은 타고났다고 보아야 한다. 시인으로서 유명한 정도를 따지자면 이백이나 두보, 그리고 왕유와 같은 수준에서 백거이를 꼽아야 할 것이다. 무엇보다도 그의 시가 평범하면서도 읽기 쉽기에 누구나 즐겨 감상할 수 있다는 점도 백거이의 特長으로 꼭 기억해야 한다.

# 問劉十九 <sup>문유십구</sup>

## 劉씨 十九에게 묻다

| | |
|---|---|
| 綠蟻新醅酒<br><sub>녹 의 신 배 주</sub> | 개미가 뜨는 새로 담근 술에 |
| 紅泥小火爐<br><sub>홍 니 소 화 로</sub> | 붉은 진흙 작은 화로도 있다네! |
| 晚來天欲雪<br><sub>만 래 천 욕 설</sub> | 저녁 되면 눈이 내릴 날인데 |
| 能飮一杯無<br><sub>능 음 일 배 무</sub> | 한잔 하러 오겠나? 아니 오겠나? |

이 시는 친우를 술자리에 초청하는 시이다.

비오는 날이나 눈이 내리는 날이면 으레 술 생각이 나게 되어 있다. 劉十九라는 벗은 백거이가 江州에 좌천되었을 때 자주 어울렸다. 같은 시기에 쓴 〈劉十九同宿〉이라는 시를 보면 함께 놀고 마신 사이였다.

綠蟻(녹의, 개미 의)는 맑은 술 위에 동동 뜨는 밥알이다. 겨울이라서 방안에 붉은 진흙으로 만든 작은 화로를 준비해서 술을 데운다. 겨울에는 술을 적당히 데워서 마셔야 취기도 빨리 오른다.

이 시는 元和 12년(817) 백거이가 江州에서 지은 시라고 알려졌다. 당시 그가 강주에 좌천되었을 때 나이 46세였으니 붓을 잡으면 시가 쏟아지는 경지에 이르렀을 것이다. 이 시는 쉽게 써 내려갔지만 묘미를 다 갖추었기에 거의 삼매경에 이르렀다는 느낌이 온다.

# 商山路有感 상산로유감
## 商山路의 감회

萬里路長在
만 리 로 장 재
일만 리 길 변함없이 그대로지만

六年今時歸
육 년 금 시 귀
육 년 만에 이번에 다시 간다.

所經多舊館
소 경 다 구 관
가는 길에 옛 客館이 많지만

太半主人非
태 반 주 인 비
절반 가까이 주인이 바뀌었다.

商山은 陝西省(섬서성) 商縣에 있는 산이다. 秦漢 교체기에 은자 4人이 여기에 은거했고 그들을 商山四皓〔상산사호；진(秦)나라 말년에 세상의 어지러움을 피하여 상산(商山)에 숨은 동국공(東國公)·하황공(夏黃公)·녹리선생(甪里先生)·기리계(綺里季) 네 사람. 네 사람 모두 눈썹과 수염이 흰색이어서 사호(四皓)라고 부름.〕라 하였는데, 漢 高祖가 불러도 응하지 않았으나 張良의 계책대로 태자(惠帝)가 이들을 초치하여 함께 고조를 만난다. 이로써 태자의 지위는 보전된다.

백거이는 이 상산 아랫길을 다시 지나면서 불과 6년 동안에 옛 주인이 많이 바뀌었다며 인생의 無常함을 말하고 있다.

상산(商山)

## 對酒 <sup>대주</sup>    술을 마시며 (二)

蝸牛角上爭何事
<small>와 우 각 상 쟁 하 사</small>

달팽이 뿔 위에서 무엇을 다투겠는가?

石花光中寄此身
<small>석 화 광 중 기 차 신</small>

부싯돌 불꽃 튈 사이가 이 몸이 사는 것!

隨富隨貧且歡樂
<small>수 부 수 빈 차 환 락</small>

부자는 부자로 없으면 없는 대로 일단 즐겨야지

不開口笑是痴人
<small>불 개 구 소 시 치 인</small>

입 벌려 웃지도 못한다면 바보랍니다.

달팽이 양 쪽 뿔 위에 있는 두 나라가 전쟁을 했다는 우화는 《莊子》에
나온다. 石火光中이란 부싯돌을 부딪쳐 불꽃이 튀는 순간인데, 이는 白
駒過隙(백구과극 ; 흰 말이 벽 틈 앞을 지나감. 세월이 빠름의 비유.)보다 더 짧은 시
간이다.

장자(莊子)

389

# 對酒 <sup>대주</sup>　　술을 마시며 (三)

百歲無多時壯健
<small>백 세 무 다 시 장 건</small>
백세에도 건강한 시절은 많지 않으며

一春能幾日淸明
<small>일 춘 능 기 일 청 명</small>
봄철에도 청명한 날은 며칠이나 되는가?

相逢且莫推辭醉
<small>상 봉 차 막 추 사 취</small>
서로 만났는데 취했다고 사양하지 말고

聽唱陽關第四聲
<small>청 창 양 관 제 사 성</small>
渭城曲 네 번째 부르는 구절을 들어보오.

　위 시에서 陽關第四聲이란, 왕유의 〈渭城曲〉 중 '勸君更進一杯酒' 구절을 말한다. 〈渭城曲〉은 〈陽關三疊(양관삼첩)〉이라고도 부른다. 그런데 이 노래를 부르는 방식은 '渭城朝雨浥輕塵(위성조우읍경진)—客舍靑靑柳色新(객사청청유색신)—客舍靑靑柳色新(객사청청유색신)—勸君更進一杯酒(권군갱진일배주)—勸君更進一杯酒(권군갱진일배주)—西出陽關無故人(서출양관무고인)—西出陽關無故人(서출양관무고인)〔위성의 아침 비는 흙먼지를 적셨고, 객사의 푸른 버들 색도 싱싱하다오. 그대에게 권하니 한잔 더 비우시길 서쪽 양관으로 가면 아는 사람 없으리오.〕'이다. 따라서 第四聲은 '그대에게 다시 술 한 잔을 권하니'라는 뜻이다.

　시인들은 대개 술을 좋아하였다. 우선 이백과 두보에 대한 언급은 그만두고서라도 도연명도 술을 좋아하였지만 경제적으로 여유가 없어 좋은 술을 마시지 못하고 그것도 농부나 나무하는 사람들과 논두렁이나 나무그늘 아래서 마셨다.

　그러나 백거이는 벼슬자리도 괜찮았고 家産도 있어 집에서 담근 좋은 술을 어린 歌妓나 노비들의 시중을 받으며 상류 계층인 裴度(배도)나 劉禹錫(유우석), 元稹(원진) 등과 어울려 마셨다.

양관(陽關)
감숙성 돈황 서남쪽에 위치

# 同李十一醉憶元九 동이십일취억원구

## 李十一과 함께 취하여 元九를 생각하다

花時同醉破春愁 꽃이 피면 같이 취해 봄날 걱정을 털었고
화시동취파춘수

醉折花枝當酒籌 취해 꽃가지를 꺾어 술잔을 세곤 했었다.
취절화지당주주

忽憶故人天際去 홀연 하늘 끝에 가는 친우를 생각하니
홀억고인천제거

計程今日到涼州 일정을 따지면 오늘쯤 涼州에 갔으리라.
계정금일도양주

李氏 형제 서열 11번째는 李建이란 사람으로 알려졌고, 元九는 백거이의 절친인 元稹(원진)이다. 이 시는 元和 8년(809), 원진은 사천으로 폄직되고 백거이는 장안에서 좌습유로 근무할 때 지은 시이다. 涼州는 지금의 陝西省 漢中 지역으로 四川으로 가려면 꼭 지나가야 하는 곳이다.

원진(元稹)

# 舟中讀元九詩 <sub>주중독원구시</sub>
## 배에서 元九의 시를 읽다

把君詩卷燈前讀
파 군 시 권 등 전 독

친구 시권을 들고 등불 앞에서 읽는데

詩盡燈殘天未明
시 진 등 잔 천 미 명

시는 끝이고 희미한 등불에 날은 아직 어둡다.

眼痛滅燈猶暗坐
안 통 멸 등 유 암 좌

눈이 아파 등불 끄고 어둠속에 앉아 있는데

逆風吹浪打船聲
역 풍 취 랑 타 선 성

역풍에 파도 일어 배를 치는 소리가 들리네.

　　백거이와 원진은 서로 주고받은 시가 많았다. 두 사람 다 서로를 소
중히 여겼기에 우정이 계속되었을 것이다. 白居易와 문학적 동지인 元
稹을 나란히 '元白'이라 칭하며, 劉禹錫(유우석)과 唱和〔창화;①한쪽에서 부르
고 다른 한쪽에서 이에 화답함. 호응(呼應)함. ②남의 시의 운에 맞추어 시를 지음. ③시가를
서로 주고 받음.〕한 시가 매우 많아서 사람들은 '白劉'라 병칭한다.

## 後宮詞 후궁사　　후궁사

涙濕羅巾夢不成　눈물이 비단 수건을 적셔 잠 못 이루는데
누 습 나 건 몽 불 성

夜深前殿按歌聲　깊은 밤 앞 궁전엔 노래 반주 소리 들린다.
야 심 전 전 안 가 성

紅顔未老恩先斷　고운 얼굴 늙기도 전에 은총 먼저 끊어지니
홍 안 미 로 은 선 단

斜倚熏籠坐到明　향내 바구니에 기대어 날 밝도록 앉아 있다.
사 의 훈 농 좌 도 명

　임금의 총애를 받지 못하는 宮人이 밤새 다른 궁전에서 들려오는 노
랫소리를 들으며 비단 수건을 눈물로 적시며 뜬눈으로 밤을 지새우고
있다.

# 楊柳枝 <sup>양류지</sup> 양류지

一樹春風萬萬枝
일 수 춘 풍 만 만 지

춘풍에 흔들리는 한 버들 수만 가지

嫩如金色軟於絲
눈 여 금 색 연 어 사

연한 노란색에 실보다도 부드러워라.

永豊西角荒園裏
영 풍 서 각 황 원 리

永豊의 서쪽 모퉁이 황량한 뜰 안에

盡日無人屬阿誰
진 일 무 인 속 아 수

종일토록 아무도 없는데 누구에게 의지하겠나?

당 宣宗 재위 중(847－860)에 궁중에서 가기들이 이 시를 노래로 부르자 선종이 누구의 시이며 영풍이 어디냐고 물었다. 옆에서 '백거이의 시이며 영풍은 洛陽의 마을 이름'이라고 말하자, 선종은 낙양에 가서 그 버드나무 가지를 꺾어다 심으라고 분부했다고 한다.

당(唐) 선종(宣宗)

## 隣女 <sup>인녀</sup> 　　이웃 아가씨

娉婷十五勝天仙　　곱고 고운 열다섯, 하늘 선녀보다 예쁘니
<sub>빙 정 십 오 승 천 선</sub>

白日姮娥旱地蓮　　대낮의 항아이며 마른 땅의 연꽃이다.
<sub>백 일 항 아 한 지 련</sub>

何處閑敎鸚鵡語　　어디서 한가히 앵무새에게 말을 가르칠까?
<sub>하 처 한 교 앵 무 어</sub>

碧紗窓下繡牀前　　푸른 비단 느린 창가, 수놓은 침상 앞이리니!
<sub>벽 사 창 하 수 상 전</sub>

　열다섯 살 아가씨라고 해야 할지? 아니면 女人이라고 옮겨야 할지 확
실치는 않지만 그 미모를 달 속의 미인과 연꽃에 비유하였다. 3, 4句는
주인공의 놀이와 거처를 묘사하여 에로틱한 분위기를 연상시켜 준다.
여인에게서 섹시한 정서나 감정이 느껴져야만 진정한 미인이라는 농담
은 아마 사실일 것이다.

## 暮江吟 <sub>모강음</sub>　　저녁의 강을 노래하다

一道殘陽鋪水中　　한 줄 석양이 강물에 비쳐 드니
일 도 잔 양 포 수 중

半江瑟瑟半江紅　　반쪽 강물은 짙푸르고 반쪽은 붉다.
반 강 슬 슬 반 강 홍

可憐九月初三夜　　아까운 구월 초삼일 밤에
가 련 구 월 초 삼 야

露似眞珠月似弓　　이슬은 진주 같고 달은 활과 비슷하도다.
노 사 진 주 월 사 궁

이 시는 원화 11년(816)에서 13년 사이에 백거이가 江州(지금의 九江市) 사마로 재직할 때 지은 시로 알려졌다. 시인의 자연을 보는 안목이 놀랍고 시인이 그려낸 깊은 가을 강변의 청신한 풍경이 새롭기만 하다. 넘어가는 석양을 받아 반은 더 푸르고 반은 붉게 물든 강물이 눈앞에 선하다. 그리고 초저녁에 일찍 맺히는 이슬, 이미 서쪽 하늘에 모습을 드러내 하얗게 걸린 초승달─시인은 마치 속세를 떠난 듯 자연을 관조하고 있다.

# 大林寺桃花 <sub>대림사도화</sub>
## 대림사의 복숭아꽃

人間四月芳菲盡　　인간 세상 사월에 꽃이 다 졌는데
인 간 사 월 방 비 진

山寺桃花始盛開　　산속 절간 도화는 이제 한창 피었네.
산 사 도 화 시 성 개

長恨春歸無覓處　　봄이 간데 찾지 못해 늘 안타깝더니
장 한 춘 귀 무 멱 처

不知轉入此中來　　여기 슬쩍 숨어 있는 줄 몰랐었네.
부 지 전 입 차 중 래

　　사람들이 사는 평지와 산속 절의 風光이 이리 다른 줄을 시인도 몰랐기에 놀라움이 담겨 있는 시이다. 백거이가 원화 12년(817) 46세로 江州司馬로 근무할 때 廬山<sup>(여산)</sup>에 있는 上大林寺에서 지은 시로 알려졌는데 노년에 가까워도 풍부한 감정을 지닌 시인의 마음을 느낄 수 있는 시이다.

여산(廬山)

## 白雲泉 백운천　　백운천

天平山上白雲泉　　天平山 중턱 白雲泉에
천 평 산 상 백 운 천

雲自無心水自閑　　구름도 무심하고 샘물 절로 한가롭다.
운 자 무 심 수 자 한

何必奔衝山下去　　왜 굳이 달려 부딪치며 산 아래로 흘러가
하 필 분 충 산 하 거

更添波浪向人間　　인간 세상에 풍파를 더 보태려 하는가?
갱 첨 파 랑 향 인 간

　　천평산은 蘇州城 서남쪽에 있는 '吳中名山'으로 붉은 단풍, 맑은 물, 기암괴석으로 유명하다. 그 산 중턱의 백운천은 '吳中第一水'로 그 명성이 자자하다. 백거이는 소주자사로 근무하면서 여기를 찾아 시를 지었다.

　　시의 뜻은 분명하다. 여기서 이렇듯 한가하게 지낼 수 있는데 계곡물은 '왜 인간 속세에 흘러가 풍파를 일으키는데 일조를 하느냐?'는 뜻이다. 이와 같은 뜻의 시가 하나 더 있다.

## 澗中魚 <sup>간중어</sup>　　낯물의 물고기

澗中魚 간중어　　냇물의 물고기

海水桑田欲變時
해 수 상 전 욕 변 시

바다와 뽕밭이 바뀌려는 때에

風濤翻覆沸天池
풍 도 번 복 비 천 지

바람과 파도에 뒤집히고 天池가 끓는다.

鯨吞蛟鬪波成血
경 탄 교 두 파 성 혈

고래와 교룡이 서로 싸워 피바다가 되나니

深澗游魚樂不知
심 간 유 어 낙 부 지

깊은 골에 노는 고기의 즐거움을 모르리라.

　백거이가 관직에 있는 동안에 牛李 黨爭은 격화일로를 걸었다. 백거이는 그 당쟁의 와중에서 벗어나 심신을 보전할 수 있었던 것은 그의 지혜일 것이다.

# 趙村杏花 조촌행화
## 趙村의 살구꽃

趙村紅杏每年開　　趙村의 붉은 살구꽃 매년 피는데
조 촌 홍 행 매 년 개

十五年中看幾回　　십오 년간 몇 번이나 보았던가?
십 오 년 중 간 기 회

七十三人難再到　　일흔세 살 내가 다시 오기 어려우니
칠 십 삼 인 난 재 도

今春來是別花來　　올봄 꽃과 이별하려고 여기 왔네.
금 춘 내 시 별 화 래

　　趙村은 낙양성 동쪽의 마을 이름이다. 백거이는 829년에 낙양에서 太子賓客이라는 관직에 근무한 이래로 73세인 844년까지 주로 낙양에서 생활하였다. 백거이는 2년 뒤 846년에 죽는다.

　　낙양 근교에 우리나라 관광객이 많이 찾는 龍門 석굴이 있고 그 앞 하천을 연결다리로 건너가면 香山이다. 그 향산에 白居易의 묘와 초당이 있다.

용문석굴(龍門石窟) 전경

# 069

# 元稹

## 원진

원진 779-831

元稹(원진)의 字는 微之(미지)로, 洛陽人이며 排行이 9번째이므로 元九라고도 부른다. 白居易의 명문장인 〈與元九書〉는 원진에게 보낸 장문의 편지글이다. 원진은 백거이와 함께 '新樂府'운동을 제창하였기에 대개의 경우 백거이와 나란히 '元白'으로 불린다. 원진과 백거이는 거의 30년간 친교를 맺고 있으면서 詩歌의 통속화와 대중화를 주창하여 대중의 환영을 받았으며, 이들의 이러한 시풍을 특히 唐 憲宗의 연호를 따서 元和體라고 불렀다.

원진은 15세인 德宗 貞元 9년(793)에 급제하여 校書郞이 되었다. 이후 관직생활 중 元和 5년(810)에 환관과 싸운 일로 江陵府 工曹參軍으로 폄직되었다. 관직 생활의 풍파를 겪으면서 知制誥(지제고)를 역임하며 詔書의 초

안을 마련하는 일도 하다가 穆宗 때 재상의
자리에 올랐고 裴度(배도)와 뜻이 맞지 않아
동주자사로 나가기도 했다가 나중에 무창군
절도사로 있다가 임지에서 죽었다.

元積은 艶詩와 죽은 사람을 애도하는 悼亡
詩(도망시)를 잘 지었는데 情意가 진지하여
자못 감동을 준다. 장편의 악부시 〈連昌宮
詞〉는 노인의 입을 빌어서 安史의 난 전후
사회상황과 權貴들의 황음부패를 묘사하였
다. 원진은 전기소설 〈鶯鶯傳(앵앵전)〉의 작
가로도 유명하다. 원진이 자신의 여성편력
을 변명하기 위해 썼다는 傳奇인 〈鶯鶯傳〉
은 '會眞記'라고도 불리는데 뒷날 王實甫의
元曲 〈西廂記〉의 原典이 되었다. 그의 저서
로 《元氏長慶集》 60권이 있다.

## 行宮 <sup>행궁</sup>     행궁

寥落古行宮
<sub>요 락 고 행 궁</sub>
    쓸쓸한 낡은 옛 행궁에

宮花寂寞紅
<sub>궁 화 적 막 홍</sub>
    궁궐의 꽃은 적막 속에 붉었다.

白頭宮女在
<sub>백 두 궁 녀 재</sub>
    머리가 하얀 궁녀들이 살면서

閑坐說玄宗
<sub>한 좌 설 현 종</sub>
    한가히 앉아 현종 때를 얘기한다.

원진과 백거이는 친구였다. 白居易의 〈長恨歌〉를 읽을 때 길다는 생각보다는 참 재미있고 글이 좋다는 생각이 들었다. 그렇다면 원진의 이 시는 너무 짧은 것인가? 낡은 별궁에서 머리가 하얗게 센 늙은 궁녀의 현종 때 이야기는 아마 죽을 때까지 계속해도 다 못할 것이다. 그렇다면 이 시는 결코 짧지 않다.

인간에게 榮枯盛衰(영고성쇠 ; 성함과 쇠함. 번영함과 쇠멸함.)는 피할 수 없는 것 - 개인이나 나라나 무엇이 다르겠는가? 보기 좋은 꽃은 빨리 지고(好花易落), 청춘은 금방 지나가며(紅顏易衰), 영화는 풀잎 위의 이슬이고(華是草上露), 부귀란 기와에 내린 서리이다(富貴是瓦頭霜).

# 聞樂天授江州司馬 <sub>문낙천수강주사마</sub>
## 추야에 왕처사와 기쁘게 만나다

殘燈無焰影幢幢
잔 등 무 염 영 당 당

꺼져 가는 희미한 등잔불에 흔들리는 그림자

此夕聞君謫九江
차 석 문 군 적 구 강

오늘 밤에 당신이 九江에 폄직되었다 들었소.

垂死病中驚起坐
수 사 병 중 경 기 좌

거의 죽을 병중에 놀라 일어나 앉으니

暗風吹雨入寒窓
암 풍 취 우 입 한 창

어둠 속에 비바람 불어 쓸쓸한 창에 뿌리네.

樂天은 白居易의 字이다. 憲宗 元和 10년(815) 백거이는 강직한 건의로 강주사마로 폄직되었는데, 그때 원진은 四川의 通州에 폄직되어 있었다. 백거이와 원진은 우정이 도타웠고 서로 그리며 지은 시가 많다.

헌종(憲宗)

**070**

# 柳宗元 ● 유종원

유종원 773-819

柳宗元(유종원)의 字는 子厚로, 唐代 河東郡人(今, 山西省 永濟市) 출신으로 唐代의 저명한 문학가로 唐宋八大家의 한 사람이다. 〈永州八記〉 등 600여 편의 시문이 남았고, 이를 모아 후세인들이 편집한 《柳河東集》이 있다. 柳州刺史(유주자사)를 역임했기에 '柳柳州'라고도 하며 韓愈(한유)와 함께 古文運動의 영도자로 '韓柳'라 병칭한다.

유종원은 장안에서 출생하였고 부친의 관직을 따라 각지를 옮겨 다녔으며 21세에 진사에 급제하여 크게 명성을 떨쳤다. 그러나 부친이 작고하여 喪을 마치고 관직에 나가지만 관로는 순탄치 않았으며 첫 부인도 병사한다.

그 후 805년에 德宗이 죽고 順宗이 즉위한 뒤, 永貞으로 개원하고 王叔文(왕숙문)을 등용하여 여러 개혁을 시도한다. 혁신적인 유종원은 왕숙문과 정견을 같이하고 개혁에 동참하는데 이때 유종원과 韓泰, 劉禹錫, 陳諫(진간) 등이 젊은 혁신 그룹을 형성한다.

그러나 순종의 개혁인 永貞革新이 중단되고 순종

은 제위를 태자에게 물려주는데, 이를 永貞內禪(영정내선)이라 부른다. 결국 영정개혁에 참여했던 젊은 세력들은 각 지방의 司馬라는 낮은 한직으로 밀려난다. 유종원 또한 永州(今 湖南省 永州市)의 司馬로 좌천되는데 이때 좌천한 8인을 특별히 '八司馬'라 부른다. 결국 유종원의 정치적 포부는 영영 좌절된다.

대신 유종원은 영주에서 10년을 거주하면서 많은 詩文을 창작한다. 유종원은 憲宗 815년에 장안에 올라왔다가 다시 먼 남쪽의 柳州(지금의 廣西 柳州市) 자사로 발령을 받는다. 819년에 유종원은 대사면을 받지만 유주에서 47세의 아까운 나이에 생을 마감한다.

유종원은 문장의 道도 중요하지만 文 자체도 중요하다고 강조하였다. 유종원은 문장이 아니라면 道가 전해지지 않는다고 강조하였다. 곧 文의 정신과 함께 형식으로서의 문체도 중요한 것으로 보았다. 한유가 유가 사상만을 강조하였으나 유종원은 불교나 노장 사상 또 諸子百家의 학설도 취해야 한다고 주장하였다.

유종원의 名文章으로서 〈封建論〉, 〈捕蛇者說(포사자설)〉, 〈羆說(비설)〉, 〈蝜蝂傳(부판전)〉이 있고 〈永州八記〉와 같은 뛰어난 山水遊記, 〈三戒〉와 같은 寓言文도 많은 사람들이 즐겨 읽는 글이다. 유종원은 문장으로는 韓愈와 나란히 일컬어지고, 시로는 위응물과 나란히 명성을 누렸다.

## 江雪 <sup>강설</sup>　눈 내리는 강

千山鳥飛絕
천 산 조 비 절

온 산에 새도 날지 않고

萬徑人蹤滅
만 경 인 종 멸

만 길에 사람 자취 끊겼다.

孤舟簑笠翁
고 주 사 립 옹

쪽배에 도롱이 쓴 노인은

獨釣寒江雪
독 조 한 강 설

찬 강의 눈을 혼자 낚는다.

　柳宗元의 古文은 우뚝 솟은 산처럼 청신하다고 한다. 유종원의 시 또한 그러하며 잡티가 없다. 孤寂(고적 ; 외롭고 쓸쓸함.)이 무엇인가를 아주 잘 체험한 유종원이기에 이처럼 고적한 시를 쓸 수 있다. 이 시는 작자가 貞元 21년(805)에 33세로 永州에 좌천되었을 때 지은 시이다.

　'千山鳥飛絕' 과 '萬徑人蹤滅' 은 하늘과 땅 사이에 모든 움직임이 멈추었다는 것을 묘사하였다. 〈江雪〉은 1, 2 구에서는 '絕과 滅' 로 한겨울 雪景의 자연을 묘사했다. 그리고 3, 4구의 '孤와 獨' 으로 설경 속의 인간을 그려내었으니 그야말로 절창이라 아니할 수 없다.

　이 시의 주제는 漁翁의 고독이라고 생각할 수도 있다. 이 시 기승전결의 첫 자를 연결하면 '千萬孤獨' 이다. 그리고 끝 글자를 연결한다면 '絕滅翁雪' 이다. 翁이나 雪은 금방 없어질 수 있는 존재이다. 유종원 자신의 모습을 어옹에 투영한 것은 아닐는지 한번은 생각해 볼 필요가 있다. 유종원의 七言古詩 〈漁翁〉은 첫 구의 두 글자가 제목이었는데, 이 시는 마지막 두 글자 〈江雪〉로 제목을 달았다. 시인의 생각은 이처럼 깊 다.

# 登柳州峨山 <sub></sub>등유주아산

## 유주의 아산에 올라

荒山秋日午
황 산 추 일 오

황량한 산의 가을 한낮에

獨上意悠悠
독 상 의 유 유

혼자 오르니 마음이 한가롭다.

如何望鄕處
여 하 망 향 처

고향 바라볼 곳은 어디인가?

西北是融州
서 북 시 융 주

서북쪽은 융주로구나.

　柳州는 지금의 廣西 壯族自治區 중북부 지역으로 보통 '龍城'이라고
도 불리었고, 融州도 그 근처의 지명으로 장안 북쪽 山西省을 고향으로
둔 유종원에게는 너무 먼 남방이었다. 유종원은 815년부터 819년까지
유주 자사로 있었다.

아산(峨山)

# 柳州二月 <sup>유주이월</sup>

## 유주의 이월

宦情羈思共凄凄
<small>환 정 기 사 공 처 처</small>

벼슬살이와 나그네 설움 모두 처량한데

春半如秋意轉迷
<small>춘 반 여 추 의 전 미</small>

봄은 한창이나 마음은 가을인 듯 어수선하네.

山城過雨百花盡
<small>산 성 과 우 백 화 진</small>

山城에 내린 비에 꽃은 모두 졌는데

榕葉滿庭鶯亂啼
<small>용 엽 만 정 앵 난 제</small>

보리수 잎은 뜰에 가득, 꾀꼬린 제멋에 우네.

榕은 벵골보리수라고 하는 열대성 상록 교목이라고 한다. 계절은 봄
이 확실하지만 시인의 마음은 봄이 아니다.

411

## 夏晝偶作 하주우작

## 여름 낮에 우연히 짓다

南州溽署醉如酒　남방의 무더위에 술 취한 듯 힘들어서
남 주 욕 서 취 여 주

隱几熟眠開北牖　안궤에 기대 숙면하고 북쪽 창을 열었다.
은 궤 숙 면 개 북 유

日午獨覺無餘聲　한낮에 혼자 깨어나니 아무 소리 없는데
일 오 독 각 무 여 성

山童隔竹敲茶臼　산속 동자는 대밭 건너에서 차 절구를 찧는다.
산 동 격 죽 고 다 구

　山童의 차 빻는 소리로 여름날 오후의 한가함을 그렸다. 한가하고 무
사하다 하여 모든 사람 마음이 신선처럼 여유롭지는 않을 것이다. 여기
서 시인은 욕심이 없는 진정한 無事安逸의 경지를 즐기고 있는 것 같다.

# 071

## 盧仝 ● 노동

노동 795-835

盧仝(노동)의 호는 玉川子인데, 初唐四傑의
한 사람인 盧照鄰(노조린)의 후손이다. 어려
서부터 文名이 있었지만 20세 이전에 숭산
의 少室山에 은거하면서 벼슬하지 않았다.
뒷날 한유로부터 시재를 인정받고 낙양에
거주하였다.

文宗 大和 9년(835)에 朝臣들이 환관에 의해
대량 학살되는 甘露之變(감로지변)이라는 정
변이 일어난다. 노동은 재상 겸 領江南榷茶
使(영강남각다사)인 王涯(왕애)의 집에 손님으
로 머물다가 환관들에게 살해되었다.

그의 詩風은 奇詭險怪(기궤험괴)하여 사람들
이 '盧仝體'라고 부른다. 다만 악부시는 李
益과 비슷하고 근체시는 孟郊(맹교)와 서로
같다고 하였고 그의 시집 《玉川子詩集》이
전한다.

## 喜逢鄭三游山 희봉정삼유산
## 鄭三을 만나 즐겁게 游山하다

相逢之處花茸茸
상 봉 지 처 화 용 용
서로가 만났던 곳에 꽃이 한창이었고

石壁攢峰千萬重
석 벽 찬 봉 천 만 중
석벽이 쌓인 봉우리가 천만 겹이었다.

他日期君何處好
타 일 기 군 하 처 호
그대와 다음 만난다면 어디가 좋겠소?

寒流石上一株松
한 류 석 상 일 주 송
시원한 냇가 바위 옆 한그루 소나무 아래라오.

鄭三이 누군가는 모르지만 시의 내용으로 볼 때 隱士(은사 ; 벼슬을 하지 않고 숨어 사는 학덕이 높은 선비.)가 확실하다. 꽃은 수시로 변하는 것이니, 변치 않는 돌과 歲寒(세한 ; 심한 추위, 또는 겨울.)을 견디는 松으로 약속하는 것은 松과 石을 기리는 뜻일 것이다.

## 白鷺鷥 백로사   백로사 ; 하얀 해오라기

刻成片玉白露鷥　옥돌 하나로 깎아 만든 하얀 해오라기
각 성 편 옥 백 로 사

欲捉纖鱗心自急　작은 물고기 잡으려 마음만 다급하다.
욕 착 섬 린 심 자 급

翹足沙頭不得時　물가 모래톱 한 다리 들고도 잡지 못했는데
교 족 사 두 부 득 시

傍人不知謂閑立　알지 못하는 옆 사람 한가히 서 있다고 하네.
방 인 부 지 위 한 입

　백로의 모습을 읊는 것으로, 勢利나 俸祿을 탐하는 세인들을 풍자하면서 밖으로는 자신의 고결을 강조한 뜻이 있다. 보통의 七絕은 平韻〔평운 ; 한자의 사성(四聲) 중 평성에 속하는 상평(上平) 15운(韻), 하평(下平) 15운(韻)의 30개의 운(韻).〕을 쓰지만 仄韻〔측운 ; 한자(漢字)의 사성(四聲) 가운데 삼성·거성·입성의 운. [참고] 평운(平韻).〕을 달아 古詩의 느낌이 있는 시라고 한다.

가도 779-843

072

# 賈島·가도

賈島(가도)의 자는 浪先(閬先, 낭선)으로 范陽(범양, 수 河北省 涿州市(탁주시)) 사람이다. 가도는 빈한하여 일찍이 승려가 되어 法號를 無本이라 했었다. 憲 宗 元和 5년(810) 장안에 와서 張籍을 만났었다. 그가 낙양에서 韓愈의 행차와 부딪칠 때는 승려의 오후 외출이 금지되던 때였다고 한다. 가도는 한 유의 가르침을 받아가며 환속하여 과거에 여러 번 응시하였으나 급제하지 못하다가 穆宗 長慶 2년 (822)에 진사과에 급제하였지만 이후 관직생활은 불우했다.

賈島는 이른바 '苦吟派(고음파)'에 속하는 시인이 다. 가도는 '一日不作詩, 心源如廢井.(하루라도 시를 짓지 않으면 마음은 말라 버린 우물과 같다.)'고 말했다.〈戱 贈友人〉

우리가 알고 있는 推敲(퇴고; 시문을 지을 때, 자구(字 句)를 여러 번 생각하여 고침.)란 말은 가도로부터 나 왔다. 가도는 元和 5년(810) 겨울에 귀를 타고 가 면서 '鳥宿池邊樹, 僧推月下門.'에서 推(옮길 추, 밀 퇴)를 쓸 것인가, 敲(두드릴 고)를 쓸 것인가 고민했 었다.〈題李凝幽居〉 한유의 행차와 부딪쳤고 나중 에 한유의 말대로 '僧敲月下門'으로 하였는데, 나 중에 이를 회고하며 다음과 같이 읊었다.

# 題詩後 <sup>제시후</sup> 시를 지은 뒤

二句三年得
이 구 삼 년 득

二句를 三年 만에 얻어

一吟雙淚流
일 음 쌍 루 류

一吟에 눈물만 흐르네.

知音如不賞
지 음 여 부 상

친구가 알아주지 않으면

歸臥故山秋
귀 와 고 산 추

고향의 가을 산에 은거하리.

　좋은 한 구절을 얻기 위해 이렇게 고민하였다 하니, 이 또한 시인의 개성일 것이다. 가도는 기이하고 古拙(고졸)한 표현을 얻으려 글자 하나하나에 온 심혈을 기울였다. 그리하여 '夜吟曉不休(밤부터 새벽까지 쉬지도 않고), 苦吟鬼神愁(고생하며 읊으니 귀신도 걱정해 준다).'고 하였다. 여기에서 가도를 비롯하여 비슷한 시풍을 가진 시인들을 지칭하는 '苦吟詩派(고음시파)'라는 말이 나왔다. 이들 유파의 시인들은 대부분 불우한 생애를 보냈다.

## 尋隱者不遇 심은자불우
## 隱者를 찾아갔으나 만나지 못하다

| | |
|---|---|
| 松下問童子<br>송 하 문 동 자 | 소나무 아래서 동자에게 물으니 |
| 言師采藥去<br>언 사 채 약 거 | 대답이 사부는 약 캐러 갔는데 |
| 只在此山中<br>지 재 차 산 중 | 지금 이 산속에 계시지만 |
| 雲深不知處<br>운 심 부 지 처 | 구름이 깊어 계신 곳을 모르겠다고 하네. |

'松下' '童子'는 물론, '探藥'과 '山中', '雲深' 모두가 은자에 대한 설명이며 은자의 생활이다. 대개의 해설이나 번역이 下 三句를 동자의 말로 해석하였다. 그 동자는 '구름이 깊어 어디 계신 지 알 수 없습니다.' 라고 거의 시인 수준으로 대답을 하였다.

이 詩에는 시인의 질문이 모두 생략되었다. 사실 구름이 없다 하여도 산중에 있는 사부가 보이지 않을 것이다. 약초를 캐러 다닐 때는 이 산 저 산 정처도 없이 다니니 동자는 사부가 있는 곳을 모를 것이다. 다만 시인이 실없는 질문을 계속하니 동자는 이렇게 대답할 수밖에 없었다.

그러나 해석을 달리할 수 있다. 시의 주인공은 동자가 아니라 시인이다. '探藥去'만이 童子의 대답일 것이다. '只在此山中, 雲深不知處.'는

童子의 대답을 들은 뒤에 흘러나오는 시인의 獨白이다. 하필 오늘 따라 산중에 구름이 짙다는 감탄이며 구름 때문에 山景도 못 보고, 그리고 은자도 만나지 못하는 아쉬움의 독백일 것이다.

賈島는 세상사와 자신의 불운에 대한 不平, 좋게 말하면 義憤(의분)을 느낄 수 있는, 행동으로 옮기기 직전의 비분강개한 마음을 숨김없이 묘사한 다음과 같은 시도 있다.


## 劍客 검객　　검객

十年磨一劍　　십 년에 칼 한 자루를 갈고 갈아
십 년 마 일 검

霜刃未曾試　　서릿발 날을 아직 써 보지 않았다.
상 인 미 증 시

今日把贈君　　오늘 한 자루를 당신께 드리오니
금 일 파 증 군

誰爲不平事　　누가 공평치 못한 일을 하겠는가?
수 위 불 평 사


십 년 간 외길로 공부를 한 자신의 성과를 칼[劍]로, 그리고 이 칼을 받는 君으로는 자신을 이끌어 준 韓愈(한유)를 지칭했을 것이다. 그렇다면 劍과 君의 관계가 형성된다. 가도의 마음속에는 정의구현을 위한 강력한 情熱(정열)이 가득했다.

# 壯士吟 장사음

## 壯士를 노래하다

壯士不曾悲
장 사 부 증 비
장사는 슬퍼하지 않나니

去卽無回期
거 즉 무 회 기
떠나면 돌아올 기약도 없다.

如何易水上
여 하 역 수 상
어이하여 역수 가에서

未歌泪先垂
미 가 누 선 수
노래하기 전에 눈물을 흘리겠나?

여기서 장사는 전국시대 말기의 자객 荊軻(형가)이다. 가도에게는 형가와 같은 협객을 동경하는 마음이 있었다는 것을 알 수 있다.

가도는 穆宗 長慶 원년(821) 과거에서 낙방한다. 그때의 과거 시험관인 知貢擧(지공거)는 가도도 잘 알고 있는 錢徽(전휘)라는 사람이었는데도 낙방했고 합격자들이 모두 권문세가의 자제라는 사실을 알았을 때 그 분노는 극에 달했다.

그 다음 해 과거시험에서는 平曾(평증) 등 10여인이 '擧場十惡'으로 지목되어 배척당할 정도였다. 이 무렵 가도의 불평이 가득찬 시를 한 수 읽어보아야 한다.

형가(荊軻)

# 題興化園序 <sup>제흥화원서</sup>

## 홍화원을 읊다

破却千家作一池　千家를 부숴 연못 하나를 만들고
파 각 천 가 작 일 지

不栽桃李種薔薇　桃李도 심지 않고 장미를 키웠네.
부 재 도 리 종 장 미

薔薇花落秋風起　장미꽃 지고 가을바람이 불면
장 미 화 락 추 풍 기

荊棘滿庭君始知　가시만 가득한 뜰을 그대도 처음 보리라.
형 극 만 정 군 시 지

우선 민가 일천 호를 부수었다는 것이 원성의 대상이 된다. 桃李는 꽃도 좋고 나중에 열매도 여는 과수이니 선량하고 유능한 군자를 상징한다. 꽃은 예쁘다지만 가시가 있는 장미는 상대적으로 소인을 지목한 것이다. 보이지 않는 분노가 글자 사이에 가득하다.

한유도 하늘이 보낸 인재라면서 가도를 몹시 아꼈다.

## 曾賈島 증가도　　가도에게 주다 (韓愈)

孟郊死葬北邙山　　맹교가 죽어 북망산에 묻히자
맹 교 사 장 북 망 산

日月星辰頓覺閑　　일월성신은 갑자기 심심해졌네.
일 월 성 신 돈 각 한

天恐文章渾斷絕　　하늘은 문장이 모두 끊어질까 걱정하여
천 공 문 장 혼 단 절

再生賈島在人間　　다시 가도를 보내어 세상에 살게 했네.
재 생 가 도 재 인 간

賈島는 오언율시에 뛰어났으며, 가도의 시는 意境이 孤苦荒凉(고고황량)하다는 평을 듣는다. 姚合(요합, 779?~846)과 賈島(가도)는 친우였고 시풍도 비슷하여 후세에 '姚賈(요가)'라 함께 지칭하였으며, '姚詩詩派'라고도 부른다.

요합(姚合)

# 073

# 李賀 • 이하

이하 790-816

李賀(이하)의 字는 長吉이고 河南 福昌(今 河南 宜陽) 사람으로, 昌谷이란 곳에 살았기에 '李昌谷'으로 불리기도 한다. 요절한 천재 시인으로 보통 '詩鬼(시귀)'라 불린다. 이는 李白과 비슷한 천재이기에 '太白을 仙才라 한다면 長吉은 鬼才'라는 의미로 해석할 수 있다.

이하는 장안에서 겨우 3년 간 奉禮郎이라는 말직에 근무한 뒤 각지를 유람하고 고향 南園에 돌아와 살다가 27살이라는 아까운 나이에 병사하였다. 李賀는 어려서부터 신동으로 소문났었는데 그는 좋은 시를 얻기 위해 부단히 노력하는 '苦吟'을 지속하였다. 건강이 좋지 않은데도 스스로 '밤새 날이 밝을 때까지 시를 읊었다(吟詩一夜東方白).'고 하였고, 나귀를 타고 다니면서 좋은 구절이 떠오르면 즉시 써서 비단 주머니에 넣었다. 그리고 집에 돌아와서는 비단 주머니를 꺼내 시를 완성하곤 했었다. 그리하여 그 모친이 "이 아이는 제 속마음을 모두 토해내야만 그만둘 것이라(是兒要當嘔出心乃已爾)."고 하였다. 이하는 젊은이지만 시간을 무척 아꼈다. 어쩌면 그의 타고난 命줄이 짧았기에 그러했는지도 모른다.

# 馬詩<sup>마시</sup>　　마시 二十三首（五）

| | |
|---|---|
| 大漠沙如雪<br><sub>대 막 사 여 설</sub> | 큰 사막의 모래는 눈처럼 희고 |
| 燕山月似鉤<br><sub>연 산 월 사 구</sub> | 연연산의 달은 갈고리 비슷하다. |
| 何當金絡腦<br><sub>하 당 금 락 뇌</sub> | 언제쯤 황금의 고삐를 매고 |
| 快走踏淸秋<br><sub>쾌 주 답 청 추</sub> | 청량한 가을을 누비며 쾌주하겠나? |

이하는 신체가 허약하였다. 허약한 천재로 글공부나 하고 글이나 짓는 문인보다 무공을 세울 사내다운 무장을 부러워했을 것이다. 사실 名馬는, 곧 名將이다. 이하가 말을 주제로 23수나 되는 〈馬詩〉를 지었지만 처음부터 말에 포인트를 두지 않았다.

위 시에 燕山은 몽고의 燕然山(杭愛山)으로 중국 한인들이 차지했던 영토의 최북방이었다. 金絡腦는 금으로 만든 말 머리의 여러 끈이나 장식이다. 그런 장식을 한다는 뜻은 이하가 중용되기를 바라는 뜻이고, 청량한 가을을 딛고 쾌주하고픈 마음은 큰 뜻을 펴 보겠다는 뜻이라고 풀이한다.

연연산(燕然山)

## 馬詩<sup>마시</sup>　마시 十三首 (八)

赤兎無人用　적토마를 탈 사람이 없으니
적 토 무 인 용

當須呂布騎　당연히 여포가 타야만 했었다.
당 수 여 포 기

吾聞果下馬　내가 들기로 果下馬는
오 문 과 하 마

羈策任蠻兒　오랑캐 아이들이 몬다고 하네.
기 책 임 만 아

중국 속담에 '人中呂布, 馬中赤兎.(인물 좋기로는 여포, 말 중에는 적토마.)'라는 속담이 있다. 여포가 죽은 뒤 적토마는 관우가 타게 된다. 果下馬는 우리나라 東濊(동예)의 특산물인데, 말을 타고서도 과일나무 아래를 지나갈 수 있다는 작은 말이다. 여기서는 적토마의 상대격인 열등한 인물을 뜻한다. 영웅이나 준걸은 명마를 타야 하고, 소인은 나귀를 타야 한다고 말한 것은 소인이 고위직에 나아가는 것을 경계해야 한다는 뜻일 것이다.

## 馬詩 <sup>마시</sup>　　마시 二十三首（十）

| 催榜渡烏江<br><small>최 방 도 오 강</small> | 배를 대고 烏江을 건너자 재촉하지만 |
|---|---|
| 神騅泣向風<br><small>신 추 읍 향 풍</small> | 神馬 騅는 바람을 마주해 눈물 흘린다. |
| 君王今解劍<br><small>군 왕 금 해 검</small> | 지금 君王은 칼을 버렸으니 |
| 何處逐英雄<br><small>하 처 축 영 웅</small> | 따를 영웅은 어디에 있는가? |

　　이는 項羽<sup>(항우)</sup>와 명마 騅<sup>(추)</sup>, 그리고 항우의 마지막인 烏江에서의 사적을 읊었다. 여기서는 명마가 주인을 따르는 의리를 말했다. 사실 항우의 인품 또는 역사적 평가는 그만 두고서라도 하여튼 한때를 휩쓸었던 영웅이 아니었던가? 항우에게 유능한 참모나 신하가 없었기에 항우도, 그리고 후세의 여포도 모두 아까운 나이에 생을 마쳐야만 했었다.

항우(項羽)

# 莫種樹 막종수
## 나무를 심지 마오

| | |
|---|---|
| 園中莫種樹<br>원 중 막 종 수 | 뜰에 나무는 심지 마시오. |
| 種樹四時愁<br>종 수 사 시 수 | 나무 심으면 사철 걱정이라오. |
| 獨睡南窗月<br>독 수 남 창 월 | 홀로 잠든 남쪽 창에 걸린 달. |
| 今秋似去秋<br>금 추 사 거 추 | 올가을도 작년 가을 같겠지! |

시인의 뜻이 분명한데 무어라 명확하게 서술하기가 쉽지 않다. 어딘지 모르게 고독이 밀려오는 느낌이다.

전해 오는 이야기로는, 그가 27살에 죽을 때 대낮인데 붉은 비단옷을 입은 사람이 붉은 용이 끄는 수레를 타고 이하 앞에 나타나서는 '上帝께서 백옥의 누각을 새로 만들고 시를 지을 李賀를 데려 오라 하셨기에 모시러 왔다.'고 말했다고 한다.

# 南園<sup>남원</sup>　　　남원 十三首 (五)

男兒何不帶吳鉤　　사내가 어찌 무기를 들지 않고
남 아 하 불 대 오 균

收取關山五十州　　관산의 오십 주를 뺏지 못하는가?
수 취 관 산 오 십 주

請君暫上凌烟閣　　그대가 잠시 능연각에 가보라 청하나니
청 군 잠 상 능 연 각

若個書生萬戶侯　　만호후에 서생이 몇이나 있던가요?
약 개 서 생 만 호 후

　南園은 李賀가 살던 河南省 福昌縣 昌谷의 지명이다. 吳鉤(오균)은 반달 모양의 창이며, 능연각은 당 태종이 貞觀 17년(643)에 閻立本(염입본)을 시켜 개국공신 魏徵(위징) 등 24명의 초상화를 그리게 하여 보관한 전각이다. 그 24명에 書生은 한명도 없다는 뜻이다.

위징(魏徵)

# 南園 남원　　　　남원 十三首 (六)

尋章摘句老雕蟲
심 장 적 구 노 조 충

문장을 따지고 늙도록 시문을 짓는데

曉月當窓挂玉弓
효 월 당 창 괘 옥 궁

주렴에 새벽달이 玉弓처럼 걸렸구나!

不見年年遼海上
불 견 연 년 요 해 상

보지 못했는가? 해마다 요동의 바닷가에

文章何處哭秋風
문 장 하 처 곡 추 풍

가을을 슬퍼하는 문장이 어디에 있던가?

'尋章摘句(심장적구)'란, 남의 시문에서 큰 뜻이나 근본은 따지지 않고 단편적인 미사여구만을 찾고 자신에게 필요한 글귀만 따다 쓰는 일이다. 그리고 '雕蟲(조충)'이란 雕蟲篆刻(조충전각)하는, 곧 하찮은 일이란 뜻이다. 말하자면 이런 일은 사내대장부가 할 일이 아니라며 李賀 자신에 대한 自嘲의 뜻이 들어 있다.

그 당시 서쪽 요동 땅의 거란족과는 소소한 전쟁이 계속되고 있었는데, 전국시대 楚辭(초사) 작가인 宋玉의 〈悲秋〉와 같은 글로 무엇을 하겠느냐는 뜻이다.

李賀의 시는 상상력이 풍부하고 意境이 화려하며 險韻奇字〔험운기자; 시를 짓는데 그다지 쓰이지 않는 운(韻)과 기이한 글자.〕를 많이 썼기에 읽기 어렵다는 특성이 있다. 그리고 그의 시 중에 '死'와 '老'와 같은 글자를 자주 사용하였기에 보통 시인들과는 風格이 전혀 달랐다. 현재 그의 시는

200여 수가 전하는데, 〈雁門太守行〉, 〈金銅仙人辭漢歌〉 등이 널리 알려졌고, 〈老夫采玉歌〉는 貧民의 艱苦한 생활을 묘사하였으며, 〈秋來〉는 그의 독특한 작품을 엿볼 수 있는 수작이다.

# 074

# 徐凝

## 서응

徐凝(서응)의 생졸년은 알려지지 않았다.

서응은 睦州(목주, 지금의 절강성 杭州市 관할의 建德市) 사람으로, 穆宗 長慶 3년(824)에 항주자사인 白居易를 만나 자신의 시를 보여주었다고 한다. 이후 文宗 大和 4년(830)에서 6년 사이 장안에 와서 白居易, 元稹과도 시를 주고받았는데 백거이는 서응의 詩才를 아주 높이 평가했다고 한다.

# 望廬山瀑布水 망여산폭포수
## 여산의 폭포수를 바라보며 (李白)

| | |
|---|---|
| 日照香爐生紫烟<br>일 조 향 로 생 자 연 | 해가 향로봉을 비추자 보라색 구름이 피고 |
| 遙看瀑布挂前川<br>요 간 폭 포 괘 전 천 | 멀리 바라보니 폭포가 눈앞의 냇물처럼 걸렸네. |
| 飛流直下三千尺<br>비 류 직 하 삼 천 척 | 나는 듯 떨어져 곧장 아래로 삼천 척이려니 |
| 疑是銀河落九天<br>의 시 은 하 낙 구 천 | 아마 은하수가 머나먼 하늘서 떨어진 듯하구나. |

徐凝의 〈廬山瀑布〉에 앞서 李白의 유명한 〈望廬山瀑布〉 2수 중 하나를 먼저 소개한다.

廬山(여산, Lúshān)은 중국 江西省 九江市 남쪽의 명산으로, 유네스코 지정 文化遺産이며 世界地質公園으로 중국 최고급(5A)의 旅遊景區이다. 여산은 雄壯, 奇異, 險難, 秀麗하기로 유명하다. 司馬遷 이후 이 산을 다녀간 명사들은 이루 다 열거할 수가 없다. 여산에서도 여산폭포가 가장 유명한 것은 아마도 李白의 이 시 때문일 것이다.

앞의 두 구절은 멀리 바라본 여산의 폭포이고, 뒤의 두 구절은 가까이 바라본 폭포에 대한 묘사이다. 또 3구는 폭포의 형상이고, 4구는 李白의 감상이다.

이후로 어디서 무슨 폭포를 보든 사람들은 '飛流直下三千尺'을 떠올리게 된다. 그런데 이 여산 폭포를 읊은 또 하나의 명작으로 서응의 시가 있다.

# 廬山瀑布 여산폭포
## 여산의 폭포

虛空落泉千刃直
허 공 낙 천 천 인 직
　　허공서 못으로 곧게 천 길을 떨어지니

雷奔入江不暫息
뇌 분 입 강 부 잠 식
　　우레는 강물에 들어 잠시도 아니 쉰다.

今古長如白練飛
금 고 장 여 백 련 비
　　예부터 지금껏 길게 흰 비단 날리는 듯

一條界破靑山色
일 조 계 파 청 산 색
　　한줄기 획으로 푸른 山色을 갈라놓았다.

　　폭포 아래서 보면 근원을 볼 수 없으니 허공에서 떨어진다고 했을 것이다. 7尺을 1仞(인)이라 한다는데, 1千仞이면 7千尺이니 李白의 三千尺보다도 과장이 심하다.

　　그래서 이 시를 낮게 평가하는 사람도 있지만 상관하지 않아도 좋을 것이다. 폭포가 떨어지는 소리는 분명 우레〔雷〕 소리겠지만 잠시도 쉬지 않는다고 하였다. 그리고 폭포를 흰 비단으로 보았고 '今古長如'라고 말했다. 또 비단 한 폭이 큰 획을 그은 것처럼 양쪽으로 산색을 갈라놓았다 하였으니 멋진 표현이 아닌가?

여산폭포(廬山瀑布)

433

# 憶揚州 억양주　　양주의 추억

蕭娘臉下難勝淚　　그리운 여인 뺨에 흐르는 눈물 견딜 수 없고
소 낭 검 하 난 승 루

桃葉眉頭易得愁　　복숭아 꽃잎 눈썹에 금방 수심이 어린다.
도 엽 미 두 이 득 수

天下三分明月夜　　천하의 밝은 밤을 셋으로 나눈다면
천 하 삼 분 명 월 야

二分無賴是揚州　　두 몫은 분명 양주의 달밤이리라.
이 분 무 뢰 시 양 주

隋 煬帝의 대운하 개통 이후, 당나라는 그 혜택을 제대로 누렸으니 대운하와 長江의 분기점 도시 양주는 경제적으로 또 유흥지로 크게 번성하였다. 이 시는 양주의 달밤을 읊은 서응의 시인데, 양주는 이후 '二分明月'이라는 아름다운 이름을 갖게 되었다.

수(隋) 양제(煬帝)

# 075

# 李涉 • 이섭

이섭 ?-830?

李涉(이섭)은 호가 淸溪子이다. 廬山(여산)에
은거하다가 나중에 절도사의 막료로 일했고
穆宗 長慶 원년(821)에 太學博士를 역임했
다. 평소에 여행을 즐겨 했는데 시와 인품이
모두 뛰어난 시인이었다.

# 再宿武關 재숙무관

## 다시 武關에서 자며

遠別秦城萬里遊
원 별 진 성 만 리 유

秦城을 멀리 두고 일만 리 길 왔는데

亂山高下出商州
난 산 고 하 출 상 주

높고 낮은 산을 거쳐 商州를 지났네.

關門不鎖寒溪水
관 문 불 쇄 한 계 수

關門도 차가운 냇물을 막아 두지 못하니

一夜潺湲送客愁
일 야 잔 원 송 객 수

밤새워 소리 내며 객수를 싣고 흐른다.

나그네의 여행과 객수를 잘 표현했다는 생각이 든다. 특히 3, 4구는

인구에 회자되는 絶唱〔절창;①썩 잘 지은 시문(詩文). ②썩 잘 부르는 노래.〕이다.

## 題鶴林寺僧室 제학림사승실
# 학림사 승방에서 짓다

終日昏昏醉夢間　　종일 마음이 심란해 꿈속을 헤매듯 하다가
종 일 혼 혼 취 몽 간

忽聞春盡强登山　　홀연 봄날이 질 것 같아 억지로 산에 올랐다.
홀 문 춘 진 강 등 산

因過竹院逢僧話　　길에서 대 숲 절간 스님과 이야기하니
인 과 죽 원 봉 승 화

偸得浮生半日閑　　浮生은 우연히 한나절을 한가로이 즐겼네!
투 득 부 생 반 일 한

鶴林寺는 江蘇省 鎭江市에 있는 절이라고 한다. 시인이 얻은 짧은 시간의 한가함을 놓치지 않고 마음에 새겨 둔 셈이다.

이런 이섭이 어느 날 강가 마을을 지나다 綠林豪客〔녹림호객;도둑이나 불한당(不汗黨)을 문자투로 꾸며 이르는 말.〕을 자처하는 밤손님을 맞이하게 되었다. 녹림호객은 갖고 있는 재물을 달라고 했고 이섭은 담담하게 도둑 일행을 훈계했다.

그러자 도둑이 무릎을 꿇고 잘못했다는 말을 하며 "어르신은 누구십니까?"라고 물었다.

그러자 이섭의 하인이 "이분은 태학박사이신 이섭 대인이시다."라고 말했을 것이고, 도둑은 감격하면서 '박사님의 시'를 한 수 써 달라고 부탁했다. 이에 이섭이 붓을 들고 시를 지었다.

## 井欄砂宿遇夜客 <sub>정난사숙우야객</sub>
### 정란사에서 자다가 밤손님을 만나다

暮雨蕭蕭江上村　밤비가 부슬부슬 내리는 강가 마을에서
<sub>모 우 소 소 강 상 촌</sub>

綠林豪客夜知聞　녹림의 사나이가 밤에 인사한다고 왔네.
<sub>녹 림 호 객 야 지 문</sub>

他時莫用相廻避　다른 날 서로 회피할 필요도 없으려니
<sub>타 시 막 용 상 회 피</sub>

世上如今半是君　요즈음 세상에 절반은 그대 같은 사람이라오.
<sub>세 상 여 금 반 시 군</sub>

　劫富濟貧(겁부제빈)을 자처하는 녹림호객이 이섭의 詩名을 알고 있었다면 唐代에 시가 얼마나 널리 애송되었는가를 알 수 있다. 이섭의 이야기는 《唐詩紀事》와 《全唐詩話》에 실려 널리 알려졌다.

당시기사(唐詩紀事)

# 076

# 李紳 · 이신

이신 772-846

李紳(이신)의 자는 公垂(공수)로, 키가 작아 '短李'라는 별명으로 불렸지만 원진, 백거이와 함께 新樂府 운동을 주창한 문인이었다. 이신은 젊어 부친의 임지를 따라 강남의 無錫에서 살다가 元和 원년(809) 진사에 급제한 뒤 여러 관직을 순탄하게 역임하고 원화 말년에 中書舍人으로 있다가 지방관을 거쳐 武宗 會昌 연간에 재상의 반열에 올랐던 사람이다.

백거이(772-846), 유우석(772-846), 이신 이 세 사람은 모두 동갑이었고 또 우연의 일치지만 세 사람 모두 같은 해에 죽었다. 백거이, 원진, 이신은 시풍이 비슷하고 절친한 사이였는데, 세 사람 중에서 이신의 文名이 조금 처질뿐이다.

이신의 시에서 가장 잘 알려진 것은 그의 〈憫農(민농;가엾이 (불쌍히) 여기는 농민.〉 시이다.

**憫農** 민농    농부를 불쌍히 여기다 (一)

春種一粒粟
춘 종 일 입 속

봄에 곡식 한 알을 심어

秋成萬顆子
추 성 만 과 자

가을에 만 개 낟알이 되네.

四海無閑田
사 해 무 한 전

나라에 노는 땅이 없는데

農夫猶餓死
농 부 유 아 사

농부는 되레 굶어 죽는다.

## 憫農 <sup>민농</sup>　농부를 불쌍히 여기다 (二)

鋤禾日當午　김을 매다 보니 해는 午時인데
서 화 일 당 오

汗滴禾下土　땀은 방울방울 땅에 떨어지네.
한 적 화 하 토

誰知盤中餐　누가 알겠나? 밥상의 밥이
수 지 반 중 찬

粒粒皆辛苦　한 알 한 톨 모두 쓰린 고생이라네.
입 입 개 신 고

　이 시는 〈古風〉이라는 제목으로 불리기도 한다. 시의 내용에 있는 봄에 한 알을 심어 만 톨을 수확한다는 말은 과장이다. 물론 곡식의 종류에 따라 차이가 있지만 대략 1:100 정도로 생각하면 비슷할 것이다. 그러하니 농사만 제대로 짓는다면 굶어 죽는 사람은 없어야 정상이다. 그런데 왜 농부가 아사하겠는가? 그 대답은 자명하다.

# 077

# 姚合

### ● 요합

요합 779?−846

姚合(요합)은 元和 11년(816) 진사에 급제한
뒤 寶曆 중기에 監察御史, 戶部員外郎을 역
임하였고 杭州刺史에 임용되었으며, 開成
연간에 秘書少鑒을 지냈다. 賈島(가도)와 친
우였고 시풍도 비슷하여 후세에 '姚賈(요가)'
라 함께 지칭하였으며, '姚賈詩派' 라고도
부른다.

# 晦日送窮 회일송궁
## 회일송궁 三首（三）

古人皆恨別
고 인 개 한 별

옛사람은 이별을 한으로 여겼지만

此別恨消魂
차 별 한 소 혼

이 이별의 한은 혼령을 없애려 한다.

只是空相送
지 시 공 상 송

다만 건성으로 전송하기 때문에

年年不出門
연 년 불 출 문

해마다 문밖으로 나가지 않는다.

매년 음력 정월 그믐날 지내는 궁귀에게 올리는 제사를 구경하는 사람들도 모두 자기 집에서 궁귀가 떠나 주길 바라고 빌면서 財神이 찾아오기를 기다릴 것이다. 그러나 궁귀는 웬만해서는 민가에서 떠나질 않는다고 한다. 곧 서민이 가난과 이별하기가 그렇게 어렵다는 뜻이다.

한유가 지은 글에 〈送窮文（송궁문）〉이 있는데, 한유는 궁귀를 '智窮', '學窮', '文窮', '命窮', '交窮'의 5종의 이름을 지어 구분하였다. 한유의 다섯 궁귀 중 나에게는 어떤 궁귀가 있는지 한번쯤은 생각해 보아야 할 것이다.

# 078

## 金昌緒 • 김창서

김창서 ?-?

金昌緒(김창서)는 余杭(여항, 杭州) 사람이라고 하는데, 宣宗 大中(847-859) 연간에 살았다고 알려졌고 나머지는 알 수 없다. 겨우 이 시 한 수가 전한다.

# 春怨 춘원　　봄날의 그리움

打起黃鶯兒
타 기 황 앵 아　　노랑 꾀꼬리를 쫓아 버려

莫敎枝上啼
막 교 지 상 제　　가지서 못 울게 해 주오.

啼時驚妾夢
제 시 경 첩 몽　　울 때 내가 꿈에서 깨면

不得到遼西
부 득 도 요 서　　요서에 갈 수 없다오.

　이 시를 《唐音》에서는 蓋嘉運(개가운)이라는 시인의 〈伊州歌(이주가)〉라고 하였는데, 《全唐詩》에서는 金昌緖의 〈閨怨〉이라 하였다.

　어떻게 딱 한 수가 전해 오는 시로 시인의 명성을 누릴 수 있을까? 김창서의 시는 이 한 수뿐이지만, 이는 인구에 아주 널리 膾炙(회자)되고 있다.

　꾀꼬리 우는 봄날 – 遼西(요서)의 戍(수)자리에 간 남편을 그리는 여인의 간절함을 그렸다. 꿈에서라도 낭군이 있는 요서에 가보고 싶은 것이다. 처음부터 끝까지 부드러우면서도 하나의 뜻으로 이어졌다. 꾀꼬리 소리, 그리고 봄의 꽃이나 여인의 怨이 바람에 실려 오는 꽃향기처럼 이 시를 통해 전해진다. 3, 4句는 왜 꾀꼬리를 쫓아버려야 하는지 그 당위성을 설명하는데 여기에도 여인의 春怨(춘원;봄의 원망.)이 녹아 있다.

　黃鶯兒(황앵아)는 노랑 꾀꼬리인데, 이때 兒는 명사 뒤에 붙어 작은 것을 나타내는 접미사이다. 예를 들어 '小狗兒'는 강아지이다.

## 079

# 張祜

## 장호

장호 792-854?

張祜(장호, 祜 복 호)의 字는 承吉이다. 當代의 清河 張氏 명문인데다가 협객 기질도 있어 그때 사람들이 張公子라 불렀다고 한다. 牛僧孺 일당의 주요 인물이며 古文의 대가인 令狐楚(영호초)는 장호의 〈하만자〉를 극찬하면서 목종에게 장호를 천거하였다. 목종이 장호에 대하여 元稹에게 묻자, 원진은 '잔재주나 부리려 하니 대장부가 할 짓은 아닙니다.'라고 평했다. 그러자 목종도 장호를 등용할 생각을 접었다.

## 何滿子<sup>하만자</sup> 하만자

何國三千里
<small>고 국 삼 천 리</small>
고향을 떠나 삼천리

深宮二十年
<small>심 궁 이 십 년</small>
깊숙한 궁에서 이십 년.

一聲何滿子
<small>일 성 하 만 자</small>
하만자 한 곡조 부르며

雙淚落君前
<small>쌍 루 낙 군 전</small>
두 줄기 눈물만 임금 앞에 흘렸다.

이 시의 '何滿子'는 歌妓의 이름이며, 그녀가 부른 노래 曲調이다. 開元 연간에 宮에 들어온 가기 하만자가 죄를 짓고 사형이 확정되었는데 하만자가 애달픈 이 곡조의 노래를 불러 사형을 면해 보려 하였으나(臨刑進此曲以贖死), 현종이 허락하지 않았다고 한다. 제목이 〈宮詞〉로 된 책도 있다. 후세에 〈하만자〉는 궁녀들의 원한을 읊은 樂府詩로 자리 잡았다고 한다.

고향을 떠나왔고 모든 자유는 속박되었으며 군주의 총애는 기대도 못할 때 그런 궁녀의 千恨萬愁(천한만수;천 가지 한과 만 가지 근심.)가 어떠했겠는가? 무슨 죄를 누구에게 어떻게 지었는지는 모르지만 슬픈 노래는 그 뒤에도 계속 불렸을 것이다. 그만큼 슬픔은 다른 어느 감정보다 진실하기 때문이다.

장호는 장안에서 또는 지방의 관직 경험도 없었다. 그러나 그가 묘사한 궁궐 여인들의 감정은 섬세하기만 하다.

# 莫愁曲 <sup>막수곡</sup> 막수곡

莫愁曲 막수곡 막수곡

儂居石城下　이 몸은 석두성 아래 사는데
농 거 석 성 하

郎到石城游　낭군이 석두성에 놀러 왔네.
낭 도 석 성 유

自郎石城出　낭군이 석두성을 떠났지만
자 낭 석 성 출

長在石城頭　언제나 석두성은 그대로 있네.
장 재 석 성 두

莫愁(막수)는 여인의 이름이다. '근심걱정을 하지 말라'는 뜻이지만 하여튼 노래를 잘 불렀다고 한다. 唐나라에서는 〈莫愁樂〉이 크게 유행하였다. 石頭城은 南京의 별칭으로 쓰일 정도로 남경을 대표하는 산이며 요새지이다. 儂(농)은 인칭대명사로 '나'라는 뜻이다.

## 贈内人 <sup>증내인</sup>　내인에게 주다

禁門宮樹月痕過　궁 안의 나무에 달그림자 지나갔고
금 문 궁 수 월 흔 과

媚眼惟看宿鷺窠　고운 눈으로 백로가 잠든 둥지를 바라본다.
미 안 유 간 숙 로 과

斜拔玉釵燈影畔　등불 곁에서 가벼이 옥비녀를 빼서
사 발 옥 채 등 영 반

剔開紅焰救飛蛾　붉은 불꽃 갈라 날던 나방을 구해 준다.
척 개 홍 염 구 비 아

　궁중의 女官, 일을 하는 궁녀를 '內人'이라 쓰고, 우리말로는 '나인'이라 하였다. 唐나라의 內人은 뽑혀서 宜春院(의춘원)에 들어와 歌舞를 익히고 전공하지만 外界와 단절된 어린 소녀나 젊은 여인들이었다. 그들의 생활과 喜哀는 시인 張祜의 관심사가 될 만하였다.

　깊은 밤을 홀로 지새우면서 짝지어 자는 백로를 부러워하던 內人이 옥비녀로 등불 심지를 잘라 내고 불에 뛰어들어 타 죽는 불나방을 구해 준다. 섬세하게 묘사한 詩이다. 임금의 총애를 받으면 궁녀들의 생활은 화려하지만, 총애를 받지 못하면 禁宮(금궁)에 갇힌 궁녀들은 가슴속에 상처만 남게 된다. 그래서 궁녀는 불 속에 뛰어들어 상처를 입는 불나방을 구해 주는 것이리라.

## 題金陵渡 재금릉도　　금릉 나루에서 짓다

金陵津渡小山樓
금릉진도소산루
금릉 나루터 작은 산의 누각에

一宿行人自可愁
일숙행인자가수
하룻밤 나그네 저 홀로 걱정이 많다.

潮落夜江斜月裏
조락야강사월리
강물이 낮아진 한밤에 달도 기울었는데

兩三星火是瓜主
양삼성화시과주
두세 개 불이 반짝이는 곳은 瓜州이리라.

　金陵은 지금의 남경인데, 남경시의 중심은 長江 남안이다. 題는 시를 직접 쓰는 것을 말한다. 금릉으로 건너가는 나루터는 지금의 행정구역으로 江蘇省 鎭江市이며 금릉보다는 장강의 하류이다. 金陵이나 鎭江이나 장강의 남안에 있다. 瓜州(과주)는 長江의 北岸, 지금의 행정 구역으로는 江蘇省 揚州市라고 한다.

　나그네는 나루터에 묵으며 홀로 旅愁〔여수 ; 나그네의 시름. 여행지에서 느끼는 시름. 객수(客愁).〕를 달래고 있다. 달도 지려는 새벽에 잠 못 이루는 나그네는 저 멀리 깜박이는 대안의 등불만을 바라보고 있다.

　야경에 대한 서술을 통해 고향 그리는 마음을 표출하였다. 본래 고요한 밤에는 어느 누구든 어느 정도 침착해지고 착해진다. 아마 시적 감흥을 지닌 사람이었기에 느끼고 생각하는 것은 더 많았을 것이다. 화가가 빨리 스케치한 한 폭의 작은 그림이며, 詩人이 조그만 수첩에 볼펜으로 쓴 짧은 詩句처럼 느껴진다.

# 080

# 施肩吾 ● 시견오

시견오 ?-861

施肩吾(시견오)의 字는 希聖이고, 睦州 分水
(今 浙江 杭州 建德市) 사람이다. 젊어 徐凝과
함께 安隱寺에서 공부하며 經史와 佛書를
읽었다. 元和 15년(820) 진사과에 급제하였
으나 관직을 받지 않고 귀향하였다. 이에 張
籍은 〈送施肩吾東歸〉라는 시를 지어 송별했
다고 한다. 시견오는 지금의 江蘇省(강소성)
西山에 은거하며 신선술을 공부하면서 煉丹
(연단)에 성공했다고 하지만 확인할 수 없다.

# 幼女詞 유녀사

## 유녀사

| 幼女才六歲<br>유 녀 재 육 세 | 막내딸은 겨우 여섯 살이니 |
| 未知巧與拙<br>미 지 교 여 졸 | 아직은 솜씨가 어떨지 알 수 없다. |
| 向夜在堂前<br>향 야 재 당 전 | 저녁 무렵 집 앞에서 |
| 學人拜新月<br>학 인 배 신 월 | 다른 사람 따라 떠오른 달에 절한다. |

幼女는 막내딸이란 뜻이다. 중국의 부녀자들은 칠월 칠석날 하늘의 반달을 보면서 織女에게 자신들의 베 짜고 옷 짓는 솜씨를 좋게 해달라고 빌며 축원한다는데, 이를 '拜月乞巧(배월걸교)라고 한다.

# 不見來詞 <sub>불견래사</sub>
## 오지 않는 임

烏鵲千語回
<small>오 작 천 어 회</small>　　까치는 천 번이나 울었지만

黃昏不見來
<small>황 혼 불 견 래</small>　　해 질 녘에도 오지를 않네.

漫敎脂粉匣
<small>만 교 지 분 갑</small>　　공연히 지분갑을 가지고

閉了又重開
<small>폐 료 우 중 개</small>　　닫았다가 또다시 열어보네.

　기다린다는 것은 얼마나 초조한가. 기대하는 마음이 기다림이고 허탈
에 빠지기 전 시간이 기다림이다. 여인이 임을 기다리며 지분갑을 닫았
다가 또 다시 열어보는 것이 그 여인의 기다림이다.

## 望夫詞 망부사　망부사

手炳寒燈向影頻
수 설 한 등 향 영 빈
외로운 등잔불 켜고 그림자만 자주 돌아보면서

回文機上暗生塵
회 문 기 상 암 생 진
오기를 빌며 짜던 베틀에 어느새 먼지가 앉았다.

自家夫婿無消息
자 가 부 서 무 소 식
제집의 남편에게서 아무 소식도 없다고

却恨橋頭賣卜人
각 한 교 두 매 복 인
공연히 다리 위의 점쟁이를 원망한다.

　　깊은 밤 여인 혼자서 등불을 켜고 자신의 그림자만 돌아보고 있다. 베틀에 올라가 베를 짜기도 싫을 것이고 제 그림자와 이야기를 한다. 詩의 '回文機'란 '回文詩를 짜는 베틀'이란 뜻인데, 前秦 시대 竇滔(두도)란 사람이 첩을 거느리고 지방관으로 나가자 집에 남은 아내가 남편을 그리는 시를 지어 비단에 짰는데 앞에서 뒤에서 또 대각선으로 읽어도 뜻이 통하는 시라고 한다. 여기서는 남편이 돌아오기를 기다리면서 짜는 베틀 정도의 의미이다.

**081**

# 許渾 ●
## 허혼

허혼 791-858

許渾(허혼, 渾 흐릴 혼)의 字는 用晦(용회, 또는 仲晦)이고, 潤州 丹陽(今 江蘇 丹陽) 사람이다. 文宗 太和 6년(832)에 진사에 급제하고, 宣宗 초에 감찰어사가 되었다가 睦州(목주), 郢州(영주)의 자사를 역임하였다.

그의 많은 律詩와 絕句에는 대개 산림에 노닐거나 이별을 묘사한 작품이 많다. 시구가 원만하며 잘 다듬어졌다는 평을 들었는데 當時의 유명한 시인인 杜牧이나 韋莊(위장) 등이 그를 따랐다고 한다. 그의 詩句 중에서 〈咸陽城東樓〉의 '山雨欲來風滿樓'가 아주 유명하며, 그의 시는 약 500여 수가 전해 온다.

## 塞下曲 새하곡  새하곡

夜戰桑乾北
야 전 상 건 북

상건하 북에서 야간 전투를 했는데

秦兵半不歸
진 병 반 불 귀

진나라 병졸 절반이 못 돌아왔네.

朝來有鄉信
조 래 유 향 신

아침에 고향 편지가 왔는데

猶自寄征衣
유 자 기 정 의

겨울옷 이미 부쳤다 하니 어쩌나?

桑乾은 代郡 桑乾縣이고 상건산에서 발원하여 북경 근처를 흐르는 蘆溝河라는 주석이 있다. 하여튼 변방일 것이고, 여기서 秦兵은 당연히 唐兵이다.

## 楚宮怨 초궁원    초궁원

十二峰晴花盡開
십 이 봉 청 화 진 개
맑은 날 무산 십이봉에 꽃은 활짝 피었고

楚宮雙闕對陽臺
초 궁 쌍 궐 대 양 대
楚의 두 궁궐은 陽臺를 마주 보고 있네.

細腰爭舞君王醉
세 요 쟁 무 군 왕 취
가는 허리 미녀 춤에 군왕은 취했는데

白日秦兵天上來
백 일 진 병 천 상 래
한낮에 秦兵은 하늘에서 내려왔네.

巫山 神女와 楚 懷王의 巫山之夢 이
야기는 아름다운 신화가 아니라 정사
를 돌보지 않고 女色만을 추구했다는
뜻이다. 楚 靈王이 가는 허리의 미인
들을 좋아하자 초나라 궁궐에 굶어 죽
는 여인이 속출했다는 이야기 또한 게
으른 政事에 여색을 추구한 결과가 나
라를 멸망으로 이끌었다는 교훈으로
읽어야 한다.

초(楚) 영왕(靈王)

# 謝亭送別 <sup>사정송별</sup>
## 사공정에서 송별하다

勞歌一曲解行舟
노 가 일 곡 해 행 주

이별가 한 곡조 끝나 배를 풀어 떠나갔고

紅葉靑山水急流
홍 엽 청 산 수 급 류

단풍이 든 청산 아래 강물은 빨리 흐른다.

日暮酒醒人已遠
일 모 주 성 인 이 원

해 질 녘 술 깨니 보낸 사람은 멀리 갔고

滿天風雨下西樓
만 천 풍 우 하 서 루

비바람 온 하늘 가득한데 서루를 내려간다.

---

　제목의 謝亭은 南朝 梁에서 宣城태수를 지낸 謝朓<sup>(사조, 464-499)</sup>가 세운 정자 사조루, 또는 사공루이다. 사조는 小謝라고 불리는 士族 문인으로 竟陵八友<sup>(경릉팔우)</sup>의 한 사람이다. 梁의 건국자인 武帝는 '삼일 간 사조의 시를 읽지 않으면 입에서 냄새가 난다.(三日不讀謝詩, 便覺口臭.)'라는 유명한 말을 했다. 사조루는 安徽省 宣城에 있는 江南 四大名樓의 하나이다. 본시의 勞歌는 남경의 유명한 송별 장소인 '勞勞亭의 노래', 곧 이별가이다.

# 082

# 朱慶餘 ● 주경여

주경여 799-?

朱慶餘(주경여)의 이름은 可久이며, 慶餘는
그의 字이다. 敬宗 寶曆 2년(826)에 진사가
되어 校書郞 등의 직책을 역임하였다. 그 當
時에 韓愈와 비슷한 명성을 누리고 있던 張
籍(장적)이 그의 文才를 인정하여 당시에 제
법 文名이 있었다고 한다.

## 宮詞 궁사    궁사

寂寂花時閉院門　꽃이 핀 적막 속에 출입문을 닫고서
적 적 화 시 폐 원 문

美人相竝立瓊軒　미인은 나란히 아름다운 난간에 섰네.
미 인 상 병 입 경 헌

含情欲說宮中事　뜻이 있어 궁중 일을 말하고 싶지만
함 정 욕 설 궁 중 사

鸚鵡前頭不敢言　앵무 앞이라서 말을 하지 못하네.
앵 무 전 두 불 감 언

　소재가 독특하다. 여인들의 세계는 말이 많은 곳인데 그곳의 특징 하
나를 주제로 삼았다. 鸚鵡(앵무)새처럼 소리와 말을 흉내 내는 것(主見없이
다른 사람의 말을 따라 하기)을 學舌(학설)이라 한다. 여기저기 말을 퍼트리는
것도 학설이라고 한다.

　이 시는 하고 싶은 말도 할 수 없는 宮怨을 묘사하였다. 여인들의 '붉
은 입에 붉은 혀(赤口赤舌)'는 그들의 생리이고, 여자의 혀에는 뼈가 없
다(女人舌頭上沒骨頭). 그리고 혀는 몸을 자르는 칼이고(舌是斬身刀),
입은 화복이 들어오는 문이다(口爲禍福之門).

# 近試上張水部 근시상장수부
## 시험 전에 張水部에게 올리다

| | |
|---|---|
| 洞房昨夜停紅燭<br>동 방 작 야 정 홍 촉 | 신방엔 지난 밤새 촛불을 켜 놓았고 |
| 待曉堂前拜舅姑<br>대 효 당 전 배 구 고 | 밝기를 기다려 시부모께 문안 올려야 한다. |
| 妝罷低聲問夫婿<br>장 파 저 성 문 부 서 | 화장을 끝내고 나지막이 남편에게 묻는데 |
| 畫眉深淺入時無<br>화 미 심 천 입 시 무 | 그린 눈썹 짙기가 유행하고 맞나요? |

제목을 〈閨意 獻張水部〉로 한 책도 있다. 張水部는 張籍(장적)이다. 장
적의 관직은 工部 산하 수리 토목을 담당하는 水部員外郎이었다.

이 시는 과거 응시자가 유명 문인에게 자신의 文才를 인정받기 위하
여 보내는 시였다. 이런 뜻으로 보내는 시를 '溫卷(온권)'이라고 하는데,
이런 과정이 과거시험에 영향을 끼쳤기에 그때는 빼놓을 수 없는 절차
였다고 한다. 이 시는 敬宗 寶曆 2년(826)에 지어졌다. 신혼부부가 신혼
후 첫 문안인사를 올리는 일을 소재로 삼아서 자신의 文才 천거를 희망
하고 있다.

# 032

## 杜牧 ● 두목

두목 803−852

杜牧(두목)의 字는 牧之로 장안 사람이다.
《通典》의 저자이면서 재상을 역임한 杜佑(두
우, 735−812)의 손자이지만 그가 10여 세에
부친이 죽어 어렵게 생활하였다고 한다. 두
목은 26세에 진사가 되어 弘文館 校書郎을
지내고 한때 절도사 牛僧孺의 막료로 일했
었고, 黃州, 睦州, 湖州刺史를 역임하고 中
書舍人으로 관직을 마감하였다.

# 江樓 <sup>강루</sup>　　강루

| | |
|---|---|
| 獨酌芳春酒<br>독 작 방 춘 주 | 봄날 홀로 좋은 술을 마셨기에 |
| 登樓已半醺<br>등 루 이 반 훈 | 누각에 오르니 벌써 반쯤 취했다. |
| 誰驚一行雁<br>수 경 일 행 안 | 누가 기러기를 보고 놀라는가? |
| 衝斷過江雲<br>충 단 과 강 운 | 강에 걸친 구름을 뚫고 나른다. |

이 시에는 젊은 시인의 기백과 함께 하늘 끝까지라도 오르겠다는 강한 의지가 느껴진다.

두목은 佳人美酒(가인미주 ; 아름다운 여인과 좋은 술.)와 花柳趣味(화류취미 ; 젊은 기생들과 풍류를 즐기며 노는 취미.)를 마음껏 즐겼던 風流才子로 알려졌지만 그는 원래 강직한 성격과 고매한 정치적 포부를 가지고 있었다.

두목은 兵書에 주석을 달기도 했으며 賦稅와 治亂에 대한 政論文을 짓기도 하였다. 지방관으로 오래 근무하면서 그의 포부를 펼 기회도 없었기에 실의 속에 강남의 아름다운 풍경에 취해 살았다.

杜牧은 그의 字를 써서 보통 '杜牧之'라 호칭하는데, 그가 長安의 樊川(번천) 남쪽에 별장을 짓고 살기도 했기에 '杜樊川'이라고도 부른다. 또 위대한 詩聖 杜甫는 杜牧에게 먼 宗親이라서 杜甫는 老杜, 杜牧은 小杜라 불리기도 한다. 두보가 율시에 뛰어났다면 두목은 七言絶句에 특

히 뛰어났다. 李白과 杜甫를 '李杜'라고 병칭하는 것처럼 李商隱과 杜
牧은 '小李杜'라 한다.

## 獨酌 <sup>독작</sup>     홀로 마시며

窓外正風霜
<sub>창 외 정 풍 상</sub>     창밖엔 마침 바람 불고 춥지만

擁爐開酒缸
<sub>옹 로 개 주 항</sub>     화로를 끼고 술항아리를 데운다.

如何釣船雨
<sub>여 하 조 선 우</sub>     낚싯배에 비가 얼마나 내리든

蓬底睡秋江
<sub>봉 저 수 추 강</sub>     뜸 아래엔 가을 강이 잠들었다.

　세상의 근심 걱정 다 잊어버리거나 상관하지 아니하고 홀로 즐기는 은자의 모습을 떠올릴 수 있다. 벼슬자리에 나아가고 또 승진하고 다툼하는 치열한 경쟁의 관직에서도 한 발짝만 옆으로 비껴서면 이런 세계를 누릴 수 있다.

　두목이 '六王畢, 四海一 …'로 시작하는 그 유명한 〈阿房宮賦(아방궁부)〉를 지은 것은 그가 23세 때로 진사과 합격 이전이었으니 그만큼 그의 문재는 뛰어났다.

　두목은 文宗 大和 2년(828), 26세 때 낙양에 가서 진사과에 응시하여 합격자 33명 중에서 5등으로 합격하였다. 이어 殿試〔전시 ; 복시(覆試)에서 선발된 사람에게 임금이 친히 보이던 과거.〕를 보러 長安으로 출발하기 전에 자신의 합격을 장담하는 시를 지었다.

# 及第後寄長安故人 급제후기장안고인
## 추야에 왕처사와 기쁘게 만나다

東都放榜未花開 東都에서 급제했으나 아직 꽃이 피진 않았으니
동 도 방 방 미 화 개

三十三人走馬回 삼십삼인이 말을 달려 장안으로 돌아간다.
삼 십 삼 인 주 마 회

秦地少年多釀酒 長安의 젊은이는 술을 많이 담가야 할 것이니
진 지 소 년 다 양 주

卽將春色入關來 곧장 봄빛이 관문을 지나 장안에 들어가리라!
즉 장 춘 색 입 관 래

　　두목은 자신의 학식과 文才에 긍지를 갖고 포부와 함께 자신감이 넘쳤었다. 실제로 두목은 殿試에서도 우수한 성적을 얻어 장안에 그 이름을 날렸다.

　　어느 봄날, 두목은 우인 몇 사람과 기세 좋게 종남산 기슭으로 유람을 나갔다. 두목 일행은 文公寺라는 절을 찾아갔는데 절 안의 큰 전각에 눈을 반쯤 내리감은 노승이 앉아 있었다. 일행은 자신들의 비단옷과 관모 등을 보고 노승이 나와 맞이하며 차를 권할 것이라 은근히 기대하고 있었다.

　　그러나 노승은 이들에게 아무런 눈길도 주지 않았다. 두목이 바로 눈앞에 다가서자 노승이 '시주님 大名은?' 하고, 겨우 한 마디 물었다. 두목은 이때다 생각하고서 당당하게 이름을 말했다. 그러나 노승이 별다

른 반응이 없자 옆 동료가 이 사람은 진사과 급제를 했으며 전임 재상의 손자라고 장황히 설명하면서 '어찌 그리 고루하신가?' 라고 노승을 힐책했다.

그러자 노승은 '소승은 평생 素食(소식;고기나 생선 따위의 반찬이 없는 밥.)과 참선 속에 살며 속세의 명리를 생각하지 않았는데, 당신들이 말하는 재자니 시문의 명성이 세상을 뒤덮느니 하는 말이 나와 무슨 상관이 있겠소? 젊은 분들이 재주를 믿고 명리에 얽매여 고생하지 않기를 바랄 뿐이오!' 라고 말했다.

노승의 말에 충격을 받은 두목은 돌아와 시를 지었다.

## 贈終南蘭若僧 증종남난야승
## 종남산 절의 스님에게 주다

家在城南杜曲旁 집은 장안 남쪽 두씨 마을에 있으며
가 재 성 남 두 곡 방

兩枝仙桂一時芳 두 번 합격하며 한때 이름을 날렸습니다.
양 지 선 계 일 시 방

禪師都未知名姓 선사는 나의 성과 이름도 모른다 하시니
선 사 도 미 지 명 성

始覺空門意味長 비로소 佛門의 깊은 뜻을 알 것 같습니다.
시 각 공 문 의 미 장

제목의 '蘭若(난야)'는 '阿蘭若'의 약칭으로 '無諍處(무쟁처〈諍 다툴 쟁〉)'

또는 '寂淨處(적정처)'의 뜻인데, '불승의 거처'인 절을 말한다. 이후로

두목은 자신의 文才를 자랑하거나 자만하지 않았다고 한다.

# 將赴吳興登樂游原 <sub>장부오흥등낙유원</sub>
## 吳興에 부임하면서 樂游原에 오르다

| | |
|---|---|
| 清時有味是無能<br>청 시 유 미 시 무 능 | 태평성대에 벼슬할 만하지만 무능하기에 |
| 閒愛孤雲靜愛僧<br>한 애 고 운 정 애 승 | 한가로운 구름과 스님의 閒靜을 좋아한다. |
| 欲把一麾江海去<br>욕 파 일 휘 강 해 거 | 깃발을 앞세우고 吳興으로 가면서 |
| 樂游原上望昭陵<br>낙 유 원 상 망 소 릉 | 낙유원에 올라 昭陵을 바라본다. |

吳興은 지금의 浙江省 湖州市의 옛 이름이고, 樂游原은 長安을 조망할 수 있는 명소로 李商隱의 〈登樂游原〉으로도 유명한 곳이다. 두목은 宣宗 大中 4년(850) 48세 때에 湖州의 자사가 되었다. 시에 나오는 昭陵 (소릉)은 '貞觀의 治'를 이룩한 太宗(재위 626－649)의 무덤이다.

杜牧은 內職인 司勳員外郞에서 湖州刺史를 자청해서 外職으로 나갔다. 그가 왜 외직을 자청해서 江湖로 갔는지에 대해서는 자세히 알 수가 없다. 아마도 정치적 불만이 있었을 것이다. 비록 그가 말한 '자신이 무능하고 한가한 것을 좋아해서(是無能, 閒愛孤雲靜愛僧.)'는 표면적인 이유일 것이다. 두목이 '貞觀之治'의 太宗의 무덤을 바라본다는 뜻은 그러한 賢君을 기다린다는 뜻이며, 이는 곧 그때의 '牛李黨爭'에 질렸다

469

는 뜻을 포함하고 있다. 같은 곳에서 지은 또 다른 시는 두목이 역사적 인물의 치적, 그리고 유적에 대한 남다른 소회를 가지고 있었음을 말해 준다.

당(唐) 태종(太宗)의 소릉(昭陵)

## 登樂游原 <sup>등낙유원</sup>

### 낙유원에 올라

長空澹澹孤鳥沒 　막막한 허공에 새 한 마리도 날지 않는데
장 공 담 담 고 조 몰

萬古銷沈向此中 　만고의 몰락을 여기서도 볼 수 있노라.
만 고 소 침 향 차 중

看取漢家何似業 　漢나라 치적을 본다면 무엇이 비슷한가?
간 취 한 가 하 사 업

五陵無樹起秋風 　나무도 없는 오릉엔 가을바람만 불어온다.
오 릉 무 수 기 추 풍

　이처럼 두목은 역사 흥망을 시로 묘사하였고 그의 그러한 작품들은
우리에게 많은 것을 생각하게 해준다. 두목의 古詩는 호방하고 씩씩하
며 七言절구와 율시는 정취가 호탕하면서도 건실하다.

## 漢江 <sup>한강</sup>  한강

漢江 한강
<br>
溶溶漾漾白鷗飛 출렁이고 넘실대며 흰 물새가 날고
<br>
<small>용 용 양 양 백 구 비</small>

綠淨春深好染衣 푸른 강물과 무르익은 봄빛이 옷에 스민다.
<br>
<small>녹 정 춘 심 호 염 의</small>

南去北來人自老 남북으로 오가는 사이 사람은 절로 늙으니
<br>
<small>남 거 북 래 인 자 로</small>

夕陽長送釣船歸 지는 해에 돌아오는 낚싯배 그림자가 길다.
<br>
<small>석 양 장 송 조 선 귀</small>

　물이 불어난 푸른 한강에 봄이 무르익었고 지는 해에 돌아오는 낚싯 배의 그림자만 길어졌는데, 浮生(부생 ; 덧없는 인생.)은 공연히 바쁘고 그 사이 인간은 실없이 늙어 간다는 시인의 탄식이 절로 나온다.

　두목의 詠史詩(영사시)는 그의 感慨를 유감없이 발휘한 우수작으로 널리 애송되고 있는데 〈阿房宮賦(아방궁부)〉, 〈題烏江亭(제오강정)〉, 〈泊秦淮(박진회)〉 등은 그의 詠史詩(영사시 ; 역사적 사실을 주제로 하여 시가를 지음.) 중 대표작이라 할 수 있다.

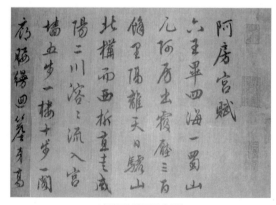

아방궁부(阿房宮賦)

## 題烏江亭 제오강정

# 오강정에서 짓다

勝敗兵家事不期　　승패는 兵家常事로 기약할 수 없나니
승 패 병 가 사 불 기

抱羞忍恥是男兒　　수치를 참을 줄 알아야 사나이리라.
포 수 인 치 시 남 아

江東子弟多才俊　　강동의 젊은이들 뛰어난 인재 많았으니
강 동 자 제 다 재 준

卷土重來未可知　　捲土重來 했다면 끝을 알 수 없었으리라.
권 토 중 래 미 가 지

項羽(항우, 前 232-202, 名 籍)는 '千古無二'의 神勇으로 '力能扛鼎, 才氣
過人'의 용기로 秦 二世元年(前 209) 7월, 陳勝과 吳廣이 기병하자 9월
에 8,000명의 烏程兵(八千江東子弟)을 거느리고 長江을 건넜었다. 鴻門
(홍문)에서 劉邦을 살려 주었지만 霸業(패업;남을 정복하여 무력으로 천하를 다스
리는 일.)을 이룬 자신을 고향 사람들에게 자랑하고 싶어 '부귀하여 不歸
故鄉이면 衣繡夜行(의수야행)과 같나니, 누가 이를 알겠는가?' 라 하여 '錦
衣夜行〔금의야행 ;(비단옷을 입고 밤길을 걷는다는 뜻으로) '아무 보람이 없는 행동을 자랑
스레 함'을 이르는 말.〕'의 고사를 만들어 낸 사람이었다.

　그러나 '西楚霸王(서초패왕)' 항우는 초한전쟁에서 유방에게 밀렸고 기
원전 202년 垓下(해하)에서 '四面楚歌'를 듣고 虞美人(우미인)을 껴안고 〈垓
下歌〉를 불렀다. 항우는 長江 북안의 烏江 나루에 이르렀지만 '지금 끝

내 無一人生還하니 江東父老를 볼 면목이 없다.'며 도강하지 않고 적진에 뛰어들어 최후를 맞이한다.

이런 역사의 현장에서 두목은 자신의 소회를 읊어 항우의 죽음을 평가하였다. 이 시 한 수를 통해 역사적 인물과 행적, 후세인의 감회를 모두 그려내는 시인의 능력은 한마디로 '탁월하다'고 해야 할 것이다.

오강정(烏江亭)

# 赤壁 <sup>적벽</sup>　　　적벽

折戟沈沙鐵未銷　　모래 속 부러진 창끝 쇠는 아직 녹슬지 않아
<sup>절 극 침 사 철 미 소</sup>

自將磨洗認前朝　　문지르고 씻어서 前代의 것이라 알았도다.
<sup>자 장 마 세 인 전 조</sup>

東風不與周郎便　　동풍이 周瑜(주유)의 편이 아니었더라면
<sup>동 풍 불 여 주 랑 편</sup>

銅雀春深鎖二喬　　늦은 봄 銅雀臺에 二喬가 거기에 있었으리라.
<sup>동 작 춘 심 쇄 이 교</sup>

이 시는 적벽대전(漢 獻帝 建安13년, 208)의 현장에서 역사적 감회에 시인의 상상을 보탠 詠懷詩(영회시 ; 소회〈所懷=품고 있는 감회(感懷)〉를 시가로 읊음.)이다. 長江의 赤壁(今 湖北 赤壁市 西北, 一一說에는 今 嘉魚의 東北)에서 있었던 이 전쟁은 중국 역사상 以少勝多의 전쟁으로 유명하며《삼국연의》중 가장 精彩나는 한 부분이다. 이 시는 대략 武宗 會昌 2년(842)에 지은 시로 알려졌다. 당시 두목은 나이 40세로 적벽에 가까운 黃州(今, 湖北省 黃岡市)의 자사로 있었다.

銅雀(동작), 곧 동작대는 曹操(조조)가 지금의 河南省 臨漳縣(임장현)에 건립한 누각이고 二喬(이교, 喬는 橋로 써야 맞다)는 橋玄(교현, 109－183)의 두 딸인 대교와 소교를 지칭하는데, 모두 國色으로 각각 孫策(손책)과 周瑜(주유)의 아내였었다. 〈삼국연의〉에서는 제갈량이 '조조가 二橋를 곁에 두고 만년을 보내고 싶어한다.'고 교묘히 꾸며대어 주유를 격분케 하여

유비-손권의 연합전선을 형성하는 것으로 되어 있다. 이 구절은 '조조가 만약에 적벽에서 주유에게 패하지 않았다면 그 두 미인들을 취하여 동작대에 살게 했을 것'이라는 뜻이다.

병법과 음률에 두루 통했던 周瑜(주유)라고 하지만 승리의 요인은 동풍이며 적벽에서 패했더라면 나라와 집안이 모두 망했을 것이라는 의논을 전개하고 있다. 거기에는 우연이나 요행히 사람이나 나라의 흥망을 바꿀 수 있다는 뜻이 들어 있다. 사직을 걱정해야 할 대신이 아내를 뺏기지 않으려 참전하고 분전한 것이 옳은 것이냐? 요행히 제갈량의 동풍 때문에 이기긴 했지만 주유의 태도는 옳지 않았다는 주장이다. 역사적인 사건을 계기로 인간적인 삶을 되돌아보게 하는 시인의 능력이 돋보이는 시이다.

적벽(赤壁)

## 泊秦淮 <sup>박진회</sup>　秦淮河에 배를 대다

泊秦淮 박진회 秦淮河에 배를 대다

煙籠寒水月籠沙　안개는 찬 강물을, 달빛은 모래밭을 감쌌는데
연 농 한 수 월 농 사

夜泊秦淮近酒家　밤에 술집 가까운 진회하에 배를 대었다.
야 박 진 회 근 주 가

商女不知亡國恨　노래하는 여인은 망국의 한도 모른 채
상 녀 부 지 망 국 한

隔江猶唱後庭花　강 건너에서 아직도 後庭花를 부른다.
격 강 유 창 후 정 화

秦淮河(진회하)는 江蘇省 서남부에서 발원하여 南京 시내를 관통하는 長江의 한 지류이다. 특히 남경 성안의 진회하는 '十里秦淮'라 하여 성 내에서도 가장 번화한 상업거리를 형성하고 있었다. 이백의 〈長干行〉에 보이는 장간리, 그리고 劉禹錫의 〈烏衣巷〉에 등장하는 '王謝의 집'들이 모두 '十里秦淮'를 끼고 있다.

南朝의 陳(557-589)은 개국자 陳覇先(진패선)의 성씨를 국호로 사용한 유일한 나라인데 隋(수)에 의해 망했다. 멸망 당시 군주인 後主 陳叔寶(진 숙보, 582-589 재위)는 뻔뻔하고도 무책임하며 무능한 군주의 대명사로 통 한다. 진 후주가 만들고 즐겼다는 〈玉樹後庭花〉는 '妖姬臉似花含露(고운 여인의 뺨은 이슬 머금은 꽃이고), 玉樹流光照後庭(계수나무 밝은 빛은 뒤뜰을 비치고 있 네).'의 뜻으로 낭만적이나 퇴폐적이다. 그래서 '망국지음'이라 하지만 당나라 시절에도 불렸던 인기 가요였다. '歌者는 無心하지만 聽者는 感

477

慨를 느낀다.' 하였으니, 이러한 내력을 잘 알고 있는 두목은 逸樂(일락; 편안히 놀며 즐김, 또는 제멋대로 놀며 즐김.)을 좋아하는 晩唐의 풍조에서 망국의 기미를 예감했는지도 모른다.

　　杜牧은 명문가의 풍류남아로 젊은 30대 시절 주색에 耽溺(탐닉)했었다. 그 시절은 落魄(낙백; 넋을 잃음.)하여 술통을 싣고 다녔다 했으니, 술을 좋아하면서 懷才不遇(회재불우; 재주를 지니고 있으나 때를 만나지 못하여 출세를 못함.)라는 생각만으로 원대한 포부를 잊었고, 楚腰(초요; 여인의 가느다란 허리)와 掌中輕(장중경; 날렵한 여인)이 두목의 관심사였던 시절이었다.

오의항(烏衣巷)

## 贈別 <sup>증별</sup>　헤어지면서 주다 二首 (一)

娉娉嫋嫋十三餘　예쁘게 하늘거리는 이제 열세 살 남짓
빙 빙 뇨 뇨 십 삼 여

豆蔲梢頭二月初　2월 초 솟는 육두구 봉오리와 같구나!
두 구 초 두 이 월 초

春風十里揚州路　봄바람이 부는 양주의 십 리 길에
춘 풍 십 리 양 주 로

捲上珠簾總不如　주렴을 걸었지만 모두가 너만 못하구나!
권 상 주 렴 총 불 여

　贈別은 이별에 임하여 주는 시로, 送別과 동의어로 떠나가는 사람에게
준다는 의미이다. 떠나가는 사람이 남은 사람에게 주는 시는 '留別(유별)'
이라고 하는데, 이 시는 제목과 달리 내용으로 보면 틀림없는 '유별'이다.

　이 시에 표현한 '娉(예쁠 빙)', '嫋(예쁠 요=뇨)'의 娉娉嫋嫋(빙빙뇨뇨)는
예쁜 여인의 아름다운 자태를 표현하는 말이다. 그리고 '豆蔲(두구)'는
육두구라 하여 초여름에 담황색 꽃을 피우는데 그 열매는 한약재로 쓰
는 풀이다. 열서너 살 어린 처녀의 나이를 표현하는 豆蔲年華(두구연화)라
는 말이 있다.

　이 시는 어린 미인과 헤어지면서 주는 시이다. 미모에 대한 칭찬과
별리의 아픔이 가슴에 와 닿는다. 13살 어린 미인에게 푹 빠진 시인의
정감이 약간은 퇴폐적이라는 생각도 들지만 미인에 쏠리는 마음을 어이
하겠는가?

## 贈別 <sup>증별</sup>　　헤어지면서 주다 二首 (二)

多情卻似總無情
다 정 각 사 총 무 정

　多情이 되레 情이 전혀 없는 것 같나니

唯覺尊前笑不成
유 각 존 전 소 불 성

　오직 술잔 앞에 두고 웃지도 못하겠네.

蠟燭有心還惜別
납 촉 유 심 환 석 별

　촛불도 마음이 있어 이별이 서러운 냥

替人垂淚到天明
체 인 수 루 도 천 명

　사람 대신 날 새도록 눈물 흘린다네.

　　　　　　　　◦◦◦

　이 시에도 나이 어린 戀人에 대한 깊은 사랑을 情感있게 표현했는데 상당히 심각하게 이별을 아파하고 있다. 어린 여인에게 이토록 깊게 빠지는 사랑의 바탕은 무엇일까?

　'多情은 病이 아니라 무정과 같을 것'이라는 말은 시인의 절절한 체험에서 나온 표현일 것이다. 가는 사람도 남은 사람도 웃으며 가고, 웃으며 보내는 것이 마음대로 안 되는 것이다. 왜? 그것은 首句의 다정 때문이다. 촛불의 눈물이야 흔히 이별의 대역으로 곧잘 인용되기에 진부한 표현 같지만 사랑에 아파하는 마음을 어이하겠는가?

　이 시가 835년에 33살의 두목이 '十三餘'의 어린 연인에게 주는 이별의 시라는 것을 고려한다면 그 진부한 표현이 진실로 다가오는 것 같은 느낌이 온다. 시가 주는 감동은 문자보다 더 진하게 밀려올 때가 있다.

# 金谷園 금곡원    금곡원

繁華事散逐香塵
번 화 사 산 축 향 진
번화했던 지난 날 향 가루처럼 흩어졌고

流水無情草自春
유 수 무 정 초 자 춘
流水는 무정하고 봄풀은 절로 푸르다.

日暮東風怨啼鳥
일 모 동 풍 원 제 조
해 질 녘 동풍에 새들은 슬피 울고

落花猶似墜樓人
낙 화 유 사 추 루 인
지는 꽃잎은 누각에서 떨어지는 사람 같도다.

　　금곡원은 西晉의 부호 石崇(석숭, 249-300)의 별장으로, 옛터는 지금의 河南省 洛陽의 서북이라고 한다. 이곳에서 석숭이 사랑하는 여인 張綠珠(장녹주)는 석숭에게 절의를 지켜 '當效死於君前(당신 앞에서 응당 죽어야 할 것)' 이라 말하고 누각에서 몸을 던져 죽었고, 석숭도 죄에 얽혀 처형된다. 唐代에 그 황폐한 유적이 남아 있어 풍경을 보고 동정이 가서 杜牧이 시로 읊었다.

　　석숭의 치부와 사치 놀음이 모두 한바탕의 꿈이었지만 가장 큰 비극은 미인 장녹주의 죽음이었다. 석숭이 돈을 번 것도 권력에 붙었기에 가능했고, 또 그 파멸도 결국은 권력의 힘에 당했다.

　　본래 재사는 재녀를, 영웅은 미인을 좋아한다. 젊은 시절 재기 넘치는 재사의 豪氣도 있었을 것이고 …, 하여튼 젊은 날의 두목은 사랑에도 열심이었다. 그러나 젊은 날의 그런 기분은 오래 가질 못했다.

# 遣懷 견회　　心懷를 풀다

落魄江湖戴酒行　　실의 속에 강남땅에 술을 싣고 다니며
낙 백 강 호 대 주 행

楚腰纖細掌中輕　　가는 허리 섬세한 玉手 날렵한 여인들.
초 요 섬 세 장 중 경

十年一覺揚州夢　　십 년 揚州 땅의 꿈같은 놀이서 깨어나니
십 년 일 각 양 주 몽

贏得靑樓薄倖名　　얻은 것은 청루에서 박정하단 이름뿐이더라.
영 득 청 루 박 행 명

〈遣懷〉는 '胸中의 답답함을 풀어 버리다.'라는 의미로 젊었던 날의 遊樂을 후회하는 뜻을 담고 있다. 두목은 상업과 교통, 환락의 중심지인 揚州에서 강서관찰사의 막료로, 또 淮南節度使(회남절도사)인 牛僧孺(우승유, 779-848)의 막료로 총 9년간을 강남 일대에서 근무했었다. 이 시기에 젊은 두목은 詩歌와 음주, 향락의 생활이었는데, 자신은 이를 '南柯一夢(남가일몽 ; 덧없는 꿈, 또는 덧없는 부귀영화.)'처럼 '揚州夢'이라 하였다.

## 初冬夜飮 초동야음
# 초겨울 밤에 술을 마시며

淮陽多病偶求歡
회 양 다 병 우 구 환
급암처럼 병이 많아도 우연히 즐기려 하나

客袖侵霜與燭盤
객 수 침 상 여 촉 반
나그네 옷에 서리 내려도 촛대뿐이다.

砌下梨花一堆雪
체 하 이 화 일 퇴 설
섬돌 아래엔 배꽃 같은 눈이 한 무더기

明年誰此凭欗干
명 년 수 차 빙 난 간
내년엔 누가 이 난간에 기대겠는가?

淮陽이란 漢나라의 汲黯(급암)이다. 급암은 東海太守로 폄직되었고 임지에서는 병이 많아 방에서 나오지도 못했지만 고을은 잘 다스려졌다고 한다.

급암(汲黯)

내년에는 누가 이 난간에 기대어 술을 마실까 하면서 시인은 슬픔에 쌓여 있다. 초겨울 밤에 홀로 마시는 술 – 지나고 보면 그것이 한바탕의 짧은 꿈이 아니겠는가?

꿈속의 꿈은 원래 꿈이 아니지만(夢中有夢原非夢), 인생은 꿈과 같고(人生如夢), 꿈은 인생과 같은 것이니(夢如人生), 인생의 한 살이는 (人生一世) 한바탕의 큰 꿈이다(大夢一場).

## 秋夕 <sup>추석</sup>　　가을밤

秋夕 추석

銀燭秋光冷畫屏　가을 은촛대 불빛이 그림병풍에 차갑고
은 촉 추 광 냉 화 병

輕羅小扇撲流螢　얇은 비단 작은 부채로 반딧불을 쫓는다.
경 라 소 선 박 류 형

天階夜色涼如水　노천 계단의 야경이 물처럼 차가운데
천 계 야 색 양 여 수

坐看牽牛織女星　앉아 견우와 직녀성을 바라본다.
좌 간 견 우 직 녀 성

〈秋夕〉은 명절 이름이 아니다. 〈七夕〉으로 된 책도 있다. 궁중의 哀怨을 읊었다고 풀이하는데 꼭 그런 것은 아닐 거라는 생각이 든다. 이 시를 王建의 시라고 하는 사람도 있다.

왕유의 시가 '詩中有畫, 畫中有詩.' 라고 하는데, 두목의 시도 그럴 만한 특색을 보여주고 있다. 언사가 깨끗하고 묘사된 정경이 선명하며 상쾌한 리듬감이 있기에 고요한 정물이 아니라 움직이는 動畫를 보는 것 같다.

## 江南春絕句 <sup></sup> 강남춘절구

## 강남춘 절구

千里鶯啼綠映紅   천 리 땅에 꾀꼬리 울고 녹음에 붉은 꽃
천 리 앵 제 녹 영 홍

水村山郭酒旗風   江村 산기슭에 술집 깃발이 펄럭인다.
수 촌 산 곽 주 기 풍

南朝四百八十寺   남조 시절 사백팔십 절이 있었는데
남 조 사 백 팔 십 사

多小樓臺烟雨中   지금 몇몇 누대가 안갯속에 남았는가?
다 소 누 대 연 우 중

이 시는 人口에 널리 회자되는 佳作이다.

南朝는 東晉 멸망 이후 宋 – 齊 – 梁 – 陳의 4개 왕조를 말한다. 특히
梁나라 武帝 때 불교가 극성하였었다. 안개비 속에 묻혀 있는 지금이 바

강남(江南)

로 역사라는 의미도 있을 것이다.

광활한 강남땅(詩에서 千里란 강남 천 리 전 지역을 의미한다. 천 리에 있는 새 울음을 어찌 들을 수 있느냐고 생각하면 안 된다.)에 봄이 오니 꾀꼬리 울고 녹음에 붉은 꽃이 피었는데, 그 강남의 역사에 榮枯盛衰(영고성쇠 ; 성하고 쇠함이 서로 뒤바뀌는 일.)를 누가 어이 다 말하리오. 꾀꼬리 울음과 펄럭이는 술집의 깃발은 살아 있는 강남의 상징처럼 눈에 그려진다.

# 淸明 <sup>청명</sup>　　　청명

淸明時節雨紛紛
<sub>청 명 시 절 우 분 분</sub>
청명 시절에 봄비는 오락가락하는데

路上行人欲斷魂
<sub>노 상 행 인 욕 단 혼</sub>
길 가는 행인은 마음이 끊어지는 듯하다.

借問酒家何處有
<sub>차 문 주 가 하 처 유</sub>
잠시 묻나니 술집은 어디쯤 있는가?

牧童遙指杏花村
<sub>목 동 요 지 행 화 촌</sub>
목동은 멀리 살구꽃 핀 마을을 가리키네.

　淸明 시절을 읊은 시 중에서 가장 유명한 시이다. 청명 시절은 완연한 봄이며 寒食을 전후하여 나그네의 향수를 가장 자극하는 계절이다. 살구꽃이 핀 마을에 술집이 있고, 술집에 가야만 식사와 잠자리를 찾을 수 있다. 나그네는 머릿속으로 고향을 그리면서 천천히 걸어갈 것이다.

## 山行 <sub>산행</sub>　　　산행

遠上寒山石徑斜　멀리 가을 산으로 가는 자갈길이 이어졌고
<sub>원 상 한 산 석 경 사</sub>

白雲生處有人家　흰 구름 피는 곳에 인가가 있네.
<sub>백 운 생 처 유 인 가</sub>

停車坐愛楓林晚　멈춘 수레에 앉아 해 지는 단풍 숲을 즐기니
<sub>정 거 좌 애 풍 림 만</sub>

霜葉紅於二月花　서리올 적 단풍은 이른 봄꽃보다 붉더라.
<sub>상 엽 홍 어 이 월 화</sub>

　한마디로 그림과 같은 풍경이다. 가을의 단풍이 이처럼 아름답다니! 시인이 그려냈으니 더 아름다울 것이다. 같은 경치라도 전문 사진작가가 찍으면 더 아름다운 것과 같으리라. 시인 두목은 그림처럼 아름다운 풍광을 우리에게 전해주고 있다. 아름다운 자연에서 착한 심성을 잃지 말고 열심히 살아가라는 뜻이 있을 것이다.

# 084

# 趙嘏

● 조하

조하 806?-852?

趙嘏(조하, 嘏 클 하)는 字가 承祐(승우)로, 武宗 會昌 4년(844) 진사에 급제하였다. 과거에 급제하고도 별다른 관직 없이 지내다가 850년경 渭南尉(위남위)를 지냈다. 젊어서부터 벗인 두목은 조하의 〈長安晚秋〉의 '殘星幾點雁橫塞(보이는 별 몇 개 사이로 기러기 날아가고), 長笛一聲人倚樓(피리 긴 가락에 나그네는 누각에 기댄다).' 구절을 좋아하여 칭찬을 그치지 않았기에 사람들은 조하를 '趙倚樓(조의루)' 라고 불렀다는 이야기가 전해 온다. 《全唐詩》에 2권의 시가 전한다.

寒塘 <sup>한당</sup>　　차가운 연못

曉髮梳臨水　　새벽에 물가에서 머리를 빗고
<sub>효 발 소 임 수</sub>

寒塘坐見秋　　차가운 연못가에 앉아 가을을 본다.
<sub>한 당 좌 견 추</sub>

鄕心正無限　　고향의 그리움은 정말 끝이 없으니
<sub>향 심 정 무 한</sub>

一雁度南樓　　외기러기는 남쪽 누각을 날아간다.
<sub>일 안 도 남 루</sub>

가을이면 더더욱 그리운 고향을 노래했다.

## 江樓舊感 강루구감
# 강변 누각에서의 옛 생각

獨上江樓思渺然
독 상 강 루 사 묘 연
홀로 강가 누각에 오르니 그리움만 아득하고

月光如水水如天
월 광 여 수 수 여 천
달빛은 물과 같고 물은 하늘과 같구나.

同來望月人何處
동 래 망 월 인 하 처
같이 와 달을 봤던 그 사람은 어디에 있는가?

風景依稀似舊年
풍 경 의 희 사 구 년
풍경은 어슴푸레 옛날과 비슷하도다.

하늘과 하나가 된 물, 어스름 달빛 아래 희미한 풍경, 시인의 미어지는 가슴, 시인의 탄식, 그리고 '同來望月人何處'라는 시인의 절규가 들리는 듯하다. 이 시에는 행복에 이르지 못한 젊은 남녀의 사랑이야기가 들어 있다.

## 經汾陽舊宅 경분양구택

# 분양왕의 옛집을 지나며

門前不改舊山河
문 전 불 개 구 산 하
문 앞 옛 산하는 바뀌지 않았고

破虜曾輕馬伏波
파 로 증 경 마 복 파
적을 무찌른 공은 馬援보다 컸다.

今日獨經歌舞地
금 일 독 경 가 무 지
오늘 가무하던 곳을 홀로 지나가니

古槐疎冷夕陽多
고 괴 소 냉 석 양 다
성기고 늙은 홰나무에 석양이 가득하다.

분양왕은 郭子儀(곽자의)이다. 안록산의
난을 진압하고 외적을 무찌른 공로로 분양
왕에 봉해진 곽자의의 저택은 장안 근처에
있었다. 馬伏波는 後漢의 장군 馬援이다.
쓸쓸한 감회는 結句보다 起句가 더 진한 것
같다.

곽자의(郭子儀)

## 送弟 송제　　아우를 보내며

去日家無儋石儲　　예부터 집에 별다른 비축이 없었으니
거 일 가 무 담 석 저

汝須勤苦事樵漁　　너희는 오직 힘써 나무하고 고기를 잡아라.
여 수 근 고 사 초 어

古人盡向塵中遠　　옛사람 모두 속세 名利를 멀리하면서
고 인 진 향 진 중 원

白日耕田夜讀書　　낮에는 밭일 하고 밤에는 독서를 했다.
백 일 경 전 야 독 서

　耕讀－晝耕夜讀(주경야독)에 힘쓰라는 형의 당부는 그 의논이 매우 정

당하면서도 진부하지 않다.

085

項
斯
●
항
사

항사 802?－847

項斯(항사)는 字가 子遷(자천)으로 절강 사람
이다. 항주의 徑山(경산)에 오래 은거하다가
穆宗 長慶 연간에 張籍(장적)의 인정을 받고
그의 시가 알려지기 시작했다. 武宗 會昌 4
년(844)과거에 급제한 뒤 丹徒縣尉(단도현위)
로 재직 중에 죽었다. 《全唐詩》에 1권이 있
다.

## 江村夜歸 <sub>강촌야귀</sub>

# 강촌에 밤에 귀가하다

月落江路黑
<small>월 락 강 로 흑</small>

달은 지고 강가 길도 어두운데

村前人語稀
<small>촌 전 인 어 희</small>

마을 앞의 사람 말소리도 드물다.

幾家深樹裏
<small>기 가 심 수 리</small>

서너 집의 큰 나무 사이로

一火夜漁歸
<small>일 화 야 어 귀</small>

밤에 고기 잡고 무리 지어 돌아온다.

一火는 '횃불 하나 들고'로 새길 수도 있고, 一伙〔일화;한 무리. 伙 세간 화. ①기물(器物). ②불.〕로 해석할 수도 있다. 강가 사람들의 생활과 마을 모습이 보이는 듯하다.

강촌(江村)

이상은 813—858?

**086**

# 李商隱 · 이상은

李商隱(이상은)의 字는 義山, 號는 玉谿生(옥계생) 또는 樊南生(번남생)이며 만당의 시인을 대표한다. 그 시문의 가치를 평가하여 杜牧(두목)과 함께 '小李杜(大李杜는 李白과 杜甫)'라 칭한다. 또 溫庭筠(온정균)과 함께 '溫李'라고도 부른다.

李商隱은 漢 高祖가 불렀어도 출사하지 않았던 '商山의 四皓(사호)', 곧 '商山의 隱者'라는 뜻을 따와 商隱이라 지었다고 한다. 그리고 그의 字 義山은 '隱居而能行義'의 義와 '商山'의 山을 묶은 것이라고 한다.

李商隱은 10세 전후에 부친이 외지에서 작고하였다. 이상은은 長男으로 모친과 여러 동생들을 부양해야만 했다. 그래서 빨리 관직에 나가야만 했고 또 가문을 일으켜야 한다는 의무감을 갖게 했다. 그리고 그의 역경은 이상은에게 우울과 민감한 정서를 형성케 하였고, 그러면서도 淸高한 생활을 동경케 하였다.

李商隱은 17세 때 牛李黨爭(牛僧孺 – 李德裕의 당

쟁)의 牛黨에 속하는 令狐楚(영호초)의 막료가 되
었다가 25세 때 진사가 된다. 이상은은 李黨에
속하는 王茂元(왕무원)의 딸과 결혼하는데 이 때
문에 牛−李 양쪽에서 모두 배제되는 역설을 당
해야만 했다. 그의 관직 생활은 격심한 우이당
쟁의 소용돌이 속에서 험난한 가시밭길이었고
굴곡이 너무 심했었다. 이상은은 이렇듯 불우한
처지와 실의 속에서 難澁(난삽, 澁 떫을 삽)한 시어
로 그의 憂愁(우수)와 고민을 풀어냈기에 그의
시는 悲感(비감)으로 가득 차 있다.

晩唐은 정치적으로 당의 급격한 쇠락시기였다.
절도사 등 군벌, 곧 번진 할거는 계속되었고, 환
관들에 의하여 황제가 옹립되고 폐위되었으며
우이당쟁은 격화되었다. 이러한 현실에 적극적
으로 참여하거나 개선할 수도 없었기에 시인들
은 문학의 예술적 성취에 주력하게 된다. 그리
하여 이상은은 문자의 彫琢(조탁)과 音律의 조화
를 강조하며, 對句와 빈번한 典故(전고)의 사용
등 형식을 많이 강조하게 된다.

# 登樂游原 <sub>등낙유원</sub>

## 낙유원에 올라

向晚意不適
<sub>향 만 의 부 적</sub>
　해 질 녘 마음이 울적하여

驅車登古原
<sub>구 거 등 고 원</sub>
　수레로 고원에 올랐더니

夕陽無限好
<sub>석 양 무 한 호</sub>
　지는 해 한없이 좋지만

只是近黃昏
<sub>지 시 근 황 혼</sub>
　다만 황혼에 가깝더라.

　樂游原은 지명으로, 長安 시내를 내려다 볼 수 있는 높은 벌판이다. 前漢 宣帝가 이곳에 '樂游廟'를 건립하고 이곳을 樂遊苑이라고도 불렀다는데, 당 측천무후 때 太平公主가 여기에 정자와 누각을 지은 뒤로 장안 사람들이 철에 따라 이곳에서 놀았다고 한다.

　같은 제목으로 이상은의 칠언절구가 있고, 杜牧도 비슷한 제목의 七言絕句〈將赴吳興登樂游原〉을 남겼다. 그러나 樂游原을 읊은 시 중에서는 李商隱의 이 시를 제일 먼저 꼽는다.

　마음이 울적한 시인이 해 질 녘에 높은 언덕에 올라서 해를 바라본다. '夕陽은 無限好나 只是 近黃昏이라!' 이 구절은 인구에 널리 회자되는 名句로 그 含意(함의)가 많아 다양한 풀이가 있다.

　우선 해가 지는 시간에 약간의 차이가 있다. 向晚－夕陽－黃昏으로 해는 점점 지고 있다. 시인의 감정도 '意不適'이라서 '登古原'하면서 생각을 가다듬고 '無限好'라고 느낀 다음에 '近黃昏'이라고 술회하고 있다.

그 '無限好'와 '近黃昏'의 감정은 사람마다 다를 것이다. 역자가 지금 '이러한 것'이라고 해석하는 것은 역자의 마음이지 李商隱의 마음은 아닐 수도 있다. 하여튼 '言外의 뜻'이 많기에 이 시가 더 좋고 유명한 것이다.

한(漢) 선제(宣帝)

## 滯雨 <sub>체우</sub>　　비에 막히다

滯雨長安夜
<small>체 우 장 안 야</small>
　　비에 막혀 머무는 장안의 밤에

殘燈獨客愁
<small>잔 등 독 객 수</small>
　　희미한 등불에 홀로 시름하는 나그네.

故鄕雲水地
<small>고 향 운 수 지</small>
　　고향은 구름과 물이 어울린 땅

歸夢不宜秋
<small>귀 몽 불 의 추</small>
　　고향 가는 꿈이 가을은 아니리라.

　시인은 장안의 어느 객점에서 비 때문에 머무르면서 빗소리를 듣고 있다. 이렇게 비오는 날이면 따뜻한 고향의 집, 그리고 아내가 그리울 것이니 이것이 바로 객수일 것이다. 그러면서도 가을 이전에 고향에 돌아가기를 바라고 있다.

# 悼傷後赴東蜀辟 至散關遇雪 <sup></sup>도상후부동촉벽 지산관우설

## 아내를 잃은 뒤, 東蜀에 부임하며
## 散關에서 눈을 만나다

劍外從軍遠      검각을 지나 먼 종군 길인데
검 외 종 군 원

無家寄與衣      옷을 지어 보내 줄 아내가 없네.
무 가 기 여 의

散關三尺雪      散關엔 눈이 세 자나 쌓였고
산 관 삼 척 설

回夢舊鴛機      옛날 원앙 베틀을 생각하면 꿈이라네.
회 몽 구 원 기

宣宗 大中 5년(881)에 이상은의 아내 왕씨가 병사한다. 이상은의 결
혼은 얄궂은 결과를 가져왔지만 왕씨를 사랑했고 부부의 정은 도타웠다

대산관(大散關)

501

고 한다. 아내를 보낸 이상은은 東川節度使 柳仲郢(유중영)의 막료가 되어 섬서 지방에서 촉으로 들어가는 요충지인 劍閣을 더 지나 촉으로 부임한다.

이상은은 장안을 떠나 검각에 들어가기 전 大散關(今 陝西省 寶鷄縣 남쪽)에서 눈을 만났고 여기서 지은 시다. 鴛機란 원앙 베틀이니, 곧 옷을 지어 주던 아내를 뜻한다. 이 시는 죽은 아내를 그리는 悼亡詩로 아내 잃은 사나이의 슬픔이 그대로 살아 있어 이상은의 오언절구 중 秀作으로 널리 알려졌다.

# 夜雨寄北 <sup>야우기북</sup>

## 밤비 오는데 북쪽에 보내다

君問歸期未有期　　그대 돌아올 날 묻지만 기약할 수 없고
군 문 귀 기 미 유 기

巴山夜雨漲秋池　　巴山의 밤비에 가을 물이 연못에 넘친다오.
파 산 야 우 창 추 지

何當共剪西窓燭　　언제 함께 서창에서 촛불의 심지를 자르며
하 당 공 전 서 창 촉

卻話巴山夜雨時　　巴山에 밤비 오던 날을 이야기 할는지요?
각 화 파 산 야 우 시

고증에 의하면, 宣宗 大中 5년(851)에 이상은이 友人에게 보낸 시로 알려졌지만 제목이 〈夜雨寄內〉라고 쓴 책도 있어 아내에게 보내는 시로 읽혀지기도 한다.

파산(巴山)

巴山<sup>(파산)</sup>은 중국 서남부의 큰 산맥으로 巴嶺<sup>(파령)</sup>이라고도 하는데 이상은이 근무하는 巴蜀의 東川 일대, 곧 四川省 동남부의 산악지대를 말한다. 成都<sup>(청두)</sup> 일대를 蜀<sup>(촉)</sup>, 重慶<sup>(충칭)</sup> 일대를 巴<sup>(파)</sup>라고도 한다.

詩는 그리움이다. 그리움이 없다면 누가 다른 사람에게 시를 보내겠는가? 죽은 아내가 그리워 마치 편지를 쓰듯 시를 보낼 수 있다. 이는 순수한 그리움일 것이다.

첫 구절은 받을 사람을 말했다. 2구는 쓸쓸함이고, 3구는 그리움이며, 4구는 희망 사항이다. 시인은 그런 날이 오기를 기다리는데 이것도 그리움의 표현 방법이다.

이 시를 부부간의 그리움을 그렸다고 생각하면 느낌은 더욱 애절하다. 첫 구절은 언제 돌아올 것인가를 물었고 기약할 수 없다고 하였으니 모두 지나간 일─과거 시제이다. 그런데 承句는 지금 현재의 묘사이니, 지금 밤 빗속에서 그리워하고 있다. 轉句는 시인의 희망이니 미래의 그날을 기다린다. 그리고 마지막 구절은 절묘하다. 분명 미래의 희망을 그렸지만 '巴山夜雨'의 지금을 추억으로 만들었다. '卻(도리어, 오히려)'─이 글자 하나는 여의봉처럼 주인공을 현실(비 오는 이 밤)─미래(만나 이야기하는 그날에)─과거(비가 내리던 지난 날)로 돌리는 역할을 했다.

〈巴山夜雨〉는 매우 낭만적이고 시적이다. 짧은 절구에 두 번이나 나오는 '巴山夜雨'는 궁벽한 산속에 내리는 밤비를 강조한 것이리라. 巴山夜雨하면 누구나 이상은을 그리고 이상은의 사랑을 떠올린다. 그리움은 참 애절한 감정이다.

## 霜月 <sup>상월</sup>　서리 내리는 밤의 달

初聞征雁已無蟬　기러기 울음 들었으니 매미는 사라졌고
초 문 정 안 이 무 선

百尺樓南水接天　높다란 누각 남쪽에 물은 하늘과 맞닿았다.
백 척 누 남 수 접 천

青女素娥俱耐冷　청녀와 소아는 둘 다 추위를 견디며
청 녀 소 아 구 내 냉

月中霜裏鬪嬋娟　서리가 내리는 달밤에도 아름다움을 뽐낸다.
월 중 상 리 투 선 연

青女(倩女 ; 천녀라고도 쓴다.)는 서리를 내리는 여신이며 霜〔서리〕의 별명으로도 쓰이는 말이다. 그리고 青女月, 곧 '서리가 오는 달'은 9월을 지칭한다. 素娥(소아)는 달의 여신 姮娥(항아)이다. 서리가 내리는 달밤이니 추운 가을이다. 서리가 나뭇가지나 땅 위의 풀에 하얗게 응결하였고 거기에 달빛이 비추는 청량한 가을밤의 아름다움을 청녀와 소아가 서로 아름다움을 경쟁한다고 표현하였다. 시인의 상상이 매우 탁월하다.

# 寄令狐郎中 기령호랑중

## 郎中 영호도에게 보내다

嵩雲秦樹久離居
숭 운 진 수 구 이 거
嵩山의 구름은 장안의 나무를 오래 떠나 있는데

雙鯉迢迢一紙書
쌍 리 초 초 일 지 서
雙鯉가 먼먼 곳에서 편지를 가져 왔군요.

休問梁園舊賓客
휴 문 양 원 구 빈 객
梁園의 옛 손님에 대해서는 묻지 마시고

茂陵秋雨病相如
무 릉 추 우 병 상 여
茂陵의 가을비에 사마상여는 병들었습니다.

이 시를 받는 令狐綯(영호도, 綯 새끼를 꼴 도)는 재상 令狐楚(영호초)의 아들로, 文宗 太和 4년(830)에 진사가 된 이후 순차적으로 승진하여 考功郎中을 거쳐 宣宗 大中 4년(850)에 재상이 되어 대중 13년 까지 10년간 그 자리를 누렸다.

李商隱은 16세 때 영호초의 인정을 받고 관직에 들어섰고, 아들 영호도와 같이 자랐던 친한 친구였다. 그러나 영호초가 죽은 뒤, 이상은은 이상하게도 영호초의 정치적 경쟁자이었던 李德裕(이덕유) 黨人인 王茂元(왕무원)의 사위가 되자 영호도 쪽으로(牛僧孺 당인) 부터 따돌림을 당한다. 영호도가 재상으로 있는 동안 이상은의 불운은 계속되었다.

嵩雲(숭운)은 오악 중 중악인 숭산의 구름인데, 여기서는 낙양을 지칭한다. 秦樹(진수)는 관중 땅의 나무인데, 관중은 곧 長安이다. 雙鯉(쌍리)는 잉어 뱃속에 편지가 들어 있었다는 고사가 있어 잉어는 書信〔편지〕이라는 뜻으로 쓰인다. 李商隱은 武宗 會昌 연간에 모친상을 당한 뒤 낙양에 쉬고 있었는데 영호도가 서신을 보내왔었다. 이 무렵이 영호도와 이상은의 관계가 약간 회복된 때였다고 한다. 이후 이상은은 영호도에게 자신의 어려움을 말하는 편지를 많이 보냈고 약간의 도움을 받았지만 그저 일시적 체면치레 정도였다.

梁園은 前漢 梁 孝王의 정원으로 양원에서 빈객을 초청하여 잔치를 할 때 司馬相如(기원전 179－117)도 그 자리에 참가해 〈子虛賦(자허부)〉를 지었다. 여기서는 사마상여에 비유한 이상은을 뜻한다. 茂陵

양원(梁園)

(무릉)은 사마상여의 文才를 인정하고 등용한 漢 武帝의 능이다.

李商隱의 시에 典故〔전고 ; ① 전례(典例)와 고사(故事). 전해오는 예(例). 관례(慣例). ② 전거가 되는 옛일. 고실(故實).〕가 많아 읽고 이해하기 어려운 것은 이미 잘 알려진 사실이다. 전고에 대한 설명이 없으면 시를 이해할 수 없다. 말하자면, 남의 시를 이해하려면 독서를 많이 하여 시인과 비슷한 정도의 지식을 갖고 있어야 한다.

# 爲有 위유　　갖고 있기에

爲有雲屏無限嬌　운모의 병풍이 있어 무한 어여쁜 여인은
위 유 운 병 무 한 교

鳳城寒盡怕春宵　장안에 겨울이 가자 봄밤을 싫어한다.
봉 성 한 진 파 춘 소

無端嫁得金龜壻　공연히 금 거북이 찬 남편에게 시집왔더니
무 단 가 득 금 구 서

辜負香衾事早朝　포근한 이불 차내고 새벽 조회에 나간다네.
고 부 향 금 사 조 조

시의 처음 두 글자를 제목으로 삼았다. 첫 句가 ‘雲母 병풍이 있어서 ~’로 번역할 수 있다. 젊은 여인의 행복한 푸념을 묘사하였다.

옛사람들은 雲母〔운모；조암 광물의 한 가지. 널빤지나 비늘 모양의 규산(硅酸) 광물. 화강암·화성암 등에 많이 들어 있으며 엷은 판으로 갈라지는 성질이 있음. 백운모와 흑운모가 있고 전기 절연체 등에 쓰임. 돌비늘.〕가 있는 곳에서 구름이 생겨난다고 믿었다. 鳳城(봉성)은 秦의 도읍 함양으로, 여기서는 장안을 지칭한다. 金龜壻(금귀서)는 금 거북을 갖고 다니는 남편이니 3品 이상 고급 관리이다.

고급 벼슬아치의 어린 아내는 나라의 정사에 관심이 없다. 그저 화사한 방, 따뜻한 남편 품에 안겨 있기만을 바란다. 행복한 푸념이고 철모르는 넋두리이겠지만 詩의 소재는 될 수 있다.

이 시는 語淺意深(어천의심；말의 뜻은 깊지 않으나 그 뜻은 심오하여 깊다.)하며 言外의 풍자가 있다. 왕창령이 〈閨怨 (규원)〉에서 ‘悔敎夫壻覓封侯(남편에게 벼슬길 찾아 나서게 한 것을 후회한다.)’와 같은 느낌이다.

## 漢宮詞 한궁사   한궁사

靑鵲西飛竟未回
청 작 서 비 경 미 회
파랑새는 西로 날아가 끝내 아니 돌아오지만

君王長在集靈臺
군 왕 장 재 집 령 대
郡王은 오래도록 집령대에서 기다렸다.

侍臣最有相如渴
시 신 최 유 상 여 갈
가까운 신하 사마상여가 갈증에 시달려도

不賜金莖露一杯
불 사 금 경 노 일 배
승로반에 받은 이슬 한 잔 주지 않았다.

神仙術을 지나치게 믿으며 무지한 일을 벌였던 漢 武帝를 풍자하는 뜻을 담고 있다. 靑鵲은 靑鳥로 서왕모의 편지를 무제에게 전했다는 전설이 있다. 한 무제는 신선이 내려와 쉴 수 있게 集靈宮과 신선의 왕림을 기다린다는 望仙宮을 지었다. 구리로 엄청난 크기의 承露盤을 만들어 거기서 받은 이슬에 옥가루를 섞어 먹으면 장수한다는 말을 믿었다. 사마상여는 소갈증, 곧 당뇨병으로 고생했지만 무제가 이슬 한 방울도 주지 않았다는 것은 시인 자신이 군왕의 雨露와 같은 은택을 받지 않았다는 뜻일 것이다.

한(漢) 무제(武帝)

## 賈生 <sup>가생</sup>　　가의

| | |
|---|---|
| 宣室求賢訪逐臣<br><sub>선 실 구 현 방 축 신</sub> | 文帝는 求賢하려 내쳤던 신하를 불렀는데 |
| 賈生才調更無倫<br><sub>가 생 재 조 갱 무 륜</sub> | 賈誼의 재주는 견줄 만한 사람이 없었다. |
| 可憐夜半虛前席<br><sub>가 련 야 반 허 전 석</sub> | 안타깝게 한밤에 공연히 다가앉아서 |
| 不問蒼生問鬼神<br><sub>불 문 창 생 문 귀 신</sub> | 백성을 묻지 않고 귀신을 얘기했다네. |

제목의 賈生은 賈誼(가의, 前 200 - 前 168)이다. 前漢 文帝 때 博士가 되어 長沙王의 太傅를 역임하였고, 유명한 〈過秦論〉과 〈弔屈原賦(조굴원부)〉, 〈鵩鳥賦(복조부)〉를 지었다. 《史記, 屈原賈生列傳》이 있고, 현재 湖南省 長沙市는 굴원과 가의를 자랑스럽게 여겨 '屈賈之鄕' 이라 부른다.

宣室(선실)은 漢 未央宮 천자의 정실이니 天子를 뜻한다. 逐臣(축신)은 賈誼이니, 漢 文帝는 長沙王 太傅로 방축된 가의를 다시 불러 宣室에서 만나 보았다.

漢나라 文帝와 다음의 景帝 때의 정치는 '文景之治' 라 하여 태평성대로 손꼽는다. 그러한 문제가 현신에게 정치를 묻는다고 求賢을 하긴 했는데 밤늦도록 겨우 귀신 이야기만 했다는 것이다. 가의의 학식과 경륜을 활용한 것이 아니라는 뜻이다.

가의는 懷才不遇하여 불우한 생을 마친 천재라 할 수 있다. 가의를

조문하고 가의로 자신을 비유한 시는 아주 많다. 이상은도 그런 뜻으로
이 시를 지었다.

　황제가 자신을 낮추고 현인을 예우한다 하여 자리를 당겨 앉아 이야
기한 것이 헛되었다는 직격탄을 날리고 結句에서 億兆蒼生〔억조창생 ; 수
많은 백성. 온 세상 사람. 만호중생(萬戶衆生).〕을 위한 대화이어야 하는데 겨우
귀신이야기를 나누었다고 그 이유를 분명히 밝혔다.

가의(賈誼)

## 隋宮 <sup>수궁</sup>    수궁

| | |
|---|---|
| 乘興南遊不戒嚴<br>승 흥 남 유 불 계 엄 | 기분대로 남쪽을 유람했고 기강이 무너졌으니 |
| 九重誰省諫書函<br>구 중 수 성 간 서 함 | 조정의 어느 누가 간쟁의 글을 읽어보겠는가? |
| 春風舉國裁宮錦<br>춘 풍 거 국 재 궁 금 | 봄철 온 나라에 궁중서 쓸 비단을 짜게 하니 |
| 半作障泥半作帆<br>반 작 장 니 반 작 범 | 반은 안장의 흙 가리개 절반은 돛을 만들었다. |

이상은의 정치 풍자시로 名作이라 할 수 있다. 隋 煬帝(양제, 605−617 재위)는 선정을 베푼 개국군주인 文帝 楊堅(양견)을 죽이고 제위에 올랐다. 권력을 탐해 아버지를 죽인 그런 불효자였기에 一身만 망한 것이 아니라 나라를 잃었다. 수 양제의 荒淫亡國은 뜻있는 詩人과 志士들에게 좋은 소재를 제공해 주고 있다.

양제는 대 운하를 완성한 뒤 거대한 龍舟 船團을 이끌고 당시 江都에 유람하였다. 고물과 이물이 이어졌고 大隄에서 淮口까지 이어져 끊어지지 않았다. 비단 돛배가 지나는 부근에는 향기가 십 리에까지 풍겼다. 전국에서 바친 궁중의 비단을 절반은 재단해서 진흙막이[障泥, 장니]에 쓰고, 절반은 재단해서 비단 돛을 만들었다. 비단으로 돛을 만들면 배가 더 빨리 가는가? 인간의 어리석음은 그 끝이 없다.

## 瑤池 <sup>요지</sup>　　　요지

瑤池阿母綺窓開
<small>요 지 아 모 기 창 개</small>
　요지에서 서왕모가 비단 창문을 열자

黃竹歌聲動地哀
<small>황 죽 가 성 동 지 애</small>
　황죽가의 노래가 구슬피 천지를 흔들었다.

八駿日行三萬里
<small>팔 준 일 행 삼 만 리</small>
　팔준마는 하루에 3만 리를 달려간다는데

穆王何事不重來
<small>목 왕 하 사 불 중 래</small>
　목왕은 무슨 일로 다시 오지 못하는가?

　瑤池는 신화나 전설에 나오는 崑崙山<sup>(곤륜산)</sup> 위에 있다는 연못으로 仙境의 상징이다. 옛날 周 穆王<sup>(목왕)</sup>이 요지에서 西王母를 만났다고 한다. 서왕모는 고대 전설에 나오는 漢 민족의 어머니로 곤륜산 요지 일대에 살았고, 또 不死藥을 가지고 있었다. 黃竹歌는 穆天子가 지은 노래. 목천자가 곤륜산에서 돌아오는 길에 黃竹이라는 곳에서 寒風과 大雪을 만났다고 한다.

　이 시는 서왕모와 목천자가 만나서 술을 마셨다는 仙境을 오늘에는 볼 수 없으며, 서왕모로부터 불사약을 받아먹었다는 목천자도 결국은 죽었으니 인간이 바라는 불로장생은 바랄 수 없다는 뜻을 내포하고 있다.

## 嫦娥 <sup>항아</sup>　　　항아

| | |
|---|---|
| 雲母屛風燭影深<br><small>운 모 병 풍 촉 영 심</small> | 운모 병풍에 촛불 그림자가 진하고 |
| 長河漸落曉星沈<br><small>장 하 점 락 효 성 침</small> | 은하가 점점 기울더니 샛별도 사라졌다. |
| 嫦蛾應悔偸靈藥<br><small>항 아 응 회 투 영 약</small> | 항아는 불사약 훔친 것을 꼭 후회하리니 |
| 碧海靑天夜夜心<br><small>벽 해 청 천 야 야 심</small> | 碧海와 靑天에 밤마다 혼자인 마음! |

嫦娥는 '姮娥<sup>(항아)</sup>'라고도 한다. 원래 활을 잘 쏘는 后羿<sup>(후예)</sup>의 아내였으나 후예가 西王母로부터 받은 不死藥을 훔쳐 먹고 달나라에 올라가 月精이 되었다고 한다. 雲母는 몸을 가볍게 하는 효과가 있어 장복하면 신선이 될 수 있다고 믿었다.

제목도 그러하고 불사약을 훔쳐 먹었다는 등 月精인 항아를 읊은 시처럼 생각되는데 끝까지 읽고 생각해도 달에 사는 항아를 읊은 것 같지는 않다.

이 시의 경우 首句의 묘사는

항아(姮娥)

서모왕(西王母) 화상(畵像)

2, 3, 4구와 동떨어져 있다. 이 시는 죽은 사람을 애도하는 뜻이 있는 것
같다. 그리고 불사약을 먹었다는 것은 도를 잘 닦아 불로장생의 경지만
을 추구하는 도사, 여기서는 특히 여자 도사(道姑)의 외로운 생활을 풍자
하는 뜻이 있는 것 같다. 하여튼 읽고 또 읽고 이리저리 생각해 보아야
하는 시이다.

## 宮詞 궁사　　　궁사

| 君恩如水向東流<br><sub>군 은 여 수 향 동 류</sub> | 성은은 물처럼 동쪽으로 흘러가니 |
|---|---|
| 得寵憂移失寵愁<br><sub>득 총 우 이 실 총 수</sub> | 총애엔 근심이 사라지고 잃으면 수심에 잠기네. |
| 莫向樽前奏花落<br><sub>막 향 준 전 주 화 락</sub> | 술잔 앞에서 梅花落을 부르지 말아야지 |
| 涼風只在殿西頭<br><sub>양 풍 지 재 전 서 두</sub> | 찬바람은 다만 전각 서쪽에 있다네. |

　　오직 황제의 총애에만 매달려야 하는 궁인의 비애를 읊었다. 수시로 변하는 황제의 기분에 궁인의 영욕은 수시로 달라진다. 이상은은 부인 왕씨와의 애정이 돈독했지만 불행히도 왕씨는 세상을 먼저 떴다.

## 柳<sup>유</sup>　　　버들

曾逐東風拂舞筵　일찍이 봄바람 따라 잔치 자리에서 춤추었고
증 축 동 풍 불 무 연

樂游春園斷腸天　즐거운 봄동산 놀이에 애태웠던 그런 날.
낙 유 춘 원 단 장 천

如何肯到淸秋日　어째서 서늘한 가을을 맞이해야 하는가?
여 하 긍 도 청 추 일

已帶斜陽又帶蟬　햇살은 벌써 지려 하는데 매미가 와서 운다오.
이 대 사 양 우 대 선

　제목의 柳〔버들〕는 젊은 여인을 상징하는 것 같다. 푸른 잎을 피우고
날렵하게 흔들리던 봄날이 있고 잎을 떨구는 가을이 있는 버들이다. 이
처럼 인간에게도 영고성쇠가 있다는 상징으로 버들을 노래한 시인이다.

517

# 寄蜀客 기촉객　　촉에 가는 사람에게

君到臨邛問酒壚
군 도 임 공 문 주 로
그대 임공에 가거든 술집에 물어보게나.

近來還有長卿無
근 래 환 유 장 경 무
요즈음 아직도 상여 같은 사람이 있는가?

金徽却是無情物
금 휘 각 시 무 정 물
금휘의 거문고는 정말 무정한 물건이니

不許文君憶故夫
불 허 문 군 억 고 부
文君에게 전 남편을 잊어버리게 했다네.

　　前漢 司馬相如는 촉의 臨邛(임공)의 縣令(현령)과 친했는데 임공의 부호인 卓王孫이 두 사람을 초청했고 사마상여는 거기서 琴을 연주했다. 탁왕손의 딸 卓文君은 이혼하고 집에 와 있었는데 사마상여가 琴을 연주하는 모습을 보고 홀딱 반하여 사마상여와 밤중에 사랑의 도피를 하였다. 위 시는 이런 이야기에 바탕을 두고 쓰였다. 金徽는 蜀의 雷氏가 만든 좋은 琴[거문고]을 지칭한다.

　　이상은은 두보만큼이나 전고를 즐겨 썼으니, 이상은의 전고는 두보가 쓴 전고보다 어렵고 이해하기도 더 힘들다. 이상은의 시는 아름답지만 떫은맛이 많다. 이상은이 사용하는 전고는 그 전고가 갖는 일반적 뜻보다도 더 의미심장하며 더 고결한 경지를 추구하는 것 같다.

## 花下醉 <sub>화하취</sub>　꽃에 취하다

尋芳不覺醉流霞　꽃구경하다가 나도 모르게 술 향기에 취해
<sub>심 방 불 각 취 유 하</sub>

依樹沈眠日已斜　나무에 기대어 잠이 들었고 해는 벌써 기울었네.
<sub>의 수 침 면 일 이 사</sub>

客散酒醒深夜後　손님은 떠났고 술이 깨어난 한밤중에야
<sub>객 산 주 성 심 야 후</sub>

更持紅燭賞殘花　다시금 붉은 촛불 들고 지는 꽃을 감상하네.
<sub>갱 지 홍 촉 상 잔 화</sub>

　우선 시가 부드럽고 유창하며 淸麗하다. 審美的 혜안이 아니더라도 매우 아름다운 정경이 떠오른다. 流霞는 꽃의 향기 아니면 좋은 술의 향기로 풀이할 수 있다.

　나무에 기대어 잠든 모습도, 또 해가 기운 뒤에야 일어나 붉은 촛불을 켜든 모습도 매우 詩的이다. 촛불을 켜고 보는 꽃—밝은 햇살 아래 느낄 수 없는 새로운 아름다움이 있을 것이다. 月下美人과 밀회하듯 촛불 들고 꽃을 보는 남자—李商隱은 틀림없는 로맨티스트이다.

　李商隱의 詩의 特長으로 상징과 은유의 표현기법이 우수하며 전고의 운용이 능숙하다는 점을 들 수 있다. 또한 字句가 精練(정련; ①잘 연습함. ② 실이나 피륙을 표백함.)되고 화려하다 할 수 있으니, 이상 3가지 특장이 하나로 어울려 함축적이고 완곡하며 우아한 詩境(시경)을 연출하고 있으나 난

해하다는 평가를 면할 수는 없다.

博學強記한 李商隱은 典故를 많이 사용하고 수사를 매우 중히 여겼다. 따라서 이상은의 詩句는 매우 精練되고 기이하지만 시가 난삽하고 이해하기가 쉽지 않다. 그는 詩題를 매우 모호하게 붙이기를 좋아하여 〈無題〉시가 많다는 것도 하나의 특징이라 할 수 있다. 〈無題〉는 일부러 제목을 붙이지 않기에 시인의 의도를 드러내지 않는 효과가 있다.

## 代贈 대증　　대증 二首 (一)

樓上黃昏欲望休　황혼에 누각에 올라와 이제 그만 내려가려는데
누 상 황 혼 욕 망 휴

玉梯橫絶月如鉤　멋진 사다리에 갈고리 같은 달이 가로 걸렸다.
옥 제 횡 절 월 여 구

芭蕉不展丁香結　파초는 잎을 펴지 않고 정향은 열매를 맺고서
파 초 부 전 정 향 결

同向春風各自愁　춘풍을 모두 바라지만 걱정은 제각각입니다.
동 향 춘 풍 각 자 수

　제목의 代贈이란 남에게 기증하는 것처럼 지었다는 뜻이다. 이 시에서는 여자가 남자에게 주는 것처럼 여인의 우수를 읊었다.

　큰 잎을 가진 파초는 가뭄이 들면 잎을 펴지 않는다고 한다. 한약재로도 쓰는 丁香은 열매를 맺으면 꽃잎을 펴지 않는다 하니 파초와 정향의 근심 걱정이 서로 다르다는 뜻이다.

　그렇다면 사람마다 또 시인마다 그 감정이 서로 다를 것이다. 李商隱은 애정과 우수를 노래한, 곧 남녀의 애정을 주제로 읊은 시가 많다. 이상은 이전에는 애정시가 거의 없었으나 이상은에 의해 문학적 향기가 높은 작품이 나온 것은 특기할 만하다. 이상은의 애정시의 제목은 거의 〈無題〉이다.

　李商隱의 〈無題〉시는 題材가 아주 다양하다. 정치상의 理想, 개인의 포부와 失意, 남녀애정과 인생의 애환 등 다방면에 걸쳤으며 그 표현방

법에서도 고도의 은유와 함축, 그리고 섬세한 묘사와 해박한 전고를 즐겨 사용하였다.

# 087

# 李群玉 • 이군옥

李群玉(이군옥)의 字는 文山이며 湖南 澧縣(풍현) 사람이다. 진사과에 급제하지 못하고 布衣로 장안에 유람하다가 宣宗에게 시를 바치고, 令狐綯(영호도)의 천거로 弘文館校書郎이 되었다. 나중에 다른 사람의 모함을 받자 관직을 박차고 고향으로 돌아왔다. 이군옥의 시에는 名句가 많아 많은 사람들이 傳誦(전송)하였으며 書法에도 일가를 이루었다고 한다.

## 放魚 <sup>방어</sup>　　고기를 놓아주며

早覓爲龍去　　빨리 용이 되는 길을 찾아가
조 멱 위 룡 거

江湖莫漫游　　江湖에선 느긋하게 놀지 말라.
강 호 막 만 유

須知香餌下　　꼭 알아야 할 것은 좋은 먹이에
수 지 향 이 하

觸口是銛鉤　　입을 대면 그것이 날카로운 갈고리란다.
촉 구 시 섬 구

鱣魚(선어 ; 드렁 허리 – 민물장어 비슷한 물고기)가 황하를 거슬러 올라가 登龍門에 오르면 용이 되어 승천하고, 올라가지 못하면 몸에 점이 찍혀 살던 곳으로 돌아온다고 한다. 용이 되느냐 못되느냐? 급제하느냐 못하느냐? 이에 따라 사람의 팔자가 달라진다는 뜻일 것이다. 잡은 물고기를 방생하면서 부탁하는 말이지만 물고기에 빗대어 그 寄託(기탁)하는 바가 많아 여러 가지 생각을 하게 된다.

## 火爐前坐 화로전좌
# 화로 앞에 앉아서

孤燈照不寐
고 등 조 불 매
외등 아래 잠을 못 드는데

風雨滿西林
풍 우 만 서 림
비바람은 西林에 가득하다.

多少關心事
다 소 관 심 사
이런저런 마음 가는 일을

書灰到深夜
서 회 도 심 야
재(灰) 위에 써 보니 한밤이로다.

　화롯불―그 따뜻한 온기가 그립다. 화롯불이 식어 가면서 재가 된다. 그 재를 인두로 꼭꼭 눌러 평평하게 한 뒤에 인두 끝이나 막대기로 글씨를 써 본다. 이런 경험이 없는 젊은이야 이해하기 힘든 정경이지만 시름 많은 시인이 얼마나 많은 생각을 했겠는가?

## 引水行 인수행　물 끌어오는 노래

一條寒玉走秋泉
일 조 한 옥 주 추 천
　　　한 줄기 푸른 대나무 통을 맑은 샘에 대어서

引出深夢洞口烟
인 출 심 몽 동 구 연
　　　심몽동 골짜기 물을 끌어온다.

十里暗流聲不斷
십 리 암 류 성 부 단
　　　십 리 길 흐르며 아니 보여도 소리는 이어지니

行人頭上過潺湲
행 인 두 상 과 잔 원
　　　행인의 머리 위에 졸졸대며 흘러간다.

　산속의 샘물을 대나무 통으로 이어 십 리 떨어진 마을까지 흐르게 하는 정경을 머릿속에 그리며 읽어야 한다. 寒玉은 푸른 대나무이고, 秋泉은 맑은 샘물, 承句의 烟은 구름이나 연기가 아닌 샘물이다. 深夢洞은 시인이 지어낸 골짜기 이름일 것이고, 潺湲(잔원)은 물소리의 형상이다.

　우리나라에서는 아무데나 깊이 파면 샘물이 나오지만 중국은 그렇지 않다는 것을 염두에 두어야 한다. 그러니 10리 길 먼 데서 물을 끌어올 것이다.

# 088

# 溫庭筠

온정균

온정균 812-870

溫庭筠(온정균, 筠 대나무 균)의 字는 飛卿으로 太原 출신이다. 晚唐의 유명한 시인인데 그를 보통 花間派 詞人(화간파 사인)이라 부른다.

溫庭筠은 대개의 문인이 그러했던 것처럼 어려서부터 호학하며 詩詞에 능했다. 또 權貴를 희롱하며 금기를 일부러 범하는 성격이었기에 '有才無行(재주는 좋으나 행실이 좋지 않다)'이라는 말을 들어야만 했다. 외모가 못생긴 쪽으로 특이하여 '溫鐘馗(온종규, 종규는 疫鬼역귀를 몰아내는 무시무시한 神)'라 불리기도 했다. 溫庭筠은 令狐綯(영호도)의 아들 令狐滈(영호호)와 절친했고 늘 相府에 출입하였다. 나중에는 영호호의 미움을 받았고, 과거에 여러 번 실패하였기에 관직은 겨우 國子監助教에 그쳤다.

온정균은 音律에 정통하여 음악가로 인정될 정도였고 그 詞風은 濃綺艷麗〔농기염려;비단옷을 입은 화사하고 아름다움이 화려하여 요염(妖艶)하다.〕한 기풍이 역력하다. 그 무렵의 李商隱, 段成式(단성식)과 함께 이름을 날렸는데 이들 3인의 형제 排行이 모두 16째이고, 이들의 문장 스타일 — 綺麗(기려 ; 아름다움. 고움. 화려함.)하면서도 唯美主義〔유미주의 ; 탐미주의(耽美主義 ; 19세기 후반 유럽에서 일어났던 문예 사조의 한 가지. 미를 최고의 가치로서 추구하는 주의.)〕的 詩風 — 을 '3인의 16번째'라는 뜻으로 '三十六體'라는 별칭으로 부르기도 한다.

온정균과 이상은 두 사람만을 지칭할 때는 특별히 '溫李'라고 부른다. 물론 이상은과 온정균의 차이도 엄연하다. 이상은은 적지 않은 詠史詩(영사시)를 통해 농민들의 고통을 고발하는 시를 지었지만 온정균은 그런 경향이 없었다.

온정균 시의 특징은 색채감이 진하고, 詞句가 화려하며 對句가 교묘하다. 그의 산수시, 회고시, 객수를 읊은 詩는 감개가 크고 청신하며 대범하다는 평을 듣는다. 온정균은 시인보다는 다음 宋代에 크게 성행한 詞의 작가로 먼저 인식되고 중요한 지위를 차지하고 있다.

재주가 많고 똑똑하였지만 동시에 주색잡기에도 일가견을 가졌었다. 때문에 그의 품행과 그 예술적 성취를 함께 평가할 수는 없지만 그의 시가 기녀들 사이에 인기가 높았던 것은 사실이다.

# 碧澗驛曉思 벽간역효사
## 벽간역의 새벽 생각

| | |
|---|---|
| 孤燈伴殘夢<br>고 등 반 잔 몽 | 외론 등불 아래 희미한 꿈 |
| 楚國在天涯<br>초 국 재 천 애 | 楚의 땅은 하늘의 끝에 있다. |
| 月落子規歇<br>월 낙 자 규 헐 | 달이 지자 자규도 울지 않고 |
| 滿庭山杏花<br>만 정 산 행 화 | 마당 가득 개살구 꽃이 피었다. |

새벽에 꾸는 꿈은 그 줄거리도 잘 생각나지 않으니 殘夢(잔몽)이라 표현했을 것이다. 평담한 묘사에 정감이 느껴지지만 結句에는 왠지 쓸쓸한 느낌이 엄습해오는 것 같다.

# 嘲三月十八日雪 조삼월십팔일설
# 삼월 십팔일에 내린 눈을 비웃다

三月雪連夜     삼월의 눈이 밤까지 이어져도
삼 월 설 연 야

未應傷物華     응당 봄의 생기를 다치지는 못하리라.
미 응 상 물 화

只緣春欲盡     다만 봄이 막 지나려는 때이기에
지 연 춘 욕 진

留着伴梨花     쌓인 눈은 배꽃처럼 보이네.
유 착 반 이 화


음력 삼월 십팔일이면 보통 4월 하순 내지 5월 초순일 것이다. 長安이 우리나라 목포와 같은 위도인 것을 고려한다면 3월 18일의 눈은 분명 비정상적 날씨이다. 物華는 만물의 精氣, 또는 아름다운 景物이란 뜻이기에, 여기서는 봄의 생기로 의역하였다.

## 贈少年 증소년 　젊은이에게

江海相逢客恨多
강 해 상 봉 객 한 다 　山河를 떠돌다 만나니 나그네 시름 많은데

秋風葉下洞庭波
추 풍 엽 하 동 정 파 　추풍에 낙엽 지고 동정호엔 물결이 인다.

酒酣夜別淮陰市
주 감 야 별 회 음 시 　술에 취해 밤에 회음의 저잣거리를 떠나며

月照高樓一曲歌
월 조 고 루 일 곡 가 　달빛 어린 누각에서 이별 노래 부른다.

동정호에 파도가 친다는 표현은 楚辭
를 인용하여 秋景을 묘사한 것이지 실제
동정호를 내려다 본 것이 아니다. 淮陰
(회음)은 韓信의 고향으로 江蘇省의 북부
지역이다. 회음의 저잣거리에서 한신은
불량배의 사타구니 아래를 기어가는 수
모를 당했었다. 여기서는 그 전고를 인용
해 소년의 장래 무한한 가능성을 암시하
였다.

전고를 인용했으면서도 시는 매끈하
고 멋진 경치 속에서 상봉과 이별의 정이
살아 있는 것 같다.

한신(韓信)

## 瑤瑟怨 요술원　　玉瑟의 恨

冰簟銀牀夢不成
빙 점 은 상 몽 불 성
시원한 대자리 은 침상에서도 꿈을 못 꾸고

碧天如水夜雲輕
벽 천 여 수 야 운 경
푸른 하늘은 강물이니 밤 구름 가벼이 떠간다.

雁聲遠過瀟湘去
안 성 원 과 소 상 거
기러기 울며 소수 상수를 넘어 멀리 가고

十二樓中月自明
십 이 루 중 월 자 명
열두 누각에는 달만 덩그러니 밝도다.

ᏚᏚ

玉瑟(옥슬)은 옥으로 장식한 25현 또는 16현의 거문고 계통의 현악기이며, 이 시는 여인의 적막함을 하소연한 일종의 閨怨詩(규원시 ; ① 남편에게 이별을 당한 여자의 원한(怨恨). ② 남편에게 이별을 당한 원한을 노래한 시가(詩歌).)이다.

시에 나오는 瀟湘(소상)은 瀟水(소수)와 湘水(상수)로 長江의 큰 지류인데, 소상은 중국 湖南省의 대칭으로 쓰인다. 또 '十二樓'는 신선들이 산다는 5城 12樓지만, 여기서는 玉瑟을 타는 여인의 거처를 의미한다.

여인의 怨은 여러 가지이다. 여기서는 보고픈 사람을 만나지 못한다는 그리움을 怨이라 하였다. 怨은 願이고 恨이다. 만나 보면 사라진다. 물론 이별한다면 또 원이 생길 것이다.

여인의 원은 瑟에 실려 하늘로 날아간다. 1구에서는 잠을 못 이루는 그리움이고, 2구에서는 밤하늘에 보내는 여인의 원을, 3句에서는 기러기 편에 먼데 있는 임에게 하소연 하고픈 怨이다.

　　그리고서 4句는 여인이 있는 집이다. 달만 밝고 같이 볼 사람이 없다. 空想의 세계를 날다가 현실로 돌아왔다. 오늘 밤 옥슬을 타는 여인은 어차피 '夢不成' 할 것이다.


### 楊柳枝 <sup>양류지</sup> 　양류지

| 織錦機邊鶯語頻<br><sub>직 금 기 변 앵 어 빈</sub> | 비단 짜는 베틀 가까이 꾀꼬리 자주 우니 |
| 停梭垂淚憶征人<br><sub>정 사 수 루 억 정 인</sub> | 북을 쉬고 눈물 흘리며 변방의 임을 그린다. |
| 塞門三月猶蕭索<br><sub>새 문 삼 월 유 소 삭</sub> | 변방 요새 삼월은 아직도 스산할 것이니 |
| 縱有垂楊未覺春<br><sub>종 유 수 양 미 각 춘</sub> | 설령 버들 있어도 봄인지도 모르리라. |

　　변새에 나가 고생하는 사람이 봄이 왔는지도 모를 것이니, 꾀꼬리 울음소리에 남편을 그리워하는 아낙의 수심을 모를 것이라는 자기 위안이 아니겠는가? 하여튼 여인의 춘수를 세심하게 그려낸 시이다.

# 089

# 陳陶

### 진도

진도 812-885

陳陶(진도)의 字는 嵩伯(숭백)으로 福建 南平
縣사람이다. 과거 급제나 또 관직에 있었다
는 기록은 없고 장안에 유학했고 나중에 남
창에 은거했다고 한다. 그의 시 〈隴西行〉이
《唐詩三百首》에 수록되었는데, 이는 福建省
(복건성)에 본적을 둔 사람의 유일한 작품이
라고 한다. 《全唐詩》에 그의 시 2권이 전한
다. 지금의 복건성 지역은 그때 과거 합격자
도 거의 없을 정도로 문화적 미개지였다고
한다.

# 續古<sup>속고</sup> 　 속고

| | |
|---|---|
| 戰地三尺骨<br><sub>전 지 삼 척 골</sub> | 싸움터에는 석 자의 백골 |
| 將軍一身貴<br><sub>장 군 일 신 귀</sub> | 장군의 한 몸은 고귀해졌다. |
| 自古若弔冤<br><sub>자 고 약 조 원</sub> | 예부터 만약 원한을 위로한다면 |
| 落花少於淚<br><sub>낙 화 소 어 루</sub> | 지는 꽃잎이 눈물보다 적으리라. |

〈續古〉는 옛일을 회고하며 뒤를 이어 짓는다는 뜻이다. 본래 29수인
데 그중 한 首만 수록했다. 본래 병졸의 죽음을 딛고 장군은 영달한다.
백성들이 흘린 눈물이 지는 꽃잎보다도 많은 것이 사실일 것이다.

# 隴西行 <sup>농서행</sup>　　농서행

誓掃匈奴不顧身　　흉노 소탕을 맹서하며 몸을 돌보지 않더니
서 소 흉 노 불 고 신

五千貂錦喪胡塵　　오천 정예병 모두가 오랑캐 땅에서 죽었네.
오 천 초 금 상 호 진

可憐無定河邊骨　　가련하구나, 無定河 강변의 백골이여!
가 련 무 정 하 변 골

猶是深閨夢裡人　　아직 깊숙한 안채에서 꿈에 그리는 사람이리라!
유 시 심 규 몽 리 인

〈隴西行〉은 악부의 옛 제목으로 〈相和曲辭〉에 속한다. 변새에 동원된
사람들의 고통을 노래했다. 隴西는 지금의 甘肅省의 天水, 蘭州와 河西
走廊(하서주랑) 및 실크로드 지역을 포함하는 지역 명칭이다.

　시의 貂錦(초금)은 담비 가죽옷과 비단옷을 입은 정예병이고, 無定河는
내몽고에서 발원하여 섬서성의 황토 고원지대를 지나 황하에 유입되는
지류이다. 비참한 전쟁 모습을 묘사하지는 않았지만 전쟁의 끝은 대부분
죽음이다. 강변의 白骨에는 참혹한 전투의 모습이 다 들어 있을 것이다.
그리고 죽은 줄도 모르고 아직도 기다렸던 여인의 슬픔이 서려 있다.

## 歌風臺 <sub>가풍대</sub>  가풍대

| | |
|---|---|
| 蒿棘共存百尺基<br><sub>호 극 공 존 백 척 기</sub> | 쑥대와 가시풀이 높은 기단 위에 자랐는데 |
| 酒酣曾唱大風詞<br><sub>주 감 증 창 대 풍 사</sub> | 그전에 술에 취해 大風歌를 불렀던 곳이다. |
| 莫言馬上得天下<br><sub>막 언 마 상 득 천 하</sub> | 천하를 마상에서 차지한다고 말하지 말지어니 |
| 自古英雄盡解詩<br><sub>자 고 영 웅 진 해 시</sub> | 자고로 영웅들은 모두 시를 알았었다. |

漢 高祖 劉邦은 천하를 차지한 뒤, 기원전 195년 英布의 반란을 평정하고 고향 沛(패)에 들러 잔치를 하고 父老들을 위로한다. 고조는 술에 취해 楚歌로 '大風起兮雲飛揚하고, 威加海內兮歸故鄕이라. 安得猛士兮守四方하리오!' 라고 〈大風歌〉를 지어 부르면서 춤을 추며 뜨거운 눈물을 흘렸다고 한다. 그 자리에 세운 누각을 歌風臺라고 한다.

한(漢) 고조(高祖)

537

# 090

# 段成式・단성식

단성식 803?−863

段成式(단성식)의 字는 柯古(가고)인데, 재상 段文昌의 아들로 관직은 太常少卿을 지냈다. 詩歌와 騈文(변문, 騈儷文)에 능했고 이상은, 온정균과 함께 세 사람의 형제 서열이 모두 十六이라서 '三十六體'라 불리었다. 唐代 筆記小說인 《酉陽雜俎(유양잡조)》를 지었다.

## 漢宮詞 한궁사　　한궁사

歌舞初承恩寵時
가 무 초 승 은 총 시

가무로 처음 은총을 입었을 때

六宮學妾畵蛾眉
육 궁 학 첩 화 아 미

六宮의 모두가 나를 따라 눈썹을 그렸었다.

君王厭世妾頭白
군 왕 염 세 첩 두 백

君王이 세상을 떴고 나도 이제는 늙었기에

聞唱歌聲却淚垂
문 창 가 성 각 누 수

들리는 노랫소리에 눈물을 흘린다.

위 시에 나오는 厭世(염세)는 '세상을 버렸다', 곧 죽었다는 뜻이다.
漢宮이라 했지만 당연히 唐宮이고, 六宮은 황제가 거느리는 비빈들의
총칭이다.

折楊柳 <sup>절양류</sup>   버들가지를 꺾다

枝枝交影鎖長門
지 지 교 영 쇄 장 문

엇갈려 그늘진 버들가지, 대문은 잠겨 있고

嫩色曾沾雨露恩
눈 색 증 첨 우 로 은

고운 모습은 비와 이슬을 맞아 더욱 새롭다.

鳳輦不來春欲盡
봉 연 불 래 춘 욕 진

귀한 수레는 오지 않고 봄은 가려 하는데

空留鶯語到黃昏
공 류 앵 어 도 황 혼

괜한 꾀꼬리 노랫소리, 해는 저물어 간다.

봄날의 버드나무들을 노래했지만, 사실은 어제와 오늘의 영화와 몰락을 읊은 시이다. 長門永巷은 사람이 찾아오지 않는, 늘 닫힌 문을 뜻한다.

# 091

# 曹鄴 ● 조업

曹鄴(조업)의 字는 業之인데, 長安에서 10년
동안 9번이나 과거에 불합격했으나 宣宗 大
中 4년(850)에 급제하였고, 뒤에 太常博士,
洋州刺史 등을 역임하였다. 五言古詩로 명
성을 누렸고 강직하고 耿介(경개 ; 대세에 휩쓸
리지 않고 지조가 굳음.)하여 詩弊〔시폐 ; 그 시대의
사회적 폐단. 그 당시의 나쁜 풍습. 시병(詩病).〕를 잘
지적하였으며 聶夷中(섭이중)과 나란한 명성
을 누렸다고 한다.

庭草 <sup>정초</sup>　　뜰의 풀

| 庭草根自淺<br><small>정 초 근 자 천</small> | 뜰의 잡초는 본디 뿌리가 얕아 |
| --- | --- |
| 造化無遺功<br><small>조 화 무 유 공</small> | 조화를 부려도 자랑할 것이 없다. |
| 低廻一寸心<br><small>저 회 일 촌 심</small> | 조그만 미련이 남아 맴돌지만 |
| 不敢怨春風<br><small>불 감 원 춘 풍</small> | 스스로 춘풍을 원망하지 않는다. |

# 樂府體 <sup>악부체</sup>

## 악부체

蓮子房房嫩<br>연 자 방 방 눈    연밥은 알맹이마다 아름답게 맺혔고

菖蒲葉葉齊<br>창 포 엽 엽 제    창포는 이파리마다 가지런하구나.

共結池中根<br>공 결 지 중 근    둘이 같이 연못에 뿌리를 내려

不厭池中泥<br>불 염 지 중 니    연못 속의 진흙을 싫어하지 않네.

이 시에 굳이 무슨 의미를 부여하거나 찾지 않아도 될 것이다. 시인이 가장 단순하게 잡초와 연꽃과 창포를 읊었으니, 시인의 뜻을 새기는것은 읽는 사람마다 다를 것이다. 하여튼 시인의 뜻은 '不敢怨(불감원;감히 원망할 수 없음.)'과 '不厭'에 있을 것이다.

# 官倉鼠 관창서　나라 창고의 쥐

官倉老鼠大如斗　나라 창고의 쥐는 말(斗)만큼 큰데
관 창 노 서 대 여 두

見人開倉亦不走　사람이 창고 문을 열어도 도망가지 않는다.
견 인 개 창 역 부 주

健兒無糧百姓饑　젊은이 먹일 곡식 없고 백성도 굶주리는데
건 아 무 량 백 성 기

誰遣朝朝入君口　날마다 누가 너의 입에 곡식을 보내주는가?
수 견 조 조 입 군 구

老鼠(노서)나 老虎(노호)라 하여 늙은 쥐와 늙은 호랑이가 아니라 그냥 쥐이고 호랑이다. 새파랗게 젊은 선생님도 老師이니, 老는 '늙었다'는 뜻이 없는 접두어이다. 중국어의 老頭兒는 늙은이 또는 아버지를 지칭하고, 老大는 장남이나 장녀를 지칭하며, 老賊은 영감탱이라는 뜻이고, 老兒子는 막내아들이니 하여튼 재미있게 쓰이는 글자이다.

창고에 사는 쥐와 변소에 사는 쥐는 사는 처지가 달라 그 크기와 여유에 큰 차이가 있기에 이런 현실을 확인한 楚의 창고지기 李斯(이사)는 秦에 가서 벼슬을 구해 승상에 올랐고 戰國을 통일하였다. 이 시에 나오는 쥐는 이사가 본 쥐와 같으나 시인이 볼 때에는 貪官〔탐관 ; (백성의 재물을) 탐(貪)하는 벼슬아치.〕이 아니겠는가?

## 092

方乾 · 방건

방건 809?−888

方乾(방건)은 字가 雄飛인데, 睦州의 桐廬(동려) 사
람이다. 중국 본토에서 나온 책은 簡化字로 '方
干'으로 되어 있어 우리나라에서 '방간'으로 표기
하기도 하고 심지어는 '方于(방우)'라고 엉뚱한 사
람으로 만들기도 했다. '干'은 방패라는 본래의
의미 외에도, 乾(gān, 마를 건)과 幹(gàn, 줄기 간)의 簡
化字로 쓰인다. 簡化字로 '方干'을 대만에서 출간
된 책에는 '方乾'으로 표기하고 있으니 우리나라
에서는 '방건'으로 읽어야 맞을 것이다. ('簡化漢
字'가 정식 명칭으로 이를 簡化字라 줄여 쓰고, 簡
體字는 '簡化漢字'의 속칭이다.)
방건은 인물이 아주 못생겼고 입술이 너무 짧아(입
이 작다는 뜻은 아니다) 사람들이 '缺脣先生(결순선
생)'이라고 했다니 그 생김새를 짐작할 수 있다.
하여튼 방건은 외모 때문에 과거에도 여러 번 낙
방하였고 뛰어난 재능을 가지고도 관직에 나갈 수
도 없었다. 그리하여 방건에 대하여 '官無一寸祿
이나 名傳千萬里라.'고 말했다. 방건은 고향 땅 會
稽(회계)의 鏡湖에서 시를 지으며 은거하였는데 당
시 賈島(가도)나 姚合(요합) 등과 시를 주고받았으며
시인 徐凝(서응)의 인정을 받았었다.

## 題君山 제군산   君山을 읊다

曾於方外見麻姑
증 어 방 외 견 마 고
일찍이 세상 밖에서 마고 선녀를 만나

聞說君山自古無
문 설 군 산 자 고 무
君山은 본디 없었다는 말을 들었지.

元是昆侖山頂石
원 시 곤 륜 산 정 석
원래는 곤륜산 위의 바위였었는데

海風吹落洞庭湖
해 풍 취 락 동 정 호
해풍에 날려 동정호에 떨어졌다네.

　麻姑(마고)는 중국의 神話 속의 長壽女神으로, 손가락이 길고 닭발처럼 생겼지만 絳珠河(강주하) 강변에서 영지로 술을 빚어 곤륜산에 살고 있는 여자 신선의 최고 지도자인 西王母의 장수를 빌었다고 한다.
　하나의 전설이지만 아름다운 동정호, 그리고 호수 가운데의 절경인 君山은 시인들에게 좋은 詩材가 되었다. 유우석의 〈望洞庭〉에서도 君山을 묘사하였으니 같이 읽으며 비교하여도 괜찮을 것이다.

## 君不來 <sub>군불래</sub>  오지 않는 임

遠路東西欲問誰
원 로 동 서 욕 문 수
먼먼 길에 東西를 누구에 물으랴?

寒來無處寄寒衣
한 래 무 처 기 한 의
추워졌지만 겨울옷을 보낼 곳이 없네.

去時初種庭前樹
거 시 초 종 정 전 수
떠날 때 처음 심었던 뜰 앞의 나무

樹已勝巢人未歸
수 이 승 소 인 미 귀
나무에 둥지를 틀었어도 임은 돌아오지 않네.

하소연할 데도, 그리고 또 아무런 방법도 없이 무작정 기다려야만 하는 여인의 심사를 읊었다. 이 정도 되면 산다는 것이 사는 것이 아닐 것이다.

## 093

# 羅隱・나은

나은 833-909

羅隱(나은)은 奇才(기재)를 가지고도 불우한 인생을 살았다. 여기에는 그가 선천적으로 대단한 추남이었다는 것도 한몫을 했다고 볼 수 있다. 나은의 자는 昭諫(소간)이고, 본명은 羅橫(나횡)이다.

나은은 절강 餘杭(여항) 사람으로, 20세에 과거에 처음 불합격한 이후 10여 차례 낙방을 하자 이름을 羅隱으로 바꾸고 江東生이라 自號했다. 어떤 사람은 나은의 시문이 세상과 사람들을 늘 삐딱하게 바라보고 비꼬았기 때문에 낙방할 수밖에 없었다고 말했다.

55세에 절도사 錢鏐(전류)의 막료가 되었다가 나중에 錢塘令, 鎭海軍掌書記, 節度判官, 鹽鐵發運副使, 著作佐郎 등을 지냈으나 그 못생긴 외모와 괴팍한 행동은 여전했다고 한다. 그의 시 500여 수가 전해오고 있으며, 저서로 《江東甲乙集》이 남아 있다.

《唐才子傳》에서는 나은의 '詩文은 거의 원망과 풍자의 뜻이 많다'고 하였는데, 아마도 이는 그 자신의 외모와 晚唐의 정치문란과 사회 병폐에 대한 비판의식 때문에 그러했을 것이다.

## 雪 <sup>설</sup>　　　눈

| 盡道豊年瑞<br><small>진 도 풍 년 서</small> | 모두가 풍년들 길조라고 말하지만 |
| 豊年事若何<br><small>풍 년 사 약 하</small> | 풍년 들면 형편은 어떠해야 하나? |
| 長安有貧者<br><small>장 안 유 빈 자</small> | 장안에 가난한 사람이 많은데 |
| 爲瑞不宜多<br><small>위 서 불 의 다</small> | 길조 그대로면 많지 않아야 한다. |

겨울에 눈이 많이 내리면 풍년이 들 것이라는 경험에 의한 희망사항
이지만 나은의 시 속에서는 약간 삐딱한 시선이 느껴진다. 시인이 느끼
는 추위와 빈곤은 남다를 것이다.

## 蜂<sup>봉</sup>　　벌

不論平地與山尖　평지나 산꼭대기를 따지지 않고
불 론 평 지 여 산 첨

無限風光盡被占　끝없는 바람과 땡볕에 어디든 갔었다.
무 한 풍 광 진 피 점

采得百花成蜜後　온갖 꽃을 찾아 꿀을 모았는데
채 득 백 화 성 밀 후

爲誰辛苦爲誰話　누굴 위해 고생했고, 누굴 위한 꿀인가?
위 수 신 고 위 수 첨

　시인은 당 말기 黃巢(황소)의 난을 경험했고 당 말기에 말기적 현상을
직접 겪었다. 사회적 모순의 근본은 무엇인가를 생각해 보았을 것이다.
죽어라 일하며 착취당하는 농민과 꿀벌은 무엇이 다르겠는가? 이런 시
를 잘 읽으면 점진적 개선이나 是正(시정)을 생각하게 되지만 어설피 읽
고 짧게 생각하면 타파나 타도를 부르짖게 된다. 그러나 이것은 자연계
에서 생존의 방식이거나 그 한 단면일 것이다.

## 西施<sup>서시</sup>  서시

| | |
|---|---|
| 家國興亡自有時<br>가 국 흥 망 자 유 시 | 나라의 흥망은 그럴 만한 때가 있는데 |
| 吳人何苦怨西施<br>오 인 하 고 원 서 시 | 吳國은 왜 굳이 서시를 원망하는가? |
| 西施若解傾吳國<br>서 시 약 해 경 오 국 | 서시가 만약 오나라를 기울게 했다면 |
| 越國亡來又是誰<br>월 국 망 래 우 시 수 | 越國의 멸망은 또 누구 때문이겠는가? |

西施는 본래 완화계에서 비단 빨래를 하던 시골 처녀였는데 越王 句踐에 의해 吳王 夫差에게 보내졌고 결국 서시에 빠진 부차는 구천에게 복수를 당해 멸망했다.

羅隱은 나라가 망하는 것은 다 그럴 만한 여러 가지 요인 때문에 망할 때가 되어 망했다는 뜻이다. 오나라 사람들이 서시를 '멸망의 원인'으로 보아서는 안 된다는 뜻이다.

완화계(浣花溪)

## 感弄猴人賜朱紱 감농후인사주불

## 원숭이 부리는 사람에게 붉은
## 관복을 하사한 것을 보고

十二三年就試期    십이삼 년간 과거시험을 보았으니
십 이 삼 년 취 시 기

五湖烟月那相違    온 나라 좋은 경치를 어찌 볼 수 있겠나?
오 호 연 월 나 상 위

如何學取孫供奉    어찌하면 손공봉의 재주를 배우겠는가?
여 하 학 취 손 공 봉

一笑君王便着緋    황제를 한번 웃기고 바로 붉은 관복을 입었네.
일 소 군 왕 편 착 비

　　나은은 12, 3년 계속 과거에 낙방하였으니, 언제 명승지를 구경할 수 있겠는가? 1, 2구는 당연한 신세타령이다. 孫氏 성을 가진 사람은 원숭이〔猴〕 재주를 부려 황제를 한번 웃기자, 곧 5품에 해당하는 供奉이 되어 자주색 관복을 입었다니, 그런 재주를 어떻게 하면 배우겠느냐는 탄식이면서 신랄한 풍자이다.

# 贈妓雲英 증기운영
## 기녀 운영에게 주다

| | |
|---|---|
| 鐘陵醉別十餘年<br><sub>종 릉 취 별 십 여 년</sub> | 종릉에서 취해 헤어진 지 십여 년인데 |
| 重見雲英掌上身<br><sub>중 견 운 영 장 상 신</sub> | 다시 만난 운영은 여전히 날씬하네. |
| 我未成名君未嫁<br><sub>아 미 성 명 군 미 가</sub> | 나는 성공을 못했고 그대는 출가 못했으니 |
| 可能俱是不如人<br><sub>가 능 구 시 불 여 인</sub> | 아마 그대와 나는 남만 못한 사람이리라. |

　나은이 낙방한 뒤 만난 운영이 '羅 수재께서는 아직 布衣를 벗지 못하셨네요?' 라고 말하자, 나은이 이 시를 지어 주었다는 이야기가 있다. 이 시를 지은 나은은 歌妓 雲英이 10여 년 전에 이미 취업했고(妓女 그 자체가 직업이니까!) 지금도 취업상태라는 사실을 착각하고 있었다. 이 시에서도 '투덜대는 羅隱'의 삐딱한 감정의 일단을 느낄 수 있다.

　나은의 시 중에 口語를 그대로 쓰면서 인생을 달관한 좋은 절구가 있다.

## 自遣 자견　　자견

得卽高歌失卽休　얻었다면 큰 소리치고 잃었으면 그만 두고
득 즉 고 가 실 즉 휴

多愁多恨亦悠悠　많고 많은 근심 걱정 역시나 끝이 없도다.
다 수 다 한 역 유 유

今朝有酒今朝醉　오늘 술이 있으면 오늘 마셔 취하고
금 조 유 주 금 조 취

明日愁來明日愁　내일 걱정 생기면 내일 걱정하리라.
명 일 수 래 명 일 수

自遣은 스스로 마음을 위로하는 것이다. 나은은 세상 살면서 걱정도 많았고 설움도 많이 이겨냈기에 이 정도 달관의 경지에 도달했으리라! 매일 술 먹는 사람에게는 그만한 기쁨과 슬픔이 있기에 또 듣고 싶은 말, 하고 싶은 말이 그만큼 많이 있기 때문일 것이다.

그래서 오늘 술이 있으면 오늘 마셔야 하는 것이다. 술로 근심을 푼다고 근심이 없어지는 것은 아니다. 그렇다고 술도 아니 마시며 걱정한다고 해결되지도 않는다. 내일 걱정거리는 내일 걱정해야 한다.

# 黃巢 ● 황소

# 094

황소 835－884

唐나라(618－907)는 安史(安祿山과 史思明)의 난(755－763)을 기점으로 번영과 안정에서 쇠퇴와 불안의 시대로 전환된다. 그러다가 黃巢(황소의 난, 875－884)을 계기로 확실하게 멸망의 수순을 밟는다.

黃巢(황소)는 그 집안이 본래 소금 밀매업자로 부호였기에 과거에 응시할 준비도 할 수 있었으며 입신출세를 꿈꾸었다. 말하자면 처음부터 전제 정권이나 귀족의 지배체제에 대한 반항 정신이 있었던 것이 아니라 지배체제의 구성원이 되지 못했기에 불평불만을 품고 있었다.

그가 진사과에 급제하지 못했기에 정부에 반감을 가지는 것은 당연했다. 황소가 지은 시를 읽어보면 불평과 반항의 기분을 엿볼 수 있다.

## 題菊花 <sup>제국화</sup>　국화를 노래하다

颯颯西風滿園栽　쌀쌀한 서풍에 뜰 가득 자랐지만
<small>삽 삽 서 풍 만 원 재</small>

蘂寒香冷蝶難來　꽃향기 한랭하고 나비도 오기 어려워라.
<small>예 한 향 랭 접 난 래</small>

他年我若爲靑帝　뒷날 내가 만약 靑帝가 된다면
<small>타 년 아 약 위 청 제</small>

報與桃花一處開　너를 桃李와 한데 피게 해주리라!
<small>보 여 도 화 일 처 개</small>

　서리를 견디며 피어야 하는 국화를 복숭아꽃에 비교하여 가엽다고 여겼다. 그리고 자신이 靑帝(봄을 주관하는 神)가 된다면, 다시 말해 '권력을 가진다면' 특별한 은혜를 베풀겠다는 몽상을 하고 있다. 황소가 낙방한 뒤에 읊은 시는 더 반항적이라는 느낌이 온다.

# 不第後賦菊 <sub></sub>부제후부국

## 급제 못한 뒤 국화를 읊다

待到秋來九月八　기다리던 가을 팔구월이 되어
대 도 추 래 구 월 팔

我花開後百花殺　내 꽃이 피어나면 온갖 꽃은 죽으리라.
아 화 개 후 백 화 살

沖天香陣透長安　하늘에 뻗친 향기가 장안을 덮으리니
충 천 향 진 투 장 안

滿城盡帶黃金甲　온 성에 가득 황금 갑옷으로 채우리라.
만 성 진 대 황 금 갑

　소금 밀매업자는 나라의 단속을 피해 활동해야만 했기에 그들은 살기 위해 뭉쳐야만 했었다. 僖宗 乾符(건부) 원년(874) 소금밀매업자들의 조직체인 鹽幫(염방)의 우두머리인 王仙芝(왕선지)가 起兵하자 황소는 그 다음 해에 반란에 가담했다.

　黃巢는 山東에서 봉기하여 하남을 거쳐 安徽省(안휘성) 지역으로 이어서 浙江省(절강성) 지역을 휩쓸고서 복건성과 광동성을 거쳐 광서성과 호남성, 호북성을 거쳐 낙양과 장안에 들어갔는데, 이러한 대 원정은 모택동의 長征(장정)만큼이나 먼 거리였으며 이 기간에 강남 대운하의 소통이 막혀 당나라 경제적 기반은 저절로 붕괴되었다.

　황소는 中和 원년(881) 장안에 입성하고 즉위하며, 국호를 大齊(대제) 연호를 金統(금통)이라 했다. 黃巢는 처음부터 천하를 차지할 만한 雄才

大略(웅재대략)이 없었고 병법도 몰랐으며 대중을 거느린다는 생각도 없었다. 불평분자들이 갖고 있는 편협한 관념으로 세상을 바라보니 더더욱 화만 치밀기에 잔인하고 포악했으며 무고한 농민들을 마구 죽였다.

황소는 가난한 농민들을 이끌고 봉기했지만 농민들을 위해 아무 조치도 없었다. 자신도 부자였지만 부자들의 재산을 빼앗는 과정을 즐겼다. 장안의 무고한 백성들을 마구 죽여 피가 성 안에 가득하자 '성을 씻었다(洗城)'고 말한 사람으로, 野史에 8백만 명을 죽였다는 악명만 남겼을 뿐이다.

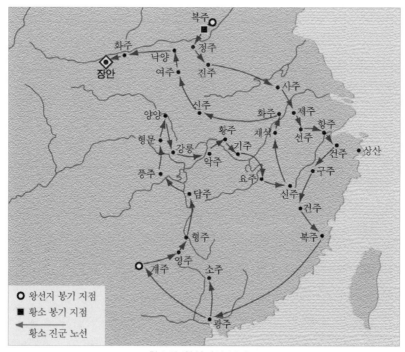

황소와 왕선지의 봉기도

# 095
# 韋莊 ● 위장

위장 836?-910

韋莊(위장)의 字는 端己(단기)로 杜陵(今 陝西省 西安市 부근) 사람이다. 僖宗(희종) 廣明 원년 (880)에 위장이 장안에서 과거에 응시했었 고 황소가 장안을 점거한 이후로는 각지를 떠돌았다. 中和 3년(883)에 낙양에서 장편 歌行인 〈秦婦吟〉을 지었다.

昭宗 乾寧 원년(894) 진사에 급제한 뒤(59 세) 校書郎과 左補闕 등의 직책을 역임했다. 이후 번진 절도사의 막료로 일하다가 唐이 멸망하고(907) 王建(왕건, 907-918 재위)이 前 蜀(907-925 존속)을 개국하자 전촉의 吏部尙 書와 同平章事[재상급]를 역임한 뒤, 910년에 蜀에서 죽었다. 위장은 화간파 詞人으로 잘 알려졌는데 그의 사풍은 청려하여 온정균과 함께 '溫韋'로 병칭된다.

# 金陵圖 금릉도　금릉의 그림

誰謂傷心畵不成　마음이 아파 그릴 수 없다고 누가 말했는가?
수 위 상 심 화 불 성

畵人心逐世人情　화가의 마음은 세상 인정을 따라간다네.
화 인 심 축 세 인 정

君看六幅南朝事　그대는 여섯 폭의 南朝 사적을 보았는가?
군 간 육 폭 남 조 사

老木寒雲滿故城　고목과 쓸쓸한 구름만이 옛 성에 가득하다네.
노 목 한 운 만 고 성

金陵 市街圖를 보고 그 감회를 적은 시이다. 금릉은 지금의 江蘇省 南京市로, 중국 4대 古都의 하나이다. 六朝는 三國 中 孫權의 吳(222－280)를 시작으로 5胡16國 시대의 東晉(317－420), 그리고 南北朝時代의 宋(420－479), 齊(479－502), 梁(502－557), 陳(557－589)의 6개 왕조를 지칭하는데 모두 금릉에 도읍했었다.

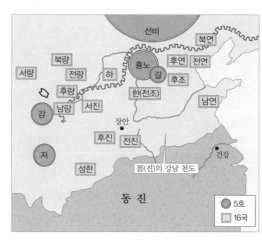

5호 16국 시대

## 臺城 <sup>대성</sup>　　대성

江雨霏霏江草齊
<sub>강 우 비 비 강 초 제</sub>
강물에 비는 내리고 강변 풀은 고루 자랐는데

六朝如夢鳥空啼
<sub>육 조 여 몽 조 공 제</sub>
六朝는 꿈이었고 새들만 공연히 지저귄다.

無情最是臺城柳
<sub>무 정 최 시 대 성 류</sub>
가장 무정하기론 궁터의 버들이니

衣舊煙籠十里堤
<sub>의 구 연 롱 십 리 제</sub>
옛날 그대로 십 리 제방에 안개처럼 덮였다.

唐나라 290년 역사에서 그 분수령은 '安史의 난'이었다. 이후 당은 서서히 그러나 결정적으로 회복 불가능하게 쇠약해졌는데 황소의 난(875–884)은 멸망의 결정타였다. 위장은 당이 907년에 朱全忠에게 망하는 모습을 눈으로 직접 확인하였고 王建을 도와 前蜀을 개국케 한 사람이다.

臺城은 禁城, 곧 황궁이니

대성(臺城)
남경시 북쪽 현무(玄武) 호반에 있던 궁전

현무호(玄武湖)

남경시의 玄武湖를 끼고 南朝 4개 나라의 궁궐이 있었다. 폐가를 쳐다
보는 마음도 편치 않은데 나라가 망한 뒤 그 터를 지나가는 사람의 회포
가 어떠하겠는가? 우리나라에서 '황성옛터'라는 대중가요를 예전에 왜
그리 많은 사람들이 불렀을까? 역사를 알면 나라의 흥망에 대해 깊이
생각하지 않을 수 없다.

## 古離別 고이별    고이별

晴烟漠漠柳毿毿
청 연 막 막 유 삼 삼

가벼운 안개 좌악 깔렸고 버들은 늘어졌는데

不那離情酒半酣
부 나 이 정 주 반 감

이별의 정 견디지 못해 술에 반쯤 취했네.

更把玉鞭雲外指
갱 파 옥 편 운 외 지

또다시 옥 채찍 들어 먼 데를 바라보나니

斷腸春色在江南
단 장 춘 색 재 강 남

봄기운 애끓는 듯 강남에 머물러라.

　풍경이 좋기로는 강남이라고 했다. 강남땅에서 좋은 봄날 이별을 해야 하니 이별의 정은 더욱 진할 것이다. 떠나는 사람은 옥 채찍을 들고 떠나려 하니 이별주를 마셔서 반쯤 취한 뒤라 가슴이 더 찢어질 것 같으리라!

　시에 그려진 정서가 또렷하고 운치가 있어 보통 사람의 이별일지라도 영화 속의 이별처럼 보이는 것 같다.

# 096

# 聶夷中・섭이중

섭이중 837-884

聶夷中(섭이중)의 字는 坦之(탄지)이다. 출신이 빈한하였으나 懿宗(의종) 咸通 12년(871)에 진사에 급제하였고 華陰縣尉를 지냈다. 時政을 풍자하고 농민의 疾苦〔질고;병으로 말미암은 고통(苦痛).〕를 읊은 오언시를 많이 지었다.

## 田家 <sup>전가</sup>　　농가

父耕原上田
부 경 원 상 전

아비는 벌판의 밭을 갈고

子劚山下荒
자 촉 산 하 황

아들은 산 아래 황무지를 일군다.

六月禾未秀
육 월 화 미 수

유월에 이삭은 패지도 않았는데

官家已修倉
관 가 이 수 창

관가는 창고 수리를 끝냈다.

　섭이중은 농민들의 고생과 어려움을 잘 알고 있었다. 이 시를 元稹의
친우인 李紳(이신)의 시라고 하는 사람이 있는데, 이신보다는 섭이중의
生涯와 詩意가 맞는 것 같다.

## 公子家 <sub>공자가</sub>  귀공자의 집

種花滿西園
종 화 만 서 원

西園에 가득 꽃을 심었고

花發靑樓道
화 발 청 루 도

靑樓로 가는 길에도 꽃은 피었다.

花下一禾生
화 하 일 화 생

꽃밭에 벼가 한 포기 자라는데

去之爲惡草
거 지 위 악 초

뽑아서 버리며 잡초라 한다.

禾는 꼭 벼를 뜻하지 않는다. 보리나 밀 또는 수수나 옥수수 등 곡식을 광범위하게 지칭한다. 귀족은 꽃을 가꾸기는 하지만 곡식과 잡초도 구분하지 못한다는 신랄한 풍자가 있다.

## 長安道 <sup>장안도</sup>

# 長安 가는 길

此地無駐馬
차 지 무 주 마

이곳은 말을 멈출 수가 없기에

夜中猶走輪
야 중 유 주 륜

밤에도 오가는 수레가 있다.

所以路傍草
소 이 노 방 초

길가에 자란 풀이기에

少於衣上塵
소 어 의 상 진

옷에서 떨어지는 먼지가 적다.

唐나라 수도 장안은 전국에서 名利를 쫓아서 오가는 사람들로 꽉 찬 도시이다. 그 장안으로 가는 길이란 늘 사람이 붐비는 곳이기에 행인의 옷에서 떨어지는 먼지도 많을 것이다. 그러나 길가에서 자라는 풀이기에 행인들의 옷에서 떨어지는 먼지도 없다니 이 시가 풍자하는 뜻은 확실하다.

# 097

# 皮日休 · 피일휴

피일휴 840?-883

皮日休(피일휴)의 자는 처음엔 逸少이었다가
나중에 襲美(습미)라 하였고, 自號는 鹿門子,
閒氣布衣, 또는 醉吟先生이다. 출신이 빈한
하였으나 懿宗 咸通 8년(867)에 급제한 뒤
뒷날 太常博士가 되었다. 僖宗(희종) 때 황소
의 난(875-884)이 있었는데 피일휴가 황소
의 편에 자발적으로 가담했는지 또 황소에
의해 피살 여부 등 여러 의논이 분분하다.
그의 시는 백거이 新樂府의 영향을 받아 당
말기 사회 실상을 고발하고 민생의 질고를
묘사한 시를 많이 지었고 陸龜蒙(육구몽)과
함께 皮陸이라 불리며 400여 수의 시가 전
해 온다.

## 閒夜酒醒 <sub>한야주성</sub>
### 한가한 밤에 술이 깨다

醒來山月高
<br>성 래 산 월 고

술이 깨니 달은 산에 걸쳤고

孤枕群書裏
<br>고 침 군 서 리

목침 하나 책들 사이에 있네.

酒渴漫思茶
<br>주 갈 만 사 다

酒後 갈증에 차가 몹시 생각나나

山童呼不起
<br>산 동 호 불 기

시골 아이는 불러도 일어나지 못하네.

매우 사실적인 시이다. 술에 취해 서재에 들어와 책 사이에 누웠다가 한밤에 깨어나니 갈증이 심했을 것이다. 심부름 하는 아이는 잠에 곯아 떨어졌으니 부르는 소리가 들리겠는가? 시인은 머리가 띵했을 것이다.

# 館娃宮懷古 관왜궁회고

## 관왜궁 회고 五首 (選一)

綺閣飄香下太湖　　화려한 전각의 향내가 태호에 퍼질 때
기 각 표 향 하 태 호

亂兵侵曉上姑蘇　　난병은 새벽에 고소성을 침입하였다.
난 병 침 효 상 고 소

越王大有堪羞處　　월왕이 크나큰 모욕을 감내해야 했던 곳
월 왕 대 유 감 수 처

只把西施賺得吳　　오로지 西施를 이용해 吳를 속여 차지했다.
지 파 서 시 잠 득 오

越王 句踐(구천)은 嘗膽(상담)하며 미인계
로 西施를 이용해 吳王 夫差(부차)에게 복수
를 하였다. 고소성은 蘇州이고, 관애궁은
부차가 서시를 위해 靈岩山에 지은 궁전이
다. 吳에서는 미인을 娃(예쁠 왜)라고 불렀다.

이 시는 미인계에 의존한 구천, 미인계에
넘어간 부차 모두를 조롱하는 뜻이 있으니,
마치 비단 폭에 바늘을 감춘 것(錦裏藏針)
이 아니겠는가?

월왕(越王)

# 汴河懷古 변하회고

## 변하에서의 회고

| | |
|---|---|
| 盡道隋亡爲此河<br>진 도 수 망 위 차 하 | 이 운하 때문에 隋가 망했다고 모두가 말하지만 |
| 至今千里賴通波<br>지 금 천 리 뢰 통 파 | 지금까지 이에 의해 천 리가 소통하고 있다. |
| 若無水殿龍舟事<br>약 무 수 전 용 주 사 | 만약 운하에 행궁과 龍舟만 없었더라면 |
| 共禹論功不較多<br>공 우 논 공 불 교 다 | 禹와 공적을 비교하면 더 많지 않겠는가? |

汴河(변하)는 수양제에 의해 605년에 준공된 1,300리 通濟渠(통제거), 곧 보통 말하는 대운하이다. 양제는 운하 곳곳에 화려한 행궁을 지었고 엄청나게 큰 용주를 만들어 인력으로 끌게 하며 남북을 왕래하며 행락을 즐겼다. 禹는 통일왕조 殷(은)의 개국자로 중국에 九河를 소통케 하며 치수사업에 성공을 거둔 사람이다.

수나라가 대운하를 파면서 백성들의 원성을 많이 샀지만 唐나라는 운하의 경제적 혜택으로 번영하였다.

# 098

# 陸龜蒙

## 육구몽

육구몽 ?-881

陸龜蒙(육구몽)의 字는 魯望이고, 蘇州 吳縣
사람으로 江湖散人 또는 甫里先生, 天隨子
라 自號하였다. 進士科에 급제하지 못하고
湖州와 蘇州의 從事로 근무하였다. 나중에
관직을 버리고 고향 蘇州 甫里에 은거하며
차밭을 일구고 독서하며 낚시를 즐겼고 皮
日休 등과 遊山玩水(유산완수;자연의 경치를 구
경함.)하며 飮酒吟詩(음주음시;술을 마시며 시를
읊조리다.)하였기에 세상에서 '皮陸'이라 병
칭했다.

## 築城詞 <sup>축성사</sup> 성을 쌓는 노래 (一)

城上一培土
성 상 일 배 토
: 성벽의 한 줌 흙을

手中千萬杵
수 중 천 만 저
: 손으로 천만 번 다져야 하네.

築城畏不堅
축 성 외 불 견
: 축성에 견고하지 않다고 걱정하지만

堅城在何處
견 성 재 하 처
: 견고한 성이 어디에 있겠는가?

이 시는 견고한 성벽보다는 덕을 베풀어 민심을 얻는 것이 더 중요하다는 뜻이다. 백성들의 원성으로 축성되었기에 백성들이 돕지 않는다면 무슨 소용이 있겠는가?

# 築城詞 축성사
## 성을 쌓는 노래 (二)

莫嘆將軍逼
막 탄 장 군 핍 　　장군의 핍박을 탄식하지 말지어니

將軍要却敵
장 군 요 각 적 　　장군은 적을 물리쳐야만 한다.

城高功亦高
성 고 공 역 고 　　성벽이 높으면 공훈도 높아지니

爾命何勞惜
이 명 하 노 석 　　그 명령에 어찌 고생을 생각하겠나?

　　장군은 백성들의 고생을 조금도 배려하지 않는다. 백성들의 굶주림이
나 힘든 노역을 바탕으로 축성을 완료하면 그 자체가 공적으로 남을 것
이다. 묘사한 구절이 實情으로 느껴진다.

## 孤燭怨 고촉원
# 외로운 촛불의 탄식

| | |
|---|---|
| 前回邊使至<br>전 회 변 사 지 | 지난 번 변방 관리가 왔는데 |
| 聞道交河戰<br>문 도 교 하 전 | 강을 건너가 싸웠다고 들었네. |
| 坐想鼓鞞聲<br>좌 상 고 비 성 | 앉아 생각하면 북소리 들리고 |
| 寸心攢百箭<br>촌 심 찬 백 전 | 일백 화살이 내 마음에 꽂히네. |

변새에 차출당해 간 장정의 아내 가슴에 꽂히는 그 화살의 아픔이 느껴지는 것 같다. 어찌 그 아내뿐이겠는가?

아들의 생사를 걱정하는 어머니 가슴은 다 타서 재도 남아 있지 않았을 것이다. 전쟁 중도 아니지만 아들이 입대하면 걱정과 불안 속에 지내는 어머니의 마음을 알아야 한다.

# 懷宛陵舊遊 회완릉구유

## 예전 완릉의 유람을 회고하며

陵陽佳地昔年遊 능양산 멋진 곳 예전에 유람했었으니
능 양 가 지 석 년 유

謝朓靑山李白樓 사조가 아꼈던 청산에 李白이 놀던 누각이더라.
사 조 청 산 이 백 루

唯有日斜溪上思 오로지 마음에 해 질 녘 강가가 그립나니
유 유 일 사 계 상 사

酒旗風影落春流 酒旗가 날리고 그림자는 봄물에 떠내려갔었지!
주 기 풍 영 낙 춘 류

제목의 宛陵(완릉)은 宣州의 宣城이다. 능양산은 선성 북쪽에 陵陽子明
이란 사람이 놀다가 신선이 되어 승천한 곳이라는 전설이 있다. 여기에
南朝 齊의 文人 謝朓(사조)
가 謝公樓를 짓고 놀았으
며 李白도 선주에 머물며
많은 시를 남겼다.

酒旗가 바람에 펄럭일
것이고 그림자가 강물에
떨어져 봄날 불어난 물에
떠내려간다는 재미난 표현
은 잘 그린 산수화와 같다.

사조루(謝朓樓)

# 白蓮 <sub>백련</sub>　　백련

素蘤多蒙別艷欺
소 위 다 몽 별 염 기

하얀 꽃이라고 요염한 꽃이 많이 무시하지만

此花端合在瑤池
차 화 단 합 재 요 지

이 꽃은 정녕 요지에 있어야 마땅하다오.

無情有恨何人覺
무 정 유 한 하 인 각

무정한 꽃에 한이 있는 줄 누가 알리오?

月曉風淸欲墜時
월 효 풍 청 욕 추 시

새벽달 찬바람에 꽃이 지려 할 때에!

蘤(꽃 위)는 花의 古字이고, 欺는 '속임을 당하다'라는 뜻에서 멸시를 당한다는 뜻으로 쓰인다. 이 시는 꽃에 대한 상세한 묘사는 생략하고 그 의미나 정신을 높이 평가하려는 뜻이 들어 있다. 곧 실질보다는 보이지 않는 내적 본질이나 정신을 탐구하는 시인의 의식세계를 표출하고 있다.

곧 하얀 연꽃이나 하늘에서 하얗게 빛나는 달의 白이 요염한 꽃의 紅이나 黃보다 더 고결하다는 심미관을 보여주고 있다. 연못에 딱 한두 송이 피어난 꽃을 보면서 시인은 고결한 정신세계를 찾으려는 자화상이다. 이 시는 뒷날 여러 사람들의 입에 오르내리고 있다.

# 和襲美春夕酒醒 <sub>화습미춘석주성</sub>
## 襲美의 〈春夕酒醒〉에 화답하다

幾年無事傍江湖　　몇 년 동안 일없이 강호를 돌아다니다가
기 년 무 사 방 강 호

醉倒黃公舊酒壚　　황씨의 예전 술집 부뚜막에 취해 쓰러졌다.
취 도 황 공 구 주 로

覺後不知明月上　　술이 깨어 명월이 떠올랐고
각 후 부 지 명 월 상

滿身花影倩人扶　　온몸 꽃그늘에 미인이 부축한 줄도 몰랐었네.
만 신 화 영 천 인 부

　　제목의 襲美(습미)는 皮日休의 字이
다. 피일휴와 육구몽은 절친했었다.
황공은 특별한 사람이 아니고 壚(로)
는 술 항아리를 묻은 부뚜막이니, 술
집이란 뜻이다. 죽림칠현의 한 사람
인 王戎(왕융)이 수레를 몰고 황씨네
술집을 지나가면서 "옛날에 稽康(혜
강), 阮籍(완적)과 함께 이 술집 부뚜막
에서 취했었다."는 말을 했다는 이야
기가 《世說新語》에 있다.

　　倩(천)은 '곱다'와 '요청하다〔請〕'

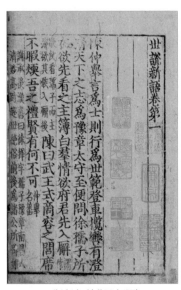

세설신어(世說新語)

라는 뜻이 있다. '倩人扶'를 '남에게 부축해달라고 요청하다.'로 해석할 수 있지만 '倩人〔고운 여인〕이 부축하다.'로 해석할 수도 있다. 꽃그늘 아래 취해 쓰러졌는데, 내가 알던 어떤 미인이 나를 부축해 일으켰다면 더 자랑스럽지 않을까? 예나 지금이나 술꾼은 자랑이 많다.

혜강(嵇康)

완적(阮籍)

新沙 <sub>신사</sub>　　새로 생긴 모래톱

渤澥聲中漲小堤　큰 바다 파도소리가 작은 둑에 넘쳐 나는데
발 해 성 중 창 소 제

官家知後海鷗知　관청에서 먼저 알았고 물새도 알고 있다네.
관 가 지 후 해 구 지

蓬萊有路敎人倒　봉래산 가는 길에 사람이 넘어졌다면
봉 래 유 로 교 인 도

應亦年年稅紫芝　당연히 해마다 자색영지를 바쳐야 하리라.
응 역 연 년 세 자 지

이 시는 풍자시이면서도 그 발상이 특이하다.

渤澥(발해)는 渤海의 옛 이름이고, 중국인들에게는 '바다'라는 뜻이
다. 파도가 치는 바닷가에 오랜 세월이 지나다 보면 모래 제방이 쌓이고
흙으로 메워지면서 새로운 땅이 생긴다. 그러면 농민들이 숨어 경작을
하게 되는데 관리들은 새로운 세금부과 대상으로 물새보다도 먼저 안다
는 내용이다. 이는 稅吏들이 악착같이 농민들을 착취한다는 뜻이다.

봉래산은 바다 가운데 있는 상상의 섬이지만 그 봉래산에 가는 길이
있어 농민들이 길을 가다가 넘어졌다면 神仙들이 심어 놓은 최고급의
보라색 靈芝〔영지；모균류(帽菌類)에 딸린 버섯. 산속의 활엽수의 뿌리에서 남. 높이
10cm 가량. 갓은 신장(腎臟) 모양이고 전체가 적갈색 또는 자갈색이며 광택이 있음. 한방에
서 약으로 쓰임. 자지(紫芝). 지초(芝草).〕를 보았을 수도 있다. 그러니 그 다음부
터는 영지를 세금으로 바쳐야 한다는 풍자의 시이다.

이는 당나라 말기의 정치와 사회를 풍자하는 시인의 뜻이다.

# 099

# 司空圖 • 사공도

司空圖(사공도)의 字는 表聖으로, 시인이며 문학평론가이다. 懿宗(의종) 咸通 10년(869) 진사에 급제한 뒤에 王凝(왕응)의 막료로 일하다가 878년에 光祿寺(광록사) 主簿(주부)가 되었고 낙양 分司에서 근무하였다. 뒤에 僖宗 廣明 원년(880) 黃巢의 반란군이 장안을 점령할 때 사공도는 鳳翔으로 가 僖宗을 섬기다가 희종이 寶雞(보계)로 옮겨가자 사공도는 中條山에 은거하였다. 이후 昭宗 때 여러 관직을 제수하였으나 받지 않았다. 907년 朱溫(주온, 주전충)이 哀帝(애제)를 폐위하고 後梁(후량)을 건국하자 사공도는 絶食하다가 죽었다. 사공도의 시 280여 수가 전해오며 그의 문집 《司空表聖文集》이 있다.

# 退居漫題 <sup>퇴거만제</sup>

## 은거하면서 장난으로 짓다 七首 (一)

花缺傷難綴
화 결 상 난 철

꽃잎이 졌거니 모아둘 수 없으며

鶯喧奈細聽
앵 훤 나 세 청

꾀꼬리 우나니 어떻게 잘 듣겠나?

惜春春已晚
석 춘 춘 이 만

봄날이 아쉬워도 봄은 이미 저무니

珍重草靑靑
진 중 초 청 청

푸르고 푸른 풀이 보배인가 하노라.

봄날의 감회를 읊은 시이다. 꽃이 아름다워도 오래 보존할 수 없고 꾀꼬리 소리 듣기 좋아도 자세히 감상할 수 없으며 봄날이 너무 쉽게 가 버린다는 아쉬움을 토로하고 있다. 이 시를 시인이 당나라 말기, 특히 황소의 난을 당하여 처신의 어려움이나 깨끗한 지조를 버릴 수 없다는 뜻으로 해석할 수 있다.

## 雜題 <sup>잡제</sup>　　잡제

| | |
|---|---|
| 孤枕聞鶯起<br><small>고 침 문 앵 기</small> | 쓸쓸한 잠자리 꾀꼬리 소리에 일어나 |
| 幽懷獨悄然<br><small>유 회 독 초 연</small> | 허전한 마음은 오로지 근심뿐이다. |
| 地融春力潤<br><small>지 융 춘 력 윤</small> | 땅이 풀리고 봄기운이 고루 퍼지니 |
| 花泛曉光鮮<br><small>화 범 효 광 선</small> | 꽃에 새벽 햇살이 환하게 넘친다. |

　난세를 살아가야 하는 시인의 은거생활을 짐작할 수 있다. 꾀꼬리 울음에 깨어나 세상을 근심하면서도 봄날의 생명력에서 기쁨과 희망을 짐작해 본다.

## 獨望 <sup>독망</sup>　홀로 바라보다

綠樹連村暗
녹 수 연 촌 암

푸른 나무는 마을에 닿아 우거졌고

黃花出陌稀
황 화 출 맥 희

노란 꽃들은 길가에 드문드문 보인다.

遠陂春草綠
원 피 춘 초 록

멀리 언덕에 봄풀이 새파랗고

猶有水禽飛
유 유 수 금 비

때론 물새가 날아오른다.

　농촌의 아름다움을 그림처럼 그려내었다. 그런데 무엇인가 조금은 불안이 느껴진다. 너무 조용하기에 좀 걱정스럽다는 뜻이다. 송나라 蘇軾 (소식, 東坡)이 좋아한 시이다.

소식(蘇軾)

## 卽事 즉사　　보이는 대로

宿雨川原霽
숙 우 천 원 제
내와 들판에 내리던 비가 개고

憑高景物新
빙 고 경 물 신
높은 하늘에 만물이 모두 새롭다.

陂痕侵牧馬
피 흔 침 목 마
언덕 곳곳에 말떼가 무리 지었고

雲影帶耕人
운 영 대 경 인
구름 그늘은 밭 가는 사람에 걸쳤다.

비가 갠 뒤의 景物을 읊었다. 이 시는 본래 9수인데, 한 수만 수록했
다.

## 涔陽渡 잠양도　잠양의 나루터

楚田人立帶殘暉
초 전 인 립 대 잔 휘
남녘 농부는 지는 해를 받고 서 있는데

驛逈村幽客路微
역 형 촌 유 객 로 미
驛과 마을은 멀고 나그네 길은 까마득하다.

兩岸蘆花正蕭颯
양 안 노 화 정 소 삽
양쪽 언덕에 억새꽃이 막 쓸쓸히 흔들리고

渚烟深處白牛歸
저 연 심 처 백 우 귀
물가 안개 깊은 곳에는 흰 소가 돌아온다.

　황혼, 물가의 양쪽 둑에는 가을이라 물 억새의 하얀 꽃이 바람에 흔들리고 나루터에 선 나그네 갈 길은 멀다. 한가하고 조용한 농촌 강가의 풍경이지만 나그네 심사는 몹시 애달플 것이다. 어쩌면 시인 만년의 자화상이 아니겠는가?

## 100 羅鄴 · 나업

나업 ?-?

羅鄴(나업)은 절강 餘杭(여항) 사람으로 여러 차례 과거에 불합격했다. 당 말 昭宗 光化 연간(898-900)에 진사급제를 추증했다. 칠언시를 주로 지었고 羅隱(나은), 羅虯(나규)와 함께 '三羅'라고 불렸다.

## 雁<sup>안</sup>　　기러기

早背胡霜過戌樓　일찍이 胡地 서리를 싣고 수루를 지나 와서
조 배 호 상 과 수 루

又隨寒日下汀洲　전처럼 추운 날씨를 따라 물가에 내려앉는다.
우 수 한 일 하 정 주

江南江北多離別　강남과 강북에 이별하는 사람이 많으니
강 남 강 북 다 이 별

忍報年年兩地愁　해마다 양쪽의 시름을 마지못해 전해주네.
인 보 연 년 양 지 수

　기러기를 의인화하여 읊었다. 북쪽의 서리를 싣고 오고 이쪽저쪽의
시름을 전해 준다는 발상이 특이하다. 그만큼 많은 이별과 그리움 속에
서 마음대로 먼 곳을 왕래하는 기러기를 많은 사람들이 부러워했다는
뜻이다.

## 望仙臺 <sup>망선대</sup>　망선대

望仙臺 망선대

千金壘土望三山
천 금 누 토 망 삼 산

천금을 들였고 흙을 쌓고 三神山을 바랐지만

雲鶴無踪羽衛還
운 학 무 종 우 위 환

雲鶴은 자취를 감추었고 도사만 헛걸음했네.

若說神仙求便得
약 설 신 선 구 편 득

만약에 구해서 얻을 수 있는 신선이라면

茂陵何事在人間
무 릉 하 사 재 인 간

武帝의 무덤이 왜 인간 세상에 있어야 하는가?

秦漢代 이후 唐代까지도 신선이 되려는 희망은 제왕이나 道士, 일부 지식인들의 희망이었다. 煉丹〔연단 ; ① 도사가 진사(辰砂)로 불로장생하는 약이나 황금을 만들었다고 하는 일종의 연금술. ② 단전(丹田)에 정신을 집중하여 심신을 수련하는 일.〕으로 불사약을 만들겠다는 도사들에 의해 심각한 鉛(연, 납. Pb)과 水銀(수은, Hg) 중독을 초래하였고 허황한 꿈에 국고를 탕진하였다. 漢武帝의 求仙 열망은 뒷날 뜻있는 사람들에 의해 계속 풍자되었다. 茂陵(무릉)은 武帝의 능이다.

한무제(漢武帝) 무릉(茂陵)

# 101

# 高蟾
## 고섬

고섬 ?-?

高蟾(고섬)은 만당의 시인으로 10여 차례 낙방 후 873년에야 급제하였고, 관직은 御使中丞(어사중승)에 이르렀다. 고섬의 시는 기세가 웅장하다는 평가를 받는데, 《全唐詩》에 그의 시 1권이 들어 있다.

# 下第後上永崇高侍郎 하제후상영숭고시랑
## 낙제 후에 영숭의 高 시랑께 올림

天上碧桃和露種
천 상 벽 도 화 로 종

하늘의 푸른 복숭아는 이슬을 버무려 심고

日邊紅杏倚雲栽
일 변 홍 행 의 운 재

태양의 붉은 살구는 구름 덕분에 큽니다.

芙蓉生在秋江上
부 용 생 재 추 강 상

부용은 가을 강물 속에 자라고 있지만

不向東風怨未開
불 향 동 풍 원 미 개

東風에 피지 못한다고 원망하지 않습니다.

이 시의 뜻은 명백하다. 碧桃나 紅杏은 달과 태양의 덕을 보며 자란다. 곧 높은 권문세족의 도움을 받는다. 자신은 가을 강물에 피는 연꽃이지만 조물주가 자신을 따스한 봄철에 피도록 만들어 주지 않았다 하여 원망하지 않는다는 뜻이다.

로마 제국이나 당나라 말기에 말기적 현상의 가장 두드러진 공통점은 부패와 타락이다. 그런 시대에 누구나 남을 탓하는 것이 정상이었지만 고섬은 그렇지 않았다.

# 102

## 唐彦謙 · 당언겸

당언겸 ?-893?

唐彦謙(당언겸)의 字는 茂業(무업)이고 10여 년이나 급제하지 못했다. 황소의 난이 일어나자 襄陽의 녹문산에 은거하며 鹿門先生이라 自號하였다. 博學多藝하여 향리에서 이름이 났었고 젊은 시절에 溫庭筠(온정균)에게 배웠기에 文格이 그를 닮았다고 하나 나중에는 두보를 숭상하여 詩風이 馴雅〔순아 ; 문장의 용어가 바르고 온당함. 아순(雅馴).〕해졌다고 한다.

## 小院 소원　　작은 뜰

| | |
|---|---|
| 小院無人夜<br>소 원 무 인 야 | 아무도 없는 밤 작은 뜰에 |
| 烟斜月轉明<br>연 사 월 전 명 | 밤안개 속에 달은 더 밝다. |
| 清宵易惆悵<br>청 소 이 추 창 | 청량한 밤은 쉬이 슬퍼지나니 |
| 不必有離情<br>불 필 유 이 정 | 이별의 정은 생각할 필요 없네. |

　여기서 院은 건물에 둘러싸인 공터를 지칭한다. 어스름한 안개가 내리고 달은 밝은데 시인은 홀로 상념에 잠겨 있다. 無人夜에 月明하다면 그런 밤엔 혼자만 있어도 슬퍼지니 굳이 떠난 사람의 정을 생각하지 않아도 된다는 뜻이다.

## 春風<sup>춘풍</sup>　　춘풍 四首 (三)

回頭語春風　　고개 돌려 春風에 말을 하더라도
회 두 어 춘 풍

莫向新花叢　　새로 핀 꽃떨기를 바라보지 마오.
막 향 신 화 총

我見朱顔人　　내가 보면 젊은 사람이
아 견 주 안 인

多金亦成翁　　돈이 많아도 역시 늙은이가 된다오.
다 금 역 성 옹

봄바람 부는 날도 일 년 중에 잠깐이다. 그 봄바람보다 더 짧은 것이
꽃이다. 권력이나 부귀 역시 그러할 것이다. 朱顔은 紅顔이니, 곧 젊은
이다. 청춘과 노인 역시 잠깐이다. 청춘이라고 즐겁고 노인이라서 슬플
필요는 없을 것이다.

## 仲山 <sub>중산</sub>　　　중산

| 千載遺縱寄薜蘿<br><small>천 재 유 종 기 벽 라</small> | 천 년 전 남긴 자취 초야에 묻혔으니 |
| 沛中鄕裏舊山河<br><small>패 중 향 리 구 산 하</small> | 패읍 마을도 흘러간 산하가 되었도다. |
| 長陵亦是閒丘壟<br><small>장 릉 역 시 한 구 농</small> | 高祖 장릉 또한 보통 산과 같나니 |
| 異日誰知與仲多<br><small>이 일 수 지 여 중 다</small> | 뒷날 누가 형보다 나았다고 알리오? |

　　漢 高祖 劉邦은 立身하기 전에는 그냥 건달이었다. 때문에 아버지는 막내 유방을 성실한 둘째와 비교하며 자주 나무랐다. 유방이 황제로 즉위한 뒤, 대 연회를 베풀면서 아버지에게 "~ 나와 작은 형 중 누가 더 많이 가졌습니까?(~ 今與仲孰多)"라고 물어 아버지를 온 좌중의 웃음거리로 만들었다.

　　제목의 仲山은 유방의 형 劉仲의 무덤이고, 長陵은 고조 유방의 무덤이다. 천 년 뒤에 '누가 누구보다 더 낫다'라는 평가가 무슨 의미가 있느냐는 물음이다.

**장릉(長陵)**
섬서성(陝西省) 함양시(咸陽市)에 위치

# 103

# 韓偓
## 한악

한악 844~914?

韓偓(한악, 偓 신선 이름 악, 韓渥으로도 쓴다.)의
字는 致堯(치요) 또는 致光이고, 玉山樵人(옥
산초인)이라 자호했다. 昭宗 龍紀 원년(889)
진사가 된 뒤에 兵部侍郎과 翰林學士 등을
역임하였다. 당을 멸망시킨 절도사 朱全忠
과의 알력으로 폄직되었다가 나중에 복관되
었으나 관직에 나가지 않았다.

그는 李商隱의 同壻(동서)인 韓瞻(한첨)의 아
들로 일찍부터 李商隱으로부터 인정도 받았
고 指導도 받았다. 艶麗(염려)한 詩作이 많고
時亂을 걱정하며 愛國衷情(애국충정)의 시도
썼다. 그의 시집으로 《香奩集(향렴집)》이 전
한다.

## 已涼 <sub></sub> 이량     서늘해진 뒤에

碧闌干外繡簾垂　　푸른 난간 밖에 수놓은 발이 드리웠고
벽 난 간 외 수 렴 수

猩色屏風畵折枝　　붉은 병풍에는 꽃가지 그림을 그렸다.
성 색 병 풍 화 절 지

八尺龍鬚方錦褥　　여덟 자 용수방석, 비단 이불 반듯한데
팔 척 용 수 방 금 욕

已涼天氣未寒時　　이미 날은 서늘하지만 아직은 춥지 않다.
이 량 천 기 미 한 시

이 시는 경물만을 묘사하고 서정이 없이 閨怨〔규원 ; ① 남편에게 이별을 당한
여자의 원한(怨恨). ② 남편에게 이별을 당한 원한을 노래한 시가(詩歌).〕을 읊은 豔體詩
〔염체시 ; 사조(詞藻)가 아름답고 섬세한 문체로 된 시. 여성적인 시의 문체. 豔 고울 염. 豔
은 艶과 동자. 艶은 豔의 속자. 간체자는 艳.〕이다. 제목의 已涼은 마지막 구에서
그대로 따왔다. 前 三句는 잘 차려진 규방의 모습이다. 밖에서부터 난
간─繡簾(수렴)─방안의 병풍─龍鬚〔용수; 龍鬚草(용수초)〕 방석─비단 침구
가 차례대로 보인다. 가을이 되었지만 아직 늦더위도 남아 있어 춥지 않
다는 뜻은 무엇을 의미하는가? 한악의 시는 경쾌하지만 섬세하고 나약
하다는 평을 듣는다.

## 醉着 <sub>취착</sub>　　　술에 취하다

萬里淸江萬里天　일만 리 맑은 강에 일만 리 하늘이고
<sub>만 리 청 강 만 리 천</sub>

一村桑柘一村烟　이쪽 마을은 뽕나무가 저쪽은 구름에 싸였다.
<sub>일 촌 상 자 일 촌 연</sub>

漁翁醉着無人喚　늙은 어부가 취했으니 부르는 사람 없고
<sub>어 옹 취 착 무 인 환</sub>

過午醒來雪滿船　한낮이 지나 깨어나니 배 안에 눈이 가득하다.
<sub>과 오 성 래 설 만 선</sub>

　그림 같은 풍경에 소리 없이 눈이 내린 강가의 풍경이다. 시인이 그린 그림 속에 들어 있는 이 늙은 어부는 오늘은 비록 술에 취했지만 다른 날은 열심히 일하는 착한 사람일 것이다.

## 自沙縣低龍溪縣 자사현저용계현
## 사현에서부터 용계현까지~

| | |
|---|---|
| 水自潺湲日自斜<br><small>수 자 잔 원 일 자 사</small> | 물은 절로 졸졸 흐르고 해는 혼자 지는데 |
| 盡無鷄犬有鳴鴉<br><small>진 무 계 견 유 명 아</small> | 어디든 개나 닭도 없고 우는 까마귀만 보인다. |
| 千村萬落如寒食<br><small>천 촌 만 락 여 한 식</small> | 모든 마을과 동네가 한식날이듯 |
| 不見人烟空見花<br><small>불 견 인 연 공 견 화</small> | 사람 사는 연기 보이지 않고 실없이 꽃만 보인다. |

이 시의 정식 제목은 〈自沙縣低龍溪縣, 値泉州軍過後, 村落皆空, 因有一絕.〉이니, 그 뜻은 '하현에서 용계현까지 泉州軍이 지나간 뒤에 촌락이 완전히 비었기에 절구를 짓다.' 이다. 사현, 용계현, 泉州는 모두 지금 福建省(복건성) 지역의 지명이다. 泉州에 주둔하는 관군이 어떤 일로 반란을 일으켰거나 불평불만으로 그 일대의 촌락을 완전히 노략질했을 것이다.

닭이나 개 한 마리도 없고 사람 사는 연기가 보이지 않는다 하였으니 그 참상을 짐작할 수 있다. 나라의 말기적 현상 아래 고통 받는 계층은 언제나 농민들이다.

# 104

# 鄭谷 ● 정곡

鄭谷(정곡)의 字는 守愚(수우)이고, 江西 袁州
(今, 宜春) 사람으로 부친과 형 모두 시인으로
명성이 있었다고 하는데 정곡도 죽마를 탈
때부터 시를 읊었다. 정곡은 僖宗 光啓 3年
(887)에 進士에 급제한 뒤 右拾遺와 都官郎
中등을 역임했다. 황소의 난 중이라서 관직
생활이 순탄치 않았다. 〈鷓鴣(자고)〉를 통해
세상에 경종을 울렸다 하여 鄭鷓鴣(정자고)로
불렸다. 그가 은거 중에 詩僧 齊己(제기)의
시를 한 수 고쳐 주어 齊己의 '一字之師'가
되었다는 이야기는 매우 유명하다.

# 淮上與友人別 <sub>회상여우인별</sub>
## 회수에서 벗과 이별하다

揚子江頭楊柳春
<sub>양 자 강 두 양 류 춘</sub>
양자 강가의 버들은 봄을 맞아

楊花愁殺渡江人
<sub>양 화 수 살 도 강 인</sub>
버들개지에 건너는 나그네는 수심에 잠긴다.

數聲風笛離亭晩
<sub>수 성 풍 적 이 정 만</sub>
피리 소리 몇 가락에 이별의 누각도 저무는데

君向蕭湘我向秦
<sub>군 향 소 상 아 향 진</sub>
그대는 소상 강으로 나는 장안으로 떠나네.

양자강이란 漢水와 장강의 합류점에서 揚州에 이르는 장강의 중간을
지칭하는 말이었다. 정곡의 시는 비교적 쉬운 언어로 진솔한 감정을 잘
표출하였다.

# 席上贈歌者 석상증가자
## 연석에서 노래하는 사람에게

花月樓臺近九衢
화 월 누 대 근 구 구
꽃과 달빛의 누각은 큰 거리에 가까우니

清歌一曲倒金壺
청 가 일 곡 도 금 호
맑은 한 가락이 물시계 소리에 뒤섞인다.

座中亦有江南客
좌 중 역 유 강 남 객
좌중에 강남의 나그네도 있을 것이니

莫向春風唱鷓鴣
막 향 춘 풍 창 자 고
봄바람 마주하며 자고곡은 부르지 말게.

물시계는 큰 거리에 여러 사람이 볼 수 있게 설치했고, 金壺는 물시계의 물을 받는 항아리이다. 鷓鴣(자고)새는 알록달록하고 아름다운 날개를 가진, 꿩과 비슷하지만 비둘기보다는 덩치가 큰 메추리과에 속하는 새인데 중국 화남지방에 널리 분포한다는 설명이 있다. 그리고 자고곡은 길 떠난 나그네 빨리 돌아오라는 애절한 노래라고 한다.

이별, 먼 길 가는 나그네, 그리고 고향으로 가고픈 마음은 진실한 경험이며 마음이기에 시의 소재로 알맞을 것이다.

# 105

# 杜荀鶴 · 두순학

두순학 846?-907

杜荀鶴(두순학)의 字는 彦之(언지)이고, 호는
九華山人이다. 杜牧이 버린 妾의 所生으로
알려졌는데, 排行이 第十五라서 보통 '杜十
五'라고 부른다. 어려서부터 好學했지만 46
세에 겨우 진사가 되었다. 五代의 後梁 太祖
〔朱全忠〕가 당을 멸망시킨 뒤 翰林學士에 임
명하였으나 겨우 五日 만에 죽었다고 한다.
두순학의 시는 300여 편이 전해 오는데 五
言과 七言의 律詩가 우수하다. 그의 시는 당
말기의 혼란과 현실을 묘사한 내용이 많은
데 황소의 난 이후 당 사회상을 잘 반영하고
있다. 그의 시집으로는 《唐風集》 3권이 있
다.

## 釣叟 <sup>조수</sup>　　늙은 어부

釣叟 조수

茅屋深灣裏　　깊은 물굽이 안쪽 초가에
모 옥 심 만 리

釣船橫竹門　　낚싯배는 대쪽 대문에 매여 있다.
조 선 횡 죽 문

經營衣食外　　의식을 해결하는 일 말고도
경 영 의 식 외

猶得弄兒孫　　손자와 놀아 주어야만 하네.
유 득 농 아 손

늙은 어부의 생활에 무슨 욕심이 있겠나? 의식만 해결하면 그뿐이며,
그 사는 재미가 무엇이겠는가? 손자 재롱을 보면서 같이 웃는 것이지!

## 溪興 <sup>계흥</sup>　계곡의 재미

| | |
|---|---|
| 山雨溪風卷釣絲<br><small>산 우 계 풍 권 조 사</small> | 산에 비 오고 계곡 바람에 낚싯줄 거두고 |
| 瓦甌篷底獨斟時<br><small>와 구 봉 저 독 짐 시</small> | 때로 배 덮개 아래 사발에 혼자 따라 마신다. |
| 醉來睡着無人喚<br><small>취 래 수 착 무 인 환</small> | 취해 잠들어 불러 깨우는 사람도 없으니 |
| 流下前灘也不知<br><small>유 하 전 탄 야 부 지</small> | 여울 앞까지 흘러 내려간 줄도 몰랐네. |

　구속당하지 않는 은일 생활의 즐거움을 묘사하였다. 이런 생활이 청빈이라 할 수 있겠지만 누군가 도와주거나 또는 어디선가 衣食을 해결할 수 있기에 이런 安息을 즐길 수 있을 것이다.

## 再經胡城縣 재경호성현

## 胡城縣을 다시 지나며

去歲曾經此縣城
거 세 증 경 차 현 성
지난 해 이곳 縣의 城을 지나갔는데

縣民無口不怨聲
현 민 무 구 불 원 성
원망하지 않는 현의 백성이 없었다.

今來縣宰加朱紱
금 래 현 재 가 주 불
이번에 오니 현령이 붉은 관복을 입었으니

便是生靈血染成
편 시 생 령 혈 염 성
이는 바로 백성들의 붉은 피로 물들인 것이라.

현령이 백성들을 지독하게 착취하면서 윗자리에 뇌물을 썼을 것이고 그래서 승진하여 4품이나 5품관이 입는 붉은 관복을 입고 있다는 이야기이다. 그러니 그 붉은 관복은 곧 살아 있는 백성들의 피로 물들였다는 뜻이다.

# 106

崔
道
融
●
최
도
융

최도융 ?-907

崔道融(최도융)은 荊州(형주, 今 湖北省 江陵) 사
람으로 東甌散人(동구사인)이라 自號한 사람
이다. 당 말기 昭宗 때 永嘉令을 지냈다. 지
금 그의 시 76수가 전해 온다고 한다.

# 班婕妤 반첩여

## 반첩여

**寵極謝同輦**
총 극 사 동 연
寵愛를 받고도 輦에 동승하지 않았고

**恩深棄後宮**
은 심 기 후 궁
은애가 깊어도 후궁에 버려졌었다.

**自題秋扇後**
자 제 추 선 후
秋扇과 같은 처지를 시로 지은 뒤

**不敢怨春風**
불 감 원 춘 풍
춘풍을 감히 원망치 않았다.

前漢 成帝의 비빈 반첩여는 성제가 같은 연에 동승하라고 하였으나 사양하는 덕이 있었고 文才가 뛰어나 자신의 처지를 글로 지으면서도 조비연에 빠져 자신을 버린 황제를 원망하지 않았다. 春風은 황제의 총애를 의미하니 언제 방향이 바뀔지, 또 언제 불어올지 알 수 없는 것이다. 이 시는 그야말로

전한(前漢) 성제(成帝)

溫柔敦厚(온유돈후 ; 마음이 따뜻하고 부드럽고 인정이 두터움.)와 哀而不怨〔애이불원 ; 슬프기는 하나 겉으로는 슬픔을 나타내지 않음. 애이불비(哀而不悲).〕의 전형이다.

## 西施灘 서시탄

## 서시탄

宰嚭亡吳國
재비망오국

재상인 백비는 오나라를 망쳤다고

西施陷惡名
서시함악명

서시를 악명에 빠뜨렸네.

浣紗春水急
완사춘수급

완사계 봄물은 빨리 흐르며

似有不平聲
사유불평성

서시의 불평을 말하는 것 같네.

春秋시대 吳와 越의 물고 물리는 싸움에서 句踐은 서시를 이용한 미인계로 오나라를 멸망시켰다. 오나라 太宰인 伯嚭(백비)는 멸망 원인을 서시에게 돌렸는데, 서시는 악명을 뒤집어썼다는 시이다.

나라의 멸망이 어찌 한 여인 때문이겠는가? 오왕 夫差(부차)의 과오가 중대한가? 부차의 정신을 빼간 미인 서시가 더 책임이 있는가? 자신의 잘못을 남의 탓으로 돌린다면 졸장부라 아니할 수 없다.

## 溪上遇雨 계상우우
# 냇가에서 비를 만나다

坐看黑雲銜猛雨 여기서 보니 검은 구름이 큰비를 머금고
좌 간 흑 운 함 맹 우

噴灑前山此獨晴 앞산에 뿜듯 퍼부으나 여기는 그냥 맑았다.
분 쇄 전 산 차 독 청

忽驚雲雨在頭上 어느새 홀연 비구름이 머리 위서 퍼부으나
홀 경 운 우 재 두 상

却是山前晚照明 앞산엔 되레 저녁 햇살이 밝게 비춘다.
각 시 산 전 만 조 명

　한여름 소나기가 금방 내렸다 그치는 형상을 매우 생동감 있게 그려
내었다. 비를 머금고〔銜〕, 홀로〔獨〕, 홀연히〔忽〕, 되레〔却〕 등의 말들이 모
두 제자리에 배치되었기에 시를 감상하고 지으려는 후세 사람들에게 일
러주는 바가 많은 것 같다.

# 107

# 盧汝弼・노여필

盧汝弼(노여필)은 자가 子諧(자해)로, 중당의 시인 盧綸(노륜, 739−799)의 손자이다. 황소의 부장이었다가 당에 투항한 뒤 軍政의 실권을 장악한 朱全忠(後梁의 건국자)이 昭宗을 핍박하여 낙양으로 천도할 때 소종을 따라 호위했다. 당이 멸망한 뒤 한때 後唐에서 관직을 역임하였다.

# 和李秀才邊情四時怨 화이수재변정사시원

## 李秀才의 邊情四時怨에 대해 화답하다 四首(一)

春風昨夜到楡關
춘 풍 작 야 도 유 관

어젯밤 춘풍이 유관을 넘어 불었으니

故國煙花想已殘
고 국 연 화 상 이 잔

고향의 꽃들은 아마도 벌써 졌으리라.

少婦不知歸未得
소 부 부 지 귀 미 득

젊은 아내는 돌아올 수 없는 줄도 모르고

朝朝應上望夫山
조 조 응 상 망 부 산

아침마다 으레 망부산에 올랐으리라.

답답하고 애절하기도 하다.

누구나 다 이유가 있겠지만은 삶이 그토록 애달프게 어려웠던가?

병든 인간이 아니면 무슨 짓을 해서라도 입에 풀칠을 못할 것인가?

그토록 立身揚名(입신양명;사회적으로 기반을 닦고 출세하여 이름을 세상에 드날림.)

하여야 한다면 참으로 여인들의 恨으로 나라가 망했다고 해도 할 말이 없을 것이다.

## 和李秀才邊情四時怨 <sup>화이수재변정사시원</sup>

### 李秀才의 邊情四時怨에 대해
### 화답하다 四首 (四)

朔風吹雪透刀瘢
<sub>삭 풍 취 설 투 도 반</sub>
북풍에 눈발 날고 칼에 다친 상처 쑤시는데

飲馬長城窟更寒
<sub>음 마 장 성 굴 경 한</sub>
長城 아래 말 물 먹일 때 샘물 더욱 차구나.

半夜火來知有敵
<sub>반 야 화 래 지 유 적</sub>
한밤에 봉화 올라 적의 내습을 알리니

一時齊保賀蘭山
<sub>일 시 제 보 하 란 산</sub>
일시에 다 같이 하란산을 수비한다.

　이 시는 변방의 일을 춘하추동으로 나누어 읊은 변새시이다. 楡關은 山海關이니 당의 동북방이고, 賀蘭山은 지금의 寧夏回族自治區와 내몽

산해관(山海關)
하북성(河北省) 북동단(北東端)

하란산(賀蘭山)

고 자치구의 경계에 있는 산 이름이니 당의 서북방이다. 이 시는 변새시의 전통을 따르면서도 일치단결하여 외적 방비라는 애국심을 고취시키려는 의도가 보인다.

# 108

## 錢珝 • 전후

전후 ?−?

錢珝(전후)의 생졸 연도는 알려지지 않았다. 錢起(전기, 710?−782?)의 손자(또는 증손)로 자는 瑞文(서문)이며, 희종 廣明 원년(880)에 진사과에 급제하였고 889년에 태상박사가 되었다. 소종 光化 3년(900)에 撫州(今 江西 臨川)에 폄직되었고 그 이후의 행적은 알 수 없다.

南宋의 洪邁(홍매, 1123−1202. 號 容齋)는 《容齋 隨筆》과 《夷堅志》의 저자로 유명한 사람이 다. 홍매는 唐詩의 絕句를 1권에 100首씩 100권을 엮어 《唐人萬首絕句》를 편찬하였는 데 거기에서 〈江行無題一百首〉를 錢起의 작 품으로 수록했으나 후인의 고증에 의해 전 기가 아닌 錢珝(전후)의 작품임이 밝혀졌다.

## 江行無題 <sup>강행무제</sup>

## 장강을 여행하며 무제로 짓다

一百首 (選 二)

兵火有餘燼
<sub>병 화 유 여 신</sub>

兵火가 남긴 꺼지지 않은 불길

江村才數家
<sub>강 촌 재 수 가</sub>

江村에 겨우 몇 집이 남았다.

無人爭曉渡
<sub>무 인 쟁 효 도</sub>

새벽에 나루 건너려는 사람 없고

殘月下寒沙
<sub>잔 월 하 한 사</sub>

희미한 달빛 차가운 모래 위에 내린다.

# 江行無題 강행무제

## 장강을 여행하며 무제로 짓다 一百首

咫尺愁風雨　　가까운데도 풍우가 걱정이 되어
지 척 수 풍 우

匡廬不可登　　광려산을 오를 수 없었다.
광 려 불 가 등

只疑雲霧裏　　다만 혹시 짙은 운무 속에는
지 의 운 무 리

猶有六朝僧　　그래도 六朝의 승려가 있지 않을까?
유 유 육 조 승

　　匡廬山(광려산)은, 곧 廬山(여산, Lúshān)이니 江西省 九江市 남쪽의 명산이다. 陶淵明(도연명)이 '采菊東籬下, 悠然見南山.(동쪽 울타리 밑 국화꽃을 따서드니, 유연하게 보이는 남산이로다.)' 이라 읊은 남산이 여산이며, 李白은 '飛流直下三千尺(곧바로 (밑으로) 날려 흘러 떨어지는 물줄기가 3천 척이나 되니)' 이라고 그 폭포를 묘사하였고, 周敦頤(주돈이)는 이 여산 기슭 蓮花洞에 濂溪書院을 짓고 '出淤泥而不染, 濯靑漣而不妖.(진흙 속에서 나왔으면서도 진흙에 물들지 않고, 맑은 잔물결에 씻기면서도 요염하지 않은 것을 사랑한

주돈이(周敦頤)

다.) 〈愛蓮說(애련설)〉'의 명구로 연꽃의 명성을 높였다. 그리고 그 유명한
蘇軾(소식, 1037－1101, 東坡居士)은 '不識廬山眞面目, 只緣身在此山中.(여산의
진면목을 알지 못한다. 단지 인연이 있는 몸이 산중에 있다.)' 이라는 深遠한 名句를 남
긴 산이다.

여산(廬山)

## 未展芭蕉 미전파초
## 펴지지 않은 파초

冷燭無烟綠蠟幹 　차가운 촛불 불꽃 없는 파란 밀랍의 줄기
냉 촉 무 연 녹 납 간

芳心猶卷劫春寒 　고운 마음 말은(거둔) 것은 꽃샘추위에 겁먹었다.
방 심 유 권 겁 춘 한

一緘書札藏何事 　한번 봉한 편지에 무슨 사연 감춰졌겠는가?
일 함 서 찰 장 하 사

會被東風暗拆看 　동풍 불어 펴 보면 슬쩍 볼 수 있으리.
회 피 동 풍 암 탁 간

　파초는 큰 잎이 그 특징이다. 아직 잎이 펴지지 않은 파초를 밀랍의 초
(燭)로 또 봉한 편지로 생각한 시이다. 마치 연정을 깊이 간직한 소녀의
부끄러움 같은 감정이 느껴지도록 잘 다듬었다. 시인의 풍부한 상상력,
세밀한 관찰, 식물과 시인의 交感 등 특별한 성공을 거둔 시이다.

# 032

# 李冶 · 이야

唐代의 李冶(이야), 薛濤(설도), 魚玄機(어현기), 劉采春(유채춘)을 보통 四大女流詩人으로 손꼽는다. 李冶(713?-784)의 본 이름은 李紒(이태)인데, 그녀의 字를 써서 李季蘭(이계란)으로 기록한 책도 있다.

이야는 開元 초년(713)에 출생하였는데 어려서부터 매우 총명하였다. 전해오는 이야기에 의하면 5, 6세에 이미 문자를 알았는데 부친의 품에 안겨 뜰을 산책하다가 포도덩굴에 시렁이 없이 땅바닥에 퍼져 있는 것을 보고서 '經時未架却(때가 지났는데도 시렁을 매주지 않아), 心緒亂縱橫(마음처럼 종횡으로 어지럽도다).' 이라 읊었다고 한다.

이 말을 들은 부친은 아이가 커서 엄한 교육을 받지 못하면 혹 무슨 失行을 할까 걱정하였다고 한다. 결국 어느 정도 크자 도교의 사원인 玉眞觀이란 道觀(도관)에 보내졌고 이야는 여자 도사, 곧 道姑(도고)가 되었다. 그러나 여자 도사라지만 그녀의 才華(재화)는 결코 숨길 수도 또 가릴 수도 없었다. 이야는 시뿐만 아니라 탄금에도 뛰어났기에 수많은 시인이나 명사들이 李冶와 왕래하며 시를 주고받았다. 그 당시 유명하던 《茶經》을 저술한 시인 陸羽(육우, 陸鴻漸)는 이야와 특별히 가까웠다는 이야기가 있었다.

# 八至 <sup>팔지</sup>　　　팔지

至近至遠東西
지 근 지 원 동 서　　　아주 가깝고도 아주 먼 동쪽과 서쪽

至深至淺淸溪
지 심 지 천 청 계　　　아주 깊고도 아주 얕은 맑은 시내

至高至明日月
지 고 지 명 일 월　　　아주 높고도 아주 밝은 해와 달

至親至疎夫妻
지 친 지 소 부 처　　　아주 친하고도 아주 소원한 남편과 아내

　이 시는 六言絶句이다. 아주 드물기는 하지만 육언절구의 작품도 있다. 위 시에서 가장 재미있는 구절은 結句의 至親至疎이다. 부부란 촌수가 없으니 부자 관계보다도 더 가깝지만 헤어지면 그대로 완전한 남남이다. 한집에 살고 같이 자더라도 마음이 떠난 부부의 그 소원함은 차라리 남만도 못할 것이다. 아마 여류시인이기에 이런 감정을 느꼈을 것이다.

## 110

# 薛濤 ● 설도

설도 768?−831

薛濤(설도)는 당나라 제일의 여류 시인이다.

설도의 字는 洪度[홍도, 또는 宏度(굉도)]이고, 장안에서 출생하여 아버지 薛鄖(설운)의 관직에 따라 蜀으로 왔고 부친 사후에 成都에서 생활하다가 죽었다. 설도는 촉에 온 절도사나 여러 관리들과 왕래하였는데 그때의 名士라 할 수 있는 元稹(원진), 牛僧孺(우승유), 張籍(장적), 白居易(백거이), 令狐楚(영호초), 劉禹錫(유우석), 張祜(장호), 段文昌(단문창) 등이 설도와 시를 주고받았다. 그중에서도 열 살 정도 연하인 元稹(원진)과의 交情이 가장 도타웠다고 한다. 설도가 살았던 중국 사천 成都에 지금은 望江樓(망강루) 公園이 있고 거기에 薛濤紀念館이 있다고 한다.

성도에서 부친을 잃은 설도는 모친과 함께 곤궁하게 살았다. 설도가 열여섯이 되자 타고난 姿色(자색)이 있고 시를 짓고 음률에 뛰어났기에 樂籍(악적)에 이름을 올릴 수밖에 없었다.

德宗 貞元 연간(785-804)에 當時의 劍南西川節度使인 韋皐(위고)는 薛濤를 아끼고 좋아하였는데 매번 잔치나 遊樂에 절도사 관아로 불러 시를 짓게 하였다. 그러면서 薛濤에게 '校書'라는 관직을 내려 달라는 표문을 조정에 올렸으나, 조정에서는 전례가 없다며 인준하지 않았다. 그렇지만 그 이후 설도는 '薛校書'로 불리었다.

위고가 죽은 뒤 成都에 부임한 武元衡(무원형)은 설도의 명성을 듣고 설도를 악적에서 빼주었다. 설도가 妓女의 신분에서 벗어났지만 이미 미모와 명성은 널리 알려졌기에 당시 촉에 부임하는 節度使, 幕府佐僚, 귀인과 公子, 문인이나 禪師와 道士들의 내방이 끊이지 않았다. 그중에서도 시인 元積과의 로맨스가 가장 널리 알려졌지만 설도는 시인으로서 고독한 생을 마감했다.

설도의 시는 특히 淸麗(청려)하다는 평가를 받고 있는데 〈送友人〉, 〈牡丹(모란)〉 등이 유명하며 《全唐詩》에 그녀의 시 1권이 들어 있다.

**春望詞** 춘망사

봄을 기다리는 노래 四首 (一)

花開不同賞
화 개 부 동 상

꽃이 펴도 같이 즐기지 못하고

花落不同悲
화 락 부 동 비

꽃이 져도 둘이 슬퍼 못하네.

欲問相思處
욕 문 상 사 처

서로 생각 하는 때를 물으려 하니

花開花落時
화 개 화 락 시

꽃이 피고 꽃이 질 때랍니다.

## 春望詞 춘망사
## 봄을 기다리는 노래 四首 (三)

風花日將老
풍 화 일 장 노
바람에 꽃은 지려 하는데

佳期猶渺渺
가 기 유 묘 묘
만나는 날은 아직 아득하구나.

不結同心人
불 결 동 심 인
한마음 맺지 못한 사람이라

空結同心草
공 결 동 심 초
공연히 풀로 同心을 지으려 하네.

　여인의 그리움이 이렇게 애잔하단 말인가? 우리가 지금도 애창하는 金億(김억, 1896 - ?, 필명 岸曙)이 작사한 가곡 〈동심초〉는 이 시를 번안한 것이다.

## 送友人 <sup>송우인</sup>　　벗을 전송하다

水國蒹葭夜有霜　　물가의 갈대에 밤들어 서리 내리고
<sup>수 국 겸 가 야 유 상</sup>

月寒山色共蒼蒼　　차가운 달빛에 산색은 모두 검도다.
<sup>월 한 산 색 공 창 창</sup>

誰言千里自今夕　　오늘 밤 지나면 천 리를 간다고 누가 말하나?
<sup>수 언 천 리 자 금 석</sup>

離夢杳如關塞長　　이별의 꿈자리 뒤숭숭하고 변방은 멀기만 하다.
<sup>이 몽 묘 여 관 새 장</sup>

　　이 시는 변방으로 부임하는 지인을 보내는 시이다. '蒹葭(겸가)'는 갈대
이고 蒼蒼은 나무들이 짙푸른 모양이나 우거진 모양을 뜻하는데, 짙푸른
색은 사실 검은색에 가깝고 달빛 아래 산이 푸르게 보이지 않는다. 밤에
내리는 서리의 처량함과 차가운 달빛의 쓸쓸함이 모두 시인의 뒤숭숭한
꿈자리로 이어질 것이다.

# 111

# 魚玄機 • 어현기

어현기 ?-868

魚玄機(어현기)는 당나라 4대 여류 시인의 한 사람이라고 하는데, 字는 蕙蘭(혜란)이다. 어현기는 李億納이란 사람의 첩이었다가 나중에는 여자 도사가 되어 咸宜觀(함의관)이라는 도관에서 있었다. 자신의 몸종을 때려죽인 죄로 체포되었다가 처형되었다고 한다.

## 送別 송별　　송별

水柔逐器知難定
수 유 축 기 지 난 정
물은 유연하여 그릇 따라 일정한 모양이 없고

雲出無心肯再歸
운 출 무 심 긍 재 귀
구름은 무심코 생겼다가 쉽게 다시 사라진다.

惆悵春風楚江暮
추 창 춘 풍 초 강 모
봄바람 슬프고 초강에 날 저무는데

鴛鴦一隻失群飛
원 앙 일 척 실 군 비
원앙새 한 마리 무리 잃고 날아간다.

원앙은 짝을 채워 살고 또 무리 지어 날아다니는데 짝 잃은 한 마리를
보고 시인의 쓸쓸한 마음을 보태었다. 혼자 사는 것이 남자나 여인에게
모두 어려운 일인 것을 알기에 그 외로움이 곧 서러움으로 바뀔 것이다.

# 112

# 劉采春 ● 유채춘

유채춘 ?-?

劉采春(유채춘)은 越州의 광대인 周季南의 아내로 樂籍에 오른 기녀였다고 한다.

원진은 유채춘을 만나자마자 한눈에 사랑에 빠지면서 설도는 완전히 잊어버린다.

어느 날, 유채춘은 주연에서 〈囉嗊曲(나홍곡, 一名 望夫歌)〉 6首를 구슬프게 불러 원진을 비롯한 많은 사람들을 크게 감동시켰다. 나홍은 '멀리 간 사람이 돌아오기를 기다린다.'는 뜻이라 하니, 그 지역의 방언일 것이다.

나홍곡이 120수나 있는데 다른 문인들이 지은 것이고, 유채춘은 그 노래를 잘 불렀다는 이야기도 있다. 《全唐詩》에는 6수가 유채춘이 지은 시로 실려 있는데, 그중 3수는 다음과 같다.

**囉嗊曲** 나홍곡

## 나홍곡 （一）

不喜秦淮水
불 희 진 회 수 秦淮河를 좋아하지도 않고

生憎江上船
생 증 강 상 선 살면서 강의 배도 미워하나니

載兒夫婿去
재 아 부 서 거 남편을 싣고 떠나 버렸으니

經歲又經年
경 세 우 경 년 한 해가 가고 다시 일 년이 가네.

**囉嗊曲** 나홍곡

## 나홍곡 （三）

莫作商人婦
막 작 상 인 부 장사꾼 아내는 되지 말지니

金釵當卜錢
금 채 당 복 전 금비녀는 복채로 잡혀 버렸고

朝朝江口望
조 조 강 구 망 날마다 강가를 바라보면서

錯認幾人船
착 인 기 인 선 다른 배를 착각하기 몇 번이던가?

## 囉嗊曲 <sup>나홍곡</sup>

# 나홍곡 (四)

那年離別日
<sub>나 년 이 별 일</sub>
어느 해 떠나가던 날

只道住桐廬
<sub>지 도 주 동 려</sub>
동려에 있겠다 말을 했지만

桐廬人不見
<sub>동 려 인 불 견</sub>
동려에 그 사람 없다 하고

今得廣州書
<sub>금 득 광 주 서</sub>
오늘 받은 편지는 廣州서 보냈네.

　　상인 아내의 독수공방의 사무친 기다림과 슬픔이 절절히 나타나 있
다. 마지막 수의 桐廬(동려)나 廣州는 다 지명인데, 광주가 더 남쪽이다.
광주는 이미 당나라 때부터 아라비아 상인들이 오가는 무역항으로 번창
하였다.
　　원진은 유채춘의 〈망부가〉를 듣고 그 자리에서 〈贈采春〉이라는 제목
의 시를 지어 건네면서 유채춘의 미모와 최고의 노래를 칭찬해 주었다
고 한다.

631

## 113

# 杜秋娘 ● 두추낭

두추낭 ?-?

杜秋(두추, 生卒年 미상)는 금릉 사람으로 15살에 李錡(이기, 741-807)의 妾이 되었다고 한다. 憲宗 元和 2년(807)에 鎭海節度使인 李錡는 기병하며 造反했다가 한 달 만에 진압되어 죽었고 杜秋娘은 잡혀서 궁중에 보내지는데, 이것이 오히려 전화위복으로 헌종의 총애를 받았다고 한다.

元和 15年(820) 헌종이 죽고 穆宗이 즉위하자 그녀는 목종의 아들 李湊(이주)의 傅姆(부모 ; 여자 스승)가 된다. 뒷날 이주가 폐위되면서 두추낭은 고향으로 돌아갈 수 있었다.

시인 杜牧은 금릉을 지나다가 그녀의 궁색하고 늙은 모습을 보고 〈杜秋娘詩〉를 지어 그녀 대신 신세 한탄을 해 주었다는 이야기가 있다.

## 金縷衣 금루의   금실로 짠 옷

勸君莫惜金縷衣   당신께 권하나니 금실 옷이라 아끼지 마오.
권 군 막 석 금 루 의

勸君惜取少年時   당신께 말하지만 젊은 시절을 아껴야 한다오.
권 군 석 취 소 년 시

花開堪折直須折   꽃 피어 꺾을 만하면 바로 꺾어야 하나니
화 개 감 절 직 수 절

莫待無花空折枝   공연히 기다리다 꽃 없는 가지만 꺾지 마시오.
막 대 무 화 공 절 지

　　이 시를 '無名氏'作으로, 또는 李錡(이기)의 작품으로 소개한 책도 있다. 이 시는 금실 비단옷을 아까워하지 말고 젊은 시절의 자신의 아름다움과 사랑을 마냥 취하고, 기회라 생각되면 꽉 잡으라는 메시지를 주고 있다.

　　두추낭은 가는 세월을 아쉬워했을 것이다. 歌妓나 妾室이나 젊은 미모가 기본 자산인데 세월 따라 미모가 쇠퇴하니 흐르는 세월에 대한 원망은 누구보다 더 절실했을 것이다.

## 114

# 西鄙人 • 서비인

西鄙人(서비인)은 서쪽 변방의 백성이란 의미
이니 이름을 알 수 없는 無名氏와 같다.

# 哥舒歌 가서가

## 哥舒翰의 노래

北斗七星高
<small>북 두 칠 성 고</small>
北斗七星 높이 떴을 때

哥舒夜帶刀
<small>가 서 야 대 도</small>
哥舒 장군은 밤에도 칼을 찼네.

至今窺牧馬
<small>지 금 규 목 마</small>
지금도 기르는 말을 엿보지만

不敢過臨洮
<small>불 감 과 임 조</small>
감히 臨洮를 넘어오지 못하네!

哥舒翰(가서한, ?-757)은 唐朝의 名將으로 돌궐족 사람이다. 哥舒는 姓인데 돌궐인들은 부락 이름을 성으로 사용했다. 가서한은 安西節度使로서 당에 침입하는 티베트인들을 격퇴하여 명성을 떨쳤다. 안록산의 난 때 안록산 군에게 억류되었다가 안록산의 아들 안경서에게 살해되었다. 臨洮(임조)는 甘肅省(감숙성) 定西市의 縣 이름으로, 秦代 萬里長城의 서쪽 起點이다.

전체적으로 언사가 강건하고 힘이 느껴진다. 이는 아마 서북지역 사람들의 정서와 같을 것이다.

가서한(哥舒翰)

115

太上隱者·태상은자

태상은자 ?-?

이 역시 無名氏라 할 수 있다.

## 答人 답인    묻는 이에게 말하다

偶來松樹下
우 래 송 수 하
우연히 소나무 아래에 와서

高枕石頭眠
고 침 석 두 면
돌멩이 높이 베고 잠이 들었다.

山中無曆日
산 중 무 역 일
산속에 달력이 없으니

寒盡不知年
한 진 부 지 년
추위가 지났어도 무슨 해인지 모른다.

隱者의 생활과 감정을 스스로 노래했다. 아무데서나 머물고 잠이 들수 있다는 신체적 자유는 곧 현실에 얽매이지 않는 정신의 자유일 것이다. 李白 〈山中答俗人〉의 '問余何事棲碧山, 笑而不答心自閑.' 의 경지와 같을 것이다.

637

# 116

無名氏 ● 무명씨

# 初渡漢江 <sup>초도한강</sup>

## 한강을 건너고서

襄陽好向峴亭看
<br>양 양 호 향 현 정 간

양양에는 峴山의 정자가 보기 좋다고 하는데

人物蕭條屬歲蘭
<br>인 물 소 조 속 세 란

세밑이라 오가는 사람 없고 풍경도 쓸쓸하도다.

爲報習家多置酒
<br>위 보 습 가 다 치 주

객점에 술 좀 많이 준비하라 알려야 하나니

夜來風雪過江寒
<br>야 래 풍 설 과 강 한

한밤에 눈보라 속에 추운 강을 건너 왔다오.

무명씨의 시라고 글자만 겨우 깨우친 농부들의 시가 아니다. 다만 그 이름이 전해오지 않을 뿐이다. 이 시의 작자가 시에 인용한 전고를 보면 글줄이나 착실하게 읽은 사람이다. 漢江은 양자강의 최대 지류로, 양양을 거처 武漢에서 장강과 합류한다. 현산은 襄陽에 있는데 이곳에 西晉 羊祜(양호)의 선정을 새긴 墮淚碑(타루비)가 있다. 習家란 후한 초기 재상이었던 習郁(습욱)의 집인데 매우 경치가 좋아 후세에 여러 사람들이 여기서 연회를 즐겼다고 한다. 여기서는 客館의 뜻으로 쓰였다.

눈보라 치는 겨울의 강을 건너왔다면 술 생각이 절로 날 것이고 당연히 술을 마셔야 잠잘 수 있을 것이다.

## 雜詩 잡시 　　잡시

青天無雲月如燭　맑은 하늘에 구름 없고 달빛은 촛불마냥 밝은데
청 천 무 운 월 여 촉

露泣梨花白如玉　이슬 맺혀 우는 듯 배꽃은 옥처럼 희구나.
노 읍 이 화 백 여 옥

子規一夜啼到明　자규는 온밤 내내 날이 밝도록 우는데
자 규 일 야 제 도 명

美人獨在空房宿　미인은 홀로 빈방에 누워 있네.
미 인 독 재 공 방 숙

　달 밝은 봄밤에 보는 梨花를 읊었다. 梨花나 杏花같은 과일나무 꽃은
요란하지 않아서 좋은데 그중에서도 桃花가 가장 요염하다.

# 117

# 六言絕句

## 육언절구

絕句는 보통 五言과 七言이지만 六言의 詩
는 작품 수가 5, 7言에 비해 매우 적지만 絕
句의 한 종류이기에 여기에 소개한다.

## 田園樂 전원락　　전원의 즐거움 （一）　（王維）

采菱渡頭風急
채 릉 도 두 풍 급
마름 따는 나루터엔 바람이 드세나

策杖林西日斜
책 장 임 서 일 사
지팡이 짚고 가는 수풀 서쪽엔 해가 기운다.

杏樹壇邊漁父
행 수 단 변 어 부
살구나무 정자에는 어부가 한가롭고

桃花源裏人家
도 화 원 리 인 가
도화원 같은 마을에는 인가가 모여 있다.

## 田園樂 전원락　　전원의 즐거움 （二）　（王維）

桃花復含宿雨
도 화 부 함 숙 우
복사꽃은 간밤 비에 흠뻑 젖었고

柳綠更帶朝煙
유 록 갱 대 조 연
버들은 아침 안개에 더 푸르렀다.

花落家童未掃
화 락 가 동 미 소
꽃이 져도 일하는 아이는 쓸지 않고

鳥啼山客猶眠
조 제 산 객 유 면
새가 울어도 산골 나그네는 잠만 자고 있다.

　六言이지만 王維 시의 그림 같은 특색은 똑같다. 때로는 진하게 또 어디는 엷은 먹물로 그린 무채색 산수화 같지만 전원을 즐기는 시인의 마음은 정말 다채롭기만 하다.

## 尋張逸人山居 심장일인산거

### 張隱逸의 산속 거처를
### 찾아가다 (劉長卿)

危石才通鳥道
위 석 재 통 조 도

危石에 겨우 새가 날 길이 통하고

空山更有人家
공 산 갱 유 인 가

空山엔 그래도 인가가 있구나.

桃源定在深處
도 원 정 재 심 처

桃源은 분명히 깊숙한 곳에 있으니

澗水浮來落花
간 수 부 래 낙 화

落花는 골짜기 물에 떠내려 온다.

　은자의 거처를 찾아가는 길이다. 危石은 높이 솟은 바위이다. 鳥道란
새가 날아갈 수 있는 길이니 그 형상을 짐작할 수 있다. 찾아가기 힘든
그런 산속에 인가가 있고 거기에 은자가 살고 있으니, 시인은 가는 길에
도화원을 꿈꾸고 있다.

# 送鄭二之茅山 송정이지모산

## 모산에 가는 정이를 보내며 (皇甫冉)

水流絕澗終日
수 류 절 간 종 일

> 물은 종일토록 급한 골짝에 흐르고

草長深山暮雲
초 장 심 산 모 운

> 풀이 자란 깊은 산엔 저녁 구름이 끼었다.

犬吠鷄鳴幾處
견 폐 계 명 기 처

> 마을 곳곳에서 개가 짖고 닭이 우는데

條桑種杏何人
조 상 종 행 하 인

> 뽕나무 심고 병을 고칠 사람 누구이겠나?

뽕나무를 심는다는 것은 길쌈에 힘쓴다는 뜻이고, 살구나무를 심는 것은 醫術을 편다는 뜻이다. 시인은 모산으로 떠나는 벗에게 산업을 일으키고 의술을 베풀어 줄 것을 당부하고 있다.

# 詩人 찾아보기

저자 진기환陳起煥은 서울의 대동세무고등학교 교장을 역임했고, 개인 문집 《도연집陶硯集》을 출간했으며, 주요 저서로는 중국 고전소설 《유림외사儒林外史》를 국내 최초 번역했고 《사기강독史記講讀》, 《사기史記 인물평人物評》, 《중국中國의 토속신土俗神과 그 신화神話》, 《중국中國의 신선이야기》, 《소설로 읽는 도가서 : 상동팔선전上洞八仙傳》, 《삼국지三國志 고사성어故事成語 사전辭典》, 《삼국지三國志 고사명언故事名言 삼백선三百選》, 《삼국지三國志의 지혜》, 《삼국지三國志 인물평론人物評論》, 《정선精選 삼국연의三國演義 원문原文 주해註解》, 《중국인中國人의 속담俗談》, 《아들을 아들로 키우기 ; 가부장적 가정교육론》, 《수호전水滸傳 평설評說》, 《금병매金瓶梅 평설評說》, 《논술로 읽는 논어論語》, 《신완역 십팔사략十八史略 中(下)·下(上)·下(下)》, 《당시삼백수唐詩三百首 (上·中·下) 共譯》, 《당시일화唐詩逸話》 외 다수의 책이 있다.

# 精選 唐詩絕句 당시절구

초판 인쇄  2015년 11월 10일
초판 발행  2015년 11월 15일

역    해 | 진기환
디자인 | 이명숙 · 양철민
발행자 | 김동구
발행처 | 명문당(1923. 10. 1 창립)
주    소 | 서울시 종로구 윤보선길 61(안국동)
　　　　　우체국 010579-01-000682
전    화 | 02)733-3039, 734-4798(영), 733-4748(편)
팩    스 | 02)734-9209
Homepage | www.myungmundang.net
E-mail | mmdbook1@hanmail.net
등    록 | 1977. 11. 19. 제1~148호

ISBN 979-11-85704-44-9 (03820)
25,000원